THE WHIZ MOB and THE GRENADINE KID

by Colin Meloy, illustrated by Carson Ellis

Copyright © 2017 by Unadoptable Books LLC

All rights reserved.

This Korean edition was published by Taurus Books in 2018 by arrangement

with Colin Meloy and Carson Ellis c/o Writers House LLC

through KCC(Korea Copyright Center Inc.), Seoul.

이 책은 (주)한국저작권센터(KCC)를 통한 저작권자와의 독점계약으로 황소자리 출판사에서 출간되

었습니다. 저작권법에 의해 한국 내에서 보호를 받는 저작물이므로 무단전재와 복제를 금합니다

찰리와 소매치기단

콜린 멜로이 지음 | 카슨 엘리스 그림 | 이은정 옮김

황소자리

CHAPTER 1

찰리 피셔가 목격한 믿을 수 없이 아름다운 장면과 그의 인생을 극적으로 바꿔준 사건들이 어떻게 일어났는지 말하기 전에 우선 찰리는 누구이며, 어떻게 해서 1961년 4월의 어느 따뜻한 화요일 오전 프랑스 마르세유의 장 조레스 광장에 앉아 있게 됐는지부터 설명해야겠다.

찰리는 휴가 중이었다. 찰리가 나무벤치에 앉아 지금의 광경을 보게 된 것도 실은 그 때문이었다. 지난 몇 년간은, 말하자면 그에게 휴가의 연속이었다. 어쩌면 여러분은 이런 인생이 찰리 같은 열두 살 소년에게는 매우 신나는 삶일 거라고 생각할지 모른다. 하지만 만약 여러분의 삶이 휴가의 연속이라면, 이번 휴가가 끝나고 다시 휴가가 이어지는 식이라면, 휴가 생각만 해도 따분함이 몰려오리라. 찰리도 지금 그런 심정이었다.

찰리의 아빠는 찰스 피셔 씨다. 책을 읽는 여러분은 그 이름을 몰라도 괜찮다. 이 모든 일은 여러분이 태어나기 훨씬 전에 일어났으니까. 아마 여러분의 할아버지라면 미국의 유명한 외교관으로 바이에른 노이슈반슈타인 성 베란다

7

에서 독일의 젊은 상속녀 지그린데 뒤러 양과 떠들썩한 결혼식을 올렸던 찰스 에라스무스 피셔라는 이름이 익숙할 것이다. 맞다. 그는 레이캬비크 협상을 중재하고, 오랫동안 격렬했던 그리스·헝가리 전쟁을 최종적으로 타결한 그 피셔 씨다.

하지만 안타깝게도 찰스의 결혼생활은 평화를 이끌어낸 전사라는 위대한 업적을 가려버렸다. 찰리의 엄마 지그린데는 빼어난 미모의 유명 배우였다. 찰스 씨는 2차 세계대전이 끝난 후 비엔나를 여행하던 중 그녀와 사랑에 빠졌다. 그들의 짧고 화려했던 결혼생활은 아들 찰리에 대한 언급과 더불어 워싱턴의 신문 가십란에 끊임없는 먹잇감을 제공했다. 찰리가 일곱 살 생일을 맞았을 무렵, 그렇지 않아도 오래 별거 중이던 그들에게 이혼은 형식상 절차일 뿐이었다. 워싱턴 D.C 조지타운에 있는 벽돌집에서 살던 시절 찰리는 아빠와 보낸 기억이 별로 없었다. 아빠는 모스크바, 부에노스아이레스, 요코하마 같은 외국 도시에서 흠 잡을 데 없는 필체로 쓴 카드를 정기적으로 보내주었지만 침대 곁에서 직접 책을 읽어준 밤은 다섯 손가락으로 꼽을 정도였다. 찰리에게는 여러 명의 도우미와 유모, 가정교사 그리고 엄마 지그린데만이 진정한 가족이었다. 그래서 어느 날 아침 엄마가 단호한 말투로 엄마 노릇에 진력이 났다고, 찰리에게 이제 여기를 떠나 아빠와 살라고 통보했을 때 찰리는 너무 놀랐다. 지그린데는 혹시 필요하다면 찰리에게 '멋진 아줌마'가 되어줄 자신의 미래 모습을 상상하며 기뻤으리라.

찰리가 뭘 할 수 있겠는가? 아홉 살 소년이 할 수 있는 건 별로 없었다. 도우미 페니는 찰리가 애지중지하는 물건들만 골라 손에 들 수 있게(책 일곱 권과 옷가방, 초록색 군인인형이 든 상자 한 개) 짐을 꾸리고는 링컨 컨티넨탈 자동차 뒷좌석에 앉은 찰리의 이마에 뽀뽀를 해주었다. 찰리는 차를 타고 공항으로 간다음 거기에서 아빠가(혹은 누군가) 마중 나와 있을 모로코 행 비행기에 올랐다. 직업 외교관의 아들인 찰리에게는 토론토에서 봄베이와 블라디보스토크로, 이 나라 저 나라 떠돌아다니게 될 삶이 기다리고 있었다. 얼핏 끝없이 이어지는 휴가처럼 보이는 삶이.

찰리는 지루하기 짝이 없었다.

따뜻한 4월의 어느 화요일 아침 마르세유의 장 조레스 광장에 앉아 있을 때도 그런 기분이었다. 만약 여러분도 찰리처럼 세상 경험이 많고 사는 게 시들하다면, 마르세유가 지중해 해변의 아주 유명한 프랑스 항구도시라는 사실 정도는 알 것이다. 게다가 찰리처럼 비행기에서 많은 시간을 보내고 가정교사가 만든 필독도서 리스트를 가지고 다닌다면 《몽테크리스토 백작》의 주인공 에드몽 당테스가 갇혔던 감옥이 마르세유 해안 작은 섬에 있는 이프 성이라는 사실도 알 것이다. 어디 그뿐인가. 찰리처럼 엄격한 아빠와 그의 부하직원, 비서들로부터 안전에 관해 구구한 경고를 들었다면, 마르세유가 도둑들의 낙원으로 여겨진다는 사실도 알고 있을 것이다.

생각이 거기에 미치자 찰리는 짜릿해졌다. 자신의 뒷마당인 이곳이 세상 범죄자들의 은밀한 낙원이라니! 취리히의 삭막하고 현대적인 거리나 홍콩의 출입 제한구역들과는 다른 반가운 변화였다. 열두 살 찰리의 상상력을 훨훨 불타오르게 하는 곳이었다. 하지만 새 집에서 생활한 지 몇 주일 흐르자 찰리는 지금 마르세유의 생명선을 위태롭게 하는 유행병이 있다면 그건 바로 관광객들이라는 사실을 깨달았다.

시끄럽게 불평하는 관광객들.

찰리는 그런 발견을 효과적으로 이용했다. 그는 시몽이라는, 끊임없이 투덜거리는 스물다섯 살 가정교사에게 자신이 거리에서 본 사람들을 소재로 500단어짜리 단편소설을 쓰면 영어작문 점수에 가산점을 달라고 제안했다. 거래는 성사되었고, 이로써 한 명의 단편소설 작가가 탄생할 참이었다. 찰리는 크루즈에서 막 내려 도시 거리와 광장을 어슬렁거리는 관광객들의 내면세계를 상상하는 일이 몹시 흥미로웠다. 그가 이 화요일 아침, 장 조레스 광장 나무벤치에 앉아 번잡한 마르세유 시장을 돌아다니는 관광객들을 관찰하고 기록하는 것도 그 때문이었다.

선글라스를 쓰고 미간을 잔뜩 찌푸린 젊은 여인이 갖가지 진열품을 살피는 중년 사내를 시큰둥하게 따라가고 있었다. 아빠한테 열한 번째 생일선물로 받은 찰리의 은제 셰퍼 임페리얼 만년필이 공책 위에서 잠시 멈췄다 그는 다음과 같이 끼적이기 시작했다. *여자는 부유한 사탕무 상인의 상속녀였다. 사내는 떠돌이 가짜 약장수였다. 그들은 요트에서 만났다. 사내는 여인에게 영원한 젊음을 약속했다. 여인은 필요한 약재를 수집하러 세상을 떠돌아다니는 사내를 따라다니는 중이었다. 여인은 그런 떠돌이 생활이 평생 이어질 거라는 사실을 짐작도 못 했다.* 찰리는 고개를 갸우뚱 기울인 채 자신이 쓴 글을 다시 읽어보았다. 얼굴에 미소가 번졌다. 그가 손바닥으로 공책을 반듯하게 폈다.

"뭐하는 거야?" 외국어 억양이 밴 영어 말소리였다.

"뭐라고?" 주변을 둘러보던 찰리는 벤치 옆자리에 앉아 있는, 통 좁은 청바지에 흰 셔츠 차림인 남자아이를 발견했다. 황갈색 피부와 검은 머리카락이 중동 출신임을 말해주었다. 여러분이 방금 처음으로 들은 찰리의 목소리는 지난 일년 새 두 단계쯤 낮아진 저음이었다. 당연히 찰리는 그런 변화를 부끄러워했다. 찰리는 엄마의 간청에 따라 여덟 살 때 언어치료를 받았다. 유치원을 다니면서 말을 약간 더듬게 되었기 때문이다. 그는 장애를 털어버리려 애썼지만 그러는 사이에 아빠의 표현에 따르자면 (그게 무슨 뜻인지 모르지만) '턱으로 말을 하는' 습관이 생겨버렸다. 어쨌든 지금 찰리는 턱으로 말하는 중이었다.

소년이 대답했다. "뭐하느냐고 물었어. 시나 뭐 그런 거 쓰는 거야?"

"아니. 그냥 소설을 쓰고 있어." 찰리가 경계하며 대답했다.

"소설이라." 소년이 작은 막대기를 들어 무심코 나무벤치를 긁적였다. "멋진데. 그 수염 난 할아버지처럼 말이지?"

"수염 난 할아버지?"

소년은 기억을 더듬느라 근육이 긴장되는지 얼굴을 움찔거렸다.

"이름이 뭐더라, 소설 쓰는 사람인데. 헤밍…, 포드."

"헤밍웨이. 어니스트 헤밍웨이." 찰리가 고쳐주었다.

"맞아, 그 할아버지." 소년이 웃으며 맞장구쳤다.

"글쎄, 그에게 견줄 수는 없지만 대체로 비슷해."

"어서 써. 나 조금만 더 구경할게." 소년이 말했다.

찰리는 선선히 웃었다. 그는 다음 소재를 찾기 위해 광장으로 고개를 돌렸다. 하지만 이내 소년이 다시 말을 거는 바람에 생각이 흩어졌다.

"아, 알겠다."

"뭘?"

"너 광장에서 일어나는 일에 대해 쓰고 있구나."

"어느 정도는 맞아."

"알았어. 계속해."

찰리가 다시 관찰을 시작하려는데 소년이 또 끼어들었다.

"저 남자 어때?"

"누구?" 찰리는 처음으로 짜증스러워하며 되물었다.

"저기 저 남자 말이야. 하얀 모자를 쓴." 소년이 시장의 인파를 가리켰다.

찰리는 소년의 손가락이 가리키는 방향을 따라갔다. 헐렁한 시어서커 정장에 흰색 파나마 모자를 쓴 뚱뚱한 사내가 진열대를 어슬렁거리고 있었다. 그는 다섯 발짝마다 손목을 들어 재킷소매 안 손목시계를 확인했다.

"좋아."

찰리는 어깨 너머로 자신이 글을 쓰기만 기다리고 있는 소년의 시선을 느꼈다. 그게 신경 쓰였다. 찰리가 불편해하는 것을 눈치 챘는지 소년이 쥐고 있던 막대기로 시선을 돌렸다. 찰리는 다시 글을 쓰기 시작했다. *그가 도착할까? 로봇 팔을 가진 사내는 2시까지 라 플렌에 와 있으라고 말했다. 화성의 보초병들이 도착해서 몸값을 요구하기 전까지 그에게는 시간이 많지 않았다.*

찰리가 상상한 이야기를 여기까지 썼을 때 뭔가 이상한 점이 눈에 띄었다. 아까 그 사내가 행상들의 수레 사이를 요리조리 빠져나가고 그 뒤를 한 소녀가 따르고 있었다. 소녀는 사내와 딱히 어떤 연결고리도 없어 보였다.

찰리는 썼다. *래드클리프도 모르는 사이에 어린 소녀로 위장한 화성의 보초병이 도착했다.*

찰리가 다시 현장으로 시선을 돌렸다. 세로 줄무늬 정장 차림 사내는 이제 느릿느릿 몸을 틀어 선박의 쇠밧줄을 매어놓는 말뚝 사이를 활강하는 스키어처럼 빠져나가고 소녀는 몇 발짝 뒤떨어져서 사내의 동작 하나하나를 흉내내듯 따라갔다. 사내가 손목시계를 들여다볼 때면 소녀와의 거리는 더 가까워졌다. 찰리가 펜으로 뺨을 톡톡 두드렸다. 그는 그날 아침 몇 시간째 이 광장에 앉아 시장에서 일어나는 일과 그곳 사람들의 상호작용을 관찰하고 있었다. 사내를 따라가는 소녀는 왠지 그림자나 유령처럼, 분주한 현실세계의 시장 너머 어딘가, 시스템 밖에 존재하는 것처럼 느껴졌다. 화성의 보초병이 꼭 그럴 거라고 찰리는 생각했다.

바로 그 순간, 사내 앞쪽에도 비슷한 거리로 떨어져서 걷고 있는 소년이 눈에 들어왔다. 오래 관찰할수록 찰리는 그 소년이 사내의 앞을 가로막아 진행을 늦추는 식으로 사실상 사내를 유도하고 있음을 알게 되었다. 소년은 사내의 움직임을 통제하다시피 했다. 사내가 눈치 채지 못하게 왼쪽으로 가려고 하면 왼쪽으로 끼어들고 속도를 내려고 하면 속도를 늦췄다. 오래 가지 않아 뒤따르던 소녀에게 사내가 완벽하게 가려졌다. 소녀는 마치 사내의 몸과 연장선상에 있는 것 같았다.

그 순간, 그 일이 일어났다. 바로 그 사건. 직선으로 뻗어나가던 찰리 피셔의 인생을 90도 직각으로 빗나가게 만든 사건.

사내는 도둑을 맞았다.

정확히 말하면 소매치기를 당했다.

단지 혼란스러운 순간을 틈타 재빨리 훔치는 게 아니었다. 천만에. 그것은 한 동작이 끝남과 동시에 다른 동작으로 이어지는, 정교하고 매끄럽게 연출된 텀블링 같은 움직임으로 조율된 행동이었다. 찰리는 심지어 범죄가 일어나는 과정도 잘 보지 못했다. 그것은 마치 벌새가 후두둑 날아가기 직전에 곁눈질로 포획하는 것과 같았다. 앞서 가던 소년이 갑자기 걸음을 멈춰 사내와 등을 부딪쳤다. 그때 난데없이 제3의 아이(찰리 또래의 남자아이)가 인파 속에서 나타나 사내의 모자챙 뒷부분을 위로 살짝 들어올렸다. 사내의 모자가 이마 아래로 내려왔다. 사내는 그저 인파에 치인 줄 알고 바지주머니에서 손을 꺼내 모자를 바로 고쳐 썼다. 그 순간 사내를 가리고 있던 소녀가 완벽한 위치에서 소매에 묻은 보푸라기 떼어내듯 우아하게, 사내의 바지 옆선을 손으로 스친 뒤 어디론가 바삐 걸어갔다. 잠시 후 인파 속에서 제4의 소년이 나타나고, 두 아이는 어깨를 맞대고는 자리를 떠났다. 그 순간 얄팍한 갈색 물건이 한 아이에게서 다른 아이에게 건네졌다. 찰리는 그것이 사내의 손지갑이라는 것을 알아챘다.

하지만 사내 골탕 먹이기는 거기서 끝나지 않았다. 사내와 등을 부딪쳤던 소년이 돌아와 자신의 서툰 행동을 사과했다. 아이가 손을 내밀어 악수를 청했다. 자신이 더 이상 손지갑 주인이 아니라는 사실을 모르는 사내는 내키지 않는 웃음을 지으면서 소년의 손을 잡았다. 소년은 웃으며 목례를 하고 인파 속으로 사라졌다.

사내는 다시 시장 구경을 했다. 손님을 기다리며 소리쳐 부르는 상인들 주위를 걸어다녔다. 그러다 손목시계를 보기 위해 동작을 멈췄을 때 그는 그 자리에서 얼어붙었다. 찰리는 이만큼 떨어진 거리에서도 사내가 무엇을 보는지 알 수 있었다. 그의 손목에는 아무것도 없었다. 시계가 사라졌다.

찰리는 웃음이 나오는 것을 겨우 참았다. 어쩔 수가 없었다. 경이로웠다. 특별한 도둑질을 목격했지만 불법 행위로 치부하기에는 너무도 매끄럽고 예술적이었다. 마치 마술을 보는 것 같았다.

"너도 봤니?" 찰리는 청바지 입은 소년이 그 광경을 봤는지 궁금해서 오른쪽으로 고개를 돌렸다. 하지만 벤치에는 자신뿐이었다. 소년은 가고 없었다.

찰리는 그 네 아이들, 믿기 힘든 활약을 벌인 범인들을 찾으려고 두리번거렸다. 아이들은 인파에 완전히 섞여서 보이지 않았다. 하지만 이제 찰리의 눈에는 번잡한 시장에서 같은 수법으로 표적을 물색하는 더 많은 소매치기들이 보였다. 범죄가 일어나기 전 광장은 클로버 밭이었다. 평화롭고 평범했다. 하지만 집요하게 관찰하자 클로버 꽃의 풍부한 꿀을 빨아먹는 벌떼가 눈에 들어왔다. 번잡한 화요일 아침, 찰리는 비밀스러운 벌집, 장 조레스 광장이 소매치기들의 천국이라는 사실을 두 눈으로 직접 목격했다.

어안이 벙벙해진 찰리는 코를 긁으려고 무심코 펜을 들었다. 그런데 뭔가 잘못된 것 같았다. 시선을 내려 손에 쥐고 있는 것을 보았다.

만년필이 보이지 않았다.

대신 막대기가 손에 들려 있었다.

CHAPTER 2

그 순간 찰리는 자신이 실제로는 셰퍼 임페리얼 만년필을 가진 적이 없었다고 생각하기로 마음먹었다. 나는 줄곧 지금 손에 쥐고 있는 막대기를 사용한 거야. 찰리는 아빠가 무사히 요양원에 들어가는 그날까지 아빠와 대사관 직원들이 그 요상한 가난뱅이 소년과 그가 사랑하는 막대기의 비위를 맞추는 상상을 했다. 다행히 그런 망상은 이내 사라지고 찰리는 정신을 차렸다.

한 가지는 분명했다. 자신의 만년필이 사라졌다. 사내의 손지갑과 손목시계처럼 도난당했다. 하지만 대체 어떻게?

그때 광장에서 들려오는 또 다른 소음이 충격에 빠져 있던 찰리를 놀라게 했다. 행인 여러 명이 광장을 순찰하던 경찰에게 짧은 프랑스어로 소리쳤다. 그들은 "오, 볼레르*Voleur*(도둑이야)!"라고 반복해서 외쳤다. 기초 프랑스어밖에 모르는 찰리도 이 말이 도둑을 뜻한다는 것쯤은 알았다. 찰리는 아수라장이 된 광장을 둘러보았다. 무심코 상인들의 진열대를 구경하던 행인들이 너나할 것 없이 자신의 지갑과 주머니를 확인하기 바빴다. 그때 찰리의 왼편으로 푸른색과 흰색의 물체가 휙 지나갔다. 찰리는 놀라서 그 물체가 달려간 광장 가장자리 쪽으로 시선을 돌렸다. 조금 전까지 찰리의 글쓰기를 구경하던 소년이 소란한 사람들 틈에 있었다. 흰색 셔츠와 청바지를 입은 소년. 막대기로 무심히 그림을 그리던 소년.

뇌의 시냅스가 그동안 일어난 사건들을 분주하게 꿰어맞추는 동안 찰리는 딱히 누구에게랄 것도 없이 더듬더듬 몇 마디 내뱉었다. 만년필, 막대기를 든 소년, 만년필이 사라지고 막대기만 남았다, 소년은 떠났다. 그런 이미지들이 성질 급한 교사가 보여주는 플래시카드처럼 빠르게 엄습해왔다.

찰리가 정신을 차렸을 때 뚱뚱한 경찰과 몸싸움을 벌이던 소년은 도망쳐 승자가 되었다. 소년이 광장에서 꽃잎처럼 뻗어난 여러 개의 도로 중 한 곳으로 재빨리 달아나는 모습이 보였다. 그는 광장에 포진한 법 집행자들의 주목을 한 몸에 받고 있었다. 모두가 용의자를 잡으려고 필사적으로 달렸다. 장 조레스 궁에서 튀어나온 검은 옷의 경찰들도 청바지 차림의 만년필 도둑을 쫓기 시작했다.

찰리는 벤치에서 벌떡 일어나 작문 공책을 옆구리에 낀 채 앞다퉈 몰려가는 경찰들을 뒤쫓기 시작했다. 묘하게도 소년에 대한 소유욕이 일었다. 경찰들이 쫓고 있는 도둑은 자신의 것이었다.

"잠깐만요!" 찰리가 소리쳤다. 아무도 듣지 못한 것 같았다. 아니 들었더라도 신경 쓰지 않았을 것이다.

도둑이 시비에 거리 서점 앞에 놓인 가판매를 뒤엎는 바람에 잠깐 지체했다. 찰리에겐 따라잡을 기회였다. 책이 도로로 쏟아져 내리고 소년은 넘어지지 않으려고 안간힘을 썼다. 경찰 네 명 중 두 명은 별로 민첩하지 못해서 발을 헛디뎌 넘어졌고 추격에서 뒤처져버렸다. 찰리는 민첩하게 장애물을 뛰어넘어 앞서 가는 경찰관 두 명과 보조를 맞추었다. 길가에서 불법으로 피스타치오를 팔던 여인은 경찰을 발견하고는 자신의 물건을 허겁지겁 거둬들여 감추기 바빴다.

서점에서 몇 야드 떨어진 뚜와 마쥬 거리를 가로지르는 거리는 차들이 빽빽해서 건너기 어려웠다. 흰색 셔츠 차림의 소년은 돌진하는 황소를 피하는 기마 투우사처럼 윙윙거리는 스쿠터와 푸조쿠페 사이를 요리조리 능숙하게 빠져나갔다. 그에 비해 추격자들은 소년의 민첩성과 체력을 당해내지 못했다. 경찰관 한 명이 베스파(이탈리아제 스쿠터—옮긴이)를 타던 소년 둘과 요란하게 부딪혔다. 스쿠터가 덜커덩 소리를 내며 보도에 나동그라졌다. 차들은 비틀거리며 급하게 멈춰 섰다. 대기는 온통 끼익, 하는 브레이크 소리로 가득했다.

"잠깐만, 잠깐만요." 찰리가 과감하게 횡단보도를 건너며 정중하게 소리쳤다. 총영사의 아들인 그에게는 지켜야 할 일종의 명예가 있었다. 그의 방해에 사방에서 욕설이 터져나왔지만 다행히 찰리의 프랑스어 이해력은 그에 미치지 못했다. 찰리가 인도에 무사히 다다랐을 때 경찰관 둘이 소년을 체포했다. 한 명은 소년의 셔츠 목덜미를 움켜쥐고, 다른 한 명은 소년의 주머니를 바쁘게 뒤졌다.

경찰관은 화를 내며 프랑스어로 호통쳤다. 소년은 팔을 휘저으며 같은 말을 되뇌었다. *"노 파를레 프랑세No parlez français(프랑스어 할 줄 몰라요)!"* 찰리가 다가갔을 때 경찰관은 도둑의 바지주머니에서 찰리의 만년필을 찾아내 소년의 얼굴 앞에서 휘두르고 있었다.

"지갑은 어디 있어? 또 뭘 훔쳤어?" 경찰 한 명이 억센 영어로 물었다.

"없어요. 정말이에요!" 소년이 소리쳤다. "전 만년필만 훔쳤어요. 그게 다라구요."

찰리가 숨을 헐떡이며 흥분해서 끼어들었다. "그 펜은 제 거예요."

장면은 그대로 정지되었다. 찰리 앞의 세 사람이 새 등장인물에게 일제히 고개를 돌렸다.

"잘됐구나. 우리가 놈을 잡았다." 경찰이 거만하고 의기양양하게 말했다.

이때만 해도 찰리는 자신에게 어떤 일이 닥칠지 몰랐다. 찰리가 입을 열었다. "그 애는 도둑이 아니에요."

"뭐라고?" 경찰이 물었다.

"말했잖아요, 걔는 도둑이 아니라고요."

"아니, 틀림없어." 다른 경찰이 나섰다.

찰리는 심호흡을 하고 나서 말했다. "제가 준 거예요. 제가 만년필을 그 애한테 줬어요."

경찰이 여전히 소년의 멱살을 쥔 채 찰리를 힐끗 보았다. "네가 이 녀석한테 줬다고?" 그의 윗입술을 타고 수염이 성기게 나 있었다.

"선물한 거예요. 그러니까 그 애를 놔주세요." 찰리가 말했다.

경찰은 소년을 붙들고 있었지만 이제 관심은 찰리를 향했다.

"니는 뭔데?" 경찰관 한 명이 물었다.

독자들에게 이 책에 나오는 모든 영어 대화에는 프랑스어 억양이 배어 있다는 점을 알려두어야 할 것 같다. 하지만 이제부터는 방금 전 대화처럼 프랑스어 억양을 표현하기 위해 어설픈 시도는 하지 않을 것이다. 이번이 마지막이

다. 다만 누군가 프랑스어 억양이 섞인 영어로 말할 때 그가 외국어를 쓰느라 최선을 다하고 있다는 사실을 감안해주기를.

찰리가 대답했다. "저는 찰리 피셔예요." 이어 그는 멋들어진 필기체로 이름이 새겨진 만년필 뚜껑을 가리켰다.

경찰관은 마지못해 천천히 소년의 멱살을 놓았다. 손아귀에서 풀려난 소년은 몇 걸음 뒤로 물러나 어깨를 털었다. 그 역시 못 믿겠다는 듯 찰리를 멍하니 쳐다만 보았다. 실제로 소년은 경찰이 물었을 때 어안이 벙벙해져서 선뜻 대답하지 못했다. "정말이냐?"

"아…, 네." 소년이 더듬거렸다. "맞아요. 정말이에요." 그는 난생 처음 보는 물건을 살피듯 만년필을 내려다보았다. "만년필, 고마워."

찰리가 웃었다. "천만에. 잘 쓰길 바라." 찰리가 두 경찰관을 보며 단호하게 덧붙였다. "어서 가보세요. 여기는 아무 일도 없을 거예요."

두 경찰관은 어리둥절한 표정으로 서로 바라보았다.

그 중 한 명이 무슨 말을 하려고 하자 찰리가 손을 들어 제지했다. "경찰관 아저씨들, 더 바쁜 일이 있으실 텐데요."

"알겠다. 네 말이 사실이라면야." 경찰관 한 명이 마침내 말했다.

"사실이에요." 찰리가 재차 확인을 했다.

"음, 그런데…." 다른 경찰관이 입을 열었다.

"그럼, 수고하세요!" 찰리가 큰 소리로 외쳤다.

경찰관들은 한동안 그렇게 서서 주근깨 하나하나까지 기억하려는 듯 두 소년을 찬찬히 바라보았다. 한 명이 프랑스어로 뭐라고 툴툴거리자 다른 한 명이 웃음을 참았다. 이윽고 그들은 어디론가 걸어갔다.

그들이 떠나자 흰색 셔츠 소년은 소동을 벌이느라 눈가로 흘러내린 갈색 머리카락 틈으로 찰리를 흘끔거렸다. 이어서 아직 제 손에 쥐고 있는 만년필을 힐끗 보았다.

"정말 이거 가져도 돼?" 그가 처음 한 말이었다.

찰리가 웃었다. "물론이야. 그런데 한 가지 조건이 있어."

"뭔데?"

"어떻게 했는지 나한테 보여줘."

소년의 이름은 아미르, 레바논 출신이었다. 아니 그렇게 자신을 소개했다. 그는 확신에 찬 목소리로 이름과 출생지를 말했지만, 그래서 더 의심스러웠다. 성을 말하지 않았음에도 찰리는 더 이상 캐묻지 않았다. 소년은 애초 펜을 훔칠 의도는 없었다고 말했다. 하지만 찰리가 만년필을 사용하고, 그 만년필이 만들어내는 글자를 본 후 문득 탐이 났다고. 마치 만년필이 찰리가 지어내는 이상한 이야기의 근원이라도 되는 양.

"그래서 가져간 거야. 간단해."

몇 블록을 걸어간 후 두 아이는 앉기에 좋은 분수대 난간을 발견했다. 찰리는 믿기지 않는다는 표정으로 동행인을 바라보았다. "그렇게 간단해 보이지 않는데. 만년필은 분명 내 손에 있었잖아."

"어떻게 설명해야 할지 모르겠다. 맞아, 너는 만년필을 손에 쥐고 있었지만 다른 데를 보고 있었지, 그렇지 않아? 넌 만년필에 주의를 기울이지 않았어."

"하지만 만년필이 내 손에 있는지 알기 위해 그걸 바라볼 필요는 없어."

소년은 자꾸 반박당하는 게 불쾌한 듯 얼굴을 찡그렸다.

찰리가 웃었다. "이봐, 그 만년필 내놔."

"만년필?" 소년은 얼굴을 찡그리며 턱을 내려 셰퍼 임페리얼 만년필을 바라다보았다. 만년필은 그의 셔츠주머니에 꽂혀 있었다.

"돌려줄 거야, 걱정 마."

그렇게 해서 만년필과 (찰리가 기념으로 갖고 있던) 막대기는 그날 다시 소유주가 바뀌었다. 찰리는 글씨를 쓸 때처럼 오른손으로 만년필을 쥐었다.

"다시 해봐." 찰리가 소년이 쥐고 있는 막대기를 턱으로 가리켰다.

아미르가 웃었다. "하하, 지금은 못 해."

"왜 못 해?"

"네가 이미 알고 있잖아."

"알고 있다고?"

"네가 나를 쳐다보고 있다고. 내가 훔칠 거라는 점을 네가 알고 있잖아." 소년이 혀로 입술을 핥았다. 그의 턱에는 수염이 희미하게 나 있고, 앞니 두 개는 약간 뻐드러졌다.

"좋아. 난 아무것도 모르는 것처럼 행동할게." 찰리가 말했다.

소년은 찰리의 제안을 받아들이기로 마음먹은 듯했다. "그럼 아까 했던 대로 해봐. 글을 썼을 때처럼."

"좋아. 그럴게." 찰리는 겨드랑이에 끼고 있던 공책을 꺼냈다. 공책의 빈 페이지를 펼친 다음 글을 쓰려는 듯 만년필을 손에 쥐었다. 그는 옆에 앉은 소년을 가끔 흘끔거리며 기다렸다. 하지만 소년은 미동도 하지 않았다.

"뭐라고 써야지." 아미르가 웃었다.

"아, 맞다." 찰리가 대꾸하며 자기 이름을 쓰기 시작했다. *찰스 피…*.

쉭! 종이에 잉크 자국이 났다. 아미르가 찰리의 손에서 거칠게 펜을 빼앗았다. 찰리는 흠칫 놀라며 소년을 노려보았다. "이건 아니야."

아미르가 호탕하게 웃었다. "이건 가장 쉬운 방법이야." 그가 장난스럽게 손가락으로 만년필을 빙빙 돌렸다. "치고 빠지기. 성질이 거친 소매치기가 쓰는 방법이야."

"진짜로 해봐. 네가 막대기를 가지고 했던 것처럼."

"알았어, 알았어. 이번에는 진짜로." 아미르가 만년필을 돌려주며 말했다.

만년필촉이 종이 위에서 서성이다 이름을 쓰기 시작했다. 놀랍게도 종이에 잉크가 묻지 않았다. 만년필촉이 요란하게 종이를 긁었지만 아무 흔적도 생기지 않았다. 찰리는 그게 막대기가 아님을 확인하기 위해 만년필을 살폈다. 막대기는 아니었다. 찰리는 다시 아미르를 올려다보았다.

아미르는 잉크 카트리지를 손에 쥐고 있었다.

"도대체 어떻게…." 말문이 막혀버린 찰리는 그 어느 때보다 심하게 턱으로 말을 했다. "믿을 수가 없어."

소년은 믿기 싫으면 관두라는 듯 어깨를 으쓱했다. "그럼 믿지 마. 그건 그렇고 만년필 다시 가져도 돼?"

찰리는 아무 말도 못하고 텅 빈 만년필 껍데기를 건넸다. 아미르는 그것을 받아든 뒤 뚜껑을 열어 카트리지를 안에 넣었다.

"다른 것도 할 줄 알아? 시장에서 소매치기도?" 찰리가 잠시 후 물었다.

"아마도." 소년이 대답했다.

"나한테 가르쳐줘. 아무한테도 말하지 않을게."

소년은 만년필을 손가락으로 빙빙 돌리며 대꾸했다. "내가 먼저 하나 물어볼게."

"얼마든지." 찰리가 말했다.

"왜 나를 내버려두지 않았어?"

"내가 어떻게 했는데?"

소년이 단도직입적으로 물었다. "왜 경찰로부터 나를 보호해줬냐고?"

"호기심 때문에. 게다가 넌 괜찮은 애 같아. 체포될 정도는 아니었어."

"그땐 내가 소매치기란 걸 몰랐구나."

"대충 짐작은 했어." 찰리가 웃으면서 대꾸했다.

"너야말로 괜찮은 녀석 같아, 찰리 피셔." 아미르가 말했다. "아니면 사람을 볼 줄 모르거나."

"나는 꽤 훌륭한 심판자라고 생각하는데."

"난 네 물건을 훔쳤어. 그것만으로 범죄자라고."

"하지만 넌 달라. 넌 많은 사람들이 하지 못하는 것을 할 수 있잖아."

아미르가 관심 없다는 듯 어깨를 으쓱했다.

"나한테 설명해줘. 어떻게 하는지 가르쳐줘." 찰리가 부탁했다.

소년은 이 사이로 휴우 한숨을 내쉬며 고개를 절레절레 흔들었다. "미안하지만 그럴 수 없어, 찰리 피셔 주니어. 우린 서로 다른 세상에 속해 있어, 너와 나는. 너는 정상적인 세상에 살고 있지, 나는 한낱 도구고. 너한테는 어울리지 않아."

"도구?"

"응, 도구, 집단에 속한 도구."

"도대체 무슨 말인지 모르겠네."

"소매치기라고. 난 도둑이야, 찰리. 그런데 넌? 넌 착한 미국인 소년이야. 글 쓰는 소설가. 넌 그냥 네 길로 가야 해."

찰리는 포기하지 않았다. "그래, 그렇다면." 찰리가 가슴을 한껏 부풀리며 말했다. "그렇다면 그 만년필은 이제 내 거야. 아무래도 저기 경찰관들한테 내 이야기를 해야겠어."

"넌 못 할걸."

"아니, 할 거야." 몇 미터 떨어진 번잡한 도로에서 교통정리를 하고 있는 경찰관 두 명이 보였다. "저 경찰관들은 내 얘기를 들어줄 거야."

둘 사이에 잠시 침묵이 흘렀다. 두 소년은 서로 빤히 쳐다보았다. 마르세유 거리의 소음에 귀가 따가웠다. 아미르는 날렵한 손가락으로 쉬지 않고 만년필을 돌렸다.

"이제 보니 나를 궁지로 몰았구나." 아미르가 마침내 중얼거렸다. 그가 입술을 핥으며 당혹스러워했다. "완전히 꼼짝 못하게."

찰리가 어깨를 으쓱했다. "자, 어서." 찰리가 재촉했다.

"생각해볼게." 청바지를 입은 소년이 한참 만에 대답했다.

"어디에서? 언제?" 아미르의 말이 끝나기 무섭게 찰리가 다그쳤다.

아미르는 불만스럽게 고개를 저었다. "이건 쉬운 일이 아니야. 알아봐야 해, 확인도 해야 하고. 이러면 어떨까? 내일 내가 너희 집으로 갈게. 그때 가르쳐줄게, 어때?"

"좋아." 찰리는 거래를 엄숙히 축하하기 위해 손을 내밀었다.

아미르는 힘주어 악수를 하고는 자리에서 일어나 새로 얻은 만년필을 청바지주머니에 넣었다.

"다시 한 번 선물 고마워, 찰리 피셔." 그가 깍듯하게 목례를 하며 말했다. "다시 만날 때까지 안녕." 마침 덜컹거리며 쿠르 벨장스로 들어온 트램에서 승객들이 쏟아져 내리기 시작했다. 아미르는 트램을 타기 위해 달려갔다. 그는 측면으로 올라탄 뒤 한 팔로 난간을 잡고 돌아서서 찰리에게 마지막으로 손을 흔들었다. 트램은 곧 시야에서 멀어졌다.

찰리는 능수능란한 그의 동작 하나하나를 경이롭게 지켜보았다. 찰리는 생각했다. 나에게도 저런 재주가 있다면, 저렇게 느긋하고 자신만만하게 행동할 수 있다면. 그렇게 살면 어떤 기분일까? 하지만 그렇게 하지 못했다. 자신은 찰리 피셔 주니어, 친구 하나 없는 미국인, 프라도 거리의 삼류 소설가일 뿐이었다. 그 순간 찰리의 뇌리에 뭔가 스쳤다.

"잠깐!" 찰리가 한참 전에 떠난 트램을 뒤따라가며 소리쳤다. "넌 내가 어디에 사는지 모르잖아!"

CHAPTER 3

그렇게 찰리는 다시 빼앗겼다. 노련한 도둑의 비위를 맞추어 뭔가를 얻어내려고 했으니, 당연한 결과였다. 아빠는 찰리가 언제나 엉뚱한 데서 친구를 찾는다고 했다. 계속 그런 식이면 영원히 외톨이가 될 수 있다고도 경고했다. 이번 소매치기와의 일은 아빠의 말이 맞았음을 증명하는 것 같았다. 찰리가 만년필을 준 사실을 알면 아빠는 화를 낼 것이다. 아빠는 그 만년필이 대대로 물려질 유산이 되기를 바라며 아들에게 주었을 것이다. 찰리는 기껏해야 일년 정도 만년필을 사용했고, 지금은 수중에도 없다.

찰리는 부루퉁한 채로 쿠르 벨장스를 지나 칸비에르 거리로 걸어간 다음, 번잡한 거리를 따라 구항구로 갔다. 햇빛 반짝이는 구항구의 바다에는 요트 돛대가 소나무 숲처럼 우거지고, 관광객들은 햇살 쏟아지는 방파제에 길게 줄지어 서서 섬으로 가는 페리를 기다리고 있었다. 찰리는 아빠와의 점심 약속에 늦었다. 그들은 1시 30분, 부둣가 레스토랑 미라마르에서 만나기로 했다. 마르세유 광장에서 검은 거래를 목격한 직후라 본능적으로 주머니에서 손을 빼지 않았다. 갑자기 모든 사람들이 의심스러워졌다. 찰리가 걸어가고 있는데 풍선을 든 여인이 물건을 팔려고 신호등으로 다가왔다. 찰리는 몸을 곧추세우며 얼른 카키색 바지 속으로 손을 넣었다. 심지어 마네 그림에서 튀어나온 듯 가로 줄무늬 옷에 원뿔형 모자를 쓴 선량한 비누 판매원조차 불쌍한 찰리의 눈에는 수상쩍어 보였다. 마침내 레스토랑 야외테이블에 도착했을 때는 신경이 너덜너덜해져서 뚱뚱한 지배인에게 *"쥬 세르세 몽 페르Je cherche mon pere(우리 아빠를 찾아요)."*라고 말하는 것조차 힘이 들었다. 다행히 피셔 집안에 대해 훤히 알고 있는 지배인은 찰리가 말을 끝내기도 전에 선뜻 안내해주었다. 찰리는 아빠가 앉아 있는 구석진 테이블로 갔다. 피셔 씨는 산더미처럼 쌓인 해산물에 포위되어 있었다. 찰리는 걸어가면서 만년필을 도둑맞은 일에 대해 발설하지 않겠다고 결심했다. 아빠에게 꾸중을 들느니 몇 달 후 발각되는 위험을 감수하는 편이 나았다.

"늦어서 죄송해요." 찰리가 아빠 맞은편 의자에 앉으며 말했다. "바빴어요." 찰리는 초조하게 냅킨을 잡아당겨 무릎 위에 깔다가 하마터면 물잔을 엎지를 뻔했다.

"음." 아빠 찰스 피셔 씨는 마침 입안에 유난히 큰 굴을 밀어넣은 터라 곧장 대꾸하지 못했다. 그가 냅킨으로 수염에 묻은 소금물을 닦고 말하려는데 찰리가 급히 말을 가로챘다.

"만년필을 누군가에게 주었어요. 셰퍼 임페리얼요. 그걸 줬어요." 찰리의 입에서 폭포수처럼 말이 쏟아졌다. 발설하지 않겠다는 계획은 그것으로 끝났다. 비록 자백이었지만 마음이 후련했다.

찰스 씨는 마땅히 대꾸할 말을 찾지 못했다. "뭐라고?" 대신 이렇게 물었다.

"만년필을 줬다고요. 아빠가 제게 주신 만년필."

"셰퍼 임페리얼?"

"네." 찰리가 대답했다.

"네 이름이 새겨진?"

"네."

"도대체 왜?" 찰스 씨가 의아한 표정으로 물었다.

찰리는 잔뜩 쌓아올린 해산물 탑에서 새우를 잡아 입에 넣었다. 그러면서 아빠에게 모든 사실을 털어놓을 것인지 아니면 그냥 입을 닫을지 궁리할 시간을 벌었다. 베어문 새우를 꼭꼭 씹어 삼킨 뒤 거품이 뽀글뽀글 올라오는 물을 마시며 마음의 결정을 내렸다.

"그 만년필이 꼭 필요한 사람에게 줬어요."

"만년필이 꼭 필요한 사람?"

"네. 꼭 필요한."

"어디에 필요한데? 받아쓰는 데? 전화번호라든지 그런 것?"

"네, 그럴 일이 있었어요." 찰리가 새우를 한 개 더 입에 넣으며 대답했다.

찰스 씨는 천성적으로 의심이 많았다. "그냥 빌려줄 수는 없었니?" 아빠가 캐물었다.

예상치 못한 상황이었다. 찰리는 일단 두 번째 새우를 씹어서 삼켰다. "아빠가 늘, 형편이 어려운 사람에게 베풀어야 한다고 말씀하셨잖아요."

"음." 찰스 씨는 궁지에 몰린 기분으로 입을 열었다. "음." 그 역시 아들을 제압할 만한 대답을 궁리하며 해산물 탑에서 조개를 집어들었다. "음, 그렇다고 해서 50달러짜리 만년필을 적선하라는 뜻은 아니었다. 그것도 네 이름이 새겨진 만년필을." 아빠는 크게 한숨을 내쉬며 말을 이었다. "찰리, 그건 아빠의 선물이다. 아주 비싼 거라고. 그걸 대체 누구에게 주었냐?"

"거리에서 만난 소년이에요. 장 조레스 광장에서."

"거리의 소년?" 아빠가 되물었다. "그 아이가 전화번호를 적는 데 만년필이 필요했구나."

"네."

"아마 수없이 많은 전화번호를 적을 수 있을 게다. 평생토록."

찰리는 새우를 칵테일소스에 담갔다가 입에 넣었다. "쩝쩝." 찰리는 그렇게만 반응했다.

"짐작해보니 너 그 아이랑 친해지고 싶었나 보구나." 찰스 씨가 물었다.

찰리는 얼굴이 붉어졌다. 그게 이유였던가? "그럴지도 몰라요."

"너에게 충고 하나 하마. 물건으로 우정을 구걸할 순 없다. 진정한 우정은 스스로 쟁취하는 거야." 아빠는 칵테일포크로 찰리를 가리켰다. 알다시피 찰스 씨는 수염을 길렀다. 그의 갈색 수염은 나무랄 데 없이 손질해 포마드 바른 머리카락과 함께 점점 잿빛이 되어가는 중이었다. 그는 제복이나 다름없는 회색 소모사 수트 재킷 차림으로, 칼라에는 냅킨을 끼우고 있었다. 이전 근무지인 아일랜드 더블린에서 특임영사로 근무하는 동안 고생에 찌들었던 얼굴에 지중해가 기적을 일으키기는 했지만, 그래도 눈가와 입가에서는 52세라는 나이가 고스란히 드러났다. "그건 그렇고, 행사가 있는데…." 아빠가 계속해서 말했다.

"전 가고 싶지 않아요." 찰리가 잘라 거절했다.

"끝까지 들어."

찰리는 마지막 새우를 손에 쥐고 먹으며 다시 말했다. "전 안 갈 거예요."

"토요일 밤에 행사가 있다. 틀림없이 재미있을 거야. 네 또래 아이들도 많이 올 거고." 찰리의 아빠가 웨이터에게 손짓을 했다. 웨이터는 우아하게 테이블로 걸어와 빈 해산물 그릇을 치웠다. "팰머스 자작의 아들이 지금 시내에 머물고 있는데, 그 애의 아홉 번째 생일 파티란다. 자작의 간청으로 갈 계획이야. 너도 초대를 받았다."

"전 됐어요."

아빠는 아들의 대답을 못들은 척 말을 이어나갔다. "거기에서 조랑말도 탈 수 있다고 하더라. 어릿광대도 오고."

짐작하겠지만 이런 유혹에도 열두 살 찰리는 무덤덤했다. 조랑말 타기는 어쨌든 찰리가 좋아하는 놀이가 아니었다.

"게다가 네 또래 아이들도 있다. 아주 많을 거야. 아빠가 소개해주마. 그 애들 모두 영어를 할 줄 알 거야."

"아니요, 싫어요." 찰리는 단호했다.

"찰리, 때가 되면 너도 응해야 한다. 마르세유에 파견된 총영사의 아들로서 최소한의 역할을 수행해야 할 의무가 있어." 웨이터가 다시 왔다. 그는 찰스 씨 앞에 생선스튜인 부야베스 접시를 내려놓고 찰리 앞에는 오믈렛과 감자튀김을 내려놓았다. 찰스 씨가 해명했다. "미안하지만 네가 늦어서 아빠가 대신 주문을 했다."

점심식사가 나와서 다행이었다. 아빠에게 뭐라고 대답해야 할지 생각나지 않았기 때문이다. 왜 자신이라고 참석하기 싫겠는가? 귀족을 만나는 파티에 하객이 되고 싶지 않은 사람이 세상 어디에 있겠는가? 따져 보면 그런 사교모임을 지겨워하게 된 것도 어쩌면 엄마의 배신이나 끊임없이 이어지는 휴가 인생 때문일지 모른다. 찰리가 무지하거나 두려워서 사교모임을 거부하는 것은 절대 아니었다. 천만에, 그는 그런 자리에 수없이 많이 가봤다. 텔아비브에서 검정색 타이를 매고 참석했던 바르 미츠바(유대교에서 13세에 치르는 성인식—옮긴이), 햇살 쨍쨍한 델리의 테라스에서 열린 가든파티, 아르헨티나 귀족이 주최한 그랜드 갈라. 이런 행사에서는 음식과 오락에 비용을 아끼지 않았다. 참석자들은 완벽하게 차려입고 완벽하게 행동했다. 멋지고 화려하고 흥분되는 자리였지만 찰리가 어울려야 하는 상대는 우아한 몸짓에 화려하게 차려입은 어른이 아니었다. 그러기는커녕 아이들 테이블로 밀려났다. 그곳에는 하나같이 현존하는 최악의 막돼먹은 인간 유형이라 할 귀족 자손들이 있었다.

동화책에 나오는 공주보다 더 사실적인 공주를 만나본 찰리는 그들이 월트디즈니 영화에 나오는 공주와 전혀 닮지 않았음을 얼마든지 확인해줄 수 있었다. 그들은 끝까지 심술맞고 제멋대로였다. 거만하게 콧소리로 말하고 경쟁하듯 신경질을 부렸다. 이름은 유지니아거나 라비니아, 엘시노어 따위였다. 그들은 찰리에게 좀처럼 길게 말하지 않았다. 어쩌다 말을 섞으면 찰리가 부패한 시신으로 등록되어 갓 도착하기라도 한 듯 고개를 빳빳이 쳐들고 단답형으로 내뱉기 일쑤였다. 왕자들로 말할 것 같으면(해리 아니면 앙리, 하인리히 폰 스파클부르크) 그들은 여러분이 상상하는 매력과 한참 거리가 멀었다. 왕자들은 값비싼 스포츠카를 모는데, 하나같이 성냥갑으로 만든 미니어처나 주물 장난감이라도 되는 양 툭하면 망가뜨리고는 금세 더 번쩍거리는 새 자동차로 바꿨다. 게다가 식탁에 삐딱하게 앉아 트림을 하고, 여자친구가 수집했다 버리는 하찮은 물건이라도 되는 양 수시로 바꿔서 데리고 다녔다. 그들은 찰리와 찰리의 수줍음을 조롱하고 무례하게 굴었다. 그들에게 미국 외교관의 아들인 찰리는 평민이었다. 이득을 노리고 사교계 명사의 행사에 어슬렁거리는 존재일 뿐이었다.

아빠는 아들의 침묵을 충분히 이해했다. 찰리의 비사교적인 성향이 튀어나온 게 이번이 처음은 아니었다. "나도 안다." 아빠가 말했다. "네가 힘들어 한다는 것. 하지만 노력해야 한다. 찰리, 너는 정말 호감 가는 아이야. 아직 적당한 친구를 만나지 못했을 뿐이지."

"맞아요." 찰리가 대꾸했다.

"아무도 만나지 않으려 하면 어떻게 좋은 친구를 사귀겠니?"

"알아요, 아빠. 다만 저는 시간이 필요해요." 찰리가 대답했다.

아빠는 고개를 끄덕이며 말없이 생선스튜를 입에 떠넣었다. 찰리도 점심을 먹었다. 레스토랑의 유쾌한 소음이 두 사람 사이의 공간을 가득 채웠다. 후텁지근한 공기에 목조 실내장식의 서늘함이 반가운 계절. 사람들이 생선과 조개 요리, 로제와인으로 늦은 점심을 먹는 프랑스 남부의 레스토랑에는 특유의 시끌벅적함이 있었다. 찰리가 지나가는 웨이터에게 그레나딘을 주문했을 때를 빼고 부자는 별 말없이 먹는 데만 열중했다. 드디어 그레나딘이 도착했고, 찰리는 그것을 마셨다. 찰스 씨는 부야베스를 마지막 한 스푼까지 먹고 나서 숟가락을 내려놓고는 셔츠 앞에서 냅킨을 뺐다.

"다시 사무실에 들어가 봐야 할 것 같다. 서명해야 할 서류도 있고, 처리해야 할 여권도 있고, 만날 사람도 있고, 도와줘야 할 민원도 있어서." 아빠가 웨이터에게 손짓을 했다. 이윽고 청구서가 도착하고, 아빠는 쟁반에 정확한 액수의 현금을 내려놓았다. 이어서 아빠가 재킷 안주머니에서 펜을 꺼내 건네며 말했다. "호텔 볼펜이다. 셰퍼에 비할 수는 없지만 당장 급할 테니, 이건 남에게 주지 마라."

찰리는 웃으면서 펜을 받았다. 아빠가 눈을 찡긋하고는 찰리의 등을 두드렸다. 찰리는 아빠가 나가는 것을 보며 웨이터에게 손짓했다.

"무엇이 필요하세요?" 웨이터가 물었다.

"어노트르 그레나딘 실 부 플레Un autre grenadine s'il vous plait(그레다닌 한 잔 더 갖다 주세요)."

그레나딘이 도착했다. 찰리는 말없이 새 펜을 만지작거리며 그레나딘을 마셨다. 아미르가 했던 것처럼 손가락 사이에 펜을 끼운 채 돌려보려고 했지만 번번이 떨어뜨렸다.

찰리는 거기 그렇게, 테이블에 팔꿈치를 괴고 다소 건방진 자세로 앉아 있었다. 작은 플라스틱 펜이 섬 감옥에서 탈옥수가 탈출하듯 손에서 연거푸 튀어나가는 동안 계속 그렇게.

그리고 다음날 오후가 되었다. 장면은 바뀌어 구항구 남쪽에 위치한 마르세유의 어떤 구역이었다. 바로 프라도다. 여러분이 만약 거기가 어디냐고 묻는다면, 아마 마르세유 사람들은 유람선과 낚싯배가 뒤엉켜 있는 곳에서 파라디 가를 따라가면 가로수 즐비한 프라도 가의 널찍한 T자 교차로가 나온다고 알려줄 것이다. 아니면 생일케이크의 촛불처럼 서 있는 노트르담의 우아한 얼룩말 무늬 바실리카와(여러분의 머리보다 한참 위에 있는, 마르세유의 중심부다)와 파로 궁, 생장 요새가 내려다보이는 언덕으로 올라가라는 말을 들을지 모른다. 거기에서 나무 한 그루 없는 이프 섬과 프리울 섬 외에 그 무엇도 시야를 가리지 않는, 유리처럼 반짝이는 초록빛 지중해를 끼고 코르니슈(낭떠러지를 옆에 낀 도로—옮긴이)를 따라 남쪽으로 가면 바다가 끝나는 지점에 로터리의 어지러운 차들을 안내하는 미켈란젤로의 거대한 다비드 복제상이 나오는데 그곳이 바로 프라도의 초입이다.

그렇지 않으면 택시를 타는 게 최선이다.

그 시절 프라도는 마르세유에서도 가장 독특한 동네였다. 널찍한 도로에 잎이 무성한 플라타너스 가로수는 최고 모델들만 달리는 차량 물결에 시원한 그늘을 드리웠다. 넓은 도로 한쪽에는 담쟁이와 인동덩굴이 담요처럼 뒤덮고 철제 세공 울타리가 높이 둘러진 호화로운 바로크 양식 석조주택이 행렬을 이루고 있었다. 그 저택 중 한 곳에서 피셔 부자가 살았다.

지금 찰리는 그곳에 있었다. 미라마르 레스토랑에서 곧장 여기로 이동한 듯, 3층짜리 대저택의 여러 거실 중 한 곳에서 여전히 팔꿈치를 괴고 다소 건방진 자세로 앉아 펜을 만지작거리는 중이었다. 다만 그 사이 연습을 많이 한 덕에 손가락으로 펜 돌리는 건 한층 능숙해졌다. 그 시간에 공부를 했어야 마땅하다. 지금 이 방에 있는 가정교사 시몽도 그 점을 상기시키는 중이었다.

"찰리, 펜 내려놓고 잠깐만 집중할래?" 시몽이 애원했다.

"네." 찰리가 플라스틱 펜(비엥 브뉘! 프랑스 파리, 루테이아 호텔입니다)을 무명지에서 새끼손가락으로 옮기며 대답했다. 그것은 볼펜 돌리기에서 가장 어려운 동작이었다.

"내려놓지 않았잖아." 시몽이 말했다. 사실이었다.

찰리는 손가락에서 손가락으로 옮기는 동작을 잘 하지 못했다. 펜이 툭 하고 책상으로 떨어졌다.

"고맙다." 시몽은 찰리의 실수를 복종하는 것으로 오해했다. "자, 네가 잘 저지르는 일반적인 실수 하나를 지적할게." 찰리의 작문 공책이 앞에 펼쳐져 있었다. 시몽은 실험실 쟁반에 놓인 개구리라도 되는 듯 찰리의 단편소설을 꼼꼼히 해부했다. "매달린 수식어(불일치 분사구문—옮긴이)가 뭔지 기억하지?"

"벼랑에 매달려서 수식하는 거요?" 찰리가 싱글거리면서 되물었다.

시몽은 웃지 않았다. 평소에도 거의 웃지 않았다. 찰리에게는 그 점이 매우 의아했다. 그가 보기에 시몽은 몹시 호사스럽게 사는 것 같았기 때문이다. 시몽은 대학원생이었다. 열두 살 소년의 눈에는 현실적인 책임 없이 독립을 만끽하는 대학생이 가장 이상적인 처지로 보였다. 시몽은 휴학을 연장해가며 피셔가의 지붕 아래서 책임으로부터 자유로운 삶을 누리고 있었다. 그는 찰리에게 영어와 프랑스어, 지리를 하루 세 차례 가르치고 상당한 보수와 함께 일주일에 3일의 휴가를 받았다. 그는 포크송 가수처럼 염소수염을 기르고 두꺼운 검정색 뿔테 안경을 썼다. 맨해튼 출신으로 나일론 줄 기타를 연주했고, 최근에는 세실이라는 어린 프랑스 여자애와 어울리는 것 같았다. 그가 왜 이렇게 꽉 막힌 사람처럼 구는지 찰리는 도무지 이해가 안 됐다.

"매달린 수식어는 문장에서 목적어를 잘못 수식하는 구야." 시몽이 딱딱하게 설명했다. 그가 커다란 전망창 밖을 내다보았다. "예를 들어 having climbed the fence, the distance to the ground was too far for the boy to jump, 여기에서 'having climbed the fence'라는 구는 'the distance'라는 단어를 잘못 수식하고 있어. 그게 아니라…," 시몽은 잠시 멈췄다 다시 말했다. "There is a boy climbing the fence('저기 어떤 소년이 울타리를 기어오르고 있다'는 뜻—옮긴이)."

시몽의 시선이 향한 곳을 바라다보던 찰리는 수식어 따위는 아랑곳없이, 가정교사의 말이 옳다는 것을 알았다. 그곳에 울타리를 기어오르는 소년이 있었다. 아니 울타리 끝까지 올라가서(번잡한 거리를 가리기 위해 빽빽하게 심은 산울타리 나무 위로 솟은, 3미터쯤 되는 철제 세공 울타리였다) 이제는 울타리의 장식물 하나를 팔로 두른 채 매달려 있었다. 이쪽 거실 창문에서 소년이 있는 울타리까지는 잘 손질된 잔디밭이 11미터 넘게 펼쳐져 있었다. 그 정도 거리에도 불구하고 찰리는 소년이 다름 아닌 소매치기 아미르라는 것을 알아챘다.

찰리가 무슨 말을 꺼내기도 전에 시몽이 프랑스 풍 문으로 달려나가 고함을 질렀다. "이 녀석, 너! 지금 거기에서 뭐하는 거야?"

"잠깐만요!" 찰리가 의자에서 벌떡 일어나 소리쳤다.

"여긴 개인주택이야!" 시몽이 가정교사답게 허공으로 삿대질을 하며 계속 호통을 쳤다.

울타리에 매달린 아미르는 움츠러들지 않았다. 오히려 찰리를 발견하고는 미소를 지었다. "이봐!" 아미르가 한껏 팔을 휘두르며 소리쳤다

시몽이 경호원을 부르려고 하자 찰리는 얼른 달려가서 그를 말렸다. "잠깐만요, 선생님. 제가 아는 애예요."

"네가 쟤를 안다고?" 가정교사가 못 믿겠다는 듯 퉁명스럽게 물었다. 그러고는 다시 아미르를 바라다보았다. 헝클어진 갈색 머리에 지저분한 바지, 색바랜 분홍색 셔츠, 이를 드러낸 환한 미소. 그럼에도 마침내 시몽은 의심을 누그러뜨렸다. "좋아. 저 녀석은 대체 울타리에서 뭘 하는 거지? 왜 대문으로 들어오지 않는 거야?"

"저 애는 그런 방식이 낯설어요." 찰리는 대답하고 나서 곧장 잔디밭을 가로

질러 친구에게 달려갔다.

"기다려!" 시몽이 열려 있는 프랑스 풍 문에서 소리쳤다. "넌 지금 수업 중이 잖아!"

"Having Climbed the fence, the boy realized the distance to the ground was too far! 이렇게 하면 되죠?" 찰리가 어깨 너머로 대꾸했다.

"그렇게 높지 않아." 찰리가 울타리 밑에 다다랐을 즈음 아미르가 소리쳤다. 그것을 입증하기라도 하듯 아미르는 울타리에 둘렀던 팔을 뺀 다음 다람쥐처럼 바닥으로 사뿐히 떨어졌다. 이어서 웅크린 몸을 벌떡 일으켜 찰리에게 손을 뻗었다. "히야. 찰리, 집 멋진데." 아미르가 감탄했다.

"여기 어떻게 왔어?"

아미르가 소매를 툭툭 털고 매무새를 가다듬으며 휘파람을 불었다. "여긴 내 구역이야, 찰리 피셔. 넌, 그 뭐라더라? 명문가의 후손이구나."

"고마워. 아마 그럴 거야." 찰리는 자신의 사회적 위치가 쑥스러워졌다. "사실은 우리 아빠가 그래. 우리에게는 과분하지. 난 평범하거나 뭐 그런 게 더 좋거든. 그건 그렇고, 도대체 어떻게 나를 찾아낸 거야?"

"이 아미르한테 비밀이란 없지. 마르세유에서는 말이야."

찰리는 소년을 잠깐 뜯어본 뒤 말했다. "우리 집에 온 걸 환영해."

"고마워." 아미르는 이렇게 대꾸했지만 눈은 찰리의 어깨 너머를 흘끗거렸다. "내가 방해한 것 같은데."

어느새 찰리 곁에 시몽이 다가와 있었다. "아하, 이 분? 가정교사야. 우린 막 수업을 끝냈어."

"오호라, 우리가 그랬던가?" 시몽이 비아냥댔다. 시몽은 아미르에게 자신을 소개하면서 수상쩍은 눈으로 그를 살폈다.

"우리 수업 그만해도 되죠? 제가 아미르한테 만나자고 약속했어요." 찰리가 시몽에게 물었다.

허리에 두 손을 얹은 시몽은 불현듯 지금이 따뜻한 오후이며 자신이 밖에 있다는 사실을 깨달은 듯 심호흡을 했다. 멀지 않은 곳에서 바다새의 울음소리가 들려왔다. 대기에 바다 냄새와 재스민 바인 꽃향기가 어렴풋이 스쳤다. 시몽은 어느새 어깃장을 놓고 싶은 마음이 사라져버렸다. 그가 손목시계를 확인했다. "10분밖에 남지 않았네." 찰리를 정면으로 응시하며 시몽이 덧붙였다. "그럼 다음 주에 독해 다 끝낼 거지?"

"그럼요, 선생님. 50페이지 남았어요."

"그리고 에세이 어서 시작해. 우리가 뭘 공부하는지 보여줄 필요가 있어."

"걱정 마세요."

"그런 태도 좋아요, 선생님." 아미르가 불쑥 끼어들었다.

시몽이 엷게 웃었다. "멋진 친구구나. 그런데 과연 아빠가 허락하실까?"

"아빠는 모르시는 편이 좋아요."

산울타리 잎사귀가 살랑살랑 흔들렸다. 이웃집의 열린 창문으로 음악소리가 들려왔다. "음, 날씨 좋다. 이럴 땐 즐겨야지. 공부하느라 자신을 잃어버려서는 안 되지."

"이 친구의 공부는 이제 막 시작되었죠." 아미르가 찰리에게 윙크하면서 대꾸했다.

시몽이 아미르를 보며 눈을 치켜뜨자 찰리가 얼른 끼어들었다. "아미르, 너 농담도 잘하는구나. 자, 우리… 우리…," 찰리는 뭐라고 말해야 할지 몰라 쩔쩔매다가 간신히 이렇게 덧붙였다. "우리 구슬치기나 할까?"

"구슬이라." 시몽이 돌아서서 집 안으로 걸어가며 중얼거렸다. "While shooting marbles in the boules court, the afternoon slowly turned to evening.('구슬치기 장에서 구슬을 던지는 동안 오후가 저녁이 될 것이다'라는 뜻 ─옮긴이)."

"그거 매달린 수식어예요!" 찰리가 소리쳤다. "The afternoon slowly turned to evening while the boys shot marbles in the boules court!라고 해야죠."

시몽은 인정한다는 듯 동그랗게 구부린 엄지와 검지를 흔들며 집 안으로 들어갔다.

두 소년은 안으로 사라지는 가정교사를 지켜보았다.

이윽고 아미르가 말했다. "진짜로 수업할 준비가 된 거야?"

"잠깐, 나 정신 좀 차리고." 찰리가 대답했다.

CHAPTER 4

아미르를 따라 마르세유 거리를 누비는 것은 울창한 풀숲에서 놀란 뱀을 뒤쫓는 일과 비슷했다. 찰리는 대담한 현장 동물학자처럼 보이려고 최선을 다했다. 그러나 아미르가 차들이 빽빽한 도로로 뛰어들거나 으슥한 골목으로 불쑥 들어가고 난간을 뛰어넘을 때면 뒤처지지 않게 따라가는 것 말고는 할 수 있는 게 없었다. 행인이나 운전자들과 일촉즉발의 순간을 겪을 때면 무지막지하게 쏟아지는 욕설을 들어야 했다. 안타깝게도 문제의 원인제공자인 찰리는 길을 가는 내내 큰 소리로 사과를 연발했다. 아미르는 남들이 어떻게 생각하든 혹은 자신의 행동이 주변에 어떤 영향을 끼치든 전혀 신경 쓰지 않는 것 같았다. 찰리에게는 아미르가 밝은 불꽃같이 사는 것처럼 보였다. 찰리는 그 빛을 비추는 거울일 뿐이었다.

"잘 따라와!" 아미르가 소리쳤다. 작은 시장통의 아수라장 속에서 찰리를 잃어버릴 뻔한 직후였다. 검은 히잡을 쓴 한 무리의 알제리 여인들이 두 소년을 무심히 쳐다보았다. 아미르는 진열대를 빠져나와 작은 도로 여러 개가 교차하는 지점에서 찰리를 기다리고 있었다.

"노력하고 있어." 마침내 도착한 찰리가 대답했다. 아미르가 다시 어디론가 뛰어가려고 할 때 찰리가 그의 팔을 잡았다. "잠깐만. 나 숨 좀 돌리고."

"찰리 피셔." 놀랍게도 아미르는 마르세유의 미로를 훑고 다니는 이 경주에서 조금도 긴장을 풀지 않았다. "진흙 웅덩이에서는 거북이를 잡을 수 없어. 어떻게 숨 좀 돌리겠다는 말이 나와?"

"난 이런 걸 많이 해보지 않았어. 사람들한테서 도망치는 게 습관이 되지 않았다고." 찰리가 반발했다.

아미르가 찰리의 어깨에 팔을 둘렀다. "이건 가장 중요한 수업이야, 사람들로부터 도망치는 것."

"알았어." 찰리가 코를 훌쩍거리며 대답했다.

"뽀롱나면 무조건 도망쳐야 해."

"뽀롱?"

"들키는 것 말이야. 그 전까지 너는 존재하지 않아. 들키기 전에 너는 없는 사람이라고."

주변 도시가 우르릉거렸다. 가만히 서 있는 두 아이를 전혀 의식하지 않는 듯 활기차게 돌아가고 있었다. "그게 바로 너야, 찰리. 넌 마르세유에서 아무것도 아니야. 너라는 존재는 없어."

마음이 거북해진 찰리는 연신 몸을 움직였다.

"참, 그리고…." 아미르가 계속했다. "깜빡했네. 넌 총영사님의 아드님이지? 유명인사. 하지만 여기에서는 아니야. 지금 여기에 우리는 없어. 우린 단지 이 풍경의 일부분이야." 아미르는 주변을 아우르는 손짓을 했다. 빨간색 자동차가 그들 앞에 잠시 멈춰 섰다가 커브를 돌아 겨우 차 한 대 지날 만큼 좁은 골목으로 사라졌다. 낡은 검정색 푸조 자전거를 탄 두 청년은 자갈 깔린 도로를 덜컹거리며 달렸다. 한 명이 다른 한 명에게 즐겁게 떠들었다. 자전거에 달린 고리버들 바구니 밖으로 점심식사인 듯 소시지 넣은 바게트 두 두덩이가 쑥 튀어나와 있었다. 몇 미터 떨어진 곳에서는 교복 입은 아이들이 만화책을 두고 몸싸움을 벌였다. "우린 배경이나 다름없어." 아미르가 강조했다.

잘 다린 쓰리피스 정장을 말쑥하게 입은 신사가 서류가방을 들고 그들 옆을 지나갔다. 신사의 시선은 멀리 어딘가를 향하고 있었다. 아미르가 갑자기 찰리를 신사 앞으로 떠밀었다.

"야아!" 찰리가 비명을 질렀다.

신사는 용케 장애물을 피한 뒤 프랑스어로 욕설을 내뱉었다. "이 녀석이! 눈 똑바로 뜨고 다녀." 신사는 수트재킷 앞을 손으로 털며 가던 길을 재촉했다.

"*파르동 무슈Rardon Monsieur(죄송해요, 아저씨),*" 아미르가 신사를 따라가며 프랑스어로 사과했다. 잠시 후 아미르가 찰리에게 말했다. "자, 방금 너는 누군가였어, 저 신사에게. 그 전까지는 아무것도 아니었지만. 아무것도 아닌 것과 누군가인 것 사이에는 미세한 선이 있어. 네가 있어야 할 곳은 이쪽이야. 아무것도 아닌 쪽. 그런데 네가 어떤 사람, 누군가가 되면, 넌 도망쳐야 해."

찰리가 웃었다. "무슨 뜻인지 알겠어."

"아니, 넌 아직 몰라. 이제 겨우 시작일 뿐이야." 아미르가 반박했다.

그들은 로마 거리 초입에 위치한, 거대한 줄레 캉티니 분수를 기둥이 에워싸고 있는 로터리에서 3번 트램을 탔다. 마침 판매원으로 보이는 두 젊은 여자의 옆자리가 비어서 거기에 앉았다. 여자들은 본능적으로 위험을 감지한 듯 아미르에게서 조금 떨어져 앉았다. 하지만 아미르는 즉시 환한 미소와 농담을 던지며 그들의 경계심을 풀었다. 여자들은 수줍게 킥킥대면서도 가슴팍의 지갑을 꽉 움켜쥐었다. 한편 찰리는 여자 앞에서는 언제나 몸이 굳어지며 불편함을 느꼈다. 그는 아미르의 편안함이 자신에게도 전염되기를 바라며 여자들에게 웃어 보였다. 그 중 한 명이 찰리를 보며 웃었다. 찰리는 얼굴이 달아올라 신발만 내려다보았다.

아미르가 찰리의 허벅지를 툭 쳤다. "좋았어. 저기 좀 봐." 그가 가리켰다.

한 신사가 막 트램에 올라타고 있었다. 마흔쯤 된 듯한 그는 마르세유의 오후 통근자들 중에서도 조금 일찍 퇴근하는 사람 같았다. 머릿기름을 발라 말쑥하게 뒤로 넘긴 그는 고급 개버딘 수트를 입고 있었다. 그가 둘둘 만 신문을 가볍게 펼치더니 트램의 수직 기둥에 기대서서 신문을 읽기 시작했다.

"왼쪽 바지, 오른쪽 바지, 엉덩이 주머니." 아미르가 찰리에게 속삭였다. 그의 손가락이 찰리의 눈앞에서 여러 방향을 가리키며 현란하게 움직였다.

"뭐라고?" 찰리가 물었다.

신사가 두 아이를 힐끗 쳐다봤다. 아미르는 시치미를 떼고 창밖을 바라보았다. 신사가 다시 신문에 집중하자 아미르는 찰리를 무섭게 노려보았다. "왼쪽 바지, 오른쪽 바지, 엉덩이," 그가 목소리를 낮춰 다시 속삭였다. "주머니."

"아하." 찰리가 중얼거렸다.

아미르는 다시 이상한 말을 중얼거렸고, 이번에는 자기 몸 이곳저곳을 손으로 툭툭 쳤다. 오른쪽 바지, 왼쪽 바지, 엉덩이. 그리고 "윗도리 구멍."이라고 덧붙이면서 재킷 가슴 안으로 손을 밀어넣는 시늉을 했다. 그때 트램이 정차했다. 승객들이 썰물처럼 빠져나가고 다른 승객들로 채워졌다. 개버딘 정장 차림 신사는 팔꿈치로 사람들을 밀치며 자신의 위치를 지켰다. 통로를 보고 있던 찰리는 트램에 올라탄 차장이 차표 검사하는 것을 발견했다.

"아미르." 찰리가 속삭이며 트램 앞쪽을 향해 고갯짓을 했다. 그들은 차표를 구입하지 않았다. 사람들이 종종 그렇게 한다는 사실은 알고 있었지만, 찰리는 가끔 트램을 탈 때면 반드시 차표를 샀다. 하지만 이번에는 아미르한테 휩쓸려 맙소사, 불법 무임승차를 했다.

아미르는 아무 말 없이 자리에서 일어났다. 그러고는 트램이 정류장을 출발하기 위해 덜컹하는 순간을 틈타 개버딘 정장 신사에게 몸을 부딪쳤다.

"파르동." 아미르가 사과했지만 신사는 대꾸하지 않았다. 아미르는 찰리의 옆자리로 돌아와 의자에 앉았다. 그리고 둘 사이 의자 바닥을 따라 뭔가를 미끄러뜨리며 속삭였다. "윗도리 입술주머니. 차표주머니."

찰리는 시선을 내리깔았다. 아미르가 훔친 차표가 얼핏 눈에 들어왔다.

모든 일은 순식간에 일어났다. 차장이 개버딘 정장 차림의 신사에게 다가와 무심히 차표를 요구했다. 개버딘(우리는 그를 그렇게 부를 것이다)은 재킷의 작은 주머니(큰 옆주머니 바로 위에 있는 주머니)에 손을 넣었다가 안이 비어 있는 것을 발견했다. 그가 당황하고 놀라서 주머니를 뒤지기 시작했다. 더불어 또박또박한 프랑스어로 연신 미안하다고 사과했다.

차장은 무임승객을 대하는 여느 차장처럼 행동했다. 동정심이라고는 눈곱만큼도 없고 기혼자의 권태로움만 있는 말투로 개버딘에게 다음 정류장에서 하차하라고 통보했다. 그리고 작은 수첩을 꺼낸 다음 칼갈이 하는 푸주한처럼 연필심에 침을 발라 벌금 청구서를 작성하기 시작했다. 희생자는 그저 황망히 바라볼 뿐이었다.

찰리는 그냥 보고 있을 수가 없었다. 아미르가 건네준 훔친 차표를 움켜쥐고 자리에서 벌떡 일어났다. 아미르가 목소리를 낮춰 말렸지만 찰리는 막무가내였다. "제 것을 쓰게 해주세요." 찰리가 노란색 종이쪽지를 차장에게 내밀며 말했다.

차장이 눈을 치켜뜨고 수첩에서 연필을 뗐다. 찰리는 잠시 머릿속으로 문장을 만든 다음 프랑스어로 바꿔서 말했다. 차장이 찰리의 차표를 받아들더니 홀 펀치를 꺼내 차표에 구멍 두 개를 찍었다.

"제 친구 것도 한 번 더요." 찰리가 아미르를 가리키며 말했다.

"메르시." 차장이 자리를 떠난 후 개버딘이 인사했다.

"나머지는 아저씨가 쓰세요." 찰리가 쓰던 차표를 신사에게 건네며 말했다. "몇 번밖에 남지 않아서요."

"고맙다. 도대체 어찌 된 일인지 모르겠구나." 남자가 영어로 대답했다.

아미르가 찰리의 셔츠를 움켜쥐고 트램 뒤편으로 끌고 갔다. "너 도대체 무슨 짓을 한 거야?"

"아저씨가 불쌍하잖아." 찰리가 대답했다.

"뭐가 불쌍해? 그는 몇 정거장 일찍 내릴 뿐이야."

"그 아저씨는 벌금을 물 뻔했어. 이건 정당하지 않아."

"하하. 그 아저씨는 절대 벌금을 내지 않을 걸. 벌금을 누가 내?"

"그래도…."

"찰리 피셔, 넌 아직 아무것도 아니야. 표적한테 미안한 감정을 갖지 마. 상대방은 호구야. 방금 너는 표적에게 너를 보였어. 표적이 시끄럽게 굴지 않는 이상 훔친 물건을 되돌려주는 기술자는 없어."

"무슨 말인지 도통 모르겠어."

트램이 시끄럽게 덜컹거리며 모퉁이를 돌았다. 그 바람에 트램 승객들도 일제히 비틀거렸다. 아미르가 한숨을 내쉬었다. "내가 왜 이 짓을 하고 있는 거지?" 아미르가 딱히 누구에게라고 할 것 없이 중얼거렸다.

"미안해. 그냥 말로만 그러는 거지?" 찰리가 물었다.

"입 닥쳐, 찰리. 내가 이걸 하는 이유는 네가 나를 도와줬기 때문이야. 만약 네가 배울 생각이 없다면, 좋아. 하지만 네가 나를 도와줬고, 그래서 나한테 이걸 가르쳐달라고 하는 거라면, 좋아, 가르쳐주겠어."

"고마워해야겠지?" 찰리가 머뭇거리며 말했다. "하지만 네가 뭔가를 할 때 영어로 말해줬으면 좋겠어."

"난 영어로 말하고 있어." 아미르가 대꾸했다.

"하지만 구멍이니 입술, 기술자, 그런 거 말이야."

"아, 그거." 아미르가 말했다. "넌 그런 용어도 배워야 해."

그때 트램이 협곡처럼 솟은 상점 창문들과 벽보 붙은 벽들을 지나 벨쥐 부두의 넓은 자갈 해안으로 들어섰다. 하늘은 지중해의 하늘만이 낼 수 있는 깨끗한 푸른색이고, 항구를 드나드는 프리울 유람선들은 빽빽한 요트 선대 사이에서 와자지껄함을 자아냈다. 매표소에서 도로까지 길게 늘어선 페리호 승객 행렬은 뜨내기 악사와 걸인들을 불러들였다. 찰리는 뿌연 창문으로 이런 광경을 구경하느라 정신이 팔려 있었다. 이윽고 트램이 씩씩거리며 멈춰섰다.

"그럼 첫 번째 계획은 뭐야?" 찰리가 물었다. "여기 꽤 괜찮아 보이는데…." 찰리는 문득 자신이 허공에 대고 떠들고 있음을 깨달았다. 아미르가 보이지 않았다. 창밖을 살폈더니 아미르는 시멘트 계선주 옆에 서 있었다. 그는 찰리에게 다소 짜증난 표정이었다.

트램이 덜커덩거리며 다시 움직이기 시작했다. 아코디언처럼 생긴 문이 닫히기 직전 찰리는 아슬아슬하게 문 틈으로 한 팔을 넣어 틈새를 벌린 뒤 나머지 몸도 밀어넣었다. 아미르가 어안이 벙벙한 시선으로 쳐다보고 있었다.

"잠깐만, 멈춰요!" 찰리가 투덜거렸다. 트램 기사는 문틈에 이물질이 낀 것으로 짐작하고 출입문을 열었다가 곧바로 닫았다. 이 동작의 반복만으로 이물질이 제거되리라 생각한 것 같았다. 쿵쿵, 찰리의 팔뚝에 출입문에 부딪혔다. 찰리는 겨우 빠져나와 도로로 굴러떨어졌다. 트램이 다시 움직이기 시작했다.

"대단한데." 아미르가 말했다.

"내리면 내린다고 말을 해줘야지."

"주시했어야지." 아미르가 관자놀이를 톡톡 치며 강조했다. "주시하는 게 중요해, 알았어?"

"이런 식으로 하는 거야, 하루 종일? 내가 얼마나 서툰지 가르쳐주는 게 수업의 전부야?"

"전부일까 아닐까…."

"어서 말해!" 찰리가 재촉했다.

아미르가 장난스럽게 찰리의 어깨를 툭 쳤다. "장난이야. 어서 가자." 아미르가 부두 광장에서 어슬렁거리는 인파를 향해 터벅터벅 걸어갔다.

"아야!" 걸어가던 찰리가 어깨를 문지르며 중얼거렸다.

무궤도 버스가 지나가며 시야를 가렸지만 이내 찰리의 눈앞에 광장이 펼쳐졌다. 벨쥬 부두Quai였다.

의아해하는 사람들을 위해 설명하자면, 여러분은 'quai' 혹은 영어로 'quay'

라는 단어를 kway, kay, key 중 한 가지 방법으로 발음할 것이다. 중세 영어와 프랑스어에서 유래한 이 단어는 '배를 정박시키기 위해 수로의 둑까지 평행하게 만든 구조물'이라는 의미인데, 여기서는 그게 적절하다. 누가 Q를 철자로 쓰기로 했는지 모르지만 아마 장난을 친 것이리라. 벨쥬 부두는 선사시대 항구에 건조된 세 건축물 중 하나로, 그 위치와 용도로 인해 그리스 선원들로부터 사랑을 받았다. 그리고 세월이 흐르는 동안에도 영광을 잃어버리지 않았다. 지금 바다에는 유람용 요트와 낚싯배들이 떠다니고 레스토랑과 바, 호텔들이 병풍처럼 삼면을 두르고 있다. 찰리와 아미르는 바다에서 멀리 떨어진 항구 머리 쪽 광장의 회색 포장석 위에 서 있었다. 그들은 인파 속에 섞였다. 광장을 가로지르는 밤색 교복 차림 학생들, 무리지어 담배를 피우며 잡담을 나누는 카키색 군복 차림 군인들. 언제나 그렇듯 풍선 파는 여인도 보였다. 관광객이나 원주민이나 원하든 원치 않든 벨쥬 부두 광장을 가로질러 가야만 했다. 그 덕분에 벌들로 붕붕거리는 벌통의 온갖 움직임을 관찰할 수 있었다.

"최적의 장소에서 보여주는 게 좋을 것 같다고 생각했어." 아미르가 주변을 가리키며 말했다. "애들이 그러는데 여기가 연습하기 제일 좋대. 표적을 찾기 쉽거든. 두둑한 주머니는 아니지만 그런대로 괜찮아. 무엇보다 네가 쉽게 눈에 띄지 않거든." 아미르는 찰리의 어리둥절한 표정을 보며 덧붙였다. "이제부터 너에게 소매치기를 가르쳐주겠어."

"좋아." 찰리가 대꾸했다. "보여줘."

"소매치기는 날랜 손재주야. 흔하디흔한 마법의 트릭이지. 다만 훔친 것은 돌려주지 않아. 무엇을 훔치든 방법은 같아. 상대방의 주의를 조종하는 거야. 주의를 흐트러뜨리는 것. 엉뚱한 방향으로 주의를 끌기, 누구나 특별한 것을 보고 싶어하거든." 아미르는 말을 하는 동안 우아하고 유연하게 손동작을 했다. 만약 자신이 소매치기 수업을 받고 있다는 점을 몰랐다면 찰리에게는 그 손놀림이 이상해 보였겠지만 사실 별다른 것은 아니었다. 무심코 보는 사람들은 그저 아미르가 말할 때 손동작이 좀 이상하다고 생각했을 것이다.

"저길 봐." 아미르가 말했다. 그는 어느새 자리를 옮겨 찰리 옆에 서 있었다. 그가 마치 신문이나 소책자를 들고 있는 것처럼 손을 앞으로 뻗었다.

찰리가 바라보았지만 아무것도 보이지 않았다.

"뭘 봐야 하는데?" 찰리가 물었다.

"자세히 봐."

찰리는 눈을 가늘게 떴지만 아미르의 활짝 편 손바닥 손금만 보였다.

"아무것도 안 보이는데." 찰리가 말했다.

그때 아미르의 쭉 뻗은 손 밑으로 찰리의 손지갑을 쥐고 있는 또 다른 손이 나타났다.

"바로 이거야." 아미르가 말했다. "사람들은 뭔가를 보고 싶어해. 설령 그게 아무것도 아닐지라도." 아미르는 재빨리 옆으로 한 걸음 비켜섰다.

"알았어. 그거나 돌려줘." 찰리가 말했다.

"네 윗도리 주머니 확인해봐."

찰리가 약이 올라 이 사이로 공기를 들이마셨다. "또 뭐야?"

아미르는 찰리 앞에 서서 숟가락 연주를 하는 집시 가수처럼 찰리의 옷 여기저기를 연속해서 재빨리 툭툭 건드렸다. "왼쪽 바지, 오른쪽 바지, 엉덩이 주머니," 이어서 "재킷 구멍."이라고 말하면서 찰리의 재킷 안주머니를 가리켰다. 찰리는 손으로 가슴팍을 더듬으며 가죽지갑이 무사한지 확인했다.

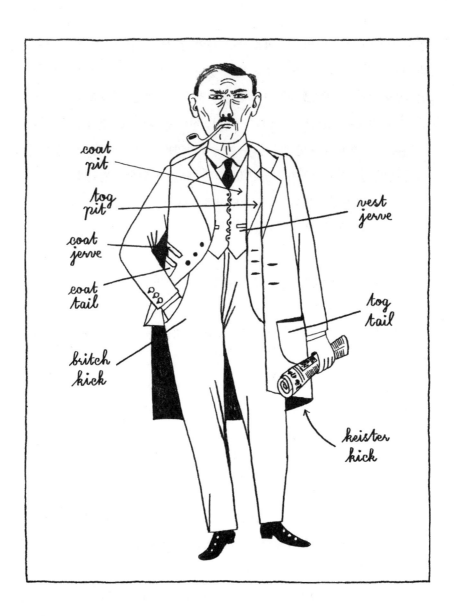

coat pit

tog pit

coat jerve

coat tail

vest jerve

tog tail

britch kick

keister kick

"거기에 서서 내 것 훔치는 것 말고 진짜 소매치기를 가르쳐줘."

아미르가 웃었다. "사람은 주변 환경에 편안해져. 그래서 습격당할 거라고 예상을 못 하지. 그럴 경우 가장 큰 적은 놀라는 거야." 그가 갑자기 몸을 앞으로 기울이며 찰리의 머리통을 가볍게 쳤다. "칼이 아니라." 그가 말했다.

"뭐야?"

아미르의 손에서 뭔가 번쩍하고 빛났다. 그것은 찰리가 집을 나서기 전 바지주머니(오른쪽 바지주머니)에 넣어두었던 오피넬 주머니칼이었다. 아미르가 찰리 모르게 훔친 것이다.

"이봐, 난…." 찰리가 입을 열었다.

"우린 폭력 따위는 쓰지 않아." 아미르가 설명했다. "실력 있는 기술자는 쇠붙이를 가지고 다니지 않아. 그건 깡패들이나 하는 짓이지." 아미르는 말이 끝나자마자 한쪽 발끝을 세워 찰리의 왼편으로 빙그르르 돈 다음 지나가는 젊은 여자를 향해 고갯짓을 했다. "소매치기의 아름다움이랄까? 소매치기에는 그게 필요해." 아미르가 왼손을 들어 손바닥을 펴 보였다. 여러분이 예상하듯 손바닥은 비어 있었다. "이렇게 하려면." 그가 계속해서 오른손을 들어 보이며 말했다. 손가락에서 찰리의 은제 롤렉스시계가 달랑거렸다.

"너!" 찰리가 소리쳤다.

"시계 돌려줘?" 아미르가 물었다.

"응." 찰리가 대답했다. 그것 역시 아빠한테 선물로 받은 것이었다. 만년필을 잃어버린 것은 그렇다 쳐도 시계까지 잃어버렸다고 털어놓는 건 상상할 수 없었다.

아미르는 우아한 손놀림으로 손목시계를 자신의 바지주머니에 넣었다. "좋

아. 나한테서 이걸 훔쳐봐."

"좋아." 찰리는 이렇게 대답한 다음 소매치기의 난이도를 가늠해보았다. 눈으로 아미르의 주머니 아래쪽 조그맣게 툭 튀어나온 곳을 주시했다.

"시선은 위로." 아미르가 손을 저었다. "표적을 살필 때 무작정 주머니를 봐선 안 돼. 네가 훔치려는 물건도. 왜냐하면 네가 보는 곳을 나도 보기 때문이야, 알았어? 넌 표적인 내 앞에 서 있고, 나는 지금 관찰당하고 있어. 난 너에게 달린 거지. 나도 네가 뭘 하는지 보고 있어."

"하지만 넌 지금 내가 뭘 하려는지 알고 있잖아?"

아미르가 눈알을 희번덕거렸다. "찰리, 이건 수업이야. 게다가 진짜 고수 소매치기에겐 상관없어. 설령 내가 네 얼굴에서 안경을 훔칠 거라고 말해줘도 넌 앞이 잘 보이지 않을 때까지 그 사실을 알아차리지 못할걸. 자, 어서 해봐." 아미르가 손가락으로 앞을 가리켰다.

"시선은 위로." 찰리는 아미르를 보며 똑같이 말했다.

"좋아." 아미르가 계속했다. "넌 내 주의를 끌었어. 나한테서 훔칠 물건을 눈여겨 봐두었고. 이제 프레임을 짜고 있어. 어떻게 움직일 것인지 계획해. 자, 이제 나를 엉뚱한 방향으로 유도해."

"어떻게 하는데?"

"내 주의를 딴 데로 돌리는 거야. 네가 아닌 다른 데로."

"아하." 찰리는 잠깐 생각에 잠겼다. "이봐! 저기 봐!"

아미르는 짜증이 치밀어서 약간 멈칫했지만 찰리가 시키는 대로 따랐다. 선대로 천천히 들어오고 있는 유람선으로 시선을 돌렸다. 찰리의 손이 아미르의 주머니에 든 시계를 향해 움직였다. 하지만 금속 시곗줄에 손이 닿기도 전에 아미르에게 손목을 잡혔다.

"어떻게 하려고? 내 주머니라도 찢으려고?" 아미르가 호통을 쳤다. "아냐, 틀렸어. 너 손목시계를 훔치려고 찜했지, 그렇지? 그런데 난 그걸 여기 이 주머니 깊숙이 넣어두었어. 넌 나 모르게 이걸 가질 수 없어."

"그럼 어떻게 해야 하는데?"

"시계를 너한테로 옮겨. 다른 손을 가지고."

"하지만 네가 보고 있는데 어떻게 그래?"

"내 옆으로 와봐."

찰리는 아미르가 시키는 대로 했다. 두 아이는 팔꿈치를 맞대고 나란히 서서 유람선 인부들이 두꺼운 삼마밧줄 고리로 부두의 말뚝을 내리치는 모습을 바라보았다. 그러는 사이 찰리의 손가락은 쩔렁거리는 묵직한 시계의 위치를 파악한 다음 바지천을 통해 시계를 주머니 위로 밀어올리기 시작했다.

"잘하고 있어." 아미르가 말했다. "상대방의 시선에 스포트라이트가 쏟아진다고 상상해, 환한 두 개의 백색 스포트라이트. 상대의 눈동자가 어디를 응시하든 커다란 흰색 불빛 동그라미 안에 있어. 너의 작업은 그 불빛 주변 어두운 곳에서 이루어지는 거야."

하지만 찰리는 긴장해서 몸이 굳어졌다. 그의 손가락은 아미르의 주머니 위로 반쯤 올라온 시계를 꺼내려고 애썼다. 조금 더 움직이면 자신의 의도가 드러날 게 뻔했다. "이제 어떡해?" 찰리가 속삭였다.

"다른 손 있지?" 아미르가 속삭여 물었다.

"응."

"그걸 이용해. 돌아서서 그 손으로 시계를 잡아."

찰리는 아미르의 어깨 너머를 바라보는 척하면서 오른쪽으로 몸을 약간 튼 다음 왼손으로 튀어나온 손목시계를 잡았다.

아미르의 가르침은 계속되었다. "좋았어. 이제 오른손 손가락을 바지로 가져가. 그래, 그렇게. 시곗줄이 느껴져?"

"응." 찰리가 흥분을 감추지 못하며 대답했다. 그는 검지와 중지로 시곗줄을 조심스럽게 잡았다. "잡았어."

"자, 이제부터 까다로운 부분이야. 그냥 잡아 빼면 안 돼. 그러면 내가 눈치 챌 거야. 자연스럽게. 네가 훔치는 것을 내가 몰라야 해, 알았어?"

"무슨 뜻인지…."

"소위 치고 들어오기야. 걸어가다 몸을 스치면서 슬쩍 빼내는 거야. 마치 보고 있던 것을 계속 보는 것처럼, 알았어? 그냥 걸어가."

찰리는 아미르가 가르쳐준 대로 몇 걸음 걸어가다 아미르의 더러운 분홍색 셔츠에 일부러 어깨를 부딪쳤다. 시계는 찰리의 손가락에 잡혀 스르륵 주머니 밖으로 나왔다. 찰리가 몇 걸음 더 걸어가다 돌아서서 의기양양하게 웃었다. "내가 해냈어!" 그가 소리쳤다.

"쉿! 조용히 해, 찰리" 아미르가 야단을 쳤다.

"내가 해냈다니까!" 찰리는 속삭이듯 되뇌었다.

아미르는 미국인의 열정에 감격한 듯 미소 지었다. "정말 감쪽같았어, 찰리. 잘했어." 아미르는 주먹으로 눈을 비비며 자랑스러워서 우는 흉내를 냈다. "내 제자의 첫 번째 소매치기! 아, 하늘이 날아갈 것만 같아!"

"'하늘로가' 맞는 표현이야." 찰리가 지적했다. 손목에 다시 시계를 차려던 찰리는 그제야 자신이 시곗줄만 쥐고 있음을 깨달았다. 찰리가 아미르를 노려

58

봤다. "장난하는 거야?"

아미르는 씩 웃으면서 제 손목에 차고 있는 번쩍이는 은제 롤렉스를 슬쩍 보여주었다. "내가 그걸 포기할 거라고 생각했어?"

"당분간 나한테는 소매치기를 하지 않으면 안 돼?"

"이건 내 직업이야. 나도 어쩔 수 없어."

찰리가 다시 아미르에게 손을 내밀었다. "어서 돌려줘, 부탁이야."

"안 돼, 이것도 수업이야. 어쨌든 바지에 손목시계를 넣어두는 사람은 없어. 내가 책에 나오는 가장 쉬운 시계 도둑질을 가르쳐줄게."

아미르가 롤렉스 찬 손을 내밀어 악수를 청했다. 찰리는 그의 손을 잡았다.

"이번에도 상대방의 눈이 스포트라이트라고 상상해, 알았지? 언제나 그 불빛 주변 어둠속에서 작업을 하는 거야."

"알았어. 그런데 만약 상대방이 아래를 보면 어떻게 해?"

"아래를 못 보게 해야지. 주의를 다른 데로 돌려. 이건 밀고 당기기야, 알겠어? 넌 어떤 상황에든 익숙해져야 해. 이건 마치… 마치…," 아미르는 적절한 비유를 찾느라 애썼다. "마치, 여자한테 수작 거는 것과 비슷해."

찰리의 얼굴이 붉어졌다. "난 그런 거 잘 몰라." 그가 실토했다.

"뭐? 너 여자한테 키스해본 적 없어?"

"사교계 데뷔 축하파티 때 앨리스 그룬델의 뺨에 뽀뽀한 적은 있어."

"그런 거 말고." 아미르가 훅 하고 한숨을 내쉬었다. "그럼 상상을 해봐. 네가 앨리스 그룬델에게 수작을 건다고 상상해봐, 알았어?"

"알았어." 찰리가 수줍어하며 대답했다. 그는 언제나 앨리스에게 특별히 관심이 갔다.

"그러는 동안 너는 내내 기회만 엿보고 있어. 여자의 반응을 살피는 거지, 그 순간을 기다리며. 만약 여자가 너를 무시하면 뒤로 물러나서 애타게 만드는 거야. 그러다 여자가 허락하면 들이대는 거지. 망설이지 말고, 알았어?"

"혹시 다른 비유는 없어?"

아미르가 찰리를 가만히 응시했다. "찰리, 넌 소매치기 수업만 필요한 게 아닌 것 같다. 하지만 좋아. 자, 이제 시작해. 너는 지금 누군가에게 몰래 다가가고 있어. 넌 그를 지켜보면서 그가 너를 의식하지 않을 때까지 기다려야 해, 알았어? 조금 더 가까이 가. 인내심이 중요해, 언제나 인내해야 해. 그리고 지켜보기. 그 다음 이렇게 해." 아미르의 손은 여전히 찰리의 손을 잡고 있었는데, 손목을 틀어 시계의 버클이 보이게 했다. "시곗줄을 손으로 이렇게 잡아서 내 손목에 팽팽하게 조여지게 해. 느슨해지는 것을 내가 느끼지 못하도록 일정하게 압박을 유지해야 해. 이제 두 손가락을 이용해 재빨리 버클을 풀어."

찰리는 시키는 대로 했다. 은제 시곗줄이 찰칵 하고 열렸다. 엄지와 약지를 이용해 아미르의 피부가 묵직한 시계판에 계속 눌리게 했다.

"지금이야." 아미르가 속삭였다. "주의를 분산시켜."

그 말에 찰리는 반사적으로 왼손을 이용해 아미르의 셔츠 앞섶을 잡아당겼다. 미끼를 덥석 문 상대는 찰리의 손을 내려다보았다. 그렇게 아미르의 주의가 흩어진 틈을 타 찰리는 재빨리 풀린 시곗줄을 잡아채 바지주머니에 넣고 뒤로 몇 걸음 물러났다.

아미르가 웃으며 격려했다. "잘했어."

"느낌이 좋았어." 찰리가 호기를 부렸다.

아미르는 찰리의 어깨에 팔을 둘렀다. "친구, 이제 겨우 절반 왔을 뿐이야.

진짜 기술자와 똑똑한 심부름꾼 서너 명이 한 조가 돼서 큰 건을 할 때까지 기다려. 이 도시가 너에게 선사할 돈 많은 표적으로 큰돈을 벌 때까지. 그래야 직업이라고 할 수 있지."

"그럼, 그거 해보자." 찰리가 말했다.

"뭘 하자고?"

"진짜 돈을 훔쳐보자고." 찰리가 주변을 가리켰다. "네가 나한테 시계나 훔치려고 여기 데려온 건 아니잖아."

"나는 네가 어느 정도인지를 먼저 보려고 했지."

"그리고…?"

"찰리. 난 아주 쉬운 기술 몇 가지를 가르쳐줬을 뿐이야. 아직 현장에 나갈 준비는 안 됐어."

"너는 어떻게 배웠는데, 응? 틀림없이 너도 어설펐던 때가 있을 거야. 누구에게나 올챙이 시절은 있어, 그렇지 않아?"

아미르는 찰리를 잠깐 바라다보다 대답했다. "좋아. 조금만 현장의 맛을 보여주지. 혹시 바람잡이 소질은 있을지도 모르니까. 그래봤자 크게 손해 볼 일은 없을 테니."

"와, 멋지다. 진짜 멋져!" 찰리가 환호하며 열렬히 손뼉을 쳤다.

"넌 어쩌면 완벽한 바람잡이일지도 몰라. 잘 차려입은 미국인 아이를 의심하기는 쉽지 않을 테니까." 아미르가 찰리에게 장난스럽게 윙크를 했다. "어쨌든 재미는 있겠다."

CHAPTER 5

두 아이는 동쪽으로 빠져나와 부두의 활기로 북적거리는, 2차 대전 당시 미국 병사들이 '캔오비어The Can o' Beer(캔맥주라는 의미—옮긴이)라는 애칭으로 불렀던 칸비에르 대로로 갔다. 셔터 문을 닫고 낮잠을 즐기던 상점들은 다시 문을 열었고, 카페는 일과를 마치고 파스티스(아니스 열매 향이 나는, 보통 식사 전에 마시는 술—옮긴이)나 로제와인 잔을 기울이는 마르세유 시민들로 넘쳐나기 시작했다. 도처에 담배 냄새와 갓 내린 커피향이 났다.

아미르는 주머니에 손을 찔러넣고 한가롭게 걸었다. 찰리는 이제 그를 따라잡는 데 별 문제가 없었다. 번잡한 인도를 가득 메운 행인의 물결이 이따금 돌진하는 강물처럼 느껴졌다. 두 아이는 이리저리 몸을 부딪혀가며 헤엄을 치거나 밀려다녔다.

"이봐. 저 남자 어때?" 찰리가 속삭였다.

찰리가 신문가판대 옆에 혼자 서 있는 스물다섯쯤 된 젊은이를 가리켰다. 남자는 이맛살을 찌푸린 채 손바닥의 잔돈을 세고 있었다. 잔뜩 몰두한 모습이 찰리의 눈에는 소매치기에 이상적인 표적처럼 보였다.

"저 달걀? 아니야. 동전을 노리는 소매치기라면 모를까, 수준 높은 기술자가 탐낼 표적은 아니야." 아미르의 말투는 단호했다.

"해석이 필요해." 찰리가 말했다.

"표적에는 세 부류가 있어. 달걀, 알짜, 껍데기. 달걀은 사회 초년병을 가리켜. 돈을 별로 가지고 다니지 않을 가능성이 높은 사람. 사회생활을 막 시작한 젊은이. 잔돈을 세고 있는 저 남자처럼 말이야. 죽어라 일은 하지만 주머니가 얄팍하지. 돈 많은 표적은 절대 잔돈을 세는 법이 없어. 저런 사람한테서 생활비를 훔치고 싶지 않아. 무슨 뜻인지 알겠어? 그러니까, 접근금지라고. 그런가 하면 껍데기는 전형적인 노신사야. 연금생활자, 분명 누군가의 할아버지겠지. 기술자는 그런 사람한테도 접근하지 않아. 우리가 원하는 표적은 돈 많고 안정적인 알짜배기들이야. 40대의 돈 많은 신사. 그는 조직의 장일 가능성이 높아. 현금이 두둑한 가죽지갑을 잃어버려도 별로 개의치 않을 사람들이지."

"무슨 말인지 알겠어." 찰리는 새로운 표적을 물색하기 시작했다.

"이를테면 우리는 부를 나누는 일을 하는 셈이지." 아미르가 덧붙였다. "부자들의 콧대를 한풀 꺾어놓는 거야. 성 베드로 성당만한 지갑을 가진 진짜 돈 많은 표적을 찾아내서 그의 돈을 조금 덜어내는 거지. 남한테도 인생의 기회를 줘라 이거야. 저기 저 호구들처럼."

찰리는 아미르가 고갯짓으로 가리키는, 법률사무소처럼 보이는 주랑 현관 앞에 선 말쑥한 정장 차림 신사들을 쳐다보았다. "변호사들이야. 사회의 기생충들, 사실은⋯." 그러던 아미르가 근처 쓰레기통으로 달려가 반쯤 구겨진 조간신문을 한 장 가지고 돌아왔다. "나를 위해 바람잡이 좀 해줄래, 찰리?"

"뭐라고?"

아미르는 찰리에게 신문지를 내밀었다. "저 아저씨들의 짐 좀 덜어주려고. 네가 가려줘야 해. 저 사람들한테 가서 신문을 읽어달라고 부탁해. 그들의 얼굴을 신문으로 가려."

찰리의 심장이 뛰기 시작했다. "만약 저 사람들이…."

"만약 같은 거 없어. 그냥 너 자신을 믿어." 아미르가 찰리의 어깨를 툭 치며 격려했다. "난 네 뒤에 바짝 붙어 있을 거야."

남자들은 가상의 트롬본을 연주하는 것처럼 담배 쥔 손을 연신 앞으로 뻗었다가 입으로 가져가면서 담배를 피우고 있었다. 그들의 벗겨진 머리 위로 담배 연기가 쉴새없이 뿜어져 나왔다. 그들은 정말로 부유해 보였다. 부유함과 특권의식이 줄줄 흘렀다. 찰리는 그들이 아빠의 권유로 가끔 참석하는 모금행사 파티에서 흔히 볼 수 있는 부류임을 즉시 알아차렸다. 그들은 우쭐해하며 피셔 부자의 테이블로 다가와 반갑다고 악수를 청하곤 했다. 아미르 말대로 몇 프랑쯤 전혀 아쉬워하지 않을 사람들이었다.

"엑스퀴제 므와Excusez-moi." 찰리가 말을 걸었다. "파를레 부장그레Parlez-vous anglais(영어 할 줄 아세요)?" 찰리의 프랑스어는 서툴고 기초적이었지만 그들에게 영어를 할 줄 아느냐고 물어본 것만은 거의 확실했다.

"음." 한 신사가 대답했다. "그래, 할 줄 아는데."

"아, 잘 됐네요. 여기 뭐라고 쓰였는지 말씀 좀 해주실래요?" 찰리는 신문을 펼쳐 신사들이 땅바닥을 전혀 볼 수 없도록 눈 가까이 들이댔다. 다소 어설펐지만 의심을 불러일으키지는 않은 것 같았다.

"음, 러시아인이 우주에 갔다고 적혀 있구나." 한 신사가 유창하지만 억센 영어로 대답했다. 두꺼운 검정테 안경을 쓰고 수염을 짧게 깎은 남자였다. 그가 시가를 빙빙 돌려 피우며 말했다. "*롬므 당 레스파스L'homme dans l'espace.* 우주에 간 인간이라, 자네들은 어떻게 생각해?" 그가 동료들을 둘러보며 프랑스어로 지껄이기 시작했다. 동료들은 모두 놀라워하며 고개를 빼고 헤드라인 바로 아래 우주선 사진을 들여다보았다. 찰리 역시 이 놀라운 소식에 솔깃해서 기사의 첫 문장을 독해하기 시작했다. 그때 누군가 허리 쪽 셔츠자락을 잡아당기는 게 느껴졌다. 찰리는 이내 자신의 임무를 깨달았다.

"고맙습니다, 메르시." 찰리가 인사했다.

"*드 리엥De rien*(천만에)." 신사들이 대답했다.

찰리는 아미르가 지시했던 대로 신문을 변호사들에게 그대로 넘겼다. 그들은 찰리가 떠난 후에도 한참이나 그 믿기 어려운 기사에 대해 떠들었다. 찰리는 출입문에서 몇 미터 떨어진 안전지대에 서 있는 아미르를 발견하고 웃으면서 손을 흔들었다.

"너도 들었지?" 찰리가 물었다. "러시아에서 우주선을 발사했대." 아미르가 별 관심을 보이지 않자 찰리는 다시 요점을 말해주었다. "우주로!"

"찰리, 너 자신도 가려야지." 아미르가 나무랐다. "난 그 사람들보다 너를 열 배쯤 더 쉽게 털 수 있었어."

찰리의 심장이 빠르게 뛰었다. "제대로 훔쳤어?"

"그야 식은 밥 먹기지." 아미르가 말했다.

"식은 죽 먹기지. 그래 뭘 훔쳤어?" 찰리가 물었다.

"반지갑 한 무더기." 아미르가 아코디언처럼 접힌 지갑 세 개를 내밀었다. 그 중 한 개를 찰리에게 건네고 나서 불법 취득한 지갑의 내용물을 손바닥에 쏟았다. "내 것은 500프랑이야. 이만하면 짭짤해."

"난 5파운드짜리 3장에 10파운드짜리 한 장." 찰리가 빈 지갑을 뒤집어 보이며 말했다.

"시계 한 개. 동전 한 줌과 파이프." 아미르가 주머니에서 더 많은 보물을 꺼내며 중얼거렸다. "그런대로 괜찮아."

"헉." 찰리가 아랫입술을 깨물고 주변을 흘끔거렸다. "난 이 모든 게 혼란스러워."

"당연해." 아미르가 찰리의 어깨에 팔을 두르며 웃었다. 그는 파이프를 입에 물고 진짜 어른처럼 떠들었다. "하지만 부자에게 이 정도는 커다란 양동이 속 물 한 방울일 뿐이야, 그렇지 않아? 찰리, 이건 네가 처음으로 번 돈이야. 이제 쓰레기는 버리고 축하하러 가자." 아미르는 찰리에게서 지갑을 낚아채 자기 것과 함께 근처 쓰레기통에 버렸다.

찰리가 여전히 바람잡이 역할을 한 자신의 도덕적 영향에 대해 생각하고 있을 때 아미르가 카페로 이끌었다.

"난 실제로 훔치지는 않았어." 찰리가 바에 놓인 의자에 앉으며 말했다.

"좋을 대로 생각해. 그건 그렇고 뭐 마실래?" 아미르가 물었다.

"그레나딘." 찰리가 대답했다.

아미르는 바 건너편에 있는 젊은 여종업원을 향해 외쳤다. *"그레나딘 두 잔요. 실 부 플레si'l vous plait(부탁해요)!"* 마스카라를 시커멓게 칠하고 틀어올린 금발에 망사수건을 쓴 바텐더가 시큰둥하게 주문을 받았다.

찰리는 호마이카 선반에 손가락으로 작은 소용돌이를 그리며 잠깐 생각에 잠겼다. "그 사람들 변호사라고 했지?"

"최악의 부류지." 아미르가 새로 얻은 파이프를 우스꽝스럽게 쩝쩝 물었다.

"그들은 어떤 재판을 막 끝냈어." 찰리가 이야기했다. "결혼을 앞둔 어떤 순진한 젊은이가 있었어. 그는 동료들을 제치고 승진을 하게 되었지. 다른 동료는 밀려나고."

"좋아, 그런데?" 아미르가 맞장구쳤다.

찰리가 계속했다. "그러자 밀려난 동료는 젊은이에게 누명을 씌웠어. 엄청난 스파이 활동을 했다고 거짓증언을 한 거지. 순진한 젊은이는 체포되었고 순회재판소에서 재판을 받았어. 동료의 거짓 증언 때문에."

바텐더가 두 소년 앞에 당근색 시럽 두 잔을 내려놓는 바람에 이야기는 잠깐 끊겼다. 유리잔과 함께 로리나 소다수 두 병도 놓였다. 그들은 재빨리 소다수를 그레나딘에 섞었다. 바텐더는 치밀한 음모라도 꾸미는 듯 머리를 맞대고 있는 두 아이를 흘끔거렸다. 이윽고 그녀가 눈을 희번덕거리며 사라졌다.

"이 젊은이는 수십 년 동안 교도소에 수감될 거야." 찰리가 음료를 한 모금 마신 뒤 계속 이야기했다. "아까 그 변호사들은 오늘도 정의가 실현된 것을 축하하며 서 있었어. 왜곡된 사법 정의."

"멋진 이야기야, 찰리." 아미르가 환호했다.

"좀 효과가 있다. 기분이 그렇게 나쁘지만은 않아." 찰리가 웃었다.

"그거 괜찮은데, 정말이야." 아미르가 말했다. "넌 이야기를 잘 지어내서 이 일에 딱 맞겠다. 방금 생각한 건데, 최고의 소매치기는 최고의 이야기꾼이야. 다만 그들은 이야기를 듣는 것도 잘하지. 언제 어디서든 좋은 이야깃감이 없는지 예의주시해." 아미르가 말을 멈추고 소리 내어 음료를 마셨다. "이야기는 다분히 자기한테서 나와, 안 그래? 진짜 뛰어난 이야기꾼은 자기가 순진한 사람에게 사기를 친다거나 소매치기단에서 활약하는 그런 이야기를 쓰잖아. 그는 누가 악한 사람이고, 누가 착한 사람인지 알아. 그리고 셜록 홈즈처럼 귀 기울여 들으며 자기한테 없는 정보들을 취합하지. 그런 다음 그 단서를 추적하는 거야. 소매치기 세계에서는 그런 사람을 소매치기 감각이 있다고 해."

"소매치기 감각이라." 언제나 학구적인 학생 찰리가 이렇게 되뇌었다.

"응." 아미르는 윗입술에 수염처럼 묻은 붉은색 소다수를 닦고 카페 안을 둘러보았다. 어디를 보아도 마르세유의 전형적인 카페였다. 바 맞은편 벽에는 인조가죽을 씌운 의자가 길게 놓이고, 듬성듬성 놓인 테이블과 의자에는 일과를 끝낸 혈색 좋은 손님들이 앉아 있었다. 따뜻한 오후 날씨라 야외 테이블로 쏟아져 나간 손님들도 많았다. 널빤지로 된 칸막이 사이로 쉴새없이 떠드는 소리가 즐거운 소음을 만들어냈다. 수수한 차림의 웨이터들(이곳은 지극히 평범한 카페였다)은 물리학 따위는 가볍게 무시하고 빈 잔 가득한 쟁반을 한 손으로 아슬아슬하게 든 채 손님들 사이를 누비고 다녔다. 아미르와 찰리로부터 의자 두세 개 떨어진 곳에 갈색 도는 군복 차림의 청년이 냅킨을 갈가리 찢으며 앉아 있었다.

"가령 저 청년의 스토리는 어떨 것 같아?" 아미르가 병사를 가리키며 찰리에게 물었다.

"군인임이 틀림없어." 찰리가 청년을 유심히 살피며 이야기를 풀어나갔다. "신병 같아. 배를 타고 떠날 생각에 신경이 곤두서 있어. 냅킨을 잘게 찢는 것도 그 때문이야."

"좋아, 찰리. 넌 지금 스토리를 알아내고 있어. 나야 신병이라고 생각하지 않지만. 내가 보기에 저 청년은 휴가 중이야. 신병치고는 피부가 너무 검게 그

을렸거든. 저런 병사들은 대개 전 세계에서 오는데, 프랑스에서는 3월에 저 정도로 피부가 탈 수 없어. 내가 보기에는 알제리 출신 같아."

"그래. 네 말이 맞는 것 같아." 찰리가 맞장구쳤다.

아미르는 그레나딘 잔 너머로 목표물을 관찰했다. "그는 분명 뭔가를 걱정해. 얼굴에 근심이 가득해. 그게 뭐라고 생각해, 찰리?"

"전쟁터에 나가는 게 걱정되지 않을까?"

"그런데 저 청년은 혼자 마시고 있어. 전쟁터에서 갈기갈기 찢길 게 두렵다면 전우들에게 둘러싸여 있을 텐데, 안 그래? 아니, 뭔가 다른 이유가 있어."

청년이 바텐더를 불렀다. 그가 몇 마디 하자 바텐더는 즉시 바 뒤편의 시계를 가리키며 대답했다. 청년은 시계를 본 뒤 초조하게 카페 출입문을 살폈다.

"누군가를 기다리고 있어." 아미르와 찰리가 동시에 말했다.

아미르는 의자에서 몸을 뒤척이며 바텐더를 주시했다. 그녀가 선반에서 파스티스 한 병을 꺼내 병사의 술잔에 가득 따랐다. 청년은 엄청나게 힘든 도전을 앞두고 신경을 무디게 만들려는 듯 불투명한 노란색 액체를 꿀꺽꿀꺽 들이켰다.

"와." 찰리가 감명받은 듯 휘파람을 불며 속삭였다. "저 청년은 누군가와의 만남을 앞두고 저렇게 초조해하는 거야."

"여자일지도 몰라." 아미르가 병사에게 등을 돌린 채 목소리를 낮춰 말했다. "그의 주머니에 뭔가가 들어 있어."

"그래?" 찰리가 너무 크게 말한 게 틀림없었다. 아미르가 즉시 쉿! 하고 제지했다.

"응. 윗옷주머니에."

"어떻게 알아?"

"주머니가 불룩해. 저 윤곽을 봐. 게다가 그는 그걸 자꾸 만져. 잘 봐."

찰리는 아미르의 어깨 뒤로 반쯤 숨어 병사를 지켜보았다. 아니나 다를까, 병사는 연신 오른쪽 가슴께로 손을 가져가 주머니에 든 것을 만지작거렸다. 이윽고 찰리의 호기심을 풀어주기라도 하듯 그가 주머니에서 검정색 작은 상자를 꺼냈다.

"꺼냈어." 찰리가 속삭였다.

아미르가 여전히 병사에게 등을 돌린 채 물었다. "뭐야?"

"상자 같아. 조개껍질이 붙어 있는 상자."

"그럴 줄 알았어. 그는 상자를 열 거야, 그렇지?"

"맞아."

"아마 목걸이일 거야, 아니면 반지." 아미르가 의기양양하게 웃었다.

찰리는 더 자세히 보기 위해 고개를 뺐다. 아미르의 추측대로 병사는 작은 금반지를 들고 전당포 주인처럼 살펴보았다. 꽤 멀리 떨어져 있는데도 반지에 반짝이는 작은 다이아몬드가 박힌 게 보였다.

"네 말이 맞아." 찰리가 말했다. "그렇다면…."

"불쌍한 군인은 지금 애인과의 중요한 순간을 준비하고 있어. 이게 바로 소매치기 감각이라는 거야. 그게 다음에 이어질 이야기야." 아미르는 꼿꼿이 몸을 세운 채 카페 안을 둘러보았다. "자, 이제 재미 좀 볼까."

"너 설마…." 말을 꺼내던 찰리는 움찔하는 아미르의 표정을 보며 자신의 의심을 확신했다. "원칙을 어기려는 건 아니지? 뭐라고 했지? 난 네가 돈 많은 알짜배기를 기다리는 줄 알았어. 더 나이 많은 부자."

"그저 악의 없는 장난일 뿐이야. 금방 돌아올게."

찰리가 말리기도 전에 아미르는 벌써 바의 카운터에 동전 한 움큼을 쨍그랑 내려놓고는 몸을 돌려 출입문으로 걸어갔다. 그 모습을 본 바텐더가 설명을 바라는 듯 찰리를 바라다봤다. 찰리는 어깨만 으쓱했다.

"다 마셨니?" 바텐더가 영어로 물었다.

"그런 것 같아요?" 찰리는 평서문을 질문처럼 했다. 바텐더는 카운터에서 동전을 주워모았다. 찰리는 웃으면서 의자에서 몸을 뒤척였다. 그리고 초조하게 손가락으로 카운터를 툭툭 치며 병사를 흘끔거렸다. 병사의 연인은 아직 도착하지 않았고, 그의 초조함은 시간이 갈수록 심해지는 것 같았다. 찰리는 병사를 자주 쳐다보지 않으려고 애썼다. 하지만 병사는 어찌나 골똘히 생각에 잠겼는지 이마에 얼음을 던져도 눈 하나 깜짝하지 않을 듯했다.

마침내 카페 문이 열렸다. 찰리와 병사는 동시에 기대 섞인 얼굴로 시선을 돌렸다. 병사가 얼굴을 찌푸렸다. 후줄근한 분홍색 셔츠 차림 소년이 하얀 막대사탕을 입에 물고 짓궂은 얼굴로 서 있었다.

이윽고 병사와 아미르 사이에 일종의 접촉이 일어났다. 찰리는 아무리 애써도 그들의 대화를 알아들을 수 없었다. 병사가 미소 띤 얼굴로 아미르와 악수를 나누면서 대화는 유쾌하게 끝난 듯했다. 아미르가 답례로 병사에게 정중히 인사한 뒤 찰리의 옆으로 돌아왔다.

"뭐 한 거야?" 찰리가 동료에게 물었다.

아미르는 질문을 못 들은 체하며 기름종이로 싼 막대사탕을 찰리에게 건넸다. "너 주려고 가져왔어."

"사탕가게에 갔었어?" 찰리가 수상쩍어 하며 다시 물었다.

"음, 음." 아미르가 막대사탕을 문 채 대답했다. 그가 사탕을 입에서 빼 막대 끝에 달린 끈적끈적한 초록색 공 모양을 찬찬히 보았다.

"뭘 하려는 거야?" 찰리가 물었다.

"고전적인 좀도둑질이지." 아미르가 대꾸했다. "완전 초보적인 거야." 카운터 밑에서 아미르의 손가락이 번쩍거렸다. 찰리는 그가 병사의 반지를 훔쳤음을 짐작하고도 남았다.

"어떻게 된 거야." 찰리가 말했다. "그거 상자에 들어 있었잖아?"

"그런데 지금은 여기에 있지."

찰리가 병사를 힐끗 보았다. 그는 도둑맞은 사실조차 모른 채 왼쪽 가슴팍을 더듬고 있었다. "어떻게, 상자는 도로 넣은 거야?"

"그는 절대로 눈치 채지 못할 거야. 쉿, 저기 여자친구가 온다." 아미르가 막대사탕으로 출입문을 가리켰다. 열린 문으로 열여덟 살쯤 되어 보이는 수수한 푸른색 원피스 차림의 젊은 여자가 나타났다. 정수리 위로 갈색머리를 묶은 리본이 후광처럼 동그랬다.

병사가 그녀를 발견하고는 활짝 웃었다. 그는 자리에서 벌떡 일어나 손바닥으로 제복을 반듯하게 폈다. 두 연인은 서로 뺨에 가벼운 키스를 하고 다정하게 인사를 나누었다. 병사는 소녀를 가까운 테이블로 안내했다. 그들은 서로에게 열중한 나머지 아미르가 찰리를 이끌고 근처 테이블로 가서 앉았는데도 의식하지 못했다.

찰리는 혼란스러워하며 기름종이를 벗겨 막대사탕을 입에 넣었다.

옆 테이블에서는 사랑의 밀어가 오가는 게 분명했다. 두 연인은 테이블 밑으로 손을 맞잡고 돌격하는 두 마리 황소처럼 서로의 눈을 응시했다. 그들의 입에서 찰리가 알아듣지 못하는 프랑스어 단어들이 튀어나왔다. 카페 구석에 있는 주크박스에서는 자니 할리데이의 노래가 흘러나왔다.

음악이 일종의 자석 역할을 하는 듯 커플은 더 가까이 몸을 기댔다. 이윽고 병사가 윗도리 주머니에 손을 넣어 검정색 상자를 꺼냈다. 소녀는 소리 죽여 웃으며 손가락을 입술에 갖다 댔다. 아미르가 찰리를 향해 눈을 찡긋했다.

병사는 상자를 앞으로 내민 채 경첩 달린 상자 뚜껑을 열었다. 이윽고 소녀의 고개가 툭 떨어졌다. 병사의 손에서는 상자가 굴러 떨어졌다. 상자의 내용물도 나무 테이블로 떨어졌다. 다이아몬드 반지가 있어야 할 곳에 연한 빨강색 루비사탕이 박힌 플라스틱 반지가 놓여 있었다.

아미르가 빨고 있던 사탕을 딱 하고 깨물었다.

소녀는 팔을 뻗어 병사의 뺨을 때렸다. 이어서 테이블 모서리를 병사의 가슴 쪽으로 밀치고는 카페를 뛰쳐나갔다. 아미르는 터져나오는 웃음을 꾹 참았다. 당황한 병사는 다행히 그 모습을 보지 못했다. 그저 못 믿겠다는 듯 앞에 놓인 사탕반지만 멍하니 바라보고 있었다.

"크−켈Qu-quelle…." 병사는 기가 막혀 몇 마디 더듬거리다 의자를 박차고 뛰쳐나간 예비 약혼녀를 뒤쫓았다. 아미르가 웃음을 터뜨렸다.

"너 그거 봤어? 그가 보석을 잘못 골랐나봐. 알다시피 여자들은 엄청 까다롭거든." 아미르가 킥킥댔다.

찰리는 어처구니가 없었다. "이건 옳지 않아."

"옳지 않다고? 대단한 거야! 더 멋진 방법이 있어."

"저 병사의 인생은 위태로워졌어. 네가 망친 거야." 찰리는 얼굴에 피가 몰리는 느낌이었다.

"자, 자, 찰리. 그냥 장난이야." 아미르는 주머니에서 실제 반지를 꺼내 테이블에 올려놓고 감탄했다. "저 병사 보석 보는 눈이 있네."

찰리가 재빨리 손을 뻗었다. 아미르가 빼돌리기 전에 잽싸게 반지를 움켜쥐었다. 아미르는 반지를 움켜쥔 찰리의 손을 덥석 잡았다. 찰리는 다른 손으로 아미르의 손등을 내리쳤다. 둘은 테이블을 사이에 두고 손 씨름을 하며 서로 노려보았다.

"찰리, 넌 좀 가벼워지는 걸 배워야 해. 우리처럼 소매치기가 되려면." 아미르가 말했다.

"변호사들의 지갑을 훔친 것도 그렇고 이건 옳지 않아. 너도 알 거야." 찰리의 목소리에 화가 나 있었다.

"난 이걸 가질 생각이 없어." 아미르가 대답했다.

"뭐라고?"

"훔칠 건 얼마든지 있어. 그러니까 나를 믿어. 그거 나한테 줘."

하지만 찰리는 완강했다.

아미르도 지지 않았다. "찰리, 시간이 없어. 내가 이 일을 잘 끝내기를 원하면 이리 줘." 그가 미간을 찌푸렸다.

찰리의 본성 중 더 선한 천사가 프로방스식 낮잠을 자는지 찰리는 반지를 호마이카 테이블에 떨어뜨렸다. 아미르가 얼른 반지를 움켜쥐었다. "정말이야, 찰리. 이 일은 전문가에게 맡겨." 아미르는 테이블을 돌아 출입문으로 걸어갔다. 찰리도 뒤따랐다.

카페 밖 칸비에르와 쿠르 벨장스가 만나는 번잡한 교차로에서는 병사가 애인을 붙들어 세우려고 안간힘을 쓰고 있었다. 그는 열심히 자신을 변호했다.

호기심 많은 행인 몇 명이 걸음을 멈추고 눈앞에서 펼쳐지는 청춘 드라마를 구경했다. 아미르를 따라 현장에 도착한 찰리는 여자가 프랑스어로 퍼붓는 비난을 해석하려고 애썼다. 병사의 이름은 펠릭스가 분명했고, 나쁜 놈에다 개새끼였다. 사랑을 진지하게 여기지 않았고, 앞으로도 그럴 것이었다. 구경꾼 중 여자 몇 명은 모욕당한 여자를 응원했고, 걸음을 멈춘 남자 행인 몇 명은 진지한 표정으로 턱을 매만지며 병사에게 용기를 주었다. 이들은 아미르와 찰리가 인파를 뚫고 갈 때 더 없이 좋은 은폐물이 돼주었다. 아미르는 그 여자, 정확히 말하면 여자의 핑크색 가죽가방을 스치듯 지나 연신 삿대질을 해대는 팔과 손짓하는 손들 사이를 유유히 빠져나갔다. 찰리는 아미르를 뒤따라 인파를 뚫고 나와 가장자리에서 만났다. 아미르가 찰리의 얼굴 앞에 뭔가를 흔들었다. 글자 도안이 들어 있는 손수건이었다.

"너 저 여자의 손수건도 훔쳤구나." 찰리가 힐끗 보았다. "넌 아픈 데 소금을 뿌렸어. 도대체 넌…."

아미르가 찰리의 말을 가로막았다. "쉿, 찰리. 저것 봐." 그가 다시 인파를 가리켰다.

뒤엉켜 있는 구경꾼들 사이로 푸른색 원피스 차림의 여자가 두 손으로 얼굴을 감싼 채 울고 있었다. 병사는 계속 변명을 늘어놓았다. 그녀가 갑자기 홱 돌아서더니 손수건을 꺼내려는지 가방에 손을 넣었다. 실망스럽게도 손수건은 거기에 없었다. 그런데 잃어버린 손수건을 찾는 동안 여자의 표정이 바뀌었다. 그녀의 손이 다른 어떤 것, 가방 깊이 박혀 있는 예상치 못했던 물건을 발견한 것이다.

마침내 여자가 가방에서 손을 꺼냈다. 그녀의 손에 다이아몬드 반지가 쥐여져 있었다.

인파는 일순 잠잠해졌다. 병사도 여느 구경꾼들처럼 어안이 벙벙해졌다. 하지만 엄청난 충격 때문인지 아니면 잘 훈련된 군인의 본능 덕분인지 이내 한쪽 무릎을 꿇고 갈라지는 목소리로 프러포즈를 했다.

여자의 얼굴에 환한 미소가 번졌다. 그녀는 병사의 가슴을 가볍게 치고는 두 팔에 와락 안겨 기쁨의 눈물을 흘렸다.

"위*Oui*(물론이야)!" 그녀가 외쳤다. "위, 비엔 수르 모나무르*Oui, bien sur mon amour!*(물론이야, 사랑해)."

여전히 실감이 안 난다는 표정으로, 병사는 웃으며 여자의 머리칼을 쓰다듬고 이마에 키스했다. 구경꾼들은 환호성을 질렀다. 병사는 영리하고 로맨틱한 전략처럼 보이는 상황을 어쨌든 과감하게 받아들였다.

찰리가 웃으며 아미르의 어깨를 툭 쳤다. "멋졌어! 계획한 거야? 지금까지 죽? 넌 정말 영리한 악마야, 아미르."

"글쎄." 아미르가 헛기침을 하며 대답했다. "처음부터 그럴 계획은 아니었지만 어쨌거나 목적은 달성했어. 봤지, 찰리? 언제나 스토리가 있어. 언제나 눈여겨볼 이야깃거리가 있다고." 아미르가 찰리의 어깨에 팔을 둘렀다. 두 소년은 그날의 사건들을 다시 이야기하며 어슬렁어슬렁 범죄현장을 떠났다. 어쩌면 여기에서 이 소설이 끝날 수도 있었다. 여기, 마르세유의 공기에 스민 오수와 비누향 뒤섞인 냄새가 사람들의 콧구멍에까지 들러붙은, 인파 가득한 오후의 대로에서. 차량의 꿩음과 행인들의 소음, 스카프나 싸구려 장신구, 신발 따위를 사라고 외치는 행상들의 고함소리가 어우러진 이곳에서. 지중해의 드높은 태양에 하얗게 탈색된 아파트와 상점의 높은 벽들 사이에서 깔끔하게 이야기가 끝날 수도 있었다. 그런데 맙소사. 이것은 시작에 불과했다.

"아미르!" 두 소년이 벨쥬 부두로 돌아가려는데 도시의 소음을 뚫고 어떤 여자애의 목소리가 들려왔다. 아미르는 그 자리에서 걸음을 멈췄다.

"오, 이런." 그가 조그맣게 중얼거렸다.

찰리는 놀라서 아미르를 쳐다보았다. "왜?"

"아미르!" 그 목소리가 다시 불렀다. 음성의 크기와 권위도 특이했지만 그 한 마디만으로 미국인임을 알 수 있었다. 찰리는 소리 나는 곳을 향해 두리번거렸다.

"누구야?" 찰리가 물었다.

"재키." 아미르가 대답했다. "재키야."

"재키가 누군데?"

"곧 알게 될 거야." 아미르가 속삭였다. 찰리는 그토록 반짝이던 아미르의 총기가 그때 처음 흐려진 것을 보았다.

CHAPTER 6

크고 당당한 미국인 음성의 주인이 모습을 드러내는 데는 얼마 걸리지 않았다. 좀 다른 면에서 사춘기처럼 보이는 10대 소녀였다. 그녀는 흰색 블라우스에 온갖 열대과일이 잔뜩 프린트된 초록색 치마를 입고 있었다. 짙은 금발은 포니테일로 묶어 목덜미 뒤로 흰색 리본을 드리웠다.

"아미르, 너 친구 사귄 거야?" 소녀가 물었다. 그녀는 다소 짓궂게 싱글거렸다. 그 몇 마디 말로도 찰리는 그녀가 미국 남부 어느 주 출신일 거라고 짐작했다. 목소리가 여장부 같았다.

"안녕, 재키. 이쪽은 찰리야. 찰리, 얘는 재키. 재키는 기술자야." 아미르가 말했다.

"찰리, 넌 일반인이니?" 재키가 물었다.

"뭐라고?"

아미르가 대답하려는데 재키가 말을 가로챘다. "너도 단원이냐고, 아니야?"

"음⋯."

79

"얘는 일반인이야." 아미르가 대답했다. "내가 몇 가지 기술을 가르쳐주긴 했지만, 두세 가지 정도."

"흥미롭기는 한데, 왜 저런 얼간이한테 가르쳐주는 거야? 저런 애한테는 가르칠 게 아니라 털어야지." 재키가 말했다.

"나도 직접 소매치기를 했어." 찰리가 의기양양하게 나섰다. "바람잡이였어. 들키지 않게 가려줬어. 조금 전에."

재키는 흡사 재래식 화장실의 변기에 빠졌다가 기어 올라오는 사람을 바라다보듯 찰리를 내려다봤다. 찰리보다 겨우 몇 센티미터 큰데도 훨씬 높은 곳에서 낮춰보는 느낌이었다. "그런 걸 했어?" 재키가 아미르에게 물었다.

"재키, 그냥 장난이었어. 알잖아?"

재키는 그 말을 무시하고 계속했다. "아미르, 너 모임에 늦었어."

"내가? 지금 몇 시야?" 그가 물었다.

"6시 15분이야." 찰리가 자신의 손목시계를 보며 대답했다. 지금 함께 있는 아이들을 생각하면 아직 시계가 제 손목에 있다는 게 놀라웠다.

"그래? 벌써 도착했어야 하는데. 찰리, 오늘 즐거웠어."

"잠깐," 재키가 말했다. "우리가 이 얼간이를 기술자로 착각하게 만들었다니, 굉장한걸. 좋아, 찰리, 나한테 기술을 보여줘 봐."

"기술?"

"내 주머니에 뭔가 들어 있어. 이걸 훔쳐봐." 그녀가 치마에 달린 작은 주머니를 가리켰다.

아미르가 말렸다. "재키, 얼른 모임에 가야 해. 이럴 시간 없다고."

"아니야, 우릴 기다려줄 거야. 넌 기술자로 인정받고 있잖아. 난 저 녀석의 기술을 보고 싶다고."

찰리는 입술을 지그시 깨문 채 소녀의 주머니를 관찰했다. 심장이 콩닥콩닥 뛰었다. 낌새를 알아채지 못하는 표적에게 기술을 쓰는 것과 전문가에게 기술을 쓰는 것은 천지 차이였다. 게다가 압박감 하에서는 더 말할 것도 없었다. 찰리는 아미르에게 배운 것을 기억해내려고 애썼다. 상대방의 관심을 엉뚱한 방향으로 돌려라, 표적의 눈은 두 개의 스포트라이트다, 그 불빛 주변 어두운 곳에서 작업하라. 찰리는 심호흡을 하고 나서 소녀의 주머니를 향해 왼손을 움직이기 시작했다.

그러나 치마에 닿기도 전에 재키가 찰리의 손을 탁 내리쳤다. "됐어." 그녀가 매섭게 노려보며 말했다. "소매치기 감각을 타고난 사람이 있는가 하면 정반대인 사람도 있지."

찰리는 주눅이 든 채 손을 옆으로 내렸다. 아미르가 난감한 표정을 지었다. 찰리는 자신의 어깨가 축 처진 것을 느꼈다. "괜찮아, 찰리." 아미르가 찰리의 팔을 툭 치며 나지막이 말했다. "또 만나자."

두 소매치기 재키와 아미르는 돌아서서 재빨리 칸비에르 거리 행인의 물결 사이로 흩어졌다. 찰리는 혼자 남아 신발만 내려다봤다. 자신이 신고 있는 술 달린 흰색 가죽로퍼가 갑자기 역겨워졌다. 얼간이처럼 희멀건 그 물건이 몹시 부끄러웠다. 아니 솔직하게 말하면 신발의 주인, 두뇌 회전이 빠른 용감한 모험가와 어울릴 거라고 믿었던 어리석고 순진한 부자 미국인 자신이 싫었다. 세상의 허위를 뒤엎는, 모든 것 아래 도도하게 흐르는 독창성의 흐름을 따라갈 수 있다고 믿었던 자신이. 그렇다, 자신도 그 허위의 일부였다. 찰리 피셔는 가짜였다. 찰리는 울고만 싶어졌다.

그러나 눈물이 떨어지기 직전 찰리는 얼른 셔츠 소매로 눈물을 훔쳤다. 그리고 벨쥬 부두의 트램 정류장으로 걸어갔다. 프라도 가로 돌아가기 위해 5시 15분 트램을 탔다. 이번에는 돈을 내고 차표를 끊었다.

　　집으로 돌아온 찰리는 몰래 계단을 올라 자기 방으로 가려고 했다. 그런데 현관 복도에서 웅장한 계단에 발을 딛는 순간 어떤 목소리가 들렸다. "찰리!" 거실 대리석 타일과 높은 아치형 천장에 목소리가 울려퍼졌다. 현관 너머 안뜰에서 나는 소리였다. 쩌렁쩌렁한 게 보나마나 아빠의 목소리였다.

　　"네, 아빠." 찰리가 대답했다.

　　"잠깐 보자." 찰스 씨가 말했다.

　　찰스 씨는 마지막 저녁 햇살이 내려앉은 유리 아트리움의 타일 위에 서 있었다. 근무복(소모사로 된 쓰리 피스 정장) 위에 앞치마를 두르고 양치류 식물을 돌보는 중이었다. 코끝에 독서용 안경이 걸쳐져 있었다. 빨간색 손잡이가 달린 전지가위를 들고 시들거나 마른 잎사귀를 잘라주는 중이었다. 공기가 정글 같았다. 그곳에 들어선 순간 찰리는 말레이시아 열대우림에서 길을 잃은 관광객이 된 기분이었다. 아빠는 고개를 들지도 않고 하던 일을 계속했다.

　　"엄마가 전화했다." 아빠가 말했다.

　　"네?"

　　"엄마는 토론토에 계신대. 너에게 생일 축하한다고 전해달라는군."

　　"내 생일은 2주일 전이었는데."

　　"그러게 말이다." 아빠는 눈길을 주던 토마토 넝쿨에서 살짝 시선을 들었다. "내가 엄마한테 그렇게 전했다. 아마 내년에는 제대로 아실 거야."

"엄마가 다른 얘기는 안 해요?"

"뭐, 별로." 아빠는 싱싱한 식물에서 시든 넝쿨을 잘라냈다. "엄마는 자신을 찾았다더라. 거기에서 영화작업도 할 거라고. 그래서 엄마한테 행운을 빈다고 말했지. 네가 귀가하면 다시 전화하겠다고 했어."

"아, 네." 찰리는 그런 식의 약속에 익숙했다. 그들은 앞으로 6개월 동안 엄마로부터 어떤 소식도 듣지 못할 것이다.

"그래." 아빠가 찰리의 생각을 짐작한 것처럼 응수했다. "우리가 전화를 기다릴 필요는 없겠지." 아빠는 전지가위를 내려놓고 안경을 벗었다. "미안하다, 찰리. 정말 미안해. 엄마는 그저…."

"됐어요, 아빠." 찰리는 감상적이 된 아빠를 보는 게 불편했다. "전 여기서 사는 게 좋아요. 아빠랑." 그렇게 말했지만 확신에 찬 목소리는 아니었다.

"그러니? 그렇다면 다행이고." 아빠가 대꾸했다.

찰리가 고개를 끄덕였다. 그것으로 부자의 대화는 논리상 결말에 이른 듯 보였다. 찰리가 아트리움을 나가려고 돌아섰다.

"참, 찰리. 파프겐 씨 가족이 오늘 저녁을 먹으러 온다. 그들 기억하지? 세 아들 말이다. 그 중 하나는 네 또래일걸. 착한 아이들이지. 어쨌든 디너 재킷과 바지 챙겨입어라." 찰스 씨가 말했다.

"알았어요, 아빠." 찰리가 대답했다.

찰리는 위층 안전지대인 자기 방으로 들어오자마자 침대에 몸을 던지고 베개에 얼굴을 묻었다. 잠시 엄마의 얼굴을 떠올려보려고 했지만 아무리 해도 어려웠다. 대신 자신이 태어나기 한참 전 조지타운에 있는 집 벽난로 장식에 엄마가 붙여놓은 액자 속 엄마 얼굴이 떠올랐다. 실망한 찰리는 협탁에서 책을 집어들었다. 《보물섬》이었다. 쉽게 집중이 되지 않았다. 찰리는 침대에서 나와 방안을 어슬렁거리며 아미르가 가르쳐준 각각의 기술을 머릿속에 그려보았다. 걸어가면서 손을 앞으로 뻗어 손가락을 움직였다. 아미르의 느긋한 걸음걸이와 몸짓을 흉내내 보았다. 재키라는 소녀의 시험에 탈락한 게 마음이 쓰렸다. 만약 다시 기회가 주어졌더라면 성공했을 텐데. 자신은 단지 연습이 더 필요했을 뿐이다. 시간이 조금 흘렀을 때 누군가 방문을 두드렸다.

"찰리 도련님?"

"왜요?"

"세탁해서 다림질한 디너 재킷과 바지 준비됐어요."

"들어오세요."

문이 열리고 부집사 앙드레가 들어왔다. 그의 팔에는 깔끔하게 세탁한 검정색 재킷과 바지가 걸려 있었다. 앙드레는 찰리가 속옷만 빼고 옷을 모두 벗을 때까지 기다렸다가 들고 있던 옷을 침대에 내려놓은 뒤 찰리가 벗어놓은 옷을 걷었다. 이윽고 그가 방을 나가려다 말고 문턱에서 걸음을 멈췄다.

"이 명함은 필요하지 않으세요?" 앙드레가 물었다. 그는 엑스 출신 프랑스인이지만 품위 있는 영어를 구사했다.

찰리가 어리둥절해서 쳐다보았다. "명함요?"

"도련님 바지주머니에 이게 들어 있네요."

찰리가 손을 내밀자 앙드레는 조그맣고 네모난 검정색 마분지를 손바닥에 내려놓았다. 찰리는 그것을 살펴보았다. 출처를 알 수 없는 명함이었다. 아무 기억도 나지 않았다. *LE BAR DES 7 COINS*라고 인쇄된 글자 위에 일곱 개의 금색 별이 별자리처럼 그려져 있었다. 그 아래 더 작은 글자로 주소가 적혀 있었다. *생트 프랑세즈 가 45번지.*

"고마워요, 앙드레." 찰리가 인사했다. "이제 가보세요."

앙드레는 가볍게 목례하고 방을 나갔다. 혼자가 되자 찰리는 손에 쥔 명함을 뒤집어서 자세히 살펴보았다. 명함에는 주소와 상호 외에 다른 글자는 없었다. 이 명함을 가져온 것도, 누군가에게 받은 것도 기억나지 않았다. 불현듯 아미르가 재키와 떠나기 직전 마지막으로 했던 행동이 떠올랐다. 아미르가 어깨를 툭 치고 돌아서서 떠날 때 찰리의 몸을 살짝 스쳤다. 그때 찰리의 주머니에 명함을 넣은 게 분명했다. 그런데 왜?

"세븐 코인즈 바." 찰리는 마치 주문 외우듯 중얼거렸다.

창문 아래 마당이 별안간 소란스러워졌다. 아빠의 저녁식사 손님이 도착한 게 분명했다. 마당 진입로로 자동차 헤드라이트 불빛이 흔들거리며 들어오더니 이내 덜거덕 차문이 열렸다. 호칭이 불리고 떠들썩한 환영인사가 울려퍼졌다. 찰리는 서둘러 옷을 입고 거울 앞에 서서 머리카락을 마구 헝클어뜨린 뒤 바지주머니에 명함을 넣고 손님들을 맞으러 아래층으로 내려갔다.

그날 저녁은 예전의 수많은 저녁과 비슷하게 흘러갔다. 찰리는 새롭고 낯선 얼굴들을 현기증 나도록 줄줄이 소개받는 동안 총영사의 외아들 역할을 최소한도로만 했다. 이러든 저러든 사람들로부터 엇갈린 평을 받기 십상이었다. 지금 피셔 부자는 서독에서 온 귀족 파프겐 가문 사람들을 위해 주인 역할을 수행했다. 다만 교육을 많이 받지 않은 찰리는 자세한 부분까지는 보조를 맞추지 못했다. 파프겐 가(엄마와 아빠, 세 아들)는 합스부르크 시대 이후 신사계급이 되었다. 그들의 대화, 걸음걸이, 테이블 매너는 나무랄 데 없는 조각품 같은 광대뼈만큼이나 타고난 듯 보였다. 식탁의 대화는 베를린 동부와 서부를 가르기 위해 건설된 장벽 등 자신의 모국이 처한 정치상황으로 시작해 뮌헨 외곽에 위치한 장원에서 접대한 적 있다는 영화배우 이야기로 넘어갔다. 찰리는 두 살 많은 파프겐 가의 장남 루돌프와 공통점을 찾으려고 애썼다. 하지만 그에게는 스포츠카도 없는 데다, 바이에른 풋볼클럽의 우승 따위에 찰리가 눈곱만큼도 관심을 보이지 않자 화젯거리는 금세 바닥이 났다. 사실 찰리는 주머니에 든 명함과 명함 속 상호에 정신이 팔려 있었다. 세븐 코인즈 바.

결국 찰리는 그것을 꺼내볼 수밖에 없었다. 저녁식사 후 파프겐 가문의 아들들과 저택 지하 오락실에서 당구를 칠 때였다. 어른들은 위층 응접실에서 담배를 피우며 코냑을 마시는 중이었다. 찰리가 명함을 다시 주머니에 넣으려는데 루돌프가 낚아챘다.

"세븐 코인즈 바?" 소년이 바이에른 사투리가 밴 프랑스어로 읽었다. "거기에 무슨 일이 있어? 널 기다리는 여자라도 있는 거야?"

파프겐 가문 형제들이 허리를 숙이고 당구 큐를 쥔 채 킥킥거렸다. 모두가 불쌍한 찰리에게 그런 일이 일어날 리 없다고 믿는 게 분명했다.

"아니야. 친구가 준 거야." 찰리가 변명하듯 설명하면서 명함을 빼앗으려고 하자 루돌프는 얼른 찰리의 손이 닿지 않는 곳으로 빼돌렸다.

"찰리, 너 불량배들과 사귀는구나." 루돌프가 비웃었다. 그는 마지막으로 명함을 한 번 더 본 뒤 자비를 베풀 듯 돌려주었다. "생트 프랑세즈 거리라. 파니에 지구에 있는 곳인데? 구시가지 말야. 거지와 도둑이 우글거리는 곳. 그것밖에 없을걸."

파프겐 씨 가족은 찰리의 아빠가 이곳에 부임하기 훨씬 전 프라도에 있는 여름 별장에서 지낸 적이 있었다. 따라서 루돌프와 그의 형제들은 원주민만큼이나 이 도시에 흰했다. 아닌 게 아니라 파니에는 이 도시에서 가장 낙후한 동네였다. 가난한 이민자들의 본거지나 다름없는 곳. 나치 점령기에 대규모 폭격이 가해졌는데 그 근방 남쪽은 아직까지도 벽돌 잔해물이 남아 있었다. 도로와 구불구불한 골목길은 마치 토끼굴 미로 같았다.

"알아. 그래서 내가 좋아하잖아." 찰리는 억지 미소를 지었다. 그 표정이 복통으로 고통받는 것처럼 보였는지 파프겐 가 아이들이 안쓰럽게 쳐다봤다.

"그렇구나." 루돌프가 초록색 펠트 당구테이블을 응시하며 큐대를 검지에 올려놓았다. 그리고 샷을 했다. 빨간색 9번 공이 코너의 포켓으로 굴러갔다. "네가 좋다면야."

그날 밤 찰리는 잠을 이루지 못했다. 그는 침대 옆 협탁에 명함을 내려놓고 독서용 램프에 몸을 기댔다. 명함이 세상만사를 꿰뚫어보는 전시안처럼 자신을 쳐다보는 것 같았다. 심지어 깜빡 잠든 사이에도 반짝이는 일곱 개의 금색 별에 관한 꿈을 꾸었다. 별들이 얼굴 없는 낯선 이들의 주머니를 획획 드나들며 좀처럼 손에 잡히지 않았다. 찰리는 의문이 마구 솟아났다. 아미르는 왜 이 명함을 주었을까? 세븐 코인즈 바는 무엇일까?

마침내 창문에 비친 어렴풋한 새벽빛에 잠을 깼을 때 찰리는 침대를 박차고 일어나 명함을 집어들었다. 마음의 결정을 내렸다. 이 수수께끼 같은 카페를 찾아내리라. 아미르가 자신을 그곳에 오게 한 이유가 밝혀지리라. 어쩌면 일종의 테스트인지도 모른다. 소매치기 수업의 마지막 관문 같은 것. 찰리는 옷장을 열고 가장 수수한 옷을 찾기 위해 마구 헤집었다. 최대한 파니에 사는 사람들과 비슷하게 입을 생각이었다. 마침내 왼쪽 무릎이 해진 낡은 코듀로이 바지를 찾아냈다. 위에는 흰색 티셔츠 위에 빨간색 체크무늬 셔츠를 걸치고 단추는 잠그지 않았다. 거울에 자신을 비춰보았다. 바로 이거야. 그는 주머니에 명함을 넣고 모험을 떠나기 전에 배를 채우려 아래층으로 내려갔다.

아빠는 셔츠 칼라 속에 냅킨을 끼운 채 아침 식탁에 앉아 있었다. "일찍 일어났구나." 〈르 피가로〉 조간을 읽던 아빠가 돋보기 너머로 아들을 보며 말했다. 흰색 도자기 컵과 입 사이에 삶은 달걀을 든 숟가락이 놓여 있었다.

"미술용품 좀 사러 가려고요. 구항구 근처로." 찰리가 아빠의 맞은편 식탁 의자에 급히 앉으며 대답했다.

"구항구? 왜, 앙드레를 보내지 않고? 아니면 기욤한테 차를 타고 가서 사오라고 하든가?" 신문을 보던 아빠의 시선이 찰리의 옷차림으로 옮겨갔다. "도대체 옷차림이 그게 뭐냐?"

"이게 어때서요?"

"어째 벌목노동자 같구나." 아빠가 신문으로 찰리를 가리켰다.

찰리는 얼굴이 화끈거렸다. "전 벌목노동자처럼 입지 않았어요. 그냥 입고 싶은 대로 입은 거예요."

아빠는 아무 대꾸도 하지 않았다.

"제가 직접 가서 미술용품을 골라야 해요. 시몽 선생님이 그러랬어요." 찰리가 말했다.

"시몽이? 음…." 아빠는 손목을 까딱 움직여 신문을 반듯하게 펼쳤다.

"알다시피 넌 미국 총영사의 아들이야. 피곤에 지친 관광객처럼 시내를 어슬렁거리는 게 현명하지 않을 수 있다고. 벌목노동자처럼 입는 것도 그렇고."

"괜찮을 거예요, 아빠." 찰리는 시리얼을 그릇에 따라 숟가락으로 퍼먹었다.

"그러지 말고 차 타고 가거라. 오후에 차 쓸 일이 있지만 그 전까지는 기욤한테 어디든 데려다 달라고 해." 아빠가 말했다.

찰리는 검정색 모자를 쓴 운전기사가 모는 은색 시트로앵 뒷좌석에 앉아서 파니에를 돌아다니는 자신을 떠올렸다. 상상하기도 싫었다. 하지만 아빠의 제안을 거절하는 것은 너무 속보이는 짓 같았다. 찰리는 하는 수 없이 응낙했다. "알았어요. 고마워요, 아빠."

찰스 씨는 흡족한 듯 무슨 말인가 중얼거리고 신문 뒤로 얼굴을 감췄다. 찰리는 아침을 다 먹고 나서 양해를 구한 다음 기욤을 찾으러 갔다.

기욤은 찰리의 아빠와 비슷한 일과를 즐기고 있었다. 그는 챙이 뒤통수로 가도록 모자를 쓴 채 은색 시트로앵 조수석에 앉아서 유일하게 읽는 〈라 프로방스〉 신문을 읽고 있었다. 입에는 불 붙인 담배가 물려 있고 열린 창문으로 담배 연기가 유유히 흘러나왔다. 그는 찰리를 발견하자마자 창문 밖으로 재빨리 담배를 던지고 모자를 바로 쓴 뒤 손을 흔들었다.

"안녕, 찰리!" 그가 소리쳤다.

"안녕하세요, 기욤 아저씨." 찰리가 인사했다. "저 차 좀 태워주세요."

"그러마. 어디로 갈까?" 운전기사가 물었다.

"구항구요. 케 뒤 포르Quai du Port."

"가고 싶은 곳이 있으면 말만 해라." 그는 얼른 차에서 내려 뒷문을 열어주었다. "어서 타렴." 그가 뒷좌석을 손으로 가리켰다. 찰리는 차에 올라탔다.

차가 프라도 가를 달리고 있을 때 기욤이 백미러로 찰리를 힐끗 보며 물었다. "구항구 어디로 가게?"

"미술용품 좀 사려고요, 그리고." 찰리가 다소 확신 없는 투로 말했다.

기욤은 아무 대꾸가 없었다. 잠시 후 그가 입을 열었다. "찰리, 구항구에는 미술용품점이 없는 걸로 알고 있다." 차가 정지신호에 멈추었다. 경찰관이 교통정리를 하고 있었다. 이윽고 경찰관이 장갑 낀 손을 흔들자 기욤은 파라디 가를 향해 왼편으로 차를 몰았다.

"전 있는 줄 알았어요." 찰리가 얼버무렸다.

"아니, 거기에는 없어." 기욤이 말했다. 피셔 가의 운전기사는 프라도 북쪽의 오래된 마을인 카탈루냐에서 성장기를 보냈다. 그의 집안은 7대째 마르세유에서 살고 있었다. "동물원 옆에 새로 생긴 쇼핑센터가 있는데, 거기로 데려다 줄까?"

찰리는 잠깐 엄지손톱을 깨물다 대답했다. "아니요. 구항구로 갈래요."

"그래라. 내가 할 수 있는 것은 여기까지다. 하지만 거기에는 미술용품점이 없을 거야." 기욤이 다시 강조했다.

차는 곧 구항구에 도착했다. 기욤은 벨쥬 부두가 위치한 항구 동쪽 끝의 상습적인 교통 정체를 능숙하게 뚫었다. 그리고 재빨리 북서쪽 해변을 돌아 구항구를 따라 달렸다. 얼마쯤 가자 파니에 지구의 동쪽 경계에 위치한 노트르담 데자쿨 성당의 첨탑이 보였다.

찰리가 소리쳤다. "여기에서 내려주세요."

기욤은 거칠게 브레이크를 밟아 연석에 차를 댔다. 빨간색 표지의 미슐랭 여행 가이드를 보며 도로로 튀어나오던 관광객 두 명이 놀라서 고개를 들었다. "이곳에 네가 찾는 미술용품점이 있구나? 내 눈에는 보이지 않는데." 기욤이 천연덕스럽게 물었다. 기욤이 문을 열어주려고 하자 찰리가 거절했다.

"제가 열게요, 고마워요." 찰리는 차 밖으로 나와 연석에 올라섰다. 오르막

경사의 구불구불한 골목길, 바다 냄새, 다닥다닥 붙은 석조건물들의 가지각색 창문을 이어주는 빨랫줄의 빨래들이 눈에 들어왔다.

"여기에서 기다릴까?" 기욤이 물었다.

"아니요. 집에 가는 건 제가 알아서 할게요."

"피셔 씨에게는 뭐라고 말씀드려야 할지 모르겠구나. 어쨌든 이 방향으로 갈 거라면 조심해야 한다, 알았지? 그리고 날이 어두워지기 전에 나와야 한다." 이 말을 하면서 기욤은 노트르담 성당의 흰색 종탑 너머를 가리켰다.

"고마워요, 아저씨. 조심할게요. 그리고 부탁인데 아빠한테는 이곳에 대해 아무 말도 말아주세요." 찰리가 말했다.

기욤은 눈을 찡긋하고는 공회전을 하는 시트로앵으로 돌아갔다. "어두워지기 전에 나와야 해, 명심해라." 그는 이렇게 말한 뒤 운전석에 올라탔다.

찰리는 돌아서서 기욤에게 열렬히 엄지를 들어보였다. 그럼에도 카탈루냐 출신 운전기사에게 확신을 심어주지 못한 듯했다. 그는 뻣뻣한 수염 밑으로 입을 씰룩이더니 은색 자동차를 몰고 차량의 물결 사이로 들어갔다.

찰리는 시트로앵이 모퉁이를 돌아 사라질 때까지 지켜보았다. 모퉁이에서 생 장 요새 담장을 끼고 북쪽으로 돌아가면 구항구였다. 차가 보이지 않자 찰리는 돌아서서 파니에 방향 언덕을 올려다보았다. "자, 이제 슬슬 가볼까." 그는 혼잣말을 하고 나서 완만한 오르막을 오르기 시작했다.

CHAPTER 7

칸 비에르와 프라도의 가로수 무성한 대로, 그리고 쿠르 벵장스와 파라디 가의 쭉쭉 뻗은 직선 도로는 잊으시길…. 그곳은 모두 현대도시 공학 자의 엄밀한 시선으로 계획되었다. 반면 파니에는 무자격자가 설계하고 마구 잡이로 생겨난 미로였다.

이 지역은 마르세유의 널찍한 도로를 위한 첫 돌이 놓이기 훨씬 전부터 존 재했다. 파니에의 길들은 마치 씨앗에서 자라나 그들만이 아는 불가해한 방향 을 따라 뻗어나가는 나뭇가지처럼 보였다. 구불구불한 골목 옆에 늘어선 건물 들 역시 저절로 생겨난 듯했다. 바람이 불어 지금의 모습이 된 듯 사방으로 기 울어진 건물들은 금방이라도 쓰러질 것처럼 위태했다. 건물 정면에는 이색적 이고 형태가 기이한 창문들이 마마자국처럼 나 있고 아마추어 연극 공연이나 수상쩍은 정치슬로건 따위를 홍보하는 벽보들이 변화를 주었다. 뜨내기 악사 와 동전세탁소, 카페, 노동자들과 머리카락이 부스스한 아이들, 초췌한 여인 들 사이로 얼기설기 이어진, 너비가 일차선 정도밖에 안 되는 거리들은 이 낡은 동네의 생명선이었다.

찰리는 한 번도 파니에에 와본 적이 없었다. 따라서 지금 그는 크레타의 황소를 사냥하는 헤라클레스와 같은 신세였다. 하지만 헤라클레스와 달리 걷기 시작한 지 15분도 안 돼 꼼짝없이 길을 잃고 말았다. 처음에는 눈앞에 보이는 성당의 하얀 종탑을 안내별 삼으려고 했지만 얼마 안 가 건물 벽에 가려져 버렸다. 정말이지 태양이 이곳 사람들의 거주지까지 빛을 비춘다는 사실이 놀랍기만 했다.

"엑스퀴제 므와*Excusez moi*(실례합니다)." 흰 앞치마 달린 옷을 입은 소녀 둘이 아파트 현관 옆에서 놀고 있는 걸 본 찰리는 이렇게 말을 걸었다. 아이들은 콘크리트 바닥에 백묵으로 그림을 그리고 있었다. "퀴에 *라 뤼 생트 프랑세즈Qù est la rue sainte -français*(프랑세즈 가는 어디죠?)"

아이들은 고개를 들어 멍하니 쳐다봤다. 그때 한 여인이 현관에서 뛰어나와 찰리를 노려보았다. 그녀는 프랑스어로 알아들을 수 없는 말을 빠르고 날카롭고 쏟아냈다.

"그냥 누굴 좀 찾고 있는데요." 찰리가 영어로 말을 꺼냈다 그러다 얼른 프랑스어로 바꿨다. "즈 셰르세*Je cherche*(누굴 찾는데요)." 더 이상 말을 잇지 못하고 난감해하던 찰리는 주머니에서 명함을 꺼내 내밀었다.

명함에 적힌 글자를 읽던 여인의 눈이 휘둥그레졌다. 그녀가 별안간 아이들에게 뭐라고 소리치자, 아이들은 냉큼 건물 안으로 뛰어 들어갔다. 여인은 마지막으로 한 번 더 찰리를 노려본 뒤 연두색 문을 쾅 닫고는 들어가 버렸다.

"안녕히 계세요." 찰리가 조용히 중얼거렸다.

그때 누더기 체크무늬 양복을 입은 늙은 넝마주의가 말 수레를 끌고 터덜터

덜 지나갔다. 찰리는 그가 지나갈 수 있도록 옆으로 비켜섰다. 노인이 지저분한 페도라를 벗어 감사를 표했다. 수레에는 갖가지 기묘한 고물이 잔뜩 실려 있었다. 낡은 옷가지 더미, 욕조, 토스터, 외투 겸 모자걸이. 찰리는 길바닥의 자갈을 발로 툭툭 차며 수레를 따라갔다. 어느 정도 갔을 즈음 수레가 멈췄다. 노인이 거리 한쪽 옆에 모아둔 깡통 더미를 수거하기 시작했다. 찰리는 어렵게 용기를 내서 노인에게 '세븐 코인즈 바'로 가는 길을 물었다.

"엑스퀴제 므와." 찰리가 명함을 내밀었다. "케에 스 카페_Qù est ce café_(이 카페는 어디 있나요)?"

노인이 명함을 보더니 뭐라고 중얼거렸다. 프랑스어도 영어도 아니었다.

"파르동?" 찰리가 다시 물었다.

이가 여러 개 빠진 데다 다양한 장애로 알아듣기 어려웠지만 이번에는 노인의 말투에서 이탈리아어 억양이 들렸다. 노인은 찰리의 난감함을 눈치 챘는지 말을 멈추고 손가락으로 명함을 두드렸다. 그리고 심각한 표정으로 고개를 절레절레 흔들었다.

"안 돼." 그가 말했다. "안 돼, 가지 마." 노인은 다시 모자를 벗었다가 쓴 다음 말에게 뭐라고 소리쳤다. 말이 주인의 명령을 알아들은 게 분명했다. 수레가 덜커덩거리며 다시 움직였다. 노인과 말은 가던 길을 계속해서 갔다.

찰리는 수레가 모퉁이를 돌아 보이지 않을 때까지 서 있었다. 노인의 대답이 의아하게 여겨졌다. 마을 사람들이 보이는 이상한 반응 때문에 어쩐지 이 수수께끼 같은 카페를 절대로 찾지 못할 것 같은 예감이 들었다. 다른 행인 몇명에게도 도움을 청했지만 다들 비슷한 반응이었다. 찰리는 이런 식으로 묻는 게 안전한 방법이 아닐지도 모른다는 생각이 들기 시작했다. 아픈 발을 쉬

어가려고 작고 허름한 빵가게 앞에 놓인 두 개의 야외 테이블 중 한 곳에 앉았다. 주인으로 보이는 중년 여인은 초콜릿 빵과 코카콜라를 주문받을 때 말고는 찰리가 그곳에 없는 것처럼 행동했다. 사실 그런 태도는 오전 내내 겪었던 사람들의 반응에 비하면 오히려 반가웠다. 찰리는 그녀에게 카페에 대해 물어볼까 생각했지만 지금의 관계를 위태롭게 만들기 싫었다.

찰리는 한숨을 내쉰 뒤 콜라를 마셨다. 작은 광장으로 이어지는 구불구불한 골목이 한눈에 들어왔다. 그때 무언가 시선을 붙들었다. 이웃한 건물들로 대부분 가려진 곳에 살짝 드러난 간판 귀퉁이였다. 그곳에 금색 별 하나가 그려져 있었다.

찰리는 급히 2프랑 동전을 테이블에 내려놓고 일어나서 광장을 향해 골목을 달려 내려갔다. 기대했던 대로 모퉁이를 돌자 카페 건물 정면 위쪽 넓은 간판에 여러 개의 다른 별들과 함께 그 금색 별이 보였다. *LE BAR DES 7 COINS*'라는 글자도 씌어 있었다.

찰리는 자기도 모르게 손뼉을 치며 소리쳤다. "여기야!" 하지만 이내 누가 들었나 싶어서 주위를 두리번거렸다. 광장은 고요했다. 정오의 햇살 아래 테이블 여러 개가 여기저기 놓였지만 모두 비어 있었다. 광장은 완만한 오르막에 자리잡고 있었다. 난간 건너편에서 어떤 여인이 아파트 현관 계단을 쓸고 있었다. 근처 나뭇가지에서 새가 지저귀었다. 찰리는 카페 출입문으로 걸어가며 흥분을 가라앉히려고 애썼다.

무심한 행인이라면 카페가 문을 닫았다고 생각했을 것이다. 출입문은 굳게 닫히고 안에서는 불빛도 새어나오지 않았다. 야외 테이블에는 먼지가 잔뜩 쌓이고 의자는 오랫동안 앉은 적이 없는 듯 죄다 널브러져 있었다. 찰리는 조심스럽게 유리창으로 다가가 안을 들여다보았다. 유리를 통해 전등 불빛 몇 개가 비쳤다. 문을 밀었다. 요란하게 끼익 소리를 내며 문이 열렸다.

밖에서 본 전등 몇 개가 지저분한 실내를 비추고 있었다. 타일 바닥에는 먼지 앉은 테이블이 놓이고, 나무로 된 기다란 바에는 뿌연 유리잔이 여기저기 흩어져 있었다. 애초에 테이블과 짝 맞춰 놓였을 의자 수십 개가 그동안 여기저기 옮겨진 듯했다. 어떤 의자는 파스티스를 과음해서 옆으로 쓰러져 졸고 있는 것 같았다. 찰리는 천천히 안으로 들어가 사람이 있는지 고개를 빼고 살폈다.

"아무도 안 계세요?" 그가 소리치다 덧붙였다. "봉주르?" 아무 대답이 없었다. 그 순간 바 뒤편에서 달려나오는 쥐 한 마리를 얼핏 본 것 같았다. 바 뒤편 선반에는 낯선 브랜드의 포도주 병 여러 개가 쌓여 있었다. 하나같이 먼지가 뽀얗게 앉은 상태였다. 찰리는 카페 한가운데로 돌아와 의자 한 개를 바로 세워놓고 앉았다.

그렇게 몇 분쯤 난감한 심정으로 앉아 있었다.

이윽고 주머니에서 명함을 꺼내 손가락을 튕겨서 뒤집었다. 의심의 여지가 없었다. 이 카페가 틀림없었다. 그런데 왜 아미르는 오래 전에 문 닫은 듯한 황량한 카페의 명함을 주었을까? 그가 카페를 나가려는데 멀리 어떤 방에서 소리가 났다.

휘파람 소리였다.

휘파람 소리가 점점 커지더니 묵직한 발소리까지 들렸다. 찰리는 의자에 앉은 채 몸이 굳었다. 등 뒤 어디에선가 그 소리가 났다. 뜻밖에도 휘파람 소리는 작년 라디오에서 줄기차게 흘러나왔던 '레 장팡 디 피레Les Enfants du Pirée'(이

집트 태생의 프랑스 가수 달리다의 노래—옮긴이)였다. 휘파람을 부는 사람이 누군지 몰라도, 카페의 분위기는 그게 유령임에 틀림없다고 믿을 만큼 으스스했다. 찰리는 앉은 채로 천천히 고개를 돌렸다.

만약 그게 유령이라면, 무척이나 뚱뚱한 유령이었다. 마침내 바 뒤편 회전문으로 그것이 들어왔을 때 찰리는 놀라자빠질 뻔했다. 의문의 '그것'은 무무(하와이 여성의 전통의상) 같은 꽃무늬 프린트 셔츠로 몸을 감싼, 덩치가 아주 큰 사내였다. 셔츠는 몇 주일이나 빨지 않은 것처럼 후줄근했다. 수염은 짧고, 검은 머리카락은 우스꽝스러운 모양으로 숱이 빠지는 중이었다. 찰리를 발견한 그는 눈을 휘둥그레 뜨고는 신경질적으로 실내를 두리번거렸다.

"오네 페르메*On est fermé*(영업 끝났다)." 그가 커다란 덩치와 어울리지 않게 플루트 소리 같은 목소리로 말했다. 시계를 보고 정오가 가까워진 것을 확인한 그가 재차 문을 닫았다고 알려주었다. 제정신이라면 도대체 어떤 카페가 금요일 점심에 문을 닫을까?

"하지만…." 찰리가 입을 열었다.

"너 영국인이냐?" 사내가 물었다.

"아니요, 미국인이에요. 사람을 찾고 있어요."

"가게 문 닫았다고." 사내가 억센 영어로 천천히 말했다.

"금요일 점심시간인데요?" 찰리는 믿을 수 없다는 듯 물었다.

사내는 그제야 상황을 깨달은 듯했다. 그가 수염을 긁적이며 생각에 잠겼다. "좋아, 그렇다면 열어야지."

그거 간단하군, 찰리는 혼자 생각했다. "네, 그러세요." 그가 말했다.

"좋아." 사내는 다소 굳어진 채 여전히 바 뒤에 서 있었다. "뭘 줄까?"

찰리는 대화에 정신이 팔린 나머지 아미르에 관해 물어보려던 것을 잊고 있었다. "아, 네." 그가 머뭇거렸다. "오늘의 특별 메뉴가 있나요?"

"아니." 사내가 대답했다.

"좋아요." 찰리가 흔쾌히 응수했다.

"아니, 있어. 오늘의 특별 메뉴 있다."

"잘 됐네요. 그게 뭔데요?" 찰리가 물었다.

찰리의 질문에 쩔쩔매던 사내는 이런 식으로 압박당하는 게 억울한지 이맛살을 찌푸렸다. "그게…." 그가 메뉴를 생각해내려고 애쓰며 카페 안을 두리번거렸다. "고오오~," 잠시 후 그가 목구멍에서 뭔가 튀어나오게 하려는 듯한 소리를 냈다

"뭐라고요?"

"고오오," 사내가 되풀이했다. 마침내 그 소리는 대략 알아들을 수 있는 단어로 바뀌었다. "곰."

찰리가 얼굴을 찌푸렸다. "곰이요?"

"아니, 고구마." 남자가 바꿔 말했다. "고구마 말이다. 고구마 스튜,"

"방금 곰이라고 하셨잖아요, 조금 전에."

"내가? 난 고구마라고 했다. 고구마 스튜."

찰리는 그를 몰아세우는 게 현명하지 않음을 깨달았다. "다른 건 없나요?"

"그것뿐이다."

"메뉴판 없어요? 좀 보고 싶어요."

사내는 진지하게 손으로 선반을 쓰다듬었다. 언뜻 보면 웨이터로서의 역할에 자신감을 되찾은 것 같았다. "다른 건 없다. 오늘은 스페셜 메뉴뿐이야."

찰리는 배가 고팠다. 게다가 음식을 주문하면 상대방이 긴장을 어느 정도 풀 거라고 판단했다. "그럼 고구마 스튜 주세요."

"정말이냐?" 사내는 놀란 듯했다.

"네, 점심에 먹을 게 그것뿐이라면요."

사내는 거칠게 바에서 손을 떼고 다시 회전문을 통해 걸어 들어갔다. 돌아갔던 회전문이 제자리로 돌아올 때쯤 그가 다시 나타났다.

"기다리는 동안 뭣 좀 마실 테냐?"

"좋아요. 그레나딘 되나요?" 찰리가 물었다.

사내는 눈을 찡긋한 뒤 웃으면서 통통한 손가락으로 찰리를 가리켰다. "잘 골랐다, 애야." 그가 기다란 바를 따라 걸어가서 먼지 쌓인 선반과 어지러운 병들 앞에 멈춰섰다. 그러고는 한 발로 빙그르르 돌아 극적으로 그것들과 마주섰다. 사내는 "그레나딘, 그레나딘, 그레나딘."이라고 중얼거리며 레이블을 찾았다.

"저거 아니에요? 빨간색 액체 담긴 병요?" 찰리가 손으로 가리켰다.

사내는 어깨 너머로 찰리에게 윙크를 한 뒤 손을 뻗어 찰리가 알려준 병을 잡았다. 그러고는 바에서 유리잔 한 개를 꺼내 침을 탁 뱉은 다음 셔츠 자락으로 쓱쓱 닦았다. 찰리는 움찔해서 시선을 돌려 카페 실내장식에 관심을 기울이려고 노력했다. 색 바랜 무늬벽지로 도배한 벽에는 유화가 몇 점 걸려 있었다. 묘하게도 몸뚱이가 없이 코트만 그려진 유화 한 점도 보였다. 또 다른 그림은 검정색 옷을 입은 젊은 여인의 초상화였다. 카페 자체는 한때 시설이 훌륭했지만 오래 사용하지 않아 황폐해진 것 같았다. 구석에는 신문이 흩어져 있고 낡은 타일 바닥에는 흙 묻은 신발자국이 어지럽게 나 있었다.

"여기 있다, 그레나딘." 찰리의 어깨 바로 위에서 사내의 목소리가 들렸다. 붉은색 액체가 찰랑거리는 기다란 유리잔이 눈앞에 놓였다.

"메르시." 찰리는 유리잔을 미심쩍게 바라보았다. 그것을 마시는 게 주저되는 듯 찰리가 사내를 올려다보며 물었다. "혹시 아미르라는 애 아세요?"

"아미르?" 사내가 되물었다. "아미르. 아니, 모르는데."

"제 나이 또래 아이예요. 아랍인이고요. 머리는 갈색이던가? 그 애가 이 명함을 주었어요." 찰리는 주머니에서 명함을 꺼내 보여주었다. 사내는 멍하니 바라보았다.

"이런 명함은 모르는데. 아미르라는 아이도 모르고." 그가 휘파람을 불며 바로 돌아갔다.

"여기가 세븐 코인즈 카페, 맞죠?"

"맞는데."

"그런데 아마르라는 갈색 머리 아랍 소년을 본 적이 없다고요?"

"절대로." 그가 잘라 말했다. 필요 이상으로 단호하다고 찰리는 생각했다.

찰리는 의구심을 품으며 유리잔을 들고 멍하니 한 모금 마셨다. 음료수를 삼키려는데 갑자기 목구멍이 타는 것 같았다. 놀라서 사내를 쏘아보았다. "이게…," 찰리가 빠른 말로 지껄였다. "이게 뭐예요?"

"그레나딘."

"또요…?"

"물론 진이지." 사내가 대꾸했다. 그는 바 뒤편 자기 자리로 돌아가 있었다.

"그레나딘에 진을 섞었다고요?"

찰리의 비난에 사내는 정말로 화가 난 것 같았다. "그럼 다른 거라도 넣어야 한단 말이냐?"

"전 겨우 열두 살이에요. 제가 그레나딘에 진을 섞어 마실 애로 보이세요?"

사내는 관심 없다는 듯 어깨를 으쓱했다. 그는 찰리를 그대로 내버려두고 회전문 뒤로 사라졌다. 찰리는 창밖을 내다보며 소매치기 소년을 찾아내 새로운 인생을 살아볼 것인가 말 것인가 고민하기 시작했다. 그때 바 뒤편 회전문이 다시 열리는 바람에 찰리의 고민은 날아가버렸다. 꽃무늬 셔츠 사내가 접시를 들고 나타났다.

그는 의기양양하게 미끄러지듯 걸어와 큰 소리로 *"보나페티Bon appétit!(많이 먹어라),"* 라고 외치며 유일한 손님 앞에 접시를 내려놓았다.

"이게 고구마 요리인가요?" 찰리가 물었다.

접시에 놓인 것은 스튜가 아니었다. 샌드위치가 분명했다. 게다가 몇 입 베어먹은 것처럼 보였다.

"알라 마르세예즈À la Marseillaise(마르세유 식이야)," 사내가 이를 드러내며 피식 웃었다.

찰리는 샌드위치의 맨 위 겹을 벗겼다. 식빵 안쪽에 땅콩버터로 보이는 끈적거리는 게 들러붙어 있었다. 찰리는 옥신각신할 마음이 없었다. "맛있어 보이네요." 샌드위치를 집어들고 한 입 먹으려다 좋은 생각이 났다. "저…," 찰리가 테이블에서 급히 의자를 밖으로 뺐다. 그리고 주머니에서 잔돈을 찾기 시작했다. "혹시 그 이름을 가진 애를 보면…."

"난 그런 이름 모른다니까." 사내가 말을 가로챘다.

"알아요." 찰리가 얼른 대꾸했다. "그래도 혹시 보게 되면…."

"그럴 일은 없을 거야."

찰리가 큰 소리로 반박했다. "그래도 혹시 보게 되면요." 사내가 다시 말을 가로막는지 보려고 기다렸다. 하지만 그가 잠잠하자 찰리는 차분하게 말을 이어나갔다. "혹시 걔를 보면 찰리 피셔가 여기 왔었다고 전해주시겠어요?"

"찰리 피셔라고? 알았다." 사내가 대답했다.

"그 애한테…," 찰리는 적당한 말을 찾았다. "걔가 이걸 떨어뜨려서 제가 돌려주려 왔다고 전해주세요." 찰리는 체념 어린 한숨을 내쉬며 명함을 테이블에 내려놓았다.

"그러마, 꼬마야." 사내는 한시바삐 찰리를 보내고 싶어 안달이 나는지 갑자기 목소리 톤을 바꾸었다.

찰리가 계산서를 갖다달라고 말할 때였다. 아마 찰리가 길지 않은 인생을 사는 동안 겪었던, 가장 갑작스러우면서도 거친 변화였을 것이다. 고요했던 카페가 순식간에 절대적인 혼돈의 소용돌이로 바뀌었다.

요란한 충돌 소리와 함께 문이 열리고 한 무리의 아이들이 뛰어 들어왔다. 어찌나 잽싸게 움직이는지 제대로 셀 수는 없었지만 예닐곱 명쯤으로 추정되었다. 너무도 당황스러워 찰리는 심장이 가슴 밖으로 튀어나올 것만 같았다. 그 중 두 명이 찰리에게 달려들었다. 진을 섞은 그레나딘(거의 진이나 다름없는) 유리잔이 옆으로 날아가더니 장관을 연출하며 바닥으로 떨어졌다. 찰리는 의자에 앉은 채 뒤로 자빠져 더러운 타일 바닥에 나동그라졌다.

그가 간신히 몸을 일으키니 놀란 웨이터가 바 뒤편 유리벽 앞에 선 채 아이들을 끌어모으는 모습이 보였다. 게다가 그가 어떤 술병 뒤로 손을 뻗자 놀랍게도 선반 전체가 열리고 비밀 통로가 나타났다. 아이들이 한 명씩 선반 뒤로 사라졌다. 엄마 거위가 새끼 거위 세듯 아이들을 한 명 한 명 세던 웨이터가 한 명이 부족한지 실내를 두리번거렸다. 그러다 찰리가 여전히 거기에 서 있는 것을 발견하고 화들짝 놀랐다.

"찰리!" 카페 저편에서 어떤 목소리가 들렸다.

숨을 헐떡이며 카페로 들어온 것은 아미르였다. 두 소년이 똑같이 서로를 발견하고 놀라서 한동안 멍하니 쳐다보았다. 마침내 아미르의 얼굴에 미소가 떠올랐다.

"어서 와!" 아미르가 달려와 찰리의 손을 잡았다. 아미르는 의자를 마구 넘어뜨리며 찰리에게 다가왔다. 그 순간 거리 어디에선가 울리는 사이렌 소리가 점점 가까워졌다. 뚱뚱한 웨이터가 두 아이에게 얼른 오라고 손짓했다. 그들이 유리문에 도착했을 때 웨이터가 찰리의 멱살을 잡고 가로막았다.

"너 이 녀석 아냐?" 웨이터가 물었다.

"나와 함께 하는 친구예요." 아미르가 대답했다.

웨이터에게는 그것으로 충분했다. 찰리와 아미르는 사내의 팔 밑으로 기어들어갔다. 이윽고 사내는 이상한 문에서 떨어져 나가고 그들 뒤로 문이 닫혔다. 두 아이는 함께 어둠속으로 들어갔다.

CHAPTER 8

"**발**조심해!" 누군가 찰리를 안내했다. 찰리는 그가 누구인지 몰랐다. 비밀의 문 맞은편으로 난 통로는 칠흑같이 어두웠다. 게다가 어찌나 좁은지 아래로 천천히 기울어진 경사로를 내려가는 동안 팔꿈치를 벽에 긁혔다. 공기는 서늘하고 약간 눅눅했다. 앞쪽 멀리 어딘가에서 비추는 전등 불빛에 앞서 가는 아이들의 실루엣이 비쳤다. 문이 닫힌 후로 사이렌 소리는 전혀 들리지 않았다. 찰리는 손을 뻗어 가장 가까이에 있는 아이의 어깨를 만졌다. 통로의 불빛에 비친 아이는 아미르였다.

"여기 어디야?" 찰리가 속삭여 물었다.

"쉿. 그냥 따라가기만 해." 아미르가 경고했다.

느닷없이 통로가 끝나는 곳에 다다랐을 때 행렬 맨 앞에서 목소리를 낮춰 다투는 소리가 들려왔다. 이상하게도 행렬이 갑자기 나선형으로 꺾여 내려가면서 시야에서 사라졌다. 찰리도 얼마 가지 않아 오래 전 돌우물이었던 듯한 나선형 계단에 도착했다. 그는 철제 난간을 잡고 조심스럽게 목조계단을 내려

106

갔다. 아무리 내려가도 끝나지 않을 것처럼 느껴졌다. 어느 덧 계단이 끝나고 돌로 된 바닥이 나왔다. 찰리는 고개를 들었다. 숨이 턱 막혔다.

전등 빛은 그가 거대한 지하묘지 한가운데 서 있음을 알려주었다.

찰리는 이상한 이 지하동굴의 연대를 추정해보려고 했다. 하지만 유럽의 많은 지하묘지처럼 로마시대 것일 가능성이 높다고 추측할 뿐이었다. 벽돌은 오래된 데다 그을음이 앉아 시커멓고, 낮고 긴 통로 벽에는 군데군데 넓은 구멍이 나 있었다. 한때는 이런 구멍에 시신이 안치되었을 테지만 지금은 아무 흔적도 없었다. 대신 질 좋은 페르시안 깔개와 술 달린 베개가 놓여서 사뭇 이국적인 살롱 분위기를 자아냈다. 방 가운데에는 커다란 테이블을 빙 돌아 의자가 놓였다. 테이블 위에는 지폐와 동전, 온갖 색조의 귀금속처럼 보이는 것들이 수북이 쌓여 있었다.

위 통로에서 들었던 말씨름이 이곳에서 더 센 강도로 계속되고 있었다. 찰리 또래로 보이는 남자아이 두 명이 다투는 중이었다. 한 아이는 피부가 짙은 흑단색이고, 다른 아이는 나이에 비해 터무니없이 큰 덩치에 바가지머리를 한 백인이었다. 흑인 아이의 말투에는 찰리가 잘 모르는 외국어 억양이 짙게 배어 있고, 백인 아이에게서는 슬라브 사투리 억양이 들렸다. 그럼에도 그들의 영어는 이질적이라는 점에서 묘하게 닮아 있었다.

"야, 곰, 그 얼간이는 옷핀을 갖고 있었다고. 난 딱 느꼈어. 어떻게 된 건지 깨닫기도 전에 그 자식이 날 덮쳤다고!" 첫 번째 소년이 말했다.

"그건 옷핀이 아니었어. 낡은 아이오와 반지갑이었다고. 넌 쫄았던 거야. 하마터면 우리 모두가 작살날 뻔했어." 두 번째 아이가 말했다.

여자아이가 끼어들었다. "그는 소매치기 전담 경찰이었어. 너희들, 어렴풋이 꼬리 나온 거 못 봤어?"

두 소년이 동작을 멈추고 여자애를 돌아다봤다. 횃불의 희미한 불빛에 곁눈질로 보니 전날 아미르와 함께 만났던 소녀 재키였다.

"아니." 곰이라고 불리는 소년은 못 믿겠다는 투로 말했다.

재키가 지갑에서 뭔가를 꺼내 테이블에 던졌다. 은색 배지였다. 찰리를 비롯해 모두가 일제히 그것을 보았다.

"이것 봐." 소녀가 말했다. "그가 갖고 있던 경찰 배지야." 그녀는 지갑에서 몇 가지 물건을 더 꺼내 테이블에 내려놓았다. 손지갑, 시계, 투명 포장막을 입힌 신분증, 그리고 몹시 사랑스러운 고양이의 컬러사진.

말씨름은 즉시 잊히고, 웃음이 터졌다. 찰리는 자신이 왜 웃는지 몰랐지만 어쨌든 분위기에 섞였다. 하지만 찰리의 웃음이 눈에 띄었던 게 분명하다. 그가 웃자 갑자기 방안이 조용해졌다.

일순 모두가 신입을 주목했다. 찰리의 웃음은 어색하게 잦아들었다. "안녕." 그가 한 박자 늦게 말했다.

재키가 아이들을 헤치고 앞으로 나왔다. 모두 찰리의 등장에 할 말을 잃고 불쾌한 눈빛으로 노려봤다. "도대체 너 누구야. 여기에 어떻게 온 거야?" 재키는 찰리가 언젠가 자신의 소설에서 '강철도 녹일 수 있는' 뭐 그런 식으로 묘사했을 법한 어조로 물었다.

고맙게도 아미르가 나서주었다. "얘는 찰리라고 해. 너도 알 거야, 재키. 찰리 피셔."

"어제 네가 말한 그 녀석?" 재키가 물었다.

"맞아." 아미르가 대답했다.

108

이 말에 재키는 아미르를 정면으로 노려보았다. "설명해봐. 도대체 이 녀석이 어떻게 우리의 은신처를 찾아낸 거야?" 아미르가 대답하기 전에 재키가 다시 물었다. "어떻게 얘가 우리 은신처에 들어와 있냐고?"

찰리는 자신을 에워싸고 있는 아이들을 찬찬히 둘러보았다. 아미르와 재키를 포함해서 다양한 연령과 키와 인종의 아이들이 모두 여덟 명이었다. 그 중 셋은 여자아이였다. 여자애들 중 틀림없이 가장 어리고 키도 가장 작은 아이가 찰리에게 다가왔다. 소년처럼 짧게 자른 갈색 머리를 하고 있었다. 그 애는 찰리가 들은 것 중 가장 딱딱한 런던 사투리로 말했다.

"내가 이 녀석 혼내줄까?" 그녀가 바지주머니에서 칼을 꺼내 찰리의 얼굴 앞에서 위협적으로 휘둘렀다.

찰리는 딱히 누구에게랄 것 없이 묻는 말이라고 생각했지만 자신의 의견을 내는 것도 나쁘지 않다고 판단했다. "그러면 안 돼." 찰리가 말했다.

"너한테 묻지 않았어." 그녀는 이제 찰리의 얼굴에서 몇 센티미터 떨어지지 않은 곳에서 위협했다.

"야, 생쥐. 넌 뒤로 빠져." 재키가 소리쳤다.

"그래, 몰리. 우린 폭력은 쓰지 않아." 아미르가 거들었다.

"이건 폭력 아니야. 네가 저 녀석을 은신처로 데려왔잖아. 조치가 필요해, 아미르."

"얘는 내 친구야. 우리 패거리에 합류했어." 아미르가 말했다.

재키가 불쾌한 듯 후, 하고 바람을 내뿜었다. "우리 패거리에 들어왔다고? 그렇게 빨리 하수에서 고수가 됐단 말이야?"

촌뜨기 러시아인과 말씨름을 하던 깡마른 흑인 아이가 다가와 찰리를 찬찬히 뜯어보기 시작했다. 그러자 놀랍게도 이 소년과 똑같이 생긴 다른 소년이 나타나 찰리를 가운데 두고 반대편에 섰다. 그들은 쌍둥이처럼 보였다. 첫 번째 아이가 두 번째 아이의 왼쪽 귀에 대고 큰 소리로 물었다. "쟤 테스트는 통과했대?"

"일곱 개의 벨?" 오른쪽에 있는 아이가 되물었다.

"뭐?" 찰리가 의아해서 물었다.

"일곱 개의 벨." 오른쪽 소년이 대답했다.

"일곱 개의 동전 말이야." 왼쪽에 있던 소년이 나섰다. 둘이 빠르게 번갈아가며 말하는 통에 불쌍한 찰리는 현기증이 날 지경이었다.

"무슨 말이야?" 아미르가 다시 나섰다. "물론 이 친구는 학교를 다니지는 않았어. 얘는 여기에 살아. 하지만 그 녀석이 빠진 후…."

"그만해." 재키가 화를 벌컥 내며 말을 가로막았다.

아미르는 재키를 돌아다보았다. "왜? 말하면 안 되는 거야? 무난 얘기 좀 하면 안 돼?"

"내 앞에서 그 이름 꺼내지 마." 재키가 나지막이 윽박질렀다.

"알았어." 아미르가 물러섰다. "말하면 안 되는 그 녀석이 빠진 후 안 그래도 한 명 더 충원할 필요가 있었어. 우리에겐 새로운 피가 필요해."

"그럼 얘가 새로운 피란 말이야?" 어린 소녀 생쥐가 물었다.

그때 제3의 소녀가 끼어들었다. "왜 교장선생님한테 연락하지 않는 거야? 교장선생님이 알면 한 명 보내주실 텐데?" 어깨까지 검은 머리를 기른 이 소녀의 말투에는 아시아어 억양이 섞여 있었다. 전 세계를 돌아다녀본 찰리도 이렇게 한 곳에 다양한 인종의 아이들이 모여 있는 것은 처음 보았다. 마치 전문

어린이 도둑들로 구성된 유엔 총회를 보는 느낌이었다.

"너희들 모두 누구야?" 찰리는 별 의도 없이 물었다. 무심코 그런 말이 나왔다.

"넌 최악의 악몽을 꾸고 있어." 어린 영국인 생쥐가 말했다. 그녀는 여전히 손에 쥔 칼을 내보이고 있었다.

"아무도 알고 싶지 않을걸." 아시아 소녀가 덧붙였다.

"우린 아무도 아니야." 찰리의 오른편에 있는 소년이 말했다.

"우린 실제로 여기에 있지도 않아." 왼편에 있는 소년도 거들었다.

이런 대답들이 사방에서 스테레오로 터져나오자 찰리가 애원했다. "제발 그만해."

"찰리, 우리는 마르세유의 소매치기단이야." 아미르가 설명했다. "우리에겐 소매치기 한 명이 필요하던 참이었어. 내가 너를 여기로 초대한 건 그 때문이야. 네가 눈치를 채서 다행이야." 아미르는 찰리에게 눈을 찡긋한 뒤 동료들을 둘러보았다. "미치코 그리고 너희들, 교장선생님이 대체할 소매치기를 보내줄 거라고 생각해? 멍청하구나. 교장선생님은 우리 스스로 구하기를 바라셔."

"그건 맞아." 곰이 맞장구를 쳤다.

"아니면," 아미르가 계속했다. "우리끼리 알아서 임시변통으로 꾸려가거나. 그래서 내가 이러는 거야. 찰리 피셔, 이리 와." 그가 찰리에게 손짓을 했다. "어쨌든 얘는 나를 구해줬어. 경찰로부터 나를 보호해줬다고. 우리가 장 조레스 광장에서 작업하고 있을 때. 그러니까 얘는 나에게 은인이라고, 안 그래?"

모두 그 말에 동의한다고 중얼거렸다. 마치 예전에 합의가 되었고 아미르는 그저 거기에 충실하기라도 한 듯.

"안 그래, 재키?" 아미르가 10대 소녀를 보며 거듭 확인했다.

"네 말이 맞아, 아미르." 그녀가 동의했다.

"이 친구랑 나랑 한 조가 되어 작업을 몇 건 했어. 주머니 몇 개를 털었지." 아미르가 말을 멈추고 찰리를 돌아다보았다. "그런데 잘하더라고. 내가 보기에는 감각이 있는 것 같아."

"이 녀석이 감각이 있다고?" 처음 듣는 목소리의 소년이 물었다. 헝클어진 검은 머리에 키는 중간쯤 되고 입술 위에 듬성듬성 수염이 나 있었다. 또 (앞에서 언급한 적이 있는 것 같은데) 왼쪽 눈에 안대를 하고 있었다.

"난 못 봤어." 찰리가 추측하기로 미치코라는 아시아 소녀가 나섰다. 그녀는 곁눈질로 찰리를 보더니 단호하게 말했다. "난 반대야."

"네가 그렇게 자신 있으면 우리한테 기술을 보여줘 봐." 행동이 굼뜬 러시아 소년이 끼어들었다.

"음…." 찰리는 지난번 재키에게 당했던 매서운 시험을 또렷이 기억하며 말꼬리를 흐렸다. "글쎄 잘 할 수 있을지…."

하지만 아미르가 얼른 대답했다. "얘는 할 수 있어."

"할 수 있어." 찰리가 당황하면서도 약간 긴장한 표정으로 아미르를 보며 똑같이 말했다.

"좋아 그럼." 안대를 한 소년이 말했다. "야, 곰. 그 반지갑 좀 줘."

러시아 소년은 시키는 대로 했다. 찰리의 눈에 작은 금속 잠금쇠로 잠긴 가죽지갑이 보였다. 애꾸눈 소년(찰리가 그의 이름을 알게 될 때까지 애꾸눈이라고 부르자)은 주머니에서 1상팀짜리 동전을 꺼내 지갑에 넣고 잠금쇠를 닫았다. 그러고는 지갑을 자신의 낡은 재킷 안주머니에 넣었다.

"내 재킷주머니를 털어. 지갑에서 동전을 꺼내봐." 애꾸눈이 말했다.

"뭐, 지갑 안에서? 이 친구한테 기회를 줘." 아미르가 중재를 시도했다.

"아니." 재키가 웃으면서 다가왔다. "내 생각에 이건 완벽한 시험이야. 만약 애한테 정말로 감각이 있다면 별로 어렵지 않을 거야. 자, 찰리 피셔. 여기 플루토한테서 1상팀을 훔쳐봐." 그녀가 애꾸눈 소년을 가리키며 말했다. 이제부터 그는 플루토라는 이름으로 불리게 될 것이다.

찰리는 단단히 마음먹고 심호흡을 한 다음 아미르한테 배운 지식을 총동원하기로 했다. 지난 24시간 동안 내심 이런 만남을 준비했다. 어제 실패한 혹독한 시험을 다시 한 번 치를 수 있다면 더 바랄 게 없다고 생각했다. 잠을 자면서도 현란한 손기술로 수많은 주머니와 지갑을 터는 꿈을 꾸었다. 어제 이후로 깨어 있는 동안에는 매끄러우면서도 정확한 손기술에 대한 상상이 끊이지 않았다. 찰리는 침대에서 내려온 순간부터 성공을 눈으로 그렸다. 여기 아이들이 찰리의 가능성에 대해 이러쿵저러쿵 떠들자 찰리는 자신을 둘러싼 방안의 에너지가 팽창하는 것을 느꼈다.

애꾸눈 플루토와 지갑이 든 그의 재킷을 관찰하고 있을 때 지켜보던 아이들이 내기를 걸기 시작했다. 쌍둥이 한 명이 말했다. "난 플루토에게 5프랑."

다른 쌍둥이가 말했다. "난 저 얼간이한테 10프랑."

"뭘 꾸물거려?" 플루토가 재촉했다.

"분명히 말하는데, 이건 공정하지 않아." 찰리가 초조하게 서성거리기 시작했다. "내 말은 광장이나 시장 같은 데서 하는 게 맞다는 거야, 그렇지 않아?"

마권업자 노릇을 하는 생쥐 소녀가 아이들의 내기 돈을 거두며 소리쳤다. "찰리 피셔, 25 대 1."

"감각이 있는 기술자는 장소를 가리지 않아." 플루토가 맞섰다.

"맞아, 난 감각이 있어." 찰리가 자신감 가득한 목소리로 대꾸했다. 그는 플루토 앞에 우뚝 섰다.

"30대 1로 할게." 생쥐가 외쳤다. 구경꾼 몇 명이 그런 발표에 실망해서 투덜거렸다.

"네가 감각이 있다고? 넌 아무것도 없어." 플루토가 빈정거렸다.

"글쎄…." 찰리도 지지 않았다.

"글쎄, 뭐?"

"적어도 나에게는 눈이 두 개야." 찰리가 말했다. 분명히 하자면, 찰리는 지금까지 재미나 관심을 끌기 위해 누군가의 장애나 결함을 이용한 적이 결코 없었다. 단 한 번도 그런 짓을 하지 않았다. 학교에 다닐 때도 또래 아이들로부터 따돌림을 당하거나 무시당하는 아이의 편이 돼주었다. 소매치기들의 기를 꺾으려고 누군가의 결점을 이용하는 건 찰리가 가장 경멸하는 짓이었다. 하지만 이런 상황에서는 남들만큼이나 자신을 놀라게 해야 한다는 사실을 찰리는 잘 알았다.

플루토는 놀라울 정도로 찰리의 전략을 불쾌하게 여기지 않았다. 잠깐 찰리를 노려봤지만 이내 웃기 시작했다. 거의 울부짖듯 호탕하게 웃다 몸을 지탱하기 위해 찰리의 어깨를 짚을 정도였다.

"야, 이 녀석은," 그가 발작적으로 웃다 말했다. "이 녀석은 기술자가 아니라 멍청이야."

그때 찰리가 접근해 들어갔다. 그는 오른팔을 쭉 뻗어 플로토의 어깨를 잡았다. 상대의 관심은 즉각 찰리의 손에 쏠렸다. 찰리는 나머지 왼손으로 플로토의 재킷 안주머니를 잡았다. 그러자 플루토가 어깨를 뒤로 빼며 동시에 찰리의 손목을 비틀어 지갑에 손도 대지 못하게 했다. 여러분은 찰리가 힘으로 플로토의 재킷에서 지갑을 꺼내기로 한(아미르는 이것을 '치고 빠지기'라 불렀다) 결정을 현명하지 못하다고 생각할지 모른다. 하지만 다소 급조한 면이 있는 이 선택은 더 큰 전략의 일부에 불과했다. 플루토는 이제 자신의 재킷을 밀고 들어온 찰리의 손에 관심이 쏠려 있었다. 그 덕에 찰리는 쉽게 상대방의 다리와 무릎 사이로 발을 들이밀었다.

플루토와 찰리는 한 무더기가 되어 바닥으로 쓰러졌다.

각 선수에게 패를 걸었던 아이들은 자신의 내기가 위험에 처했음을 감지했다. 그래서 자신들도 그 소동에 합세함으로써 투자금을 최대한 지키려고 했다. 차마 말로 옮길 수 없는 욕설들이 터져나왔다. 승부는 막상막하였다. 주먹질이 몇 차례 오가기도 했다.

찰리는 찰리대로 여전히 플루토의 재킷 안쪽에 있는 지갑을 열고 동전을 꺼내려고 안간힘을 썼다. 팔과 팔꿈치를 수없이 휘둘러 간신히 플루토의 가슴으로 손을 넣었다. 손가락에 가죽지갑과 잠금쇠가 닿는 순간 쾌감이 밀려왔다. 손으로 더듬어 한 번에 잡아 빼려는 순간 배에 엄청난 통증이 느껴졌다. 소동이 벌어지는 틈을 타 공격자를 힘으로 물리치려고 플로토가 팔꿈치로 찰리를 밀어낸 것이다. 찰리의 입에서 커다란 신음이 흘러나왔다. 찰리는 움켜쥐었던 지갑을 놓았다. 그리고 뒤엉킨 몸뚱이들로부터 떨어져 나왔다.

플루토 역시 패거리로부터 떨어져 나와 몸을 일으켰다. 그는 웃으면서 찰리를 내려다보았다.

"봤지?" 그가 자신의 공격자를 발로 살짝 건드렸다. "이 녀석은 어설픈 기술자야. 감각이 꽝이라고." 그는 자신의 주장을 완벽하게 매듭지으려는 듯 재킷 안주머니에서 지갑을 꺼냈다. 이어 잠금쇠를 열고 동전이 극적으로 바닥에 떨어지도록 지갑을 거꾸로 쳐들었다.

하지만 동전은 떨어지지 않았다.

지갑이 비어 있었다.

플루토의 낯빛이 변했다. 그는 못 믿겠다는 듯 뭐라고 중얼거렸다. 방안의 아이들이 말없이 바닥에서 몸을 일으켰다. 찰리도 다른 아이들처럼 충격을 받았다. 인정받고 싶었지만 그러기는커녕 지갑의 잠금쇠조차 열지 못하고 밀려났다. 찰리는 서서히 정신이 들었다. 플루토에게 팔꿈치로 얻어맞은 배는 아직 통증이 가시지 않았다. 찰리는 무릎을 세워 몸을 일으켰다. 그때 뭔가 허벅지를 짓누르는 것을 느꼈다. 전에 없던 무언가가 거기에 있었다. 찰리는 주머니에 손을 넣었다. 그러고는 칙칙한 잿빛 상팀 동전을 꺼내 손가락에 쥔 뒤 앞으로 내밀었다.

모두가 일제히 숨을 멈췄다.

"음, 음." 재키가 머리를 뒤로 묶으며 중얼거렸다. "재주를 타고 났네."

아이들은 저마다 자신들이 목격한 장면을 인정하며 한마디씩 했다. 승산 없는 쪽에 베팅했거나 찰리의 성공에 돈을 건 아이들은 잠깐 기쁨을 만끽했다. 생쥐는 자신이 매긴 배당률에 따라 마지못해 돈을 지급했다. 플루토는 옷에 묻은 먼지를 털며 다른 아이들보다 더 수상쩍은 눈으로 찰리를 살폈지만 동료들과 마찬가지로 이내 그 일을 잊었다.

"하지만 교장선생님의 허락을 받아야 해. 어쨌거나 얘는…, 비정규 단원이야." 재키가 계속해서 아미르에게 말했다.

아미르가 고개를 끄덕였다.

"게다가 아직 기술자는 못 돼. 속임수를 쓰려고 했잖아. 애송이를 곧장 소매치기단에 넣어줄 순 없어. 자칫하면 우리를 곤란하게 할 수 있고. 앤 훈련이 필요해."

"물론이야, 재키. 찰리가 적당하다고 판단될 때 작업에 투입시킬 거야. 그럼 되지?" 아미르가 말했다.

재키가 고개를 끄덕이다가 찰리를 보며 얼굴을 찌푸렸다. "자, 얘들아. 야단법석 그만 떨고, 배당을 위해 오늘의 매출을 계산하자. 지갑 비우고 빈 지갑은 버려." 재키의 지시에 모두 긴 테이블로 모여들어 부정하게 얻은 것들을 골라내기 시작했다.

찰리는 상팀 동전을 손에 쥔 채 혼자 남겨졌다. 아미르가 다가와 그에게서 동전을 돌려받았다. "잘했어, 찰리." 아미르가 짓궂게 웃으며 속삭였다. 그는 손가락으로 동전을 돌려가며 찬찬히 들여다보았다.

"고마워. 비록 내가 하지는 못했지만…." 찰리가 입을 열었다.

"쉿," 아미르가 찰리의 입술에 손가락을 갖다 대고 속삭였다. "비밀이야, 너와 나만 아는. 알았지?" 아미르는 동전을 찰리의 플란넬 셔츠 앞주머니에 넣고 친근하게 툭 쳤다.

"네가 그랬…?"

"쉿," 아미르가 다시 주의를 주었다. "비밀이야." 그는 찰리의 어깨에 팔을 두르고 아이들이 모여 있는 테이블로 데리고 갔다. "찰리 피셔, 소매치기단에 들어온 것을 환영해." 아미르가 큰 소리로 말했다.

CHAPTER 9

미치코는 히로시마 출신이었다. 원자폭탄이 떨어진 이듬해에 태어났다. 그녀는 폐허가 된 도시에서 부모님 손에 길러졌다.

"난 미국인을 싫어해." 아미르가 찰리를 소개했을 때 그녀가 말했다.

"맞아. 미치코는 미국인을 싫어해." 아미르가 그 말을 확인했다.

'곰' 보라는 열두 살, 취리히를 거쳐 소련의 레닌그라드에서 왔다. 그는 로마노프 왕조와 친분이 있는 유서 깊은 귀족 집안 출신이었다. 비슷한 사회계층이 대부분 그랬듯 그의 집안도 러시아 혁명기에 대격변의 신분 추락을 겪었다. 보라와 그의 방계가족은 수십 년간 시골에서 조용히 살아왔지만 결국 스탈린주의자 요원에게 쫓겨 유럽으로 탈출해야만 했다.

"그리고 저 애는 셈벤, 바람잡이야." 아미르가 쌍둥이 중 한 명을 가리키며 말했다.

"내가 셈벤이야." 다른 아이가 나섰다.

"나는 파토르." 아미르에게 처음 지목당했던 아이가 말했다. 그는 찰리에게

119

눈을 찡긋했다. "아니 내가 셈벤인가?"

"우린 저 애들이 말하는 대로 믿을 수밖에 없어." 아미르가 웃었다. "세네갈 출신이야. 일란성 쌍둥이. 덕분에 우리 일에 엄청난 도움이 되지."

찰리는 소개받은 아이들 각각에게 다정하게 손을 흔들었다. 그들은 차례로 고개를 들고 아미르의 소개에 감사를 표했다. 아이들은 테이블에 흩어진 전리품을 분류하느라 정신이 없었다. 동전을 한쪽에 쌓고 지폐는 지폐대로 쌓았다. 목걸이, 시계, 반지 같은 귀중품은 또 따로 모으고 빈 지갑은 바닥에 던져서 모아두었다. 찰리는 한 곳에 이렇게 많이 쌓아둔 보석을 본 적이 없었다. 해적 떼가 다시 살아난 것 같았다.

수확량이 꽤 두둑한 게 틀림없었다. 이 소굴에서 침입자가 발견된 후 이렇게 분위기가 가벼운 건 처음이었다. 전리품을 분배할 때 소매치기들은 서로 빈정거리면서도 희희낙락했다.

"재키는 만난 적 있지?" 아미르가 단원 소개를 계속했다. "우리 중 최고의 기술자야. 테네시 채터누가 출신. 맞지, 재키?"

재키가 고개를 들었다. 그녀는 찰리를 곁눈질하며 억지 미소를 지었다. "전형적인 남부 미인이지." 그녀가 금반지를 한 개 집어들고 진짜가 맞는지 확인하려고 익살맞게 깨물었다.

"재키는 우리들 중 최고참이야. 교장선생님이 재키가 여섯 살 때 소매치기로 만들었어."

"특급기술자야. 애들이 날 그렇게 불러." 재키가 말했다.

"재키는 또 우리들 중 가장 겸손해." 어린 영국인 소녀가 거들었다. 그러자 옆에 서 있던 재키가 그녀를 가볍게 밀쳤다.

아미르가 웃었다. "그리고 쟤는 생쥐 몰리, 몰리는 손가락 기술자고 바람잡이도 해. 아홉 살이야. 런던 동부에서 태어나고 자랐어. 진짜 디킨스 소설에 나올 법한 아이지."

"만나서 반가워. 나는 야, 번개소녀!" 소녀가 과장되게 연기를 했다.

아미르는 찰리를 데리고 계속해서 테이블을 돌았다. "여기 플루토는 잘 알 거야. 우리의 기획자야. 작업 계획을 세우지. 부에노스아이레스 출신이야. 서커스단에 있었어, 맞지? 칼 투척 묘기를 하다 한 쪽 눈을 잃었어."

찰리는 몸서리를 치며 물었다. "눈에 칼을 맞았어?"

"아니. 난 칼을 투척하는 역할이었어. 내가 던진 칼이 여자의 어깨를 살짝 스쳤는데, 그 애가 6인치 하이힐을 들고 나에게 덤벼들었어." 플루토는 구부린 손가락을 뺨 안쪽에 넣었다 빼며 뻥, 소리를 냈다.

찰리의 손이 자기도 모르게 입으로 올라갔다.

"그리고 우리의 멋진 여단장," 아미르가 말했다. "웨이터 베르투치오, 위층에서 만났을 거야. 코르시카인이야. 굴라시 식당을 운영하고 있지. 우리를 안전하게 지켜주고 있어."

"굴라시 식당?"

"무허가 술집이자 우리의 소굴. 세븐 코인즈 바."

"아, 알겠다." 찰리가 소리쳤다.

테이블을 한 바퀴 돌며 아이들을 만나고 나자 찰리는 회전목마를 타고 돈 느낌이었다. 내심 아이들에 대한 감탄이 일었지만 드러내지 않으려고 애썼다. 아첨하는 것처럼 보이고 싶지 않았다. 소매치기들이 전리품을 두고 옥신각신하거나 값어치를 평가하고 그것을 손에 넣기 위해 치렀던 모험담을 늘어놓는 동안 찰리는 서서 구경을 했다. 생쥐 몰리가 넥타이핀처럼 보이는 것을 집어들고 우스꽝스런 표정으로 살펴보았다.

"넥타이핀은 누가 훔쳤어?" 몰리가 테이블에 모인 아이들에게 물었다.

"아마 보라일 거야." 셈벤이 대답했다. 아니 파토르인가? 너그러운 독자들이여, 여기에서 그런 건 따지지 말자. 적어도 동료들 사이에서는 누가 누구인지 확실하지 않다는 사실을 전제로 우리는 계속해서 셈벤 아니면 파토르에게 대화를 할당할 것이다. 물론 그것은 그들이 오랫동안 누려온 특권이었다. 우리 역시 그들에게서 이 즐거움을 빼앗지 않을 것이다.

"모스크바의 시장에서는 넥타이핀이 비싸게 팔려." 곰이 변명하듯 말했다

"아냐, 아냐." 몰리가 비아냥댔다. "이건 구식 장물이야. 아무래도 넌 장물아비는 못 되겠다. 넥타이핀은 얼음이 박히지 않은 이상 실담배 값도 안 돼."

찰리가 의아한 표정으로 아미르를 쳐다보았다. 그는 나지막이 해석을 해주었다. "넥타이핀에 다이아몬드가 박혀 있지 않으면 쓸모없다는 뜻이야."

"차라리 멜빵을 뽀리는 게 나아. 그게 요즘 대세야." 플루토가 말했다.

이 농담에 모두가 웃음을 터뜨렸다. 찰리는 그들이 왜 웃는지 몰랐다. 찰리가 어리둥절해 하자 아미르가 다시 설명해주었다. "'뽀린다'는 말은 훔친다는 뜻이야. 우리 중에 소매치기를 하고 나서 상습적으로 상대의 멜빵을 훔쳤던 녀석이 있었어."

"테이트 대왕. 최고였지." 몰리가 끼어들었다.

아미르는 웃음이 나오는 것을 참으면서 설명했다. "테이트는 외로운 늑대였어. 혼자 다녔지. 그는 주로 볼룸댄스 같은 파티장을 노렸어. 플로어에서 지폐며 동전, 귀금속 따위를 슬쩍했는데 작업을 끝내기 전에 상대의 멜빵을 훔쳤

어. 그런 다음 멀찌감치 떨어져서 남자들이 이렇게 바지를 움켜쥐고 어기적어 기적 플로어로 달려가는 것을 유유히 구경하곤 했지." 아미르는 마치 바지가 발목으로 흘러내리는 듯 우스꽝스럽게 양손으로 허리춤을 부여잡고 방안을 가로질러 달려갔다. 모두, 심지어 찰리까지 웃음을 터뜨렸다. "테이트는 멜빵 을 댄스홀 밖에 버렸고, 신사들은 바지가 흘러내린 상태로 자기 멜빵을 찾느 라 한참 혼이 났지."

"걔야말로 진짜 특급기술자였어. 그런 애는 더 이상 나오지 않을 거야." 보 라가 걸걸하게 너털웃음을 웃었다.

"지금 어디에 있어?" 찰리가 물었다.

"어딘가에 있겠지. 걘 요즘 소매치기를 하지 않아." 아미르가 다소 침울하게 대답했다.

"너도 그럴 수 있어? 그러니까…, 소매치기를 관둘 수 있어?" 찰리가 아미 르에게 물었다.

"응. 누구나 그럴 수 있어. 탈퇴하는 거지."

"왜 너도 그러고 싶어?" 미치코가 다채로운 색깔의 프랑스 지폐를 공작새 꼬리처럼 활짝 펼친 채 물었다.

"그래." 아미르가 찰리에게 웃어 보이며 대답했다.

"우린 소매치기를 해. 왜냐하면 우리가 원하기 때문이야." 플루토가 나섰다.

"우리가 잘하기 때문이기도 해." 미치코가 덧붙였다.

"교장선생님은 누구에게도 이 일을 강요하지 않아." 재키가 설명했다. 재키 는 들고 있는 금시계를 감탄하듯 바라보았다. "우리는 이 일이 좋아서 여기 있 어. 게다가 군대가 못 하는 방법으로 부자와의 전쟁에서 작은 역할을 할 수 있기 때문이기도 해."

찰리는 눈을 가늘게 뜨고 빙 둘러가며 아이들을 손으로 가리켰다. "잠깐, 너희들 공산주의자니?"

재키가 웃었다. 보라는 조롱하듯 바닥에 침을 탁 뱉었다.

미치코가 고개를 절레절레 흔들며 말했다. "우린 아무것도 아니야. 우린 마르세유의 소매치기일 뿐이야."

"오히려 공산당원의 지갑을 털지." 셈벤이 나섰다.

"특별히 돈 많은 부자 말고도." 몰리가 덧붙였다.

"찰리, 기술자들은 특정한 정치적 신념을 좇지 않아. 우린 돈 많은 주머니를 노릴 뿐이야." 아미르가 설명했다.

"어떻게 이런, 너희들 어떻게···." 찰리는 말을 멈추고 떠오르는 의문들을 간결하게 정리하느라 애를 썼다. "너희들 모두 서로 어떻게 알게 된 거야?"

이 질문에 아이들이 일제히 찰리를 쳐다봤다. 그러면서 그들은 서로 은밀히 시선을 주고받았다. 재키가 아미르를 노려보았다. 마침내 셈벤이 입을 열었다. "말해줘도 될까?"

"우린 얘를 살해해야 할지도 몰라." 미치코가 짓궂게 웃었다.

"그건 내가 맡지." 풀루토가 찰리를 깔보듯 훑으며 말했다. 찰리가 상팀 동전을 훔친 것에 대해 아직 앙금이 남아 있는 게 분명했다.

"입 닥쳐, 플루토. 아미르?" 재키가 중재에 나섰다.

"말해도 돼. 찰리도 알아야 해." 아미르가 말했다.

"그러는 게 낫겠어. 이 녀석은 다른 것도 다 봤잖아." 곰이 거들었다.

"뭔데? 비밀이 뭐야?" 찰리가 어리둥절해서 방안을 두리번거렸다.

"우린 소매치기 집단이야, 찰리. 전 세계에 흩어져 있는 여러 지부 중 하나."

"주요 도시마다 하나씩 있어." 재키가 말을 받았다. "우린 네가 본 적 없는 특별한 소매치기는 아니야. 그렇다고 네가 아는 그런 소매치기도 아니고."

"우린 비밀리에 움직여." 셈벤이 말했다.

"어둠속에서." 파토르가 말했다.

"넌 여기까지만 알면 돼." 미치코가 말했다.

"자, 자, 설령 찰리가 심부름을 한다고 해도 우리와 함께 할 거라면 찰리에게도 말해줘야 해." 아미르가 다시 나섰다.

"그래 말해줘." 찰리가 부탁했다.

아미르가 재키에게 고갯짓을 했다. "네가 말해."

"세븐 벨스 학교라고 들어본 적 있니?" 재키가 물었다.

"아니, 없어."

"당연히 그렇겠지. 저 녀석은 샌님이야, 게다가 저 녀석은…." 플루토가 끼어들었다.

"그냥 네 얘기를 들려줘, 재키." 아미르가 다시 재촉했다.

재키는 잠시 침묵하더니 입을 열었다. 그녀가 금 체인목걸이를 집어 손가락 사이로 늘어뜨렸다. "아주 어렸을 때야. 난 채타누가의 농장에서 살았는데 시간이 아주 많았어. 우리 집은 대가족이었고, 오빠와 언니들은 어떻게 해야 자기가 돋보이는지 알았어. 내 경우에는… 음," 그녀가 적당한 어휘를 찾았다. "기술이 있었지. 교묘하고 비밀스럽게 손가락을 이용하는 기술뿐만 아니라 사람들이 어떻고 내가 어떤지 파악해서 사람들을 골탕 먹이는 방법을 알았어. 그것은 시간을 조작할 수 있는 것과 비슷했어. 난 사람들이 세상에 존재하는 방식을 완전히 바꿀 수도 있었어. 아빠 모르게 아빠 얼굴에서 안경을 슬쩍할 수 있다는 것도 알게 되었고. 사탕을 훔치고 자물쇠 따는 방법도 혼자서 배웠어. 내가 나쁜 짓을 저지른 뒤 정원사나 내 형제자매, 누구에게든 누명을 씌우는 방법도. 내가 얼마나 말썽꾸러기였는지 상상이 갈 거야. 하지만 나에게는 재주가 있었어. 난 감각을 타고 난 걸로 밝혀졌지. 소매치기 감각, 소매치기 소질. 그때는 몰랐지만 나를 이 세상의 많은 아이들과 연결시켜준 것도 그거야. 어느 날 집 밖에서 놀고 있는데 어떤 아저씨가 찾아왔어. 진짜 멋진 정장을 차려입고, 억양이 독특한 아저씨였지. 나는 그날을 똑똑히 기억해. 그는 내 앞에 무릎을 꿇고 앉아 동전을 내밀었어. 그러고는 마술을 부렸어. 동전을 사라지게 했다가 옷주머니에서 다시 나타나게 했지. 그는 우리 엄마, 아빠한테 간청했어. 기억하기로는 부모님이 그와 꽤 오래 이야기를 나누었던 것 같아. 이야기가 끝났을 때 아빠가 나한테 와서 그가 나를 어딘가로 데려간다고 말씀하셨어. 어떤 엄청난 곳으로. 나와 비슷한 아이들이 교육받는 곳, 내가 갖고 있는 특별한 재주를 갈고 닦아주는 곳. 그 신사의 이름은 나이젤이었어. 발굴자였지. 우리는 자동차, 비행기, 보트로 갈아타고 몇 날 며칠 여행을 했어. 대륙과 대양을 건너서 마침내 내가 본 가장 이상한 곳에 도착했지. 남미 대륙 콜롬비아 중부의 어떤 산 정상에 있는 학교였어. 거기가 세븐 벨스 학교야."

찰리는 소녀의 말에 집중했다. 방안은 조용했다. 모두의 시선이 재키를 향하고 있었다.

재키가 계속해서 말했다. "채타누가 출신의 여섯 살짜리 소녀에게 모든 게 얼마나 낯설었을지 상상이 갈 거야. 내가 태어난 세상과 정반대인 곳에 위치한 성처럼 생긴 건물. 하지만 그곳은 내 재능을 뭔가 쓸모 있게 만들어줬어. 세상을 변화시킬 수 있는 것으로. 나를…," 재키가 손가락에 건 목걸이를 가지고 빙 돌아가며 방안에 있는 아이들을 가리켰다. "그리고 이 아이들 모두를. 우리는 각자 가진 기술과 능력으로 함께 모이게 되었어. 교장선생님의 지도 아래 연마한 기술을 가지고 소매치기단이 되었지. 그리고 과업을 수행하기 위해 세상으로 나온 거야."

"소매치기를 하려고?" 찰리가 물었다.

"불균형을 바로잡기 위해서야. 부자들의 콧대를 꺾어주려고." 미치코가 끼어들었다.

"그리고 우리 자신이 부자가 되기 위해!" 곰이 활짝 웃으며 말을 받았다.

"우리 몫으로 조금 떼고 나머지는 교장선생님에게 보내. 그가 일종의 교육 사업을 계속할 수 있게." 재키가 설명했다.

"내일의 기술자를 육성하도록 비용을 대는 거야." 아미르가 드라마틱하게 가슴에 손을 얹고 말했다.

찰리는 경악해서 웃음을 터뜨렸다. 그는 아이들을 차례로 보며 그들이 현실 속의 인물로 돌아오길, 지금까지 들은 이야기가 그들이 공들여 꾸며낸 농담으로 밝혀지기를 기다렸다. 그러나 끝내 그러지 않자 도무지 믿어지지 않는다는 표정으로 물었다. "너희들, 그 말이 얼마나 어이없게 들리는지 알아? 소매치기를 가르치는 비밀 학교라고? 남미에?"

아미르는 어깨를 으쓱했다. "어이없다는 것은 상대적이야, 안 그래?"

"너희들 모두 이렇게 집단으로 하라고 파견된 거야? 워싱턴 D.C에도 소매치기단이 있어?"

"응." 아미르가 대답했다.

"도교에도?" 찰리가 물었다.

"물론." 몰리가 대답했다.

"모스크바에도?"

"체첸에 있어." 곰이 대답했다.

"음, 오스트레일리아 시드니에도?" 찰리는 아는 지식을 모두 동원했다.

"실제로 아주 잘 되는 곳이야." 재키가 대답했다.

"키코가 거기에 있지 아마?" 아미르가 물었다. 그가 인상적으로 휘파람을 불었다. "지금쯤 고수가 됐을걸."

"우리는 어디에나 있어." 재키가 거듭 말했다. 그녀는 검지에 금목걸이를 걸어 빙글빙글 돌리다가 테이블 위 금붙이 더미로 던졌다.

"좋아. 그럼 왜 그렇게 불러? 세븐 벨스 학교?" 찰리가 물었다.

"예리한 질문이야. 간단히 대답해줄게." 아미르가 나섰다.

"그 이름은 소매치기단에 들어오기 전, 진정한 기술자로 인정받기 위해 학생들이 거치는 최종 시험에서 따왔어." 재키가 설명했다. "우린 모두 세븐 벨스 시험을 통과했고."

찰리는 방안을 둘러보았다. 모두가 차례로 고개를 끄덕였다.

"그…, 그 시험이 어떤 건데?" 찰리가 용기내어 물었다.

"일곱 개의 동전이 있어." 셈벤이 말했다.

"일곱 개의 주머니에." 파토르가 덧붙였다.

"우리가 시범을 보여주자." 재키가 다시 나섰다.

재키가 아미르의 어깨를 잡고 동굴 한가운데로 데려갔다. 아미르의 등 뒤로 시커먼 장막이 드리워지고 전등 한 개가 그의 몸 위로 불길한 그림자를 만들어냈다. 재키는 아미르에게 카키색 군복 상의처럼 보이는 옷을 입혔다. 동굴의 돌로 된 벽감에서 가지고 온 것이었다. 상의 가슴에 커다란 주머니가 여러 개 달려 있었다.

"시험장이라 부르는 방에서 해." 재키가 설명을 시작했다. "학교 한가운데 개방된 큰 강당이 있는데 거기에 인형이 서 있어, 마네킹이지. 아무것도 없고 그것만." 이어서 재키는 테이블로 가더니 동전 무더기에서 동전을 한줌 쥐었다. 재키가 설명하는 동안 아미르는 마네킹 같은 인상을 주려고 최선을 다했다. 그의 뻣뻣한 움직임에 모두가 웃음을 터뜨렸다.

"가만히 있어. 넌 인형이야." 재키가 나무랐다.

"아미르, 그건 너한테 식은 죽 먹기잖아." 생쥐 몰리가 말했다.

방안에 웃음보가 터지자 아미르는 고개를 떨궜다. "몰리, 넌 역시 농담의 귀재다." 그가 진지하게 말했다.

재키가 계속했다. "이 인형은 주머니가 일곱 개 달린 재킷을 입고 있어. 주머니마다 작은 종이 달려 있지. 주머니 안에는 동전이 들어 있고." 재키가 재빠르게 손에 쥔 동전을 아미르의 겉옷주머니에 넣었다. 하나씩 넣을 때마다 그녀가 말했다. "자, 입술처럼 생긴 티켓주머니에 한 개, 구멍처럼 생긴 외투 안주머니에 한 개. 재킷 구멍주머니에 한 개. 조끼 오른쪽 주머니, 왼쪽 주머니에 각각 한 개씩, 외투 붙임주머니에 한 개. 바지 허리주머니에 한 개. 이렇게 일곱 개의 동전이 일곱 개의 주머니에 들어 있고, 주머니에는 일곱 개의 종이 달려 있어."

재키가 뒤로 한 걸음 물러난 뒤 아미르를 쳐다보았다. 그리고 미치코에게 손짓을 했다. "종을 울리지 않게 동전을 꺼내는 것이 학생의 과제야."

도전을 위해 일어선 미치코는 긴장한 듯 두 손을 비비며 미동 없이 서 있는 마네킹 아미르를 바라보았다. 이윽고 그녀의 손가락이 물 흐르듯 우아하게 움직였다. 아미르의 주머니에 종은 달려 있지 않지만 미치코가 재빨리 연속해서 첫 번째, 두 번째 주머니를 털 때 주머니 천이 거의 움직이지 않았다.

"봐, 미치코는 테스트를 통과했어. 하지만 만약 종이 하나라도 울리면 탈락이야." 재키가 설명했다.

미치코가 먹잇감에 접근하는 사자처럼 아미르 주위를 한 바퀴 빙 돌았다. 그녀는 잠시 각각의 주머니를 살피더니 조용하고도 재빠르게 숨겨진 동전을 휙 잡아채듯 꺼냈다.

"그런데 문제가 있어." 곰이 가짜 테스트가 벌어지는 곳으로 걸어오며 끼어들었다. "네 번째 주머니까지 성공했을 때, 만약 네가 그 단계까지 간다면, 교장선생님이 시험장으로 걸어 들어와. 네가 압박을 받으면서도 잘하는지 보려는 거지. 너는 그때까지 잘했기 때문에 컨디션이 좋다고 생각할 거야. 일곱 개 중 네 개를 성공했으니까. 그런데 갑자기 교장선생님이 등장하면 압박감을 느끼겠지."

그러면서 보라가 자신과 완전히 다른 누군가의 걸음걸이를 흉내냈다. 등을 구부정하게 숙이고 손바닥에 침을 탁 뱉은 다음 가르마를 타서 심각한 대머리인 것처럼 보이게 했다. 그의 이런 노력은 동료들에게 박수를 받았다. 아이들은 보라의 연기를 조롱하고 야유를 보내기 시작했다. 어느새 동굴 안은 연극을 상연하는 극장이 되었다.

"오케이, 이제부터 나는 입냄새 지독한 중년 아저씨다." 보라는 영국식 영어의 억양을 흉내내어 말했다. "게다가 무시무시한 이빨은 또 어떻고."

보라가 기분 나쁘게 주위를 어슬렁거리며 미치코의 어깨 너머를 흘끔거리고 귀에다 뭐라고 속삭였다. 미치코는 담담한 표정을 지으려고 애썼다. 구경하는 소매치기들이 킥킥거렸다. 보라의 연기가 과장된 게 분명했다.

"조심해라, 미치코." 보라가 속삭였다. "상대를 놀라게 해선 안 돼. 주머니 에만 집중해. 침착함을 잃지 말라고."

압박감에도 미치코는 주머니에서 동전을 꺼내기 위해 노력했다. 아미르는 우스꽝스럽게 부릅뜬 눈과 뻣뻣한 팔로 꿋꿋하게 마네킹 역할을 수행했다. 미 치코가 아미르의 어깨 옆으로 돌아가서 재킷 안주머니로 손을 넣으려고 했다. 보라는 미치코를 졸졸 따라다녔고, 미치코의 손이 주머니로 다가갈 때는 어깨 바로 위에서 내려다보았다.

"건드렸어." 재키가 이렇게 소리치며 아미르에게 윙크를 했다. 이를 신호로 아미르가 큰 소리로 외쳤다. "땡!"

"거의 다 됐는데." 재키가 아쉬워했다.

자신만만했던 미치코는 풀이 죽었다. 교장 역할을 하는 보라는 풍자극의 악 당처럼 짓궂게 노려보며 너털웃음을 웃었다. 마치 무대공연이 훌륭하게 끝난 듯 모두가 박수를 쳤다. 미치코, 아미르, 보라, 세 아이는 현실의 인물로 돌아 와 한 줄로 서서 웃음 띤 얼굴로 고개 숙여 인사를 했다.

찰리도 박수를 치지 않을 수 없었다. "대단하다, 정말 대단해."

"너는 이 정도까지 네 기술을 발전시키지 못할 거야." 플루토가 찡그린 얼굴 로 찰리에게 응수했다. "마네킹과 싸워서 이길 순 없을 거야."

"그 말은 맞아, 찰리." 아미르가 카키색 재킷을 벗으며 말했다.

"알아. 난 훈련이 필요해." 찰리가 순순히 인정했다.

"맞아, 넌 훈련을 해야 해." 아미르가 동의했다.

소매치기들은 다시 전리품이 놓인 테이블로 돌아와서 분류를 시작했다. 그들은 수다를 떨고 서로 가볍게 책망도 했다. 승자의 동지애가 바탕에 깔린 대화가 찰리에게 굉장히 매력적으로 보였다. 찰리는 자신이 지금까지 만나온 은행가나 정치인들의 자녀들과 이토록 정반대인 아이들을 본 적이 없었다. 이들에 비하면 자신은 멸균실에 사는 나약한 존재였다. 자신의 친구들도 똑같이 나약했다. 이 아이들이라면 틀림없이 심술궂은 파프겐 가의 아이들을 한 방에 쓸어버릴 것이다. 한 술 더 떠 그들의 지갑을 훔쳐서 달아날 것이다. 이 말은 평범한 자신도 기술을 배우면 그렇게 할 수 있다는 뜻이었다. 어쩌면 자신도 언젠가는 이 신비한 동굴의 테이블에 서서 그날의 전리품을 동등하게 나누며 무용담을 늘어놓을 수 있을 것이다. 잠시 후 베르투치오가 위층 카페에서 슬라이스 살라미와 바게트가 담긴 커다란 쟁반을 가지고 내려왔다.

"베르투치오, 노래 한 곡 뽑아보세요." 몰리가 웨이터에게 청했다. 소매치기단은 모두 같은 생각을 하고 있었던 듯 주먹으로 테이블을 내려치며 노래를 불러달라고 졸랐다.

베르투치오는 상기된 표정으로 장식이 있는 동굴 벽감 한 곳으로 걸어갔다. 그곳에는 그를 위한 스페인 풍 기타가 준비되어 있었다. 그는 기타를 들고 튜닝 페그로 몇 개의 줄을 뜯으며 음을 고른 뒤 노래를 부르기 시작했다.

찰리는 아미르의 옆자리에 앉아 노랫소리를 들으며 몽상에 빠져들었다. 풍부한 성량에 부드러운 음성은 뽀얀 수증기 뭉치처럼 동굴의 낮은 돌 천장에 메아리쳤다. 웨이터는 이탈리아어로 노래를 불렀다. 노랫말은 알아들을 수 없지만 빠져들게 하는 매력이 있었다. 웨이터가 노래를 끝내자 아이들이 박수를

치며 한 곡 더 청했다. 베르투치오는 흔쾌하게 응했다. 찰리는 보물 더미와 맛있는 음식, 이 세상 사람 같지 않은 소매치기들의 재잘거림이 가득한 지하동굴에서 서서히 시간의 흐름을 잃어버렸다. 심지어 벽감 한 곳으로 자리를 옮겨 술 달린 커다란 베개에 느긋이 기대어 있다 깜빡 졸기까지 했다.

얼마 후 찰리는 정신이 번쩍 들었다. 시간을 확인하다 시계 태엽 감는 걸 깜빡했음을 깨달았다. 초침이 움직이지 않았다. "지금 몇 신지 아는 사람?" 그가 눈을 비비며 물었다.

테이블 의자에 기대어 있던 재키가 테이블에 놓인 시계를 들여다보았다. "10시야." 대답하던 그녀는 시계가 작동하는지 귀에 대고 확인했다. "아니야." 그녀가 이렇게 덧붙이고 시계를 테이블에 놓았다. 그리고 시계 더미를 뒤져 제대로 작동하는 물건을 찾기 시작했다. "5시 15분. 9시 35분. 4시 10분." 그녀가 찰리를 보며 웃었다. "네가 선택해."

"나 진짜 가봐야 하는데, 지금이 몇 시든. 우리 아빠가, 나 집에 가야 해." 찰리가 중얼거렸다.

"잠깐만." 플로토가 이렇게 말하고 아미르를 바라다봤다. "우리가 어떻게 저 녀석을 믿을 수 있지? 저 녀석이 짭새한테 달려가지 않는다고 어떻게 장담하냔 말이야?"

아미르가 어깨를 으쓱했다. "플루토, 그 점에 대해선 찰리를 믿어야 해."

"나 믿어도 돼." 찰리는 그것으로 대답이 되기를 바랐다. "난…, 그거 뭐지, 불지 않을 거야. 짭새한테. 아니 그 누구에게라도." 찰리는 어색하게 자세를 바꾸며 방안을 둘러보았다. "그런데 짭새가 뭐야?"

누군가 킥킥댔다. 그러자 미치코가 쉿 하고 제지했다. "경찰이야, 찰리. 경찰 말이야!"

"그렇구나." 찰리가 중얼거렸다. "절대로 짭새한테 이르지 않을게."

"찰리, 만약 네가 들어오기로 한 게 맞다면 이제 나갈 수 없어." 아미르가 말했다.

"나 들어온 거 맞아, 아주 깊숙이." 찰리가 대답했다.

아미르가 플루토를 가리켰다. "기획자인 플루토가 일요일에 작업할 계획을 세우고 있어. 만약 너도 함께 가고 싶으면, 괜찮지, 플루토?"

"이 녀석이 어떻게…." 플루토가 투덜거리자 재키가 얼른 말을 받았다.

"찰리는 지금 여기 있어, 안 그래? 우리는 찰리와 함께 갈 거야. 그를 데리고 가자. 우리한테 별로 해롭지 않을 거야."

"그래, 플루토. 우리에겐 열 번째 단원이 필요해." 아미르도 거들었다.

플루토가 돌바닥을 발로 걷어차고 나서 말했다. "마르세유 보레리에 있는 히포드롬이야, 경마장. 지금 세뇽 경기가 열리고 있어. 단거리 경주마 레이스야." 플루토가 찌무룩한 표정으로 아미르를 본 다음 덧붙였다. "프랑스 남부의 부자들이 모두 거기에 올 거야."

"나도 가겠어." 찰리가 명랑하게 말했다.

"정각 9시까지야. 정문으로 와, 늦지 마." 플루토가 눈알을 굴리며 알렸다.

"약속할게." 찰리는 손을 들어 보이스카우트 식 경례와 택시 부를 때의 동작을 합친 것 같은 인사를 했다. 그러나 자신의 동작이 어색하게 느껴졌는지 이내 손을 내렸다.

"그럼 거기에서 봐, 찰리." 아미르가 인사했다. 그리고 웨이터를 보며 부탁했다. "베르투치오, 우리의 견습생에게 세상 밖으로 나가는 길 좀 안내해주실래요?"

"그러지." 베르투치오는 찰리를 데리고 나선형으로 된 계단을 올라갔다. 이어서 복도 끝까지 간 다음 비밀의 문을 통해 허름한 카페 식당으로 올라갔다. 어느새 해가 지기 시작해서 카페 밖 거리에는 긴 그림자가 드리워졌다. 베르투치오가 카페 문을 열고 밖을 두리번거리고는 재빨리 찰리를 밖으로 내보냈다. 그리고 '비밀을 지키라'고 경고하듯 자신의 눈에 손가락을 댔다가 뗀 다음 찰리를 두고 안으로 들어갔다. 찰리는 얼떨떨하고도 뿌듯한 마음으로 시내로 돌아왔다.

CHAPTER 10

집 에 돌아왔을 때 날은 이미 어두워졌다. 대문은 굳게 닫혀 있었다. 찰리
는 어쩔 수 없이 경비원을 불러 문을 열어달라고 부탁했다. 피셔 가 저
택의 높다란 창문에는 불이 들어오고, 위층 서재 창가에서 밖을 내다보는 아
빠의 실루엣이 보였다.

찰리가 살금살금 현관으로 들어가는데 어디선가 나타난 집사가 말했다. "아
버님께서 찾으세요. 서재에 계십니다."

아빠가 서재로 부른다는 것은 상황이 심상치 않다는 뜻이었다. 서재는 아빠
가 찰리에게 은밀히 훈계하거나 꾸중할 일이 있을 때 이용하는 장소였다. 벽에
는 가죽장정으로 된 전집이 꽂힌 오크나무 책장이 빼곡했고 그렇지 않은 곳에
는 수년 간 고국에 헌신한 대가로 받은 각종 상장과 감사패, 수여증 따위가 뒤
덮고 있었다. 그러고도 남은 공간에는 여러분이 상상하는 온갖 국가 원수들과
친근하면서도 근엄하게 악수를 나누는 찰스 피셔 씨의 사진이 걸려 있었다. 서
재 한가운데에는 커다란 책상이 놓였다. 찰리가 소심하게 서재로 들어갔을 때

아빠는 등을 돌린 채 책상에 앉아 있었다. "아빠, 부르셨어요?" 찰리가 기어들어가는 목소리로 말했다.

"지금까지 어디 있다 온 거냐? 몇 시인 줄 알아?" 아빠의 목소리는 잔뜩 굳은 상태였다. 그렇게 걱정스러운 투의 말은 처음 들었다.

"죄송해요. 시간이 이렇게 흐른 줄 몰랐어요." 찰리가 대답했다.

"시몽한테 물어봤다. 시몽은 네게 미술용품을 사오라고 한 적이 없다더구나. 아니, 내 말을 듣고 금시초문이라고 펄쩍 뛰던걸. 어떻게 된 거냐, 찰리?" 찰스 씨는 여전히 아들에게 등을 돌리고 있었다.

"사실…." 찰리가 말을 하려는데 아빠가 가로막았다. 아빠는 의자를 돌려 아들을 노려보았다.

"찰리, 이건 분별없는 행동이다. 지금 밤 9시 30분이야. 저녁식사 시간도 놓쳤어. 게다가 행선지에 대해 아무런 설명도 없었고. 네가 미국 총영사의 아들이라는 사실을 잊었느냐?"

"죄송해요, 아빠." 찰리가 말했다. "친구들과 있었어요. 시간이 이렇게 흐른 줄 몰랐어요."

"너 같은 경우는 고려할 게 많다. 너…," 찰스 씨가 갑자기 말을 멈췄다. "너 방금 뭐라고 했니?"

"뭐 말이에요?"

"친구들과 있었다고 했니?"

"네." 찰리는 그 자백이 아빠의 일장연설을 멈추게 할 줄은 몰랐다. "만나는 아이들이 있어요." 그가 덧붙였다.

"그래?"

"저, 아빠." 찰리가 우물거렸다. "그렇게 놀라지 마세요."

"전혀 놀라지 않았다." 찰스 씨가 말했다. 하지만 그의 표정은 여전히 충격이 가시지 않았음을 드러내고 있었다. 이내 아빠의 얼굴에 살짝 미소가 번졌다. "잘됐구나, 찰리. 그 애들이 누구냐? 어떤 집안 아이들이야? 내가 아는 애들이냐?"

"아마 그렇지 않을 거예요." 찰리가 재빨리 둘러댔다. "사립학교 아이들이에요. 교환학생으로 온 애들." 그 점은 엄밀히 말하면 거짓이 아니었다.

다행스럽게도 아빠는 더 이상 캐묻지 않았다. "음, 그래." 아빠는 자신이 아들을 혼내는 중이었음을 떠올리며 감격스러운 마음을 꾹꾹 누르는 듯했다. "친구를 사귀었다니 기쁘구나. 그렇다고 늦게 귀가하는 게 용서되지는 않아." 아빠는 말을 마치고 책상 위에 펼쳐둔 책으로 시선을 돌렸다. 그가 무심하게 책장을 넘겼다. 찰리는 아빠가 고개를 들 때까지 그대로 서 있었다. 이윽고 아들이 아직 거기에 있는 것을 본 아빠가 말했다. "그만 나가봐라."

"네, 아빠. 다시는 늦지 않을게요, 약속해요."

"그래." 아빠는 한가롭게 책장을 넘기며 대꾸했다.

복도로 나온 찰리는 아빠의 시야에서 벗어나자마자 카펫 깔린 로비로 뛰어내려가서 제 방으로 향했다. 방에 들어가자마자 곧장 침대로 몸을 던졌다. 소매치기들의 지하동굴을 가득 채웠던 달콤한 향냄새에 취해 여전히 숨을 쉬기 힘들었다. 그는 곧장 깊은 잠에 빠져들었다.

이튿날 아침, 찰리는 말없이 아침을 먹었다. 식사를 마친 뒤 찰리는 앙드레를 식료품실 밖으로 불러냈다.

"왜 그러세요?" 부집사가 물었다.

"혹시 이런 거 있어요. 그걸 뭐라고 부르더라? 발레?"

"'젠틀맨의 발레' 말인가요? 양복걸이?"

"맞아요. 재킷 좀 걸게요."

"아버님한테 여러 개 있어요. 하나 갖다 드릴까요?"

"네. 갖다 주세요." 찰리가 대답했다.

오전 느지막이 찰리의 방 귀퉁이에 나무로 만든 양복걸이가 등장했다. 여러분에게는 이런 가구가 낯설 테지만 예로부터 정장을 입는 남녀들이 애용해왔다. 나무로 된 스탠드 위에 옷장에서 흔히 보는 옷걸이가 달린 형태다. 찰리는 자기 키만한 그 물건을 한동안 찬찬히 살펴보다 자신의 군청색 블레이저를 옷걸이에 걸었다. 어깨 쪽을 옷걸이에 잘 맞춘 다음 위에서부터 단추를 잠가 내려갔다. 이렇게 해놓으니 몸뚱이는 없어도 제법 남자 몸통 같았다. 이어서 옷장에 넣어둔 거북이껍질로 만든 그릇에서 동전을 한줌 집어서 재킷주머니마다 한 개씩 넣었다. 아빠의 서랍에서 슬쩍한 빈 지갑은 재킷 안주머니에 넣었다. 추가로 손수건을 조그맣게 접어 가슴팍 주머니에 꽂았다. 마지막으로 찰리는 몇 걸음 뒤로 물러나서 자신이 만든 인형을 감탄하며 바라보았다.

"안녕, 만나서 반가워." 찰리가 말했다.

옷걸이는 대답이 없었다.

"음, 네가 계속 그걸 거라면…." 찰리가 중얼거린 뒤 가까이 다가갔다.

찰리는 연습을 시작했다.

먼저 정면에서 표적을 대응하는 즉, 인형과 마주보고 훔치는 연습을 했다. 자신과 인형 사이에 접은 신문을 들어 손을 가린 상태에서 교묘하게 주머니를 더듬었다. 닫힌 창문 커튼을 걷을 때처럼 새끼손가락으로 재킷라펠을 조심스럽게 연 상태에서 검지와 중지를 이용해 재킷주머니에서 물건을 살살 꺼냈다. 안주머니에 더 잘 접근하기 위해 재킷의 앞단추 여는 방법도 연습했다. 안주머니에서 지갑 꺼내는 기술도 연습했다. 아미르가 가르쳐준 방법인데, 일단 손가락으로 재킷 안감에 주름을 잡아 아래에 있는 지갑이 주머니 밖으로 밀려 올라오게 한 다음 대기하고 있던 다른 손 손바닥으로 떨어뜨리는 것이다. 심지어 점심 무렵에는 인형의 가슴팍 주머니에서 손수건을 훔쳐 그것으로 손을 안전하게 가린 다음 티켓주머니에서 동전을 꺼내는 방법도 고안했다.

이런 동작이 처음부터 매끄럽지는 않았다. 실수도 연발했다. 이런 아마추어 기술로는 세븐 벨스 시험에서 몇 단계 못 가고 떨어질 게 분명했다. 하지만 그건 찰리의 목표가 아니었다. 찰리는 그저 시도해보고 싶을 뿐이다.

그래서 연습했다.

일요일 아침이 되었다. 찰리는 일찍 잠에서 깼다. 그리고 이런저런 고민 끝에 소매치기 세계에 첫발을 들여놓던 날 찾아낸 청바지와 플란넬 셔츠를 입었다. 끝으로 모자를 삐딱하게 쓴 다음, 방 한쪽 구석에 서 있는 인형에게 작별 인사를 했다. 인형은 지난 며칠 간 찰리에게 깨끗이 털려주었다. 인형이 안도의 신음 소리를 냈다. 찰리의 귀에는 그렇게 들렸다.

현관으로 걸어가는데 벌써 온실에 나와 부지런히 정원을 돌보고 있는 아빠가 보였다. 찰리는 아빠에게 미리 외출을 통보해두었다. 새로 사귄 친구 한 명의 가족과 요트를 정박해둔 칼랑크 해변까지 하루 소풍을 다녀오겠다고 말해둔 터였다. 아빠는 아들의 새로운 사교생활에 뿌듯함을 감추지 못했다. 찰리가 재빨리 "다녀올게요!"라고 인사하자 아빠는 어깨 너머로 손을 흔들었다.

일요일이라 집안의 일꾼들은 거의 근무를 하지 않았고, (고맙게도) 그의 계략을 폭로할 수 있는 기욤도 집에 없었다. 주말에는 찰리가 알아서 외출하는 게 보통이었다. 찰리는 프라도 가를 따라 바다와 도로 사이에서 영원한 안내인 역할을 하는 위풍당당한 다비드 상까지 걸어갔다. 거기에서 19번 버스를 타고 몇 정거장 지나 마르세유 보레리 경마장 정문이 있는 피에르 먼데스 프랑스 가에서 내렸다.

보레리의 경마코스는 특별하다. 핌리코나 처칠 다운스처럼 세계적인 경마 애호가들이 즐겨 찾는 곳은 아니다. 캘리포니아의 델마르나 멜버른의 프레밍턴처럼 무용담이 넘치지도 않는다. 하지만 한쪽으로는 파도가 할짝할짝 핥는 잔잔한 지중해와 면하고, 남쪽은 발롱 델라뇨의 새하얀 절벽, 북쪽은 프라도의 고급 저택들이 자리잡고 있어서 경치가 더 없이 훌륭했다. 화창한 날 경마 대회가 열리고 베팅 금액까지 크다면 거기보다 시간 보내기 좋은 곳은 없었다.

아닌 게 아니라 그 화창한 4월 일요일에도 마르세유의 많은 시민들이 비슷한 생각을 하는 게 분명했다. 경마장 정문에 도착하자 마권 판매 창구와 관중석으로 들어가기 위해 입구에서 서성이는 인파의 물결이 보였다. 찰리는 고개를 빼고 동업자들(소매치기단)을 찾았지만 더비햇과 애스컷 넥타이, 선글라스와 페도라의 물결에서 자신을 발견하고 달려나오는 낯익은 얼굴은 없었다. 찰리는 하는 수 없이 사람들 뒤에 줄을 서서 조금씩 앞으로 나아갔다. 그러는 사이 경마를 즐기러 온 관람객들의 지갑과 핸드백, 불룩한 주머니를 눈여겨보았다. 덜 훈련된(인정한다) 찰리의 눈에도 관람객들은, 소매치기의 기준을 엄격하게 적용해도 대부분 통과할 정도로 부유해 보였다. 경제적인 곤란이나 사회적인 소외 혹은 어떤 종류의 압박도 받지 않는 계층이 소매치기의 표적이었다. 거기 모인 사람들은 마르세유의 상류층에서도 최상류층이었다. 더욱이 다음과 같은 상황이 벌어지면 틀림없었다.

"찰리 피셔네! 쟤 찰리 피셔지?"

어떤 여자의 음성이 등 뒤에서 들려왔다. 소매치기 패거리에게서는 들을 수 없는 목소리였다. 누군지 모르지만 분명 나이 지긋하고 교양 넘치는 영어를 구사하는 사람. 찰리가 뒤를 돌아다보니 옷을 잘 차려입고 짙은 선글라스를 쓴 중년 부인과 신사가 그를 향해 걸어왔다.

"안녕하세요?" 찰리가 설핏 웃으며 인사했다.

신사가 부인을 돌아다보며 핀잔했다. "거봐요. 내가 그 애라고 말했잖소."

"찰리 피셔." 부인은 허리를 숙이고 장갑 낀 손으로 찰리의 뺨을 살짝 꼬집었다. "우리 기억나지 않니?"

"잘 모르겠는데요." 찰리가 대답했다. 그때 줄을 선 사람들이 앞으로 우르르 몰려갔다. 모자 쓴 소년이 경마 정보지를 팔고 있었다.

"우리 먼로 부부야! 에디와 캐롤." 부인이 말했다. 찰리가 기억을 못하자 캐롤 부인이 짜증 섞인 투로 덧붙였다. "네 아빠 친구잖니!"

"우리 악수하자." 신사가 손을 내밀었다. 찰리는 악수를 했다. 남자는 틀림없는 미국인인데 반해 동행인은 잉글랜드 상류층의 억양이 배어 있었다. "아빠와 함께 왔니?"

"설마 혼자서 경마장에 오지는 않았겠지?" 캐롤이 물었다.

"야, 약속이 있어서⋯." 찰리가 말을 더듬었다. "친구들과 만나기로 했어요. 그리고 그 애들 부모님도요. 아이들을 이런 데 데려오는 부모님도 있잖아요.

제 친구도 부모님과 함께 오거든요. 그래서 그 애들을 만나기로 했어요, 그 애들과 부모님."

"오, 그랬구나." 캐롤이 대꾸했다. 찰리가 간단히 설명해도 될 것을 장황하게 늘어놓자 그녀는 잠시 당혹스러워했다. "그래, 잘됐구나."

그에 반해 에디는 선선히 받아들였다. "재미있겠구나." 그는 찰리에게 가까이 허리를 숙여 귀에 대고 속삭였다. 그가 말할 때 머스크 향수 냄새가 났다. "확실한 정보란다. 6번 레이스의 5번 말이야. 마명은 그리스 댄서, 승률은 낮지만 틀림없어." 그가 몸을 일으킨 다음 윙크를 보냈다.

"고맙습니다. 아, 저기 친구들이 왔네요." 찰리는 아무 방향이나 가리키며 마치 멀리 누군가가 있는 것처럼 손을 흔들었다. "저, 가봐야 해요. 두 분 만나서 반가웠어요."

"아빠한테 안부 전해주렴." 찰리가 떠나려고 할 때 캐롤이 말했다.

"잊지 마라." 에디가 덧붙였다. "5번 말! 6번 레이스!"

찰리는 웃으며 손을 흔들었다. 먼로 부부가 인파에 완전히 가려지고 다시 혼자가 되자 안도감이 밀려왔다. 찰리는 지금 인파의 가장자리, 정문 근처에 있었다. 찰리는 문득 자신의 옷차림이 이런 자리에 어울리지 않게 후줄근하다고 느껴졌다. 그래서 얼른 체크무늬 플란넬 셔츠의 단추를 잠갔다. 찰리는 다시 소매치기 패거리를 찾아 주위를 두리번거렸다. 시간을 확인했다. 9시가 넘었다. 지금쯤 시작했어야 한다.

"프로그람프*Programmes*(정보지)*!*" 정보지 판매원이 소리쳤다. "*드망데 르 프로그람프Demandez le progamme*(정보지 사세요)*!*" 판매원은 찰리가 정보지를 구매할 거라고 확신했는지 주변을 맴돌면서 얼굴에 대고 목청껏 소리쳤다.

"농 메르시*Non merci*(아니요, 됐어요)." 찰리가 소리쳤다.

"*드망데 르 프로그람므!*" 소년이 다시 외쳤다. 이번에는 얼굴에 대고 크게.

"*농!*" 찰리가 짜증스럽게 대꾸했다.

"그냥 한 부 사, 찰리." 누군가 영어로 말했다.

찰리가 돌아다보자 판매원이 체크무늬 모자챙을 들어올렸다. 파토르였다.

"아, 안녕!" 찰리가 웃었다. "난 몰랐어, 네가…."

"쉿!" 파토르가 짜증스럽게 경고했다. 그는 주변을 두리번거리다 찰리에게 얼른 정보지를 내밀고 돈 받는 시늉을 했다. "날 따라와."

파토르는 정문에서 멀리 떨어진 폐쇄된 매점처럼 보이는 곳으로 걸어갔다. 찰리도 따라갔다. "너랑 얘기하던 그 꼰대들 누구야?" 소매치기가 물었다.

"아, 그 사람들? 그냥 우리 아빠가 아는 부부야."

"그들이 널 알아봤어?"

"그런 것 같아." 찰리가 대답했다.

파토르가 눈을 희번덕거렸다. "넌 눈에 띄지 않아야 해, 찰리. 사람들 틈에서 눈에 띄지 않아야 한다고."

"노력하고 있어."

파토르가 걸음을 멈추고 돌아서서 찰리의 옷차림을 살폈다. "벌목노동자처럼 입지 마. 넌 벌목노동자가 아니야." 그가 계속해서 걸어갔다.

"왜 모두 내가 벌목노동자처럼 입었다고 말하지?" 찰리가 반문했다.

소매치기들은 정문 앞에 줄선 관람객들의 눈에 띄지 않는, 목조매점 맞은편에 모여 있었다.

"안녕, 찰리." 아미르가 인사했다. "와서 기뻐."

"너 지각이야." 재키가 책망했다. 찰리는 그녀를 발견한 순간 움찔했다. 재키는 화려하고 헐렁한 샛노랑 원피스를 완벽하게 차려입고 있었다. 게다가 챙 넓은 검정 밀짚모자를 삐딱하게 쓰고 그늘 아래 립스틱 바른 입술을 비죽 내밀었다. 재키가 검정색 물방울무늬 장갑을 벗으며 말했다. "플루토가 네 할 일을 알려줄 거야."

"아, 알았어." 찰리는 더듬거렸다. 그는 다른 소매치기들도 둘러보았다. 아미르는 늘 입는 핑크색 폴로셔츠에 깡똥한 카키색 바지를 입고 매점에 비스듬히 기대서 있었다. 그 옆에 반팔 패턴 셔츠에 푸른색 홑태바지를 입은 셈벤이 보였다. 미치코는 멋진 파스텔 스커트에 피터팬 칼라(여성·아동복의, 앞쪽 끝이 둥근 깃—옮긴이)셔츠 차림이었다. 미치코 옆에는 셈벤이 청색 블레이저에 바지 차림으로 서 있었다. 둘 다 인파에 섞이면 잘 보이지 않는 유령처럼 보였다.

찰리 바로 앞에 선 플루토는 번화가의 남성복점 진열장에서 곧장 걸어나온 것 같았다. 파스텔톤 핑크재킷에 네커치프까지 꽂고, 밀짚으로 만든 날렵한 트릴비 햇을 쓰고 있었다. 심지어 안대조차 수지맞는 비즈니스를 위해 경마장에 들른 코스모폴리탄 젊은이의 분위기를 물씬 풍겼다. "찰리. 넌 아미르, 쌍둥이와 한 조야, 알았지? 아무 데나 들이대지 마. 네가 할 일은 잘 보고 배우는 거야, 알았어?"

"알았어." 찰리가 대답했다.

"곰은 미치코의 바람잡이를 해. 미치코는 기술자고." 플루토가 경마장 안내 책자를 꺼내 펼친 다음 경마코스 지도를 보여주었다. 그가 트랙의 한쪽을 가리켰다. "쟤네들은 여기, 그랜드스탠드 옆에서 작업을 할 거야."

"난 여기 먼저 가야 해." 곰이 두툼한 손가락으로 도박꾼들의 휴게실을 가리

컸다. 그는 파토르한테서 얻은 경마정보지를 펼쳐놓고 경주 스케줄을 확인하기 시작했다. "우린 어차피 트랙에서 작업을 할 거야. 부업으로 돈을 더 벌면 좋잖아, 안 그래?"

"물론이야" 플루토가 맞장구쳤다. "다만 이번에도 잘못 걸었다가 돈이나 날리지 마. 알았어, 곰?"

보라가 러시아어로 아마도 욕설인 듯한 말을 중얼거렸다.

플루토는 개의치 않았다. "아미르, 찰리, 그리고 쌍둥이. 너희들은 트랙 옆 관람객을 공략해. 재키는⋯."

재키가 얼른 말을 가로챘다. "재클린이야, 너한테는." 재키가 버터도 녹일 남부 상류층 특유의 간드러진 목소리로 말했다.

"재클린과 난 그랜드스탠드 위 스위트룸인 프리미어클럽에서 작업할 거야." 플루토가 알렸다.

"거기 어떻게 들어가려고?" 찰리가 물었다. 찰리는 시카고 출신 부동산 부자의 초대로 딱 한 번 아빠와 마르세유 보레리에 온 적이 있었다. 그들은 스탠드 꼭대기에 위치한 전망 좋은 스위트룸에 머무르며 말쑥하게 차려입은 웨이터들로부터 온갖 시중을 받았다. 거기에 들어가려면 특별한 통행권이 필요했다. 기억하기로는 보안이 무척 철저했다.

"아, 우린 자격이 돼." 플루토가 상의주머니에서 라미네이트 코팅한 카드를 꺼냈다. 알레한드로 에스콥이라는 이름 위에 프리미어클럽의 꽃무늬 로고가 박혀 있었다.

재키가 플루토의 팔짱을 끼며 분위기를 맞췄다. "난 경마가 정말 좋아, 알레한드로."

"그런데 몰리는 어디 있어?" 찰리가 다양한 차림새의 아이들을 둘러보며 물었다. "생쥐 말이야."

"아하, 오늘의 하이라이트!" 플루토가 매점의 나무 널빤지를 주먹으로 두드렸다.

"나갈게!" 안에서 소녀의 목소리가 들렸다.

"어서 나와, 생쥐!" 플루토가 말했다. "찰리는 여기에 있어. 모두 확인됐어."

삐걱하고 매점 문이 열렸다. 몰리가 얼굴을 내밀고 밖을 내다보았다. "이거 너무 웃겨."

"자, 생쥐. 너의 의상을 보여줘." 아미르가 웃음을 참으면서 말했다.

문을 활짝 젖히자 몰리가 어색해하며 햇빛으로 나왔다. 그녀는 손에 잡히는 대로 아무 물감이나 담갔다 뺀 것처럼 보이는 하늘하늘한 비단 옷을 입고 있었다. 자주색 몸통은 주황색 물방울무늬로 뒤덮고, 소매는 연노랑색이었다. 머리에 쓴 고글 얹은 헬멧은 재킷과 비슷하게 노랑과 자주색이 섞인 소위 비치볼 패턴이었다. 흰색 바지는 쌍둥이 낙하산처럼 불룩했다. 찰리는 이 옷차림이 경마의 세계에서 라이더가 상징처럼 입는 재키실크스(경마 기수가 입는 화려한 색의 블라우스—옮긴이)라는 것을 알아차렸다. 전반적으로 알록달록한 옷차림은 그렇다 쳐도 몰리는 얼굴색까지 비트처럼 빨갰다.

"웃겨?" 그녀가 물었다.

플루토는 무표정하려고 애를 썼다. "생쥐, 몰리." 그가 너그럽게 나무랐다. "넌 천재야, 안 그래? 넌 막후에서 패덕(말을 길들이는 작은 목장 또는 레이스 전에 말을 관객에게 선보이는 장소—옮긴이)에 있는 진짜 부자들을 털 거야. 주로 말 주인들이지. 말을 점검하는 데 돈을 펑펑 쓰는 사람들도 있고. 진짜 알짜배기들

이야. 나를 믿어. 내가 거기에서 많이 털어봤어."

"그냥 돈 많은 부자들의 주머니나 터는 게 좋은데." 몰리가 얼굴에 붙은 짙은 금발을 뒤로 넘기며 말했다. 그러고는 플루토의 얼굴에 제 얼굴을 가까이 들이대고 매섭게 노려봤다. "만약 그렇지 않으면 벼락 맞을 줄 알아." 몰리가 플루토의 안대를 손가락으로 탁 튕겼다.

"좋았어, 애들아." 플루토가 몰리의 협박을 본체만체하고 계속했다. "너희들 모두 어디에서 뭘 해야 하는지 알았을 거야. 끝내고 오후 4시 정각에 다시 여기로 모여, 알았지?"

소매치기들은 고개를 끄덕이며 그러겠다고 약속했다.

"그리고 너." 플루토가 갑자기 손가락으로 찰리의 가슴팍을 찌르며 말했다. "넌 뒤로 물러나 있어, 알아들었지?" 플로토가 짓궂게 찰리의 옷차림을 훑어보았다. "베어야 할 나무가 있지 않은 한." 플루토의 말이 떨어지자마자 소매치기들은 각각 조를 짜서 자신이 맡아야 할 장소로 흩어졌다.

파토르가 찰리의 어깨를 툭 쳤다. "네 옷차림 때문에 그러는 거야…."

"벌목노동자 같다고? 나도 알고 있어." 찰리가 대꾸했다.

CHAPTER 11

경마장 안은 에너지가 붕붕거리는 벌집이었다. 찰리는 셈벤, 파토르, 아미르와 함께 인파에 떠밀려 안으로 들어갔다. 아이들은 각자 전리품과 그것을 획득할 방법에만 정신이 팔려 있었다. 웨딩케이크처럼 흰색에 금박을 입힌 그랜드스탠드는 트랙 동쪽에 있었다. 그곳에 가자 양토로 된 타원형 경주트랙과 그 너머 장엄한 지중해가 한눈에 들어왔다. 찰리가 세 명의 소매치기와 혼잡한 출입문을 통과해 경마장 안으로 들어갔을 때 레이스가 막 시작되고 있었다. 트럼펫이 팡파르를 울리자 출발선의 게이트가 열리고 그날의 첫 라운드를 장식할 경주마들이 우레 같은 굉음을 내며 트랙으로 뛰어 들어왔다.

말들이 스탠드 앞을 지날 때 사람들이 함성을 질렀다. 두 번째 바퀴를 지나 기수들이 최후의 트랙을 돌자 함성과 환호성은 더욱 커졌다. 결승선으로 돌진한 기수들은 급하게 고삐를 당겨 말을 세웠다. 이제 군중 속에서 일부는 자신들의 성공을 축하했고 그렇지 않은 사람들은 패배의 색종이 퍼레이드를 벌이듯 티켓을 찢어 바람에 날렸다. 그러고 나서 지금까지의 과정을 다시 시작하기 위해 마권 판매소로 발걸음을 옮겼다.

"내 옆에 붙어." 군중 무리를 뚫고 지나갈 때 아미르가 속삭였다. "그렇다고 너무 바짝 붙지는 말고. 이제 시작할까?"

"알았어." 찰리가 대답했다.

"내가 괜찮은 알짜배기를 찾아볼게. 진짜 대박날 주머니." 셈벤이 가세했다.

새로운 레이스가 발표되었다. 타원형 트랙 중앙에 위치한 점수판의 숫자가 새로운 배당률로 교체되었다. 관객들은 결승선 옆 가드레일 근처로 몰려가 자신의 프로그램에 숫자를 끼적였다. 바람잡이 역할을 하는 셈벤이 먼저 치고 나아가 관람객 주위를 서성대기 시작했다. 찰리가 익히 들었던 '표적을 탐색하는' 동작이었다. 그는 옹송그리며 모여 있는 관람객들 사이에서 은밀하게 표적을 골랐다. 그러나 만족스럽지 않은 것 같았다. 잠시 후 돌아와서 아미르를 보며 알 듯 말 듯 고개를 저었다. 그들은 자리를 옮겼다.

말들이 출발 게이트로 나왔다. 소매치기들은 말들을 주시하는 관람객 쪽으로 다가갔다. 말들은 울타리 안에서 갑자기 뛰어오르거나 코를 킁킁거렸다. 셈벤이 다시 정찰을 하러 갔다. 이윽고 신호가 떨어졌다. 아미르가 앞으로 이동하고 쌍둥이는 인파 속으로 들어갔다.

그리고 작업이 시작되었다.

세 명의 소매치기는 접시의 치즈를 덮치는 쥐들처럼 신속하고도 은밀하게, 체계적이고도 즉흥적인 몸짓과 행동으로 먹잇감에 접근했다. 그들은 몰려다니는 관객들 틈새로 슬그머니 파고들었다. 마치 시간과 공간의 속도를 특별하게 이해하는 듯했다. 각각의 표적에게 가는 데 정확히 몇 걸음이며, 언제쯤 팔꿈치를 들고 엉덩이를 돌려야 하는지에 대한 청사진을 갖고 있는 듯했다. 인파 사이로 들어갈 때처럼, 꼼짝 못하고 서 있는 찰리한테 돌아올 때도 신속했다.

"이거 받아." 아미르가 지갑 두 개를 찰리의 바지주머니에 쑤셔넣었다.

"이것도." 파토르는 지갑 한 개와 금목걸이 두 개를 반대편 바지주머니에 넣었다.

"이것도." 셈벤은 찰리의 바지 뒷주머니 두 개를 전리품으로 채웠다.

"난 뭐해?" 찰리가 물었다.

"넌 심부름꾼이야." 아미르가 알렸다. "그것을 모두 매점에 갖다 숨겨놔. 그리고 다시 돌아와."

자신도 일정한 역할을 하고 있다는 사실에 뿌듯했다. 찰리가 돌아서서 정문으로 뛰어가려고 하는데 아미르가 붙잡았다. "천천히, 찰리. 잊지 마, 넌 그냥 경마장에 놀러온 거야. 안 그래?"

찰리는 그 지시를 마음에 새기며 어슬렁어슬렁 걸었다. 잘 불지는 못하지만 휘파람으로 아무 곡이나 불었다. 주머니에 든 여러 개의 지갑을 생각하며 신경을 곤두세웠다. 운전자들이 빠져나가 잠잠한, 시트로앵과 르노 자동차로 가득한 주차장을 지날 때 주머니에 슬쩍 손을 넣어봤지만 어찌나 잔뜩 들었는지 손이 들어가지 않았다. 마침내 매점에 도착했을 때 안도의 한숨이 나왔다. 매점 안에는 이미 그날 훔친 물건들로 두둑한 큰 자루가 놓여 있었다. 찰리는 거기에 자신의 물건을 보태고 서둘러 트랙으로 돌아왔다.

"여기야, 찰리." 안으로 들어가는데 아미르가 불렀다. 소매치기들은 벌써 20~30미터 떨어진 중앙 홀로 자리를 옮긴 상태였다.

"응. 갖다 두고 왔어." 찰리가 대꾸했다.

"잘했어." 아미르가 세로 줄무늬 양복 차림으로 열심히 정보지를 들여다보는 중년 신사를 손으로 가리켰다. 셈벤과 파토르는 이미 신사의 옆에 자리를 잡고 있었다. "잘 봐둬. 우리가 세네갈식 스핀(돌려치기)이라고 부르는 거야."

셈벤이 중년 신사에게 다가가 잽싸게 소매를 잡아당겼다. 표적의 시선을 끌기 위해서였다. 중년 신사는 셈벤과 몇 마디 말을 나눈 뒤 다시 정보지를 읽었다. 셈벤의 손이 신사의 오른쪽 주머니 바로 위로 움직였다. 그때 다른 편에 있던 파토르 역시 신사의 시선을 끌기 위해 소매를 잡아당겼다. 신사가 파토르를 보려고 몸을 돌렸을 때 왼쪽 바지주머니에 들어 있던 머니클립이 셈벤의 손으로 들어갔다. 조금 전 자신의 주의를 끌었던 아이와 똑같이 생긴 아이를 발견하자 신사는 혼란스러운 표정으로 잠깐 파토르를 응시하다가 다시 경마 정보지에 관심을 돌렸다. 그러자 셈벤이 다시 신사의 오른쪽 소매를 잡아당겼고, 신사는 그쪽으로 고개를 돌렸다. 신사의 왼쪽 바지주머니 근처에 있던 파토르의 손에 또 다른 물건이 들어왔다. 이런 돌려치기가 몇 차례 일어나는 동안 신사는 점점 더 어리둥절해졌다. 그가 마침내 확실히 짚고 넘어가려는 순간 쌍둥이는 인파 속으로 사라졌다.

"와아." 찰리가 감탄했다.

"쌍둥이들, 이제 자리를 옮기자." 아미르가 손목시계를 보며 말했다.

자리를 옮기려 걸어갈 때 찰리는 방금 자신들한테 깨끗이 털린 신사를 돌아다보았다. 그는 모자를 벗어 얼굴 앞에서 마구 흔들어댔다. 넥타이는 우스꽝스럽게 풀어헤쳐진 모습이었다. 흡사 갑작스레 찾아온 현기증을 털어버리려는 것 같았다. 신사가 시야에서 멀어졌을 때 찰리는 자신들이 방금 도둑질을 했음을 실감했다.

"두 시간 안에 이 트랙을 깨끗이 털어야 해. 사람들이 눈치 채기 전에." 아미르가 말했다.

그들은 관람석을 따라 내려가면서 작업을 계속했다. 찰리는 구경을 했다. 그리고 감탄했다. 그리고 조금씩 배웠다.

찰리는 말들이 쿠르릉 소리를 내면서 결승선을 통과할 때 수많은 사람들이 자신을 승자 아니면 패자와 동일시한다는 것을 깨달았다. 좌절에 빠져 마권을 바닥에 내던지는 사람들도 있고 기쁨의 순간을 만끽한 뒤 신이 나서 배당금을 수령하러 창구로 향하는 사람들도 있었다. 그들은 부지불식간에 돈 많은 표적 아니면 빈털터리, 두 부류로 나뉘었다. 소매치기들은 멀리 떨어진 위성에서 전파를 받는 안테나처럼 이런 신호를 감지할 줄 알았다.

현금을 손에 넣은 승자들은 하나같이 자신의 성공에 으쓱해 상기된 표정을 지으며 경마장으로 돌아왔다. 그때 바람잡이 셈벤이 걸어가는 사람 앞으로 미끄러지듯 들어가 동작을 교묘하게 통제했다. 셈벤이 걸음을 멈추면 표적도 멈춰야 했다. 이때 파토르가 접근해서 소매치기를 한 뒤 아미르에게 물건을 전달했다. 그러면 아미르는 찰리에게 건네며 매점에 갖다 놓으라고 지시했다.

그들의 손가락은 민첩한 기계처럼 작동했고, 발은 보도 위에서 춤을 추었다. 그들은 단번에 숙녀의 머리핀을 훔쳐서 그것을 젓가락처럼 이용해 지갑이나 가방 안 깊숙이 숨겨둔 지폐 다발을 빼냈다. 훔친 손수건으로 동료 소매치기가 물건을 훔칠 때 손을 가려주고 나서 엉뚱한 사람에게 손수건을 선물하기도 했다. 일단 시작되면 무엇도 그들을 말리지 못했다. 그들은 플레이를 할수록 더 자유롭고 민첩해지는 야구팀 같았다.

그들은 시계를 훔쳐서 그 가치를 평가하고, 이따금 물건이 가짜거나 흠이 있으면 그 자리에서 주인에게 돌려주기도 했다. 그 사이 주인은 시간을 확인하려고 손목을 들지 않는 이상 소유물이 잠깐 사라졌다 돌아왔다는 사실조차 알지 못했다. 마찬가지로 그들은 훔친 지갑의 내용물을 확인함으로써 주인의 사회, 경제 수준을 판단했다. 지갑 주인이 너무 가난하면 지갑을 건드리지 않고 돌려놓았다.

아미르는 어떤 남자의 안경집에서 시, 그것도 사랑의 시를 발견한 적이 있었다. 그는 더 이상 그의 물건을 훔치지 않았다.

소매치기들은 시시각각 점수판의 변화를 주시하고 레이스마다 배당률을 확인했다. 그러다 재주가 좋거나 운 좋은 도박사들의 우승 티켓을 훔쳐 승률 낮은 티켓과 바꿔치기 한 다음 그렇지 못한 사람의 주머니에 넣거나 가끔 손에 직접 쥐어줬다.

그것은 단순한 도둑질이 아니었다. 소매치기들은 경마장의 부유한 관람객한테서 돈을 훔치는 것만 하지 않았다. 그들은 아름답고 우아한 기술, 교활하면서 짓궂은 기술을 번갈아 구사했다. 지갑과 손목시계, 보석과 동전은 손가락과 손, 팔꿈치와 팔로 이루어진 루브 골드버그 기계(쉽고 단순한 작업을 아주 어렵고 복잡하게 만들어 놓은 장치—옮긴이)를 통해 끊임없이 두둑한 찰리 피셔 주니어의 주머니로 흘러들어갔다. 찰리는 매점에 여러 번 다녀왔고 그럴 때마다 자신감이 커졌다. 행인들에게 친근하게 손을 흔들고 발걸음도 경쾌해졌다. 매점 안 자루는 점점 더 묵직해졌다. 소매치기단은 신속하고도 조용하게 경마장의 표적들로부터 부를 갈취했다.

찰리가 또 다른 전리품을 갖다두러 가는 길에 보라와 마주쳤다. 보라는 경마 스케줄을 자세히 들여다보고 있었다. 한껏 고무되었던 찰리는 그날 일찍이 마주쳤던 미국인 에디 먼로 씨가 귀띔해준 정보를 동료에게 알려주었다. "그리스 댄서라는 말한테 걸어." 찰리는 웃으면서 걸어갔다. 보라의 두툼한 손이 찰리의 어깨를 붙잡았다.

"뭐라고 했어?"

"아까 주워들은 얘기야. 그리스 댄서, 6번 레이스." 찰리가 말했다.

보라가 자신의 프로그램을 들여다보았다. "6번 레이스면 다음이네. 이 말에 대해 뭣 좀 알아?"

"아니. 그냥 누구한테 들은 정보야." 찰리가 어깨를 으쓱하며 말했다.

보라는 금으로 씌운 왼쪽 송곳니를 드러내며 웃었다. "알았어. 그 말에 걸게. 오늘 한 푼도 못 땄는데 네가 희망을 줬어." 보라는 찰리의 어깨에 팔을 두르고는 마권판매소로 끌고 가려 했다.

"난 아미르와 쌍둥이들한테 가봐야 해. 그들의 심부름꾼이잖아."

"기다려줄 거야, 찰리. 우린 오늘 충분히 털었어. 이제 경마로 돈 딸 시간이야. 함께 가자. 네가 나에게 행운을 줄 거야."

"그럴까 그럼."

"내가 어려서 페테르스부르크에 살 때, 아니 레닌그라드. 네가 부르고 싶은 대로 불러." 경마장 관중석을 지나갈 때 보라가 말했다. "할아버지가 아주 아름다운 아라비아산 순종 말을 기르셨어. 이름이 페튜슈카였어. 정말 아름다운 말이었지. 경주에서 여러 번 우승도 했지. 시골 별장에서 여름휴가를 보낼 때 페튜슈카에게 잘 익은 사과도 먹이고 말을 타고 풀밭을 달리기도 했어."

"정말 좋았겠다." 찰리가 대꾸했다.

"그런데 소련 사람들이 끌고 가서 멍에를 씌우고 지역 집단농장에서 밭을 갈게 했지." 보라가 얼굴을 찡그리며 계속했다. "어쩔 수 없지 뭐." 그들은 마권 판매소에 도착했다. 보라가 카운터에 10프랑짜리 지폐를 내밀며 큰 소리로 외쳤다. "그리스 댄서에게 10프랑을 걸게요."

돈을 지불하자 티켓이 발행되었다. 보라는 티켓에 오래 입을 맞춘 뒤 찰리에게 내밀었다. "너도 해." 그가 말했다.

"뭘?" 찰리가 물었다.

"키스하라고."

찰리는 티켓에 가볍게 입을 맞췄다.

"아니, 아니. 키스를 해야지, 열정적으로!" 보라가 말했다.

찰리는 주변 사람들의 시선을 의식하면서 얼굴이 붉어졌다. 그는 곰이 지켜보는 가운데 흰색 종이 귀퉁이를 입술에 대고 키스했다. 실제로 엄마 말고는 누구와도 키스를 해본 적 없는 찰리는 존 웨인과 모린 오하라 스타일의 입술 부딪힘을 재현하려고 최선을 다했다. 그때 보라가 티켓을 확 낚아챘다.

"너무 진하잖아." 보라가 짜증스럽게 말했다.

"찰리." 누군가가 불렀다. 돌아다보니 미치코가 급하게 달려오고 있었다. "너희들 뭐하는 거야?"

"응. 보라에게 행운을 빌어주고 있어." 찰리가 대답했다.

"보라는 베팅하면 안 돼. 소매치기를 해야 한다고." 소녀는 동료를 매섭게 노려보았다.

"내가 훔친 거 가서 봐." 보라가 변명했다. "난 충분히 훔쳤어. 지금부턴 그리스 댄서를 위한 시간이야."

미치코는 그 말이 무슨 뜻인지 알려고도 하지 않았다. "몰리가 심부름꾼이 필요하대."

"찰리가 하면 돼. 앤 오전 내내 아미르의 심부름을 했어." 보라가 말했다.

미치코가 찰리를 쳐다봤다.

"그래, 내가 할게. 몰리는 어디 있어?" 찰리가 물었다.

"패덕. 하지만 그 안에는 못 들어가. 울타리 밖에서 만날 수 있어."

"좋아." 찰리는 보라에게도 말했다. "행운을 빌어."

"너의 키스 때문에 행운이 날아가지 않았기를 빌어." 찰리가 인파 속으로 들어갈 때 보라가 이렇게 소리쳤다.

두 구역으로 나뉜 그랜드스탠드 사이로 난 통로를 따라 걸어가자 지붕 없는 관람석이 나왔다. 벽에 붙은 푯말에 패덕으로 가는 방향이 표시되어 있었다. 마침 확성기에서 새로운 레이스 시작을 알리는 바람에 찰리는 밀려 들어오는 관람객들의 물결과 싸워야 했다. 갈기갈기 찢은 티켓 조각들이 널리고 경마정보지가 어지럽게 버려진 시커먼 시멘트 복도를 따라 걸어가자 패덕이 나왔다. 지저분한 바닥에 원형 모래밭을 만들고 초록색 울타리를 높이 두른 동굴 같은 방에서 수십 명의 도박사가 말을 관찰하고 있었다. 곧 있을 레이스를 위해 조련사에게 끌려나온 말들은 링 안에서 천천히 원을 그리며 돌았다. 색색깔 실크 옷을 입은 기수들은 말고삐를 단단히 쥐었다. 도박사들은 말을 유심히 살피며 프로그램에 표시하고, 주변 사람들과 각 말의 다양한 장점을 논하며 우승 확률을 계산했다. 이곳은 경마장을 어수선하게 만드는 아마추어 애호가들과 별개로 도박사들만 모이는 곳이었다. 아마추어들은 그날의 기분이나 말 이름 또는 번호에 대한 막연한 선호만 가지고 베팅하기 일쑤였다.

"쉿! 찰리." 어디선가 속삭이는 소리가 들렸다.

찰리는 주변을 두리번거리다 울타리 기둥 사이에서 손짓하는 생쥐를 발견했다. 그녀는 말들의 주름 잡힌 덮개와 알록달록한 기수복 따위의 화려한 구경거리 사이에서 자신을 감쪽같이 위장한 채 서 있었다.

"몰리! 미치코 말이 네가…." 찰리가 속삭였다.

"조용히 해! 여기 아래야." 몰리가 목소리를 낮췄다.

둘은 링 한쪽 구석, 울타리와 벽이 만나는 곳으로 자리를 옮겼다. 길게 드리운 그림자 덕택에 몰래 만나기에는 최적의 장소였다.

"가까이 와." 몰리가 손짓했다.

찰리는 울타리로 바짝 다가갔다. 갑자기 몰리가 찰리의 바지주머니를 홱 잡아당겼다. 어찌나 세게 잡아당겼는지 차가운 금속 울타리를 가운데 두고 서로 붙다시피 했다.

찰리는 갑작스러운 친밀한 행동에 당황해 굳은 채 서 있었다. 그러는 동안 몰리는 자신이 훔친 물건을 찰리의 주머니에 마구 쑤셔넣었다. 마침내 노새처럼 주머니에 짐이 잔뜩 실리자 몰리는 재빨리 찰리를 밀어냈다.

"가봐. 그리고 다시 와." 그녀가 속삭였다.

"부*Vous*(너)!" 그때 링 맞은편에서 어떤 남자가 소리쳤다. 그는 뽐내며 걷는 경주마들을 뚫고 두 아이에게 다가왔다. "갸르송*garcon*(애야)!"

찰리는 그 남자가 두려워 본능적으로 울타리에서 멀찌감치 떨어졌다.

생쥐는 벌써 찰리에게서 등을 돌린 채 그게 무엇이든, 직면해야 할 상황에 대비했다.

"갸르송!" 남자가 다시 불렀다.

훔친 물건들로 주머니가 불룩해진 찰리는 남자가 자신이 아닌 몰리를 부른다는 사실을 깨닫고 안도의 한숨을 쉬었다. 몰리의 중성적인 기수복을 본 남자가 그녀를 소녀가 아닌 소년으로 착각한 것이다. 몰리는 굳이 그의 표현을 바로잡지 않았다.

"퀴Qui(누구요)?" 몰리가 되물었다.

여러분은 지금쯤 찰리의 프랑스어 이해 능력이, 마르세유에 온 후 제법 늘기는 했지만 여전히 형편없다는 것을 눈치 챘을 것이다. 반면 몰리의 프랑스어는 완벽에 가까웠다. 세븐 벨스 학교에서 의무적으로 언어를 배웠기 때문이다. 싹수가 있는 기술자가 되려면 15개 국어를 할 줄 알고, 8개 국어는 유창하게 구사하며, 3개 국어를 완벽하게 마스터해야 했다. 몰리는 그 순간 프랑스인이 자신을 파리 북부 교외 출신이라고 믿게끔 사투리를 쓰기로 결심했다. 찰리도 대충 요점을 파악할 정도로는 프랑스어를 알아들었다. 따라서 여러분은 단지 찰리의 실력이 부족해서 (사실 누구의 잘못도 아니고 찰리의 잘못이다) 알아야 할 것을 모르는 일은 없을 것이다

"넌 어느 말을 타니? 네 말은 어느 거야?" 남자가 물었다. 그는 커다란 시가를 옆으로 꼬나물고 있었다.

몰리는 조금도 주저 없이 당당하게 대답했다. "술탄의 신부요."

"몇 번?"

"10번이요." 몰리가 대답했다.

남자가 시가를 씹으며 몰리를 찬찬히 뜯어보았다. "네 키가, 110? 120?"

"115센티미터예요." 몰리가 대답했다.

"완벽하구나. 여섯 번째 레이스에서 몬세프 남작의 말을 타도 되겠다. 킹메이커라는 말인데 기수가 포기했거든. 굴을 잘못 먹은 것 같아. 기수복은 패덕 뒤편에 있다."

찰리는 몰리가 망설이는 모습을 그때 처음 보았다. 그녀는 당황한 듯 보였다. "그러니까, 전…."

"여섯 번째 레이스다. 지금 기수들이 말을 게이트로 이동시키고 있어."

"전 사실…." 몰리가 입을 열었다.

"너 자격증 있는 기수 아니냐?" 남자가 입에서 시가를 뺀 다음 입술 사이로 연기를 뿜었다.

"물론 그렇죠."

"그럼 이리 와라. 우린 지금 그 말을 탈 기수가 필요해."

찰리는 몰리가 자신을 돌아보며 괴로운 표정을 지을 거라고 예상했지만, 놀랍게도 생쥐는 그러지 않았다. 뭐가 두려웠는지 모르지만 남자를 따라가며 첫발을 뗄 때 조그맣게 딸꾹질을 했을 뿐이다. 몰리는 잠깐 망설이더니 이내 당당한 발걸음으로 패덕을 걸어나갔다.

"몰리!" 찰리가 놀라서 속삭였다. 아이들은 왜 이런 사태를 예상하지 못했을까? 소매치기에게 승마복을 입혀 패덕에 들여보냈으니 이런 일이 벌어진 게 아닐까? 찰리는 행여 사람들의 눈길을 끌까 두려워하며 안을 두리번거렸다. 패덕에 있는 부자들한테서 훔친 귀금속을 주머니에 잔뜩 넣은 터라 바지를 제대로 끌어올리기도 힘들었다. 그는 천천히 돌아서서 패덕을 빠져나왔다. 걸을 때마다 발에 방울을 단 것처럼 조그맣게 쩔렁 소리가 났다. 일단 듣는 사람이 없게 되자 찰리는 뛰기 시작했다. 크리스마스 가장행렬에서 도망친 썰매 소리를 내며 통로를 빠져나와 밝은 곳으로 나갔다.

"엑스퀴제 므와." 그랜드스탠드 벽에 기대어 서 있던 어떤 여인이 말을 걸었다. "젠 옴므 *jeune homme(젊은이)*!" 그녀가 찰리의 발쪽을 가리켰다. 찰리는 아래를 내려다보았다. 누군가의 금목걸이가 다리를 타고 바지밑단 아래로 비죽 나와 있었다. 찰리는 가볍게 목례를 한 다음 재빨리 목걸이를 주워 주머니에 넣었다. 생쥐한테 건네받은 다른 물건들도 몸 여기저기에서 흘러내리기 시작하는 게 느껴졌다. 그날 아침부터 자신의 주머니가 얼마나 견딜 수 있는지 테스트했는데 마침내 바느질이 뜯어지기 시작한 것 같았다. 찰리는 바지를 움켜쥔 채 멈칫하다가 어색하게 어기적어기적 경마장 출구로 향했다. 이윽고 매점이 가까워지고 보는 사람이 없게 되자 보도를 가로질러 뛰었다. 주머니에서 동전 쩔렁거리는 소리가 귀에 거슬렸다. 마침내 장물자루에 도착했을 때 그는 얼른 바지에서 약탈품을 비우고 미친 듯이 경마장으로 달려갔다.

"아미르!" 찰리가 인파를 헤치고 달려가며 소리쳤다. "아미르!"

아미르는 셈벤, 파토르와 함께 있었다. 그들은 햄 샌드위치를 먹는 중이었다. 찰리가 너무 큰 소리로 이름을 부르는 통에 아미르가 화들짝 놀랐다.

"찰리, 조용히 해. 지금 곳곳에 소매치기 단속 경찰이 떴어." 아미르가 목소리를 낮춰 말했다.

"몰리가," 찰리는 숨을 헐떡이며 더듬더듬 말했다. "몰리가, 생쥐 말이야. 몰리가 기수를 하게 됐어."

"알아. 그건 플루토의 아이디어였어." 아미르가 말했다.

"아냐, 너는 몰라. 몰리가 진짜로 말을 타게 생겼다니까. 사람들이 몰리를 말에 태웠어."

"맙소사." 셈벤이 끼어들었다. "몰리는 말을 탈 줄 몰라."

찰리의 얼굴이 사색이 됐다. "탈 줄 모른다고…?" 찰리가 더듬거렸다. "학교에서 배우지 않았어?"

164

"승마술?" 파토르가 햄 샌드위치를 베어물며 물었다. "그건 필수과목이 아닐걸, 내가 알기로는."

"그건 중요하지 않아. 몰리가 말을 탄다니까. 레이스에 나간다고!"

그때 그랜드스탠드 안에 우뚝 솟은 원뿔형 스피커에서 트럼펫 팡파르가 울려퍼졌다. 경주에 나가는 말들이 출발 게이트로 나오고 있다는 장내 아나운서의 멘트가 흘러나왔다. 아미르, 셈벤, 파토르, 찰리는 모두 난간으로 달려나갔다. 말들과 기수가 두텁게 흙이 깔린 트랙을 따라 걸어나오고 있었다. 겁에 질려 코를 킁킁거리며 주춤대는 어떤 말은 기수와 사이가 불편한 것처럼 보였다. 몰리가 타게 될 킹메이커임이 분명했다. 몰리는 초록색과 흰색 체크무늬 옷 위에 연보라와 주황색이 섞인 기수복 차림이었다. 게다가 제멋대로 구는 말을 통제하기 위해 필사적으로 애쓰고 있었다.

"맙소사. 왠지 불길한데." 아미르가 중얼거렸다.

호기심 많은 기수 몇 명이 불운한 동료 기수를 흘끔거렸다. 다시 트럼펫이 울려퍼졌다. 말들이 출발 게이트로 들어갔다. 하지만 몰리는 여전히 트랙에서 킹메이커와 씨름 중이었다. 직원 몇 명이 그녀에게 가보려는 것 같았다. 하지만 그들이 다가오기 전에 말은 레이스 준비가 끝났다고 스스로 판단한 게 분명했다. 말이 갑자기 게이트로 달려나갔다. 몰리의 몸이 뒤로 젖혀지고 말 옆구리에 부딪혔지만 한 손으로 고삐를 놓치지 않으려고 안간힘을 썼다. 킹메이커에게는 이번이 첫 레이스 출전이 아니었다. 기수가 서툴다는 사실을 눈치 챈 말은 몰리의 지휘를 무시한 채 발을 차고 킁킁대며 출발 게이트로 나아갔다.

"에 레 셰보 송 샤지*Et les chevaux sont chargés(말들이 들어오고 있습니다).*" 스탠드에서 장내 아나운서의 말이 들렸다.

찰리는 손톱을 물어뜯기 시작했다. 보라가 그들 옆으로 살며시 다가왔다.

"어떻게 된 거야?"

"몰리가 말을 탔어." 아미르가 대답했다.

"7번 말이야." 셈벤이 덧붙였다.

"이름은 킹메이커. 몰리가 기수로 뽑혔어." 찰리가 설명했다.

"맙소사, 몰리는 말을 못 타잖아." 보라가 탄식했다.

옆에 있던 소년 넷도 동의한다는 듯 일제히 고개를 끄덕였다.

"몰리가 그리스 댄서를 훼방놓지만 않는다면 난 상관없어." 보라가 중얼거렸다.

찰리가 보라를 힐끗 보았다. 보라는 어깨를 으쓱거렸다.

종이 울렸다. 출발 게이트에서 땡그랑 금속 부딪히는 소리가 요란하게 나더니 열 개의 문이 동시에 꽝음을 내며 열렸다.

"에틸 송 파르티*Et ils sont partis(출발합니다)!*" 아나운서가 외쳤다. 군중이 함성을 질렀다. 말들은 흙먼지와 근육, 소음을 폭발시키며 달리기 시작했다.

몰리와 킹메이커는 아직 게이트 안에 있었다.

찰리의 귀에 몰리가 말에게 퍼붓는 욕설이 들렸다. 킹메이커는 나름대로 계획이 있는 것 같았다. 어쩌면 자신의 기수가 서툴다는 사실에 자존심이 상했는지도 모른다. 어쨌든 말은 몰리로부터 옆구리를 세게 걷어차인 끝에 게이트를 뛰쳐나가 트랙에 들어섰다.

몰리의 비명이 가장 멀리 떨어진 일반석에서도 들렸다. 말이 뛰어나가면서 몰리의 몸뚱이는 뒤로 내던져졌다. 다행히 오른발을 등자에 걸치고 몸을 바짝 붙인 덕분에 말에서 떨어지지는 않았다. 찰리는 숨이 막혔다.

"꽉 잡아, 몰리!" 아미르가 소리쳤다.

킹메이커가 게이트를 뛰쳐나가 질주를 시작했을 때 선두그룹의 말들은 이미 트랙을 반 바퀴쯤 앞서가고 있었다. 몰리는 윗몸일으키기를 하는 봉제인형처럼 말 엉덩이에 축 늘어진 채 몸을 바로 세우려 안간힘을 썼다. 그렇게 몸부림을 칠수록 어떤 식으로든 말에게 위협을 준 게 틀림없었다. 몰리가 움직일 때마다 말은 점점 더 빨리 달리기 시작했다.

처음에는 선두에서 밀치락달치락 달리는 말들에 집중했던 군중이 어느 순간 킹메이커와 거기에 매달린 기수에게 눈길을 주었다.

"르갸르드*Regarde(저기 봐)!*" 찰리 뒤의 남자가 소리쳤다.

"세 도마쥬*C'est dommage(어떡해)!*" 누군가도 중얼거렸다. 찰리는 킹메이커에 돈을 건 사람들의 실망을 상상하고도 남았다. 그 추측이 맞았음을 증명하듯 찰리의 머리 위로 티켓 조각이 날아다녔다.

기적적으로 몰리는 다시 안장에 앉게 되었다. 그녀는 왼발을 등자에 걸치고 킹메이커의 고삐를 잡았다. 고삐가 말 목을 국수 가락처럼 휘감았다. 이를 감지한 말은 전력질주하기로 마음을 고쳐먹은 듯 보였다. 이제 선두그룹으로부터 겨우 몇 걸음밖에 뒤처지지 않았다. 관중들은 이 믿기 힘든 만회를 목격하고 난간으로 몰려갔다. 놀라웠다. 이윽고 몰리와 킹메이커는 선두그룹에 섞였고 다 함께 두 번째 펄롱(경마에서 쓰는 거리 단위로 약 201미터—옮긴이)의 레이스로 들어갔다. 아미르가 찰리의 귀에 대고 속삭였다.

"저기 봐, 찰리."

아미르가 모여 있는 군중을 향해 고갯짓을 했다. 사람들은 말과 무능력한 기수가 펼치는 믿을 수 없는 광경에 완전히 넋이 나가 있었다. 몰리는 여섯 번째, 다섯 번째, 그리고 네 번째 말까지 따라잡는 중이었다.

아미르가 찰리를 보며 웃었다. "저거야말로 완벽한 바람잡이야."

그 말이 떨어짐과 동시에 소매치기들은 본연의 임무로 돌아갔다. 그들은 돈 많은 구경꾼들에게 남아 있는 귀중품을 닥치는 대로 훑기 시작했다. 발이 닿는 곳마다 아직 발견되지 않았던 시계며 지갑, 목걸이 따위가 소매치기의 민첩한 손아귀에 들어갔다. 그 사이에 몰리와 킹메이커는 놀랍게도 최고 속력으로 달려서 코너를 돌아 선두마(정보지에 그리스 댄서라는 이름으로 올라 있는 5번 말)와 앞서거니 뒤서거니 하다 힘차게 마지막 펄롱으로 들어섰다. 조금 전 티켓을 찢어버렸던 사람들은 운이 바뀌는 것을 목격하자 바닥을 기어다녔다. 자신들이 찢어 바닥에 뿌렸던 티켓 조각을 주워 필사적으로 맞추기 시작했다.

마지막 직선 코스가 남았다. 기수들은 채찍을 더 세게 휘두르고 말들은 전력질주를 했다. 몰리는 기교 승마를 하는 기수처럼 몸을 옆으로 기울인 채 죽을힘을 다해 안장에 매달렸다. 몰리와 킹메이커는 앞서가는 그리스 댄서에게 끝까지 도전했다. 찰리는 어느새 난간으로 자리를 옮겼다.

"힘내, 몰리! 어서, 킹메이커!" 그가 소리쳤다.

그때 누군가 옆에서 찰리를 세게 밀쳤다. 보라였다. "달려라, 그리스 댄서! 어서 들어가, 5번!" 보라가 외쳤다. 보라는 두툼한 손가락으로 티켓을 힘껏 움켜쥐었다. 순식간에 말들은 결승선을 통과했다. 군중의 환호가 쏟아졌다.

들리는 말로는 그날 파리의 몽세프 남작 소유 아라비아산 단거리 경주마 킹메이커가 엄청 유명해졌다고 한다. 물론 킹메이커는 그 후 계속해서 유러피안 연맹의 명성 높은 내기 경마 대회에서도 기개를 증명했다. 나중에는 미국으로 건너와 트리플크라운의 영광을 누리기까지 했다. 그 위업은 그의 사후 4반세기 동안 어떤 말도 필적하지 못했다. 내기 경마에 관심 있는 독자는 킹메이커가 브르타뉴의 잔디 경마장에서 명예롭게 은퇴한 후 그곳에서 싱싱한 클로버 잎을 먹고 비현실적인 브르타뉴의 햇살 속에서 뛰어놀며 여생을 즐겼다는 사실을 알고 있을 것이다. 그가 세상을 떠났을 때 많은 대통령과 정치가들이 애도했다. 유럽의 위대한 지도자들은 앞다투어 그 경이로운 생명체와 그가 우승한 레이스에 대해 회고했다. 그리고 그 찬사에는 1961년 4월 마르세유 볼레리 경마장 레이스에 대한 언급이 빠지지 않았다. 그날 킹메이커는 결승선을 통과하자마자 종적을 감춘(말 그대로 공기 속으로 녹아버린) 어느 무명 기수가 우연히 거둔 달콤한 승리의 술을 먼저 맛보았다.

마주의 측근들이 시상대 주변에 모여 킹메이커의 울룩불룩한 목에 붉은 장미화환을 걸어주고 있을 때 소매치기들은 매점에서 장물자루를 들쳐멘 채 버스정류장으로 튀고 있었다. 그곳에서 그들은 파니에의 세븐 코인즈 바로 가는 버스에 올라탔다.

보라가 찰리 옆자리에 털썩 앉아 투덜거렸다. "찰리, 그게 기막힌 정보라고? 그게 기막힌 정보라고?"

갈기갈기 찢은 보라의 티켓 조각이 버스 바닥으로 떨어졌다.

CHAPTER 12

은 신처로 돌아온 아이들은 떠들썩한 축하파티를 벌였다. 단원들 중에 가장 수확이 좋은 플루토와 재키는 프리미어클럽 상류층 인사들 사이에서 겪었던 무용담으로 소매치기들을 즐겁게 했다. 둘은 추파를 던지는 남미의 석유재벌 알레한드로와 트로피 아내 재클린이라는 거짓 페르소나를 연기했다. 유쾌하면서도 점잖빼는 말투를 써가며 신문 만화란에서 볼 수 있는 희화화된 귀족처럼 으스대면서 클럽을 돌아다녔다. 플루토가 수집한 정보에 의하면 스위스 신흥재벌에게서 훔쳤다는 큼지막한 에메랄드 박힌 브로치가 동굴 테이블에서도 최고 위치인 한가운데 놓였다. 그와 달리 한 조였던 미치코와 보라는 도박꾼들을 상대로 질보다는 양으로 성공을 거두었다. 그들은 경마장 관람석을 열심히 주시하며 잘나가는 도박꾼들을 쫓아다녔다. 그들의 지갑과 가방이 가장 두둑하기 마련이었다.

생쥐 몰리는 파니에까지 버스를 타고 오는 내내, 그리고 도로와 골목을 지나 세븐 코인즈 바까지 걸어오는 동안 분을 삭이지 못하고 씩씩거렸다. 아이들이 수확물을 배분하고 빈 지갑을 치우는 동안에도 한적한 동굴 벽감에 모포를 깔고 혼자 처박혀서 심통난 얼굴을 하고 있었다.

"이리 와, 생쥐. 엄청나게 혼났지?" 플루토가 위로했다.

"진짜 대단한 전략이었단 건 너도 인정해야 해." 아미르가 덧붙였다.

"내가 본 것 중 최고의 바람잡이였어. 딱 맞춰서 소매치기 단속반들이 흩어지고 경마 정보는 뒤죽박죽 됐지." 미치코도 거들었다.

보라가 툴툴거리며 반발했다. "난 배당금을 15프랑밖에 못 받았어. 그 말 때문에 손해 본 거야. 정당한 경주였으면 그리스 댄서가 우승했을 텐데."

그 말로 인해 생쥐가 마침내 입을 열었다. "하하하." 작은 동굴 구석에서 소녀의 목소리가 들려왔다. "너희들한테는 그저 웃음거리지? 웃기는 일. 그거 알아? 난 태어나서 한 번도 말을 탄 적이 없다고? 하마터면 그 위에서 죽을 수도 있었어. 아니 거의 그럴 뻔했어."

아미르가 웃으면서 몰리가 앉은 곳으로 걸어갔다. "자 자, 몰리. 넌 네 역할을 훌륭하게 해냈어. 학교에서도 학생들 사이에 두고두고 화젯거리가 될 거야. 교장선생님의 귀에도 들어갈 테니 두고봐."

"난 옷이나 갈아입어야겠어." 몰리가 도전적으로 팔짱을 끼고 말했다. 그녀는 패덕에서 어떤 신사가 건넨 현란한 실크 기수복을 입고 있었다.

재키가 웃음을 참았다. "초록색과 흰색이 너한테 정말 잘 어울려." 그녀가 한껏 재클린다운 목소리로 말했다. "그렇지 않아, 알레한드로?"

플루토가 재키에게 어깨를 기대며 시곗줄을 빙빙 돌렸다. "그렇소, 달링. 정말 그렇군." 두 아이는 동시에 웃음을 터뜨렸다.

몰리가 반침에서 포탄처럼 생긴 프릴베개를 끌어내렸다. 그리고 그것으로 플루토의 얼굴을 정면으로 때렸다. "계속해봐, 이걸로 끝이 아니니까!" 몰리가 고함을 질렀다. 토라진 몰리는 돌아서서 벽을 응시했다. 플루토는 '누가 아픈 곳을 찔렀느냐'는 듯 천연덕스러운 표정으로 동료 소매치기들을 둘러보았다. 그들은 테이블에 둘러서서 잡담을 나누며 지갑과 가방에서 현금을 분리했다.

찰리가 동굴 구석으로 걸어갔다. "이봐, 몰리?"

"혼자 있고 싶어."

"내 생각에는…," 찰리는 무슨 단어를 써야 할지 잠깐 고민하다 말을 꺼냈다. "아무래도 내 잘못 같아. 내가 그 신사에게 말해야 했어. 우리 둘 다 거기를 빠져나와야 했어. 진정한 기술자라면 그래야 했어." 몰리는 여전히 등을 돌리고 서 있었다. 찰리는 몰리가 자신의 말을 듣고 있는지 알 수가 없었다. "내가 미안해."

몰리는 한동안 대꾸가 없었다. 찰리가 테이블로 돌아가려는데 몰리가 입을 열었다. "그렇게 생각할 것 없어. 네 잘못이 아니야."

찰리는 멈칫하며 입술을 지그시 깨물다가 뭔가 말하려고 돌아섰다. "참, 테이블에서 이걸 발견했어. 이건 네가 가져야 해."

몰리가 돌아서서 찰리를 쳐다보았다. 찰리는 주머니에서 기다란 금목걸이를 꺼냈다. 생쥐처럼 생긴 작은 은색 펜던트가 달려 있었다. 찰리는 몰리에게 목걸이를 내밀었다. 몰리는 그것을 받아들고 희미한 전등불 빛 아래에서 가만히 들여다보았다.

"고마워, 찰리." 소녀의 표정이 밝아졌다. "진짜 예쁘다."

테이블로 돌아오니 상류층 사람들이 공적인 행사에 소지하고 다닐 법한 모든 것들이 분류되어 높이 쌓여 있었다. 마지막 손목시계에 대한 감정이 끝나고 마지막 동전이 테이블을 또르르 가로질러 동전 더미로 굴러가고 나자 소매치기들에 대한 수익이 분배되었다. 각 단원들이 한 움큼의 현금과 전당포에 맡기기 쉬운 약간의 보석을 받았다. 그들은 세븐 벨스 학교의 교장이자 두목에게서 월급을 받지 않는 대신 이렇게 일당을 챙겼다. 단장 격인 재키가 소매치기들의 헌신을 치하하고 일당을 나눠주는 영광을 누렸다.

"플루토, 제대로 된 금맥을 찾았고 기획도 훌륭했어." 그녀가 현금다발과 금시계를 건네며 말했다.

"미치코, 반나절 혼자 하면서도 수확이 꾸준했어." 미치코가 보라를 흘깃 보며 자신의 몫을 받았다.

보라가 변명을 늘어놓으려고 하자 재키가 막아섰다. "야, 곰. 다음번에는 내기에 관심 갖지 말고 일에나 집중해. 그러면 돈을 훔치지는 못해도 잃지는 않을 거야."

"난 돈을 딸 수 있었어. 만약…."

재키는 조용히 하라고 핀잔을 주면서 그의 몫을 내밀었다. "손해난 건 뺐어. 내기는 내기니까."

생쥐는 숨어 있던 곳에서 기어나와 테이블 먼 끝에 수줍게 서 있었다. "최고의 바람잡이 역할을 해준 걸 감안하면 몰리는 두 배를 받아야 마땅해. 게다가 경주에서도 우승했고." 아직 기수복 차림인 소녀에게 제법 큰 장물 더미가 안겨졌다. "대단한 활약이었어, 생쥐. 넌 목숨을 걸고 했어. 반드시 교장선생님에게 보고할게."

몰리는 상기된 표정으로 자기 몫을 받았다.

모든 소매치기가 인정을 받을 때까지 평가와 일당 분배는 계속되었다. 모든 게 끝났을 때 아미르가 몇 걸음 앞으로 나왔다.

"찰리는?" 그가 물었다.

"찰리? 얘는 현장실습을 했을 뿐이야." 재키가 대답했다.

"하지만 셈벤과 파토르, 나를 위해 심부름을 했어."

"내 것도 했어." 몰리가 끼어들었다. "찰리가 아니었으면 나는 지갑을 가지고 다녀야 했을 거야."

찰리는 동료들의 인정에 가슴이 뭉클했지만 잠자코 있었다.

"찰리도 역할을 했으니까 일당을 받아야 해. 조금이라도, 코딱지만큼이라도." 아미르가 우겼다. 다른 소매치기들도 그 말에 조그맣게 동조했다.

"좋아. 찰리, 너도 받아." 재키가 프랑 지폐 더미를 내밀었다. 그리고 잡다한 싸구려 물건과 보석 더미가 있는 곳으로 가서 장식용 작은 포켓나이프를 집어 찰리에게 던졌다. 찰리는 공중에서 잡았다.

"고마워, 재키. 고마워, 모두들." 찰리가 말했다.

그때 베르투치오가 나타나 저녁식사가 준비됐다고 알렸다. 그는 갓 구운 고기와 채소를 높이 쌓아올린 커다란 도마를 가지고 동굴로 들어왔다. 동굴 한 구석에 보관된 그레나딘 한 병도 테이블에 올라왔다.

"마셔도 돼요?" 찰리가 컵을 내밀며 물었다.

"물론이지, 찰리 피셔. 네가 그레나딘 소다수의 진정한 감식가인 줄 몰랐다." 베르투치오가 말했다.

"이번에 진은 뺐겠죠?"

"물론이지." 웨이터가 웃으며 대답했다. 그는 찰리의 컵에 그레나딘을 가득 따라주었다. "그레나딘 키드를 위해서라면 뭐든지."

그때 누군가의 손바닥이 찰리의 등짝을 찰싹 때렸다. 돌아다보니 보라였다. 보라가 큰 소리로 외쳤다. "이제부터 너의 별명이야, 찰리!" 보라도 분홍색 액체가 든 컵을 높이 쳐들었다. "그레나딘 키드를 위하여! 부디 그의 주머니가 불룩해지고, 돈 많은 표적을 만나길!"

소매치기들이 동의한다며 환호성을 지르고 저마다 보라와 잔을 부딪치기 위해 테이블로 몸을 기울였다. 찰랑거리는 음료수의 달콤한 첫 모금을 마시는 찰리의 가슴이 벅차올랐다. 베르투치오의 권유로 모두들 풍성한 음식을 먹었다. 소매치기들이 배불리 먹고 나자 베르투치오는 전과 마찬가지로 스페인 풍기타를 꺼내 고음의 경쾌한 노래를 불렀다. 흡족한 아이들은 침묵에 빠져들었다. 보라는 의자에 편안히 기대앉아 조용히 코를 골기 시작했다. 셈벤과 파토르는 등을 맞댄 채 웅크리고 의자에 앉았다. 재키는 가수를 쳐다보며 테이블 위 프랑 동전을 만지작거렸다. 찰리는 아미르와 나란히 앉았다. 둘은 베르투치오가 부르는 묘하게 아름다운 노래의 마법에 걸렸다. 그 순간 이 황홀경을 깨뜨리려는 듯 아미르가 찰리의 팔을 툭 쳤다.

"찰리." 그가 말했다.

"응?"

"나 좀 따라와 봐."

그들은 꾸벅꾸벅 조는 소매치기들을 동굴에 두고 나선형 계단을 따라 오르고 돌로 된 통로를 지나 비밀의 문을 나간 뒤 세븐 코인즈 바의 황량한 메인룸으로 갔다. 아미르는 계속해서 바 뒤편 회전문을 통과해 라임과 로즈마리, 마늘 냄새가 진동하는 부엌으로 들어갔다. 찰리는 아미르를 따라갔다.

"이쪽으로." 아미르가 찰리를 비좁은 계단으로 안내했다. 여러 개의 층계참을 올라가자 커다란 목조 문이 나왔다. 아미르가 문을 연 채 찰리에게 어서 오라고 손짓했다. 허공으로 발을 내딛나 싶었는데 알고 보니 건물 옥상이었다. 지금까지 한 번도 본 적 없는 마세유의 풍경이 한눈에 들어왔다.

"와." 찰리가 감탄했다.

"아름답지?" 아미르가 웃었다.

그 건물은 파니에의 지형적 특성이라고 할 수 있는 언덕의 오르막 중턱에 위치해 있었다. 이 위치에서 주변 도시 풍경을 보면 시야를 가리는 게 별로 없었다. 구항구의 대부분이 보였고, 언제나 낚싯배와 작은 스쿠너 배들로 빽빽한 바다도 한눈에 들어왔다. 항구 북쪽에 위치한 구항구와 남쪽 신항구를 오가는 페리선은 물결 이는 바다를 느긋하게 떠다녔다. 이른 저녁이라 항구의 카페들은 로제와인을 홀짝이는 단골손님들로 만원이었다. 연한 페인트를 칠한 어선 여러 척이 부두에 점점이 흩어져 있었다. 생선장수들은 오가는 관광객들에게 자신이 잡은 해산물을 자랑했다. 해초 위에 놓인 홍합이나 굴, 정어리, 청어 따위가 행인들의 시선을 끌었다. 항구를 가로지르는 높은 언덕 꼭대기에는 검정과 흰색 줄무늬의 웅장한 바실리카가 근엄함과 애정이 고루 담긴 시선으로 신자들을 바라보는 성직자처럼 군생하는 도시를 굽어보고 있었다. 항구를 빠져나온 보트 한 척이 호화로운 파로 궁 바로 아래를 지나며 경적을 울렸다. 갈매기들은 끼룩끼룩 울면서 저녁 하늘을 급히 날아올랐다.

"정말 아름다워."

"잠깐. 냄새 나지?" 아미르가 물었다.

"냄새?" 찰리는 한참 킁킁댔다.

"무슨 냄새 안 나?"

"음, 바다 냄새? 생선 냄새?"

"잠깐만." 아미르는 옥상 난간으로 몸을 기울여 고개를 빼고 건물 아래 거리를 내려다보았다. "다시 맡아봐."

찰리는 시키는 대로 했다. 이번에는 놀라운 냄새가 훅 끼쳐왔다. 뭔지 모르는 매운 허브 향이 섞인 갓 구운 빵 냄새였다. "이게 무슨 냄새야?"

"옆 건물에 사는 아주머니는 매일 저녁 가족을 위해 올리브오일과 허브를 넣은 납작한 빵을 만들어. 시계추처럼 규칙적으로. 나는 저 냄새를 맡기 위해 여기에 자주 올라와." 그가 또다시 숨을 깊이 들이마셨다. "그 아주머니를 한 번도 본 적은 없지만 레바논 사람이 틀림없어. 적어도 아랍인일 거야. 그녀가 만드는 빵은 자타르를 넣은 마나키쉬야. 난 알 수 있어. 우리 엄마가 만들어주셨던 거랑 똑같거든." 아미르는 다시 한 번 깊이 숨을 들이마셨다. "그래, 찰리, 이건 내 어린 시절의 냄새야. 우리 집 냄새. 이보다 좋은 것은 없어."

"집에 갔다 온 적 있어, 부모님 만나러?"

"나? 아니. 일단 소매치기가 되면 그걸로 끝이야. 소매치기들끼리 가족이 되는 거지." 아미르는 한동안 침묵하다 입을 열었다. "하지만 보고 싶어. 내겐 여동생이 둘 있어. 그 애들이 뭘 하는지 궁금해. 정말 예쁜 애들인데. 너도 보면 좋아할 거야. 그 애들도 너를 좋아할 거고."

이 말에 찰리의 얼굴이 붉어졌다. "왜 돌아가지 않은 거야? 그냥 한번 보러 갈 수 있잖아?"

"우리나라는 더 이상 안전하지 않아. 전쟁 중이거든, 싸움. 엄마, 아빠가 걱정돼. 하지만 사는 게 다 그렇지 뭐. 남자는 언젠가는 엄마 품을 떠나야 해."

"아니면 엄마가 아들을 떠나든가." 찰리가 나지막이 중얼거렸다.

아미르는 등을 돌려 시내 전경을 바라보던 몸을 일으켜 난간에 걸터앉았다. 그가 찰리를 정면으로 응시했다. "정말이야?"

찰리가 고개를 끄덕였다.

"그게 더 안 좋을 것 같다." 아미르가 말했다.

"괜찮아. 난 신경 안 써. 우리 엄마는 처음부터 엄마 역할이 맞지 않았어."

"안됐다, 찰리."

"사는 게 다 그렇지 뭐, 안 그래?" 찰리는 최대한 아미르를 흉내내어 그렇게 말했다.

아미르가 웃었다. "하지만 인생은 길어, 찰리. 어떤 인생이 펼쳐질지 우리는 몰라. 난 영원히 마르세유에 있지 않을 거야. 교장선생님이 다른 데로 가라고 하면 새로운 나라, 새로운 도시로 떠나야 해. 언제나 새로운 모험이 기다리고 있지. 새로운 장소, 새로운 사람들. 언제나 바뀌지. 우리 모두 매일 저녁 부엌에서 마나키쉬를 만드는 아주머니일 순 없으니까."

"어쩌면 그녀도 그 일이 지겨울지 몰라." 찰리는 나지막이 중얼거렸다. "매일 똑같은 일을 해야 하니까. 심지어 냄새 따위는 신경도 안 쓸 거야."

아미르는 이 말을 곰곰이 생각했다. "맞아. 우리가 감상적이 됐나봐, 그렇지? 우린 밖에서 보니까. 난 가끔 여기 와서 저 냄새를 맡아. 빵 굽는 냄새, 자타르 향. 그러다 생각해. 그만두면 어떨까? 그냥 선언해버릴까? 저 절벽도로 바로 아래 발롱 데 조프Vallon Des Aufes에 레바논 식당이 있어. 나도 가봤지. 베이루트에서 온 가족이 주인이야. 소매치기를 그만두고, 그 식당 주방에 일자리를 얻으면 어떨까? 어쩌면 나 같은 애가 필요할지도 몰라. 그리고 거기 선대에 작은 침대가 있는 낚싯배를 장만하는 거야."

"대단하다." 찰리가 감동 어린 투로 말했다. "그런데 정말 이 모든 것을 포기할 거야?"

아미르가 마치 찰나의 꿈을 쫓아버리려는 듯 얼굴 앞에서 손을 저었다. "아니, 절대로." 그가 찰리를 보며 웃었다. "평생 소매치기단에 있을 거야."

"나도 그렇게 말할 수 있으면 좋겠어." 찰리가 중얼거렸다.

"계속하면, 너도 그렇게 될 거야" 아미르가 격려했다.

둘 사이에 잠깐 침묵이 흘렀다. 이윽고 찰리가 입을 열었다. "이봐, 아미르."

"왜?"

"그냥 너한테 고맙다고 말하고 싶었어."

"뭘?"

"이걸 하게 해줘서, 나를 도와줘서, 그리고 내 친구가 돼 줘서. 난…," 찰리는 생각을 정리하느라 말을 멈췄다. "난 사실 한 번도 잘하지 못했어. 친구 사귀는 거 말이야. 난 여러 나라를 돌아다녔어. 처음에는 엄마와 살았지만 엄마가 떠난 뒤 아빠와 살게 됐지. 우린 정말 쉬지 않고 돌아다녔어. 만약 내가 그런 것을 잘했다면, 가는 곳마다 친구들을 잘 사귀었다면. 하지만 난 그러지 못했어. 집에 온 듯 편안하게 느껴진 건 이번이 처음이야. 친구를 찾았다고 느낀 것도." 갑작스러운 장황한 고백에 찰리는 스스로 놀랐다. "음, 너한테 부담을 주고 싶지는 않아. 내가 이렇게 불러도 되지?"

"뭐, 친구?"

"응." 찰리는 조심스럽게 아미르의 대답을 기다렸다.

"물론이야, 찰리." 아미르가 찰리를 보며 다정하게 웃었다. 혹시 찰리가 그의 목소리에서 슬픔을 감지했을까? 순간적으로, 지금껏 보이지 않았던 아미르의 단단한 감정에 균열이 생긴 것을 알아차렸을까? "물론이야."

"좋아." 찰리가 환하게 웃으면서 대답했다. "그럼 우정을 위하여." 그가 손을 내밀며 말했다.

아미르는 악수를 했다. "우정을 위하여."

그때 아래 거리에서 아라비아 말로 소리치는 여인의 목소리가 들렸다. 옥상의 두 소년은 난간 너머 이웃 건물 앞에 선 앞치마 두른 중년 여인을 보았다. 찰리에게 아미르의 통역은 필요없었다. 여인은 아이들에게 저녁밥을 먹으러 오라고 소리질렀다. 잠시 후 골목에서 나타난 아이들이 엄마를 넘어뜨릴 기세로 신나게 달려왔다. 여인은 웃으면서 아이들을 나무란 뒤 돌아서서 아이들을 앞세우고 집 안으로 들어갔다.

"자, 우리도 집으로 돌아가야지, 우리 친구들에게로." 아미르가 말했다.

찰리는 고개를 끄덕이며 햇볕에 바랜 옥상을 가로질러 걸어갔다. 계단으로 내려가는 문에 이르렀을 때 찰리는 아미르가 함께 있지 않음을 눈치 챘다. 돌아다보니 아미르는 아직 옥상 난간에 서 있었다. 그는 햇빛이 만들어낸 금박 후광에 싸여 도시를 내려다보고 있었다.

"너 오는 거지?" 찰리가 물었다.

"응, 찰리. 금방 갈게." 아미르가 찰리를 따라잡으려고 옥상을 가로질러 뛰어왔다.

CHAPTER 13

자 세히 보라. 여러분은 지금 노트르담 대성당에서도 가장 높은 첨탑 위에서 내려다보고 있다. 이 유서 깊은 항구도시에서 시간의 흐름을 목격하는 중이다. 지금은 이른 봄, 여러분이 있는 곳은 고도가 꽤 높지만 공기는 따뜻하다. 발아래 펼쳐진 도시는 발포고무와 점토, 발사목재로 만든 모형도 같다. 그곳은 사람들로 가득하다. 누구는 걷고, 누구는 통통거리는 작은 차를 몰거나 땡땡 소리를 내는 전차를 운전한다. 그곳에서는 이 모든 게 한눈에 들어온다. 지금 여러분은 거기에 앉아 세상이 나를 중심으로 도는 양, 놀라운 전망과 자신의 전지全知함을 만끽하는 중이다.

그리고 저기 절벽도로에 바람을 맞으며 자전거를 타고 귀가하는 찰리 피셔가 보인다. 지중해에 햇볕이 내리쬐고 있다. 멀리 초록빛 바다에 툭 튀어나온 시커멓고 작은 섬들 너머는 빛바랜 은색이다. 물살을 가르는 배들 중에는 에드몽 당테스가 용감하게 탈출했던 곳을 보러 과감하게 이프 성을 방문했던 관광객들을 육지로 실어나르는 여객선도 있다. 햇빛은 강렬한 핑크색이다. 그리고 다시, 찰리를 보라. 그는 자신에게 더 없이 만족하는 모습이다. 자전거 안장에 허리를 꼿꼿이 세우고 앉아 정신없이 이어진 모험을 머릿속에 떠올리며 입가에 피어오르는 웃음을 주체하지 못하고 있다.

여러분은 그를 즉시 알아보지 못할 수도 있다. 지금 찰리는 2주도 안 된 그 전의 찰리와는 전혀 딴판으로 보이니까. 그는 지금 저 만을 어슬렁거리는, 햇볕에 그을린 관광객들처럼 전혀 딴판인 두 삶을 오가며 지내고 있었다. 하나는 마르세유에 부임한 미국 총영사의 삐딱한 아들이고, 다른 하나는 소매치기단의 유망한 수습생 그레나딘 키드였다. 어쨌거나 찰리는 행복감을 느꼈다. 자전거를 끌고 피셔 가의 저택으로 돌아가는 동안에도 그런 기분은 사라지지 않았다. 경비원 피에르가 찰리를 집 안으로 들여보냈다.

"찰리, 오늘 아주 기분이 좋아 보이는구나." 피에르가 말했다.

"메르시, 피에르." 찰리가 대답했다. 그는 자전거를 끌고 가다 잘 손질된 회양목 숲에 비스듬히 세워두었다.

시몽이 현관에 서서 손목시계를 가리켰다. "너 거의 지각이야."

"지각할 뻔했죠. 지각은 아니에요." 찰리가 숨을 고르며 웃었다.

가정교사는 뭐라고 툴툴거리면서도 찰리의 말을 인정했다.

"저 혼내려고 했죠?" 찰리가 물었다.

"서둘러." 시몽은 그 말을 무시하며 계속했다. "한 시간 있으면 콘서트 시작이야. 어서 그 후줄근한 옷부터 갈아입어."

찰리는 두 삶 사이에서 아슬아슬하게 줄타기를 했지만 수완 좋게 잘 해냈다. 예컨대 하루의 절반은 차들이 빽빽한 광장이라든지 공원, 대형 카페를 기어오르며 소매치기단의 심부름꾼 노릇을 하면서도 여전히 공부 진도를 따라가

느라 노력하고 있었다. 오늘은 마르세유 필하모닉 오케스트라의 8시 커튼콜을 보기 위해 일당을 포기했다. 시몽이 바로크 음악 작곡가에 대한 체험수업을 위해 마련한 자리였다. 오늘의 콘서트는 헨델의 협주곡이었다. 찰리는 겨우 정장으로 갈아입은 후 허겁지겁 햄앤치즈 크라상을 입속에 밀어넣고 나서 시트로앵 자동차 뒷좌석에 시몽과 나란히 앉았다.

"오늘은 뭐했니?" 기욤이 자갈 깔린 진입로를 빠져나가 도로로 차를 몰았을 때 시몽이 짓궂게 물었다.

"아, 아시잖아요." 찰리가 대답했다. "그거요."

"정말 그거 하기에 완벽한 날이구나, 그것."

"다른 무엇보다 그거 하기에 그렇죠." 찰리가 맞장구쳤다.

"글쎄, 뭐든지 그래야지." 시몽은 이렇게 말했지만 대놓고 압박하지는 않았다. 소년과 가정교사 사이에는 암묵적인 합의가 있었다. 찰리가 수업에 늦지 않고 숙제를 성실하게 하면 시몽은 수업 외에 찰리의 행동에 대해 캐묻지 않고 아빠에게도 아무 말 하지 않기로 했다. 누구보다 찰리를 잘 안다고 자부하는 시몽은 아이들이 도서관 문을 닫은 후에도 나가지 않고 꾸물거리며 사서의 인내심을 시험할 때 가장 골칫거리라는 사실을 잘 알고 있었다.

시몽의 애인 세실이 마르세유 오페라 극장 앞 볼라드 옆에서 기다리고 있었다. 갈색 머리에 핀을 꽂아 뒤로 넘긴 그녀는 연한 시폰 원피스 차림이었다. 그녀를 발견한 시몽의 걸음걸이가 빨라졌다. 찰리는 오늘밤 외출이 자신의 체험학습 때문만은 아님을 알아차렸다.

"안녕하세요, 세실?" 찰리가 인사했다.

시몽은 여자친구와 다정히 인사를 주고받은 후 팔을 내밀었다. 그녀가 시몽

의 팔짱을 꼈다. 세 사람은 극장으로 걸어갔다. 세실이 동행하는 체험학습은 이번이 처음은 아니었다. 찰리가 다른 어딘가에서 시간을 보내는 게 분명해진 후 시몽 역시 좀 느슨하게 굴어도 되겠다고 판단한 게 분명했다. 게다가 가정교사의 공모가 반가운 찰리가 아빠에게 그 일을 발설할 리 없었다.

그들은 귀족처럼 차려입은 관객들을 따라 실내장식이 화려한 오페라하우스로 발길을 옮겼다. 그리고 찰스 씨가 기꺼이 빌려준 특별 박스석으로 향했다. 조명은 은은했고, 오케스트라가 연주하는 붕붕거리는 단조로운 음이 콘서트홀을 자욱한 안개처럼 뒤덮고 있었다.

"튜닝 중이구나." 가정교사로서 자신의 역할이 필요한 순간을 애타게 기다리던 시몽이 한 마디했다.

연주가 시작됐다. 찰리는 음악에 빠져들었다. 세실의 손을 잡고 있던 시몽은 제자를 자랑스럽게 바라보았다. 음악의 역사에 대한 자신의 수업 내용이 찰리의 마음에도 공명을 일으킨 게 분명했다. 소년은 스펀지처럼 연주에 흠뻑 빠진 것 같았다. 하지만 찰리가 오케스트라를 주시하지 않는다는 사실을 시몽은 알지 못했다.

그는 관객을 바라보고 있었다. 정확히 말하면 콘서트홀의 은은한 불빛에 비친 아래 관객석의 지갑과 주머니들을 보고 있었다. 앞이 벌어진 신사의 검정색 재킷과 안주머니가 나 있을 은색 안감을 보고 있었다. 안주머니는 주인이 가장 소중하게 여기는 물건을 넣는, 심장에서 가장 가깝고 비옥한 주머니였다. 찰리는 주인이 눈치 채지 못하게 손가락 두 개로 조용히 열 수 있는, 똑딱이나 단추로 잠긴 여성용 지갑도 관찰했다. 불빛에 반사된 수많은 시계판은 오케스트라 플로어 위에서 별처럼 반짝거렸다. 그것은 마치 훔쳐가 주기를 기다리는 보석들로 이루어진 별자리 같았다.

마지막 곡 연주가 끝나고 조명이 들어왔다. 관객들이 주섬주섬 소지품을 챙겨 자리에서 일어날 때 시몽이 찰리의 어깨를 툭 쳤다. "느낌이 어땠니?"

"대단히 교육적이었어요." 찰리가 대답했다.

그리고 여러분이 앉아 있는 노트르담 대성당 첨탑에서는 발아래 펼쳐진 것들을 모두 볼 수 있다. 집으로 돌아간 찰리가 침실 귀퉁이에 말없이 서 있는 마네킹에게 다가가는 모습이 보인다. 마네킹을 설치하고 몇 주일 흐르는 동안 찰리는 연습용 인형을 친한 동료로 삼아 데니스라는 이름까지 붙여주었다. 그날 밤 찰리는 뱀허물처럼 옷을 벗으며 인형에게 말을 걸었다.

"그게 뭐더라, 데니스? 아, 협주곡, 참 매력적이더라. 아름다웠어. 하이든, 아니 바흐였던가? 두 곡을 내리 듣는 건 좀 힘들었지만. 넌 어떻게 지냈어?"

마네킹은 몇 주째 입고 있는 디너재킷 차림이었다.

"아, 말하기 싫다고?" 찰리가 물었다. "그런데 너 1상팀짜리 동전을 잃어버렸지? 정말 안됐다."

찰리는 마네킹 주위를 한 바퀴 돌며 어깨에서 보푸라기를 털어주는 척하더니 손가락에 동전을 쥐고 반대편에서 나타났다.

"여기 있잖아. 네 주머니에 있더라. 잘 보관해야지, 안 그래?" 찰리는 인형의 앞주머니에 동전을 넣어주고 다정하게 톡톡 쳤다. 그런 다음 침대로 몸을 던졌다. 정장셔츠와 바지를 입은 채 봉제인형처럼 늘어져 이내 곯아떨어졌다.

마네킹은 인자한 부모처럼 그런 찰리를 뿌듯하게 내려다보았다.

아닌 게 아니라 찰리는 뿌듯할 권리가 있었다. 찰리가 처음 소매치기 일당과 경마장에 다녀오고 연습용 마네킹에 제복을 입힌 지 채 2주일이 지나지 않았다. 그 사이 찰리는 기욤의 벨트 클립에서 열쇠를 훔치고 집사장 미셸의 손수건을 가정부 라로쉬 부인의 걸레와 바꿔치기했다. 그것도 상대방이 절대 알지 못하게, 전혀 의심을 사지 않고. 여러분 눈에는 찰리가 새로 배운 일을 어떻게 하는지 다 보일 것이다. 대성당 위에 있으니까.

심지어 아빠도 찰리의 소매치기 연습에서 안전하지 못했다. 어느 날 아침에는 아빠에게 새로운 뉴스 기사를 보여주는 척 턱 밑에 신문을 들이댄 채 아빠의 시선을 피해 몰래 조끼주머니에서 줄 달린 시계를 훔쳐 반대편 주머니에 넣었다. 그런 다음 아빠에게 지금 몇 시냐고 물었다. 젊은 시절부터 항상 같은 주머니에 시계를 넣어두었던 아빠는 엉뚱한 곳에서 시계를 발견하고는 당황스러워 했다.

"9시 15분이구나." 뒤늦게 시계를 발견한 아빠가 대답했다.

"고마워요, 아빠." 찰리가 말했다. "제가 궁금한 건 그뿐이에요."

아빠는 의아한 눈길로 잠깐 시계를 보다가 늘 넣어두는 조끼주머니에 다시 넣었다. 그가 미심쩍은 눈으로 아들을 보았다.

"네 시계는 어떻게 하고? 설마 새로 사귄 친구에게 준 건 아니겠지?"

"아, 아니에요." 찰리는 소매를 걷어 늘 차는 곳에 채워진 손목시계를 보여주었다. "그냥 제 시계가 잘 가는지 궁금해서요."

"아하," 아빠는 그제야 안도하는 표정을 지었다.

기막힌 위치에서 내려다보는 여러분도 알겠지만, 찰리와 아빠는 지금 서재에 있었다. 별안간 텔렉스 기계가 덜컥거렸다. 아빠는 그리로 주의를 돌렸다. 이윽고 제빵사가 얇은 반죽 다루듯 조심스럽게 텔렉스 용지를 들고 돋보기로 읽기 시작했다. "루미라비아의 여왕님이 다음주 토요일에 오신다는구나." 아빠는 그렇게 말한 뒤 나머지를 읽어 내려갔다. 이윽고 아빠가 돌아서서 말했다. "성대한 환영만찬이 열리겠구나. 너도 참석하고 싶겠지?"

"다음주 토요일요?"

아빠는 아들의 대답을 짐작하고 고개를 끄덕였다.

"안 돼요, 아빠. 저 우리 패거리랑 약속 있어요." 찰리가 대답했다.

물론 '패거리'는 그의 새로운 친구들, 소매치기 일당에게 붙인 이름이었다. 그동안 이 '패거리'를 둘러싸고 꽤 정교하게 각본이 만들어졌다. 찰리가 자신의 스토리텔링 조각을 가지고 조금씩 꾸준히 쌓아올린 것이다. 이제 이야기를 지어내는 것도 슬슬 지겨워진 외국인 교환학생들과 그 가족은, 아빠가 걱정하지 않을 만큼 부유하고 신분도 높아야 하지만 그렇다고 귀가 번쩍 뜨일 정도로 저명해서도 안 됐다. 총영사의 사회적 반경에 절대로 들어와서는 안 되기 때문이었다. 이야기는 뒷조사를 하고픈 마음이 생기지 않게 단순하고, 꾸며낸 것처럼 들리지 않을 정도로만 흥미로워야 했다. 만약 그런 게 있다면 그 문제야말로 소설가의 진정한 딜레마였다. 고맙게도 지금까지는 찰리의 상상력으로 감당이 됐다.

"토요일이 이소벨의 생일이에요." 찰리가 계속해서 말했다.

"이소벨…, 에스토니아에서 온 아이 말이냐?" 아빠가 물었다.

"아, 네."

"한 발이 절단되었다는 아이."

"불쌍하게도 그렇게 됐어요." 찰리가 대답했다. 인정하는데, 그것은 좀 과장이었다. 하지만 어느 날 저녁 너무 늦게 귀가하는 바람에 그런 얼토당토않은 이야기를 할 수밖에 없었다.

"그 애는 어떻게 지내니? 부상이 꽤 심했구나."

"잘 지내요." 찰리가 대답했다. "정말 대단한 아이예요."

"다행이다." 텔렉스 기계가 요란스럽게 용지를 한 장 더 토해냈고 아빠는 다시 그것을 해독하느라 주의를 기울였다. 여러분 역시 찰리가 매일 하고 다니는 일에 대해 앞뒤가 맞지 않는 보고를 하는데도 불구하고 아빠가 눈감아준다는 것을 추측했을 것이다. 찰스 씨는 아들이 이 낯설고 새로운 도시와 실질적인 방법으로 관계를 맺고 있을 뿐만 아니라 흥미로운 아이들, 나아가 그 가족들과 어울리는 것에 거의 전율을 느꼈다. 그가 부모 노릇을 허술히 하고 있다고? 우리가 아는 한(우리는 꽤 많이 알고 있다) 대답은 단연코 '그렇다'이다. 하지만 여러분이 부모 노릇의 복잡함을 경험한 적 있다면, 어느 부모든 아이가 행복하다면 아이에 대해 의심하지 않는다는 점을 알 것이다.

그리고 찰리는 행복했다. 여러분도 알 것이다, 그렇지 않은가? 겨우 2~3주일 전에 찰리를 만난 여러분조차 변화를 목격했을 것이다. 상대를 교묘하게 속여 소매치기하는 일에 대한 자신감은 일상의 다른 부분에까지 흘러넘쳤다. 찰리는 더 이상 자신이 감당해야 할 모든 사회적인 교류에서 움츠러들지 않는 스스로를 발견했다. 아빠의 귀족 친구 자제들과 정기적으로 만나는 시간도 더 이상 괴롭고 지루하지 않았다. 아직 시내에 머물면서 알 수 없는 이유로 격일 저녁마다 피셔 씨네 저택에서 빈둥거리는 파프겐 가의 형제들도 찰리의 부활에 충격을 받은 눈치였다.

"알겠다. 무슨 일이 있었는지 알겠어." 루돌프가 찰리의 얼굴 가까이 손가락을 흔들어대며 말했다. 그의 동생들은 당구를 치고 있었다.

"뭔데?" 찰리가 물었다.

"너 그거 했구나. 그렇지?"

"무슨 말이야?" 찰리는 소년이 자신의 이중생활 중 완전히 다른 반쪽을 눈치 챈 게 아닐까 싶어 뜨끔했다.

"인정해. 너 키스했지?"

찰리는 뭐라고 대답해야 할지 몰라 웃기만 했다. 하지만 그 웃음을 본 바이에른 소년은 더 확신에 차서 찰리의 어깨를 세게 쳤다. "그럴 줄 알았어. 잘했어, 찰리"

그런데 누가 그에게 키스를 했을까? 소매치기들이 말하는 소위 주머니의 대박 가망성이라는 것이 그에게 키스했다.

인정하는데, 찰리에게는 아직 넘지 못한 고난도 단계가 남아 있었다. 아이들이 '거사'라고 부르는 것이었다. 그들은 신중하게 계획했다. 준비 기간만 여러 날이 걸렸는데, 주로 최고의 바람잡이인 플루토와 미치코가 담당했다. 그들은 세세한 부분까지 지나칠 정도로 꼼꼼하게 시간과 작업할 장소를 물색했다. 이 일은 현장실습 겸 따라다니는 찰리에게는 까다롭고 위험도 컸다.

이런 일은 주로 공식적인 대회라든지 정부기관 행사처럼 경찰이 보는 곳에서 소매치기를 하거나 조직범죄와 연계된 카지노 도박꾼들의 상금을 훔치는 일과 관련이 있었다. 이런 작업을 하다 표적에게 들키면 손목을 얻어맞거나 유치장에서 하룻밤 지내는 것으로 그치지 않을 가능성이 컸다. 기술자의 생명이 위험할 수도 있었다. 여러분은 잘 모르겠지만 그 당시 마르세유는 여전히 지하세계의 범죄조직이 활개치는 곳이었다. 그런 이유로 찰리는 이런 일에서 빠지라는 말에 순순히 따를 수밖에 없었다. 그럴 날이면 여러분은 찰리가 아파서 소풍에 따라가지 못한 아이처럼 창문의 빗물 무늬나 멍하니 바라볼 거라고 생각할지 모른다. 하지만 천만에, 찰리는 그 시간에 연습용 인형 데니스를 상대로 한층 우아하고 민첩해진 손놀림으로 주머니에서 동전을 훔치며 기술을 연마했다.

여기서 지구를 조금만 뒤로 돌려보자. 찰리가 보레리 마르세유 경마장에서 첫 소매치기를 하고 겨우 일주일 지났을 때였다. 소매치기 일당은 생 미셸 거리를 2열 종대로 걷고 있었다. 그들의 평균 나이는 열세 살밖에 되지 않았지만 모습은 누가 봐도 위풍당당했다. 그날은 수요일, 사전에 소매치기를 계획하지 않고 '떠돌아다니기'를 하는 날이었다. 아이들은 정기적으로 그렇게 했다. 세븐 벨스 학교 출신 소매치기들 사이에서는 흔한 일이었다. 프랑스어로 *데리브 derive*라고 부르는 그것은 어떤 목적지나 방향을 의식하지 않고 구름처럼 발 닿는 대로 도시의 거리와 골목을 돌아다니는 소매치기들의 오래된 전통이었다. 부지불식간에 도시와 소매치기들 간의 유대를 기념하는 행위였다. 그러다 보면 카페에서 사람들이 거리로 쏟아져 나온다거나 부유한 은행가의 생일파티처럼 소매치기 하기에 좋은 현장을 만나는 기회도 생겼다. 이것이 '떠돌아다니기'의 개념이었다.

그렇게 그들이 떠돌아다니기를 하고 있을 때, 보라가 찰리에게 자신과 미치코의 바람잡이를 제안하는 광경을 플루토가 보았다.

"그 녀석은 샌님이야. 한번 샌님은 영원한 샌님이라고."

보라가 어깨를 으쓱했다. "나한테는 더 이상 샌님으로 보이지 않는데."

"넌 사람 볼 줄을 몰라." 애꾸눈 소년이 비아냥댔다. 여러분도 알다시피 소매치기들은 경마장에서의 활약 이후 찰리를 꽤 빨리 인정했고 그레나딘 키드라는 별명도 붙여주었지만 플루토만은 찰리의 능력에 대해 의심을 거두지 않고 있었다.

"나 말하는 거야? 나 여기 있어." 찰리가 나섰다.

"알고 있어. 어쩐지 냄새가 난다 했어." 플로토가 이죽댔다.

솔직히 플로토는 과민반응을 하고 있었다. 그는 며칠 전 찰리를 심부름꾼으로 쓸 때도 크게 반대하지 않았다. 요트 경주가 끝난 후 오찬회 참석자들로부터 불필요한 현금과 귀금속을 덜어내던 때였다.

그 일은 중요하므로 시간을 조금 더 뒤로 돌려 자세히 들여다보자.

요트 경기 오찬회 건은 재키의 표현에 의하면 '껌'이었다. 아주 쉬운 소매치기를 위한 레시피. 로제와인에 취해 강렬한 햇빛 아래 비틀거리는, 옷차림이 허술한 부자일 것. 매년 봄 해양스포츠클럽이 주최하는 요트 레이스가 열렸다. 따라서 봄이면 신체 건강한 요트 맨들이 해안의 섬들을 요리조리 피해 북적북적한 구항구로 제일 먼저 들어오기 위해 모자를 던졌다. 언제나 그렇듯 승자는 클럽에 도착하자마자 즉석에서 샴페인 세례를 받았다. 열광적인 팬들과 도박꾼들은 클럽 밖 테라스에 모여 있었고, 와인과 술이 흘러넘쳤다. 소매치기하기에 워낙 쉬운 환경이라 처음 15분 동안 심부름꾼 노릇을 하고 휴식을 취하던 찰리도 수월해 보이는 주머니를 탐색하기 시작했다.

현란한 줄무늬 보팅재킷을 입은 남자가 젊은 여자 둘과 대화를 나누면서 뭔가를 찾는지 내내 바지주머니를 뒤지고 있었다. 다른 한 손에는 찰랑찰랑 넘칠 듯한 샴페인 잔을 든 채로. 그가 주머니에서 손(오른손이었다)을 뺄 때 머니클립이 딸려나와 귀퉁이가 살짝 보였다. 찰리가 그 모습을 주시하고 있을 때 누군가 옆구리를 쿡 찔렀다. 셈벤이었다.

"저기 '껌' 있다. 주머니에 걸려 있어." 셈벤이 귀띔했다.

"나도 봤어." 찰리가 말했다.

"작전을 세워봐. 살짝 끌어올려야 하지만, 훔치는 건 쉬워."

"너희들을 곤란에 빠뜨리고 싶지 않아."

"왜 곤란에 빠지는데?"

"나는 심부름만하기로 되어 있어." 찰리가 재빨리 주위를 살핀 다음 목소리를 낮춰 말했다. "난 기술자가 아니야."

셈벤이 윙크를 했다. "우리끼리만 알면 돼."

찰리는 심호흡을 하고 다시 한 번 난이도를 헤아려보았다. 달라진 건 별로 없었다. 남자의 주머니 밖으로 비어져 나온 핑크색 종이가 금액의 규모를 짐작케 했다. 최소한 2,000프랑스 프랑이었다. 저만한 금액에 저토록 무심한 사람이라면 돈이 사라져도 아쉬워하지 않을 거라는 판단이 들었다. 찰리는 입술을 오므려 휘파람 부는 시늉을 하며 어슬렁어슬렁 앞으로 걸어가 다음 순간을 기다렸다. 남자는 레이스의 어떤 상황을 설명하는지 아니면 다른 큰 대회 이야기를 하는지 손을 휘젓기 시작했다. 찰리는 공격을 개시했다. 셈벤이 옳았다. 머니클립이 크고 묵직해서 어쩔 수 없이 '주름잡기'(주머니 안감에 주름을 잡아 지갑을 주머니 입구로 밀어올리는 짓)를 해야 했지만, 운 좋게도 집에서 인형을 상대로 연습해본 동작이었다. 남자가 엉덩이를 움직이자 머니클립은 기다리던 찰리의 손에 툭 떨어졌다.

찰리는 하마터면 기쁨의 함성을 지를 뻔했다. 찰리가 돌아서서 걸어오는데 남자와 대화를 나누던 여자 중 한 명이 일어나 찰리를 따라왔다. 여자가 흠흠 헛기침을 했다. 고개를 들어보니 그녀는 다름 아닌 재키였다.

찰리는 싱긋 웃었다. 재키가 무섭게 노려보았다. 그녀는 화를 내며 고개를 휙 돌려서 5미터쯤 떨어진 카페로 향했다. 두 아이는 아무 말 없이 문이 열린 카페로 걸어갔다.

"무슨 짓을 한 거야, 찰리?" 부두의 인파에 들리지 않을 만큼 떨어졌을 때 재키가 화를 내며 나지막이 속삭였다.

"미안해, 재키. 정말 미안해." 찰리가 우물거렸다.

"그 사람은 내가 찜했어. 그건 내 주머니였다고." 재키의 뺨은 평소보다 더 빨갛게 달아올랐다.

"난… 난…." 찰리가 말을 더듬었다.

"찰리가 선수를 친 거지 뭐." 어떤 목소리가 들렸다. 돌아다보니 아미르가 카페 벽에 몸을 기댄 채 알뿌리처럼 생긴 오랑지나 음료를 연노란색 빨대로 마시고 있었다.

"아미르, 내가 작업하던 중이었다고." 재키가 반발했다. "내가 표적의 관심을 다른 데로 돌리고 있었어. 그는 벌써 반쯤 넘어간 상태였고." 재키가 찰리를 보며 계속했다. "너 그 돈이 우연히 주머니에서 반쯤 나와 있는 줄 알았지? 그랬지? 신이 내려와서 너한테 그 주머니를 점지해준 줄 알았지? 자기가 무슨 선택받은 기술자라도 된 것처럼."

"진정해, 재키." 아미르가 달랬다

"찰리, 넌 네 작업을 해. 남의 주머니 넘보지 말고." 재키가 성질을 냈다.

"알았어." 찰리는 충격과 함께 모욕감을 느꼈다.

재키는 마지막으로 한 번 더 두 소년을 흘겨본 뒤 휙 돌아서서 인파 쪽으로 돌아갔다.

찰리는 말없이 서 있었다. 그의 마음은 첫 작업을 성공했을 때의 짜릿함(비록 그것이 재키의 사전작업 덕분이었지만)과 조직의 최고 기술자에게 공개훈수를 들은 데 대한 수치심 사이를 오갔다.

"재미있군." 아미르가 벽에 기댔던 몸을 바로 세우며 말했다. 그는 음료수 병에서 꾸르륵 소리가 날 때까지 빨대를 빨았다. 이어서 병을 거꾸로 쳐들어 몇 번 흔든 뒤 바닥에 내려놓았다.

"뭐가 재미있어?" 찰리가 물었다.

"재키 말이. '넌 네 작업을 해.' 어떤 의미에서 넌 남부 아가씨를 이겼어. 넌 방금 졸업을 한 거야, 찰리 피셔." 아미르는 찰리의 등을 툭툭 친 뒤 옹송그리며 모여 있는 선원들에게 어슬렁어슬렁 걸어갔다. 그리고 오랜만에 만나는 전우라도 되는 양 그들과 어울렸다.

"넌 네 작업을 해." 찰리는 그것이 주문이기라도 한 양 자꾸만 중얼거렸다.

그런데 딴죽을 거는 쪽은 언제나 플루토였다. 플루토는 끝까지 어깃장을 놓았다. 그저 따라다니거나 최소한 심부름 외에 어떤 역할을 나눌 때 찰리의 이름이 언급되면 툴툴거리기 일쑤였다.

그날도 그랬다. 요트 대회 사건이 있고 일주일쯤 지났을 때였다. 그들은 배회하는 들개 떼처럼 파니에의 지저분하고 황량한 거리를 걷고 있었다. 혹시 기억하는가. 아니 기억해야 한다. 플루토가 찰리 뒤에서 걸어가면서 찰리를 가리켜 젖 냄새가 난다고 빈정거렸던 일 말이다.

"그런데 찰리한테 무슨 냄새가 나는데, 플루토?" 몰리가 물었다.

"비싼 향수 냄새. 깨끗이 빤 옷 냄새. 비누 냄새." 플로토가 대답했다.

"네 말은 기본적으로 위생이 좋다는 뜻이네." 아미르가 툭 던졌다.

"그럼 너는 아니겠다, 플루토." 재키가 끼어들었다.

197

"하하!" 이 소리가 보라에게서 튀어나왔다. 보라의 가슴에서 파이프폭탄처럼 발사되는 바람에 찰리도 화들짝 놀랐다.

플루토는 그들을 무시했다. "내 말은, 찰리가 나서면 우리 소매치기들이 위험에 빠질 수 있다는 거야. 사실은 심부름을 시키는 것조차. 그런데 저 녀석은 자기가 기술자인 줄 알잖아?"

"플루토, 나는 찰리를 바람잡이로 쓰려고 했을 뿐이야." 보라가 말했다.

"저 녀석 때문에 우리가 위험에 빠질 수 있어. 그건 무모한 짓이야." 플루토는 완강했다.

"난 너희들을 위험에 빠뜨리지 않아." 찰리가 반박했다. 지금까지는 대화에 끼어드는 것을 주저했다. 자신이 의견을 낼 위치가 아니라고 느꼈기 때문이다. "만약 내가 잡히면, 만약 나 때문에 너희들이 발각되면, 내가 다 뒤집어쓸게. 나 때문에 위험해지는 일은 없을 거야."

"그걸 어떻게 장담해?" 플루토가 물었다.

"쩨쩨하게 굴지 마, 플루토." 아미르가 말렸다.

"절대 그런 일 없을 거야." 찰리는 아미르가 편들어주는 것을 무시하고 대답했다. 그러고는 뜻밖에도 대담한 말을 보탰다. 여러분이 한때 알았던 찰리로 생각하면 깜짝 놀랄 것이다. 하지만 기억하라, 변화가 일어났다. 변신이 시작되고 있었다. "그리고 무엇보다 난 절대로 붙잡히지 않아."

"붙잡히지 않는다고?" 플루토가 코웃음을 쳤다.

"응. 절대로 잡히지 않을 거야."

"증명해 봐." 플루토가 걸음을 멈추고 찰리를 정면으로 응시했다.

"좋아. 어떻게 할까?" 찰리가 물었다.

"외로운 늑대가 돼봐. 우리가 뒤에서 미행할 테니." 플루토가 제안했다. "네가 선두에 서서 '떠돌아다니기'를 리드해. 우리가 왜 널 뽑아야 하는지 보여달라고."

이 두 가지는 찰리가 전혀 해보지 않은 것들이었다. 선두에서 떠돌아다니기를 주도하는 것, 그리고 바람잡이와 심부름꾼 없이 혼자 소매치기를 하는 것. 찰리는 선뜻 대답할 수 없었다. 하지만 모든 소매치기들이 걸음을 멈추고 찰리를 빤히 보는 상황이었다. 찰리는 아미르를 힐끗 보았다. 그는 무표정했다.

"좋아." 찰리가 대답했다.

몰리와 셈벤은 열렬히 손뼉을 쳤다. 보라는 웃음을 참았다. 플루토는 옆으로 몇 걸음 비켜서서 손을 내밀며 찰리에게 선두를 양보했다. "자, 시작해." 플루토가 말했다.

찰리는 주변을 찬찬히 둘러보았다. 그들은 파니에의 좁은 골목에 있었다. 여러 개의 거리가 아무렇게나 여러 방향으로 뻗어났다. 파니에의 미로 같은 구조에 익숙하지 않은 사람에게는 그 길이 그 길처럼 보였다.

"나는…," 찰리가 입을 열었다. 팔꿈치처럼 구부러지는 옆 골목에서 뭔가가 눈길을 사로잡았다. 벽에 대충 그려놓은 화살표 낙서였다. "저 길로 갈래."

그렇게 데리브가 시작되었다.

그들은 구불구불한 오르막을 느긋하게 올라가 두 건물 사이로 어렴풋이 보이는 좁은 골목을 일렬종대로 통과했다. 이어서 버려진 듯한 운동장을 가로지른 다음 야외 카페의 의자와 테이블을 살짝 비켜갔다. 아이들을 새로운 방향으로 안내할 때마다 찰리는 리더로서 자신감이 생겼다. 그는 마음껏 돌아다녔다. 거리와 골목이 나오면 스스로 코스를 결정하고, 도시의 배치를 암시하는 사소한 신호를 주시하고 스스로 해석했다. 개인 정원이 나오면 재빨리 통과하고 옹벽 꼭대기는 곡예하듯 걸어갔다. 오래 가지 않아 그들은 외계에서 온 생명체처럼 옹벽에서 조촐한 광장으로 착지했다. 그곳에 많은 사람들이 몰려들어 분수대 옆에서 벌어지는 마술 쇼를 구경하고 있었다.

찰리의 옆에 선 플루토가 상기된 표정으로 중얼거렸다. "운이 좋군."

당연히, 그 광경을 보고 있는 찰리에 대한 칭찬이었다. 어디엔가 정신이 팔린 군중, 그들의 관심은 온통 한 가지에만 쏠려 있었다. 게다가 월등하게 돈 많은 관광객들로 이루어졌을 가능성, 아니 그럴 게 확실했다. 소매치기들의 표현을 빌리자면 대박의 조건을 모두 갖추고 있었다.

소매치기들은 벽에 바짝 붙어 섰다. 재키가 찰리의 등을 살짝 떠밀었다.

"가서 훔쳐와, 외로운 늑대." 그녀가 말했다.

찰리는 다가올 작업을 위해 몸을 풀 듯 어깨를 쭉 펴고 목을 살짝 비틀었다. "좋아." 다른 아이들뿐만 아니라 자신에게 하는 말이었다. 찰리는 방금 현장에 나타난 사람, 도시를 구경하러 왔다가 매력적인 거리 공연을 발견한 관광객처럼 보이려고 애쓰며 사람들이 모여든 곳으로 걸어갔다. 기분이 나쁘지 않았다. 혼자서 소설을 쓰는 기분이었다. 이를테면 등장인물의 캐릭터를 설정하는 느낌이랄까. 자신은 더 이상 소매치기 찰리가 아니었다. 이리저리 돌아다니는 관광객, 어리숙한 아이 찰리였다.

"자, 자. 가까이 오세요. 안 잡아먹어요." 분수대 옆 마술사가 소리쳤다.

그는 프랑스어로 말했지만 찰리는 앞뒤 문맥으로 마술사의 말 대부분을 알아들었다. 여러분은 언제나처럼 통역가를 쓰는 호사를 누릴 것이다.

구경꾼들이 그의 지시대로 했다. 찰리도 사람들과 함께 앞으로 움직였다.

찰리는 자신의 어깨에 민소매 입은 남자의 팔이 부딪치고 자신의 엉덩이에 어떤 여자의 가방이 닿는 것을 느꼈다. 그러면서 내심 사람들이 가깝게 접근한 상대에게 전혀 관심이 없는 것에 놀랐다. 이상적인 환경이었다.

마술사가 쇼를 시작했다. 찰리도 작업을 개시했다.

어떤 점에서 두 사람은 협업을 하는 거나 마찬가지였다. 마술사가 스카프를 사라지게 하고 없던 동전이 생기게 하면서 구경꾼들을 열광시키는 동안 찰리는 정반대로 했다. 찰리는 지갑 덮개와 손수건을 가리개로 이용해 무심한 사람들의 지갑과 주머니에서 동전과 현금을 사라지게 했다. 마술사가 군중의 시선을 자신과 자신의 쇼로 끌어당기는 동안 찰리는 사람들의 시선을 자신의 은밀한 동작 외에 다른 곳으로 돌리려고 애썼다. 하지만 두 사람이 하는 일은 본질적으로 같았다. 사람들이 사실이라고 믿는 구조를 조작하고 이용해 자신들의 이익을 취했다.

찰리의 주머니는 금세 불룩해졌다. 심부름꾼 없이는 작업을 계속할 수가 없을 정도였다. 그때였다. 어디선가 나타난 경찰관 두 명이 마술사가 불법으로 사람들을 현혹시킨다고 소리치며 군중을 내쫓기 시작했다. 사람들은 찰리에게 돈을 털렸는지도 모른 채 흩어지기 시작했다. 마술사가 경찰들에게 선처를 호소했다. 찰리는 소매치기들이 기다리는 곳으로 돌아가기 위해 발걸음을 옮겼다. 동료들은 여전히 광장에서 멀린 떨어진 벽에 기대서 있었다. 찰리가 성공을 자랑하기 위해 돌아서는 순간, 누군가 셔츠 소매를 잡았다.

"어이." 남자의 목소리였다. 돌아다보니 마술사였다.

"왜요?" 찰리가 그의 손아귀에서 팔을 잡아빼며 물었다.

"반은 줘야지."

"무슨 말씀이세요?"

"어이, 양키 꼬마, 날 속일 생각은 마라. 네 놈이 뭘 하는지 내가 못 본 줄 알아? 내 관객들한테서 지갑을 훔쳤잖아. 이 꼬마 소매치기야, 내 말 맞지? 그러니 절반은 내게 줘야지. 그렇지 않으면 한 발짝도 못 움직일 줄 알아."

경찰관들은 더 이상 마술사에게 신경을 쓰지 않았다. 하지만 찰리의 입장에서 보면 그들은 여전히 너무 가깝게 있었다.

"알았어요." 찰리는 주머니에서 지폐를 한 움큼 끄집어내 쭉 뻗은 마술사의 손에 내밀었다.

마술사는 지폐 뭉치를 힐끗 본 뒤 고개를 절레절레 흔들었다. "자, 자." 그는 여전히 손을 내밀고 있었다.

찰리는 얼굴을 잔뜩 찡그리며 어떤 여자의 실크가방에서 훔친 지갑을 내밀었다. 지갑이 터질 듯 지폐가 가득했다. "이 정도면 절반쯤 될 거예요."

"메르시." 마술사가 찰리의 어깨 너머를 힐끗 살피며 물었다. "양키 꼬마, 쟤네들 네 패거리지?"

"글쎄요, 아마도." 찰리가 말했다.

"저 애들 조심해라." 마술사가 벽에 기대어 선 아이들을 눈짓했다. "너에게 뭐가 이익인지 안다면."

마술사는 그 말을 하고 나서 몇 걸음 뒤로 물러나더니 과장되게 허리를 굽혀 인사를 했다. "그럼 이만 나는 마술사에서 다른 사람으로! 아듀!" 그가 휘파람을 불며 어슬렁어슬렁 걸어갔다.

벽에 서 있는 패거리에게 돌아왔을 때 그들은 웃으면서 찰리에게 달려들었다. 보라가 찰리의 어깨에 팔을 두르고 친근하게 헤드록을 걸었다.

"잘했어. 못돼먹은 마술사에게 잘 대처했어."

"최고였어. 막판에 그렇게 끝나기 전까지만 해도." 몰리는 문장을 제대로 끝마치지 못하고 웃음을 터뜨렸다.

"오늘 그 마술사의 트릭은 최고였어. 찰리의 돈 절반을 교묘하게 사라지게 했잖아." 미치코도 웃느라 말을 잇지 못했다.

"실컷 웃어, 그래도 많이 훔쳤으니까." 찰리는 주머니에 손을 넣어 훔친 물건을 꺼냈다. 마술사에게 절반을 떼어주었는데도 꽤 큰 액수였다.

플루토가 급히 지갑과 현금을 찰리의 가슴 쪽으로 밀쳤다. "조심해. 아직 주위에 경찰이 있어. 안전할 때까지는 계산하지 마." 플루토의 호통에 찰리는 지갑을 주머니에 도로 넣었다. "어쨌든 잘했어, 그레나딘 키드."

모두가 잠자코 플루토가 인정하는 말을 경청했다.

"고마워." 찰리가 대답했다.

풀루토가 웃었다. "어쨌거나 샌님은 샌님이야. 얘들아, 우리 마술사한테 더 빼앗기기 전에 어서 돌아가자."

찰리는 여전히 어깨동무를 하고 있는 보라, 그리고 다른 소매치기들과 어울려 광장을 빠져나갔다. 아이들은 저마다 찰리의 작업에 대해 한 마디씩 보태며 기분 좋게 웃었다. 아미르만 빼고. 뒤늦게 눈치 챈 찰리가 보라의 어깨동무를 풀고 아미르 곁으로 다가갔다.

"무슨 생각해?" 찰리가 물었다. "내 데리브 괜찮았지? 평도 좋고?"

아미르는 아무 대꾸도 하지 않았다. 찰리는 친구가 듣지 못한 줄 알고 다시 말했다. "다들 평가를 좋게 하네, 그렇지?"

"찰리, 내가 처음 너에 대해 듣기로는," 아미르가 말을 하려는데 찰리가 얼른 가로챘다.

"이봐, 나…."

"그래, 평은 좋았어." 아미르는 이렇게 대꾸하고 나서 불쑥 옆으로 비켜나 우두머리인 재키에게 뛰어갔다. 어리둥절한 찰리의 걸음이 뒤처졌다. 그때 몰리가 다가왔다.

몰리는 찰리의 기분을 눈치 챈 게 분명했다. "왜 그래, 찰리?"

"아무것도 아니야" 찰리가 대답했다.

"아미르가 뭐라고 했어?"

찰리는 대화 내용을 말하려다 그러지 않는 게 낫겠다고 판단했다. 아무 일도 아닐 것이다. 뭔가 언짢은 일이 생겼을 수도 있었다. 분명한 점은 자신이 거부당할 만한 이유는 없다는 사실이었다. "아니. 진짜 아무 일도 없어."

하지만 아미르로 인한 찜찜한 기분은 그날 내내 지속되었고 저녁까지도 사그라지지 않았다. 뱃속에 돌멩이가 들어 있는 느낌이었다.

CHAPTER 14

그렇게 오후는 긴 하루가 되고, 긴 하루는 느긋한 한 주일이 되는 나날이 이어졌다. 4월이 지나고 5월 중순이 되자 멀리 떨어진 곳에서도 관광객들이 밀려들기 시작했다. 소매치기들의 일과와 주간 스케줄은 외국인 관광객들이 새로 들어올 때마다 늘어났다. 소매치기단에서 맡는 역할이 점점 커지면서 찰리는 이 이상한 패거리들과도 더욱 가까워졌다. 그리고 그들의 재미난 버릇과 약간의 불안감에 대해 알게 되었다. 찰리는 몰리가 패거리의 막내답게 고집이 세다는 사실을 파악했다. 또 보라가 언제쯤 투덜거림이 시작되는지도 알게 되었는데, 보통 아침이나 저녁식사 시간이 가까워지면 그랬다. 찰리는 심지어 아침식사 때 나오는 끈적끈적한 빵을 챙겨두었다가 덩치 큰 러시아인이 자신의 소매치기를 눈치 챈 표적에 대해 투덜거리기 시작할 때 꺼내놓았다(소매치기들, 그 중에서도 특히 보라에게는 깜짝 선물이었다).

찰리는 또 플루토와 재키가 이 기묘한 대가족의 연장자로서 경쟁 관계라는 것을 눈치 챘다. 찰리는 둘 사이에서 자신도 모르게 중재자 역할을 했다. 아마도 아빠의 직업을 보고 들으며 자연스레 배운 기술 덕분인 듯했다. 그러면서 점점 그 두 사람을 평가할 수 있게 되었다.

가장 특기할 점은 셈벤과 파토르가 아무리 똑같은 옷을 입어도 구분할 줄 알게 됐다는 것이다. 셈벤은 좀 더 야무졌고, 파토르는 다소 둔하고 퉁명스러웠다. 덕분에 찰리는 쌍둥이들한테서도 인정을 받았다. 비록 자신들이 연마한 기술을 꿰뚫어보는 찰리의 능력을 시샘하기는 했지만. 한편 미치코는 속내를 좀체 드러내지 않았고 말수가 적었으며 내성적이었다. 다만 아이들 사이에서는 미치코와 찰리, 두 아이가 보기보다 더욱 수수께끼 같은 면이 있다는 점에서 부러움을 샀다.

소매치기들은 찰리와 더욱 친해졌고 친절하게 대했다. 시간이 지나고 소매치기를 하면 할수록 더 멀어지는 쪽은 아미르였다. 몇 주 전 아미르가 찰리에게 처음 우정을 맹세했던 때, 은신처 옥상에서 대화를 나눈 때부터 변화가 시작된 것 같았다. 아미르에게는 찰리가 알지 못하는 어떤 슬픔이 있고, 그것은 날이 갈수록 심해지는 것 같았다. 그 특별한 순간은 그 후로 찰리의 머릿속에서 오래도록 떠나지 않았다.

그날 언덕 꼭대기의 대성당(여러분이 있었던 바로 그곳) 산책로에서 점심식사를 마친 사람들을 상대로 막 소매치기를 끝낸 소매치기들은 성당 자원봉사들의 항의에도 아랑곳하지 않고 돌로 된 성벽에 걸터앉아 샌드위치를 먹고 있었다. 아이들은 저마다 자신의 계획을 늘어놓았다. 교장선생님으로부터 학교로 돌아오라는 지시가 떨어지고 난 후였다. 아이들은 다음 근무지로 떠나기 전에 휴가를 즐길 생각에 들떠 있었다. 대화의 주제는 주로 그것이었다. 그럴 때마다 찰리는 기분이 울적해졌다.

"난 미국에 갈 거야. 뉴욕. 엠파이어스테이트 빌딩 꼭대기에 올라가서 가장 큰 스테이크를 주문할 거야." 보라가 말했다.

"야, 곰. 김새게 하고 싶지 않지만 엠파이어스테이트 빌딩 꼭대기에는 식당이 없어."

"누가 레스토랑 얘기했어? 난 그 빌딩 꼭대기 층에 테이블을 놓고 앉아서 스테이크를 주문해서 먹을 거야. 꼭대기 층 전체를 사서 보라의 레스토랑을 차릴 거야. 광고를 하려면 커다란 네온사인 간판을 세워야겠지."

소매치기들은 이런 청사진에 웃음을 터뜨렸다.

"나도 거기에서 먹을래. 맛있겠다." 찰리가 맞장구를 쳤다.

찰리 옆에 앉아 있던 보라가 어깨에 손을 얹으며 말했다. "찰리, 너의 예약을 받아줄게. 식당에서 가장 좋은 테이블로. 내 자리만 빼고."

"보라, 찰리는 너의 레스토랑에 가지 않을 거야." 아미르가 불쑥 말했다. 그의 말투는 유난히 가라앉아 있었다.

"무슨 말이야?" 보라가 물었다.

"찰리는 여기 마르세유에 남을 거야."

"나?" 찰리가 물었다. 찰리는 아미르가 갑자기 진지해진 이유를 헤아리려고 애쓰며 웃었지만 아미르는 여전히 진지했다.

"게다가 우리는 곧장 소매치기를 하러 다시 떠나야 해. 운이 좋아야 보고타에서 주말을 보낼걸." 아미르는 샌드위치를 다 먹어치웠다. 그리고 샌드위치를 쌌던 기름종이를 구겨 절벽 아래로 던졌다.

보라는 맞은편에 앉은 미치코를 보며 얼굴을 찡그렸다. 소녀는 그에 반응하듯 어깨를 으쓱거렸다.

"기분 잡치게 하네." 미치코가 중얼거렸다.

"그리고, 너 찰리." 아미르가 일어선 채 찰리를 내려다보며 말했다. "넌 여기 남아서 저명한 총영사의 아드님 노릇이나 해. 누가 알아? 너희 아빠가 운이 좋아서 대사님이 될지. 그럼 어느 창문으로든 에펠탑이 보이는 파리 레프트뱅크의 멋진 저택에 살게 될 거야."

"그런 건 관심 없어." 찰리가 투덜거렸다. 갑자기 입맛이 떨어졌다. 샌드위치가 역겨워졌다. 재키를 흘끗 보니 아미르를 노려보고 있었다.

"아미르, 찰리의 환상을 깨지 마." 재키가 말했다.

"맞아." 줄 끝에 앉아 있던 몰리도 거들었다. "이러면 어떨까? 찰리가 우리와 함께 간다면?"

패거리들 사이에서 찬성의 수군거림이 흘러나왔다. 아미르만 잠자코 침묵을 지켰다.

"우리가 찰리를 데리고 가는 거야." 미치코가 계속해서 말했다. "찰리는 여러 가지 손기술이 좋잖아. 틀림없이 교장선생님이 찰리를 보자마자 마음에 들어 몇 가지 기술을 더 가르쳐주고 단계를 밟게 할 거야. 진짜 기술자로 만들어줄 거야."

찰리는 그 말이 암시하는 바(잃어버린 어린 시절, 자식에게 버림받은 부모)를 상상하려고 애썼지만 그럼에도 기뻐서 가슴이 벅차올랐다. 하지만 아미르가 패거리의 주목을 끌기 위해 발을 구르며 화를 내는 바람에 그런 상상은 오래가지 못했다.

"너희들 장난하는 거야? 우리는 전문 소매치기야. 세븐 벨스 학교에 다닐 아이들을 모집하러 다니는 인재발굴단이 아니라고. 그건 우리 일이 아니야, 안 그래? 게다가 교장선생님이 찰리를 보면 박장대소할걸." 아미르가 말했다.

찰리는 친구의 갑작스러운 과소평가에 움찔해서 발만 내려다보았다.

"그만해, 아미르." 재키가 벌컥 화를 냈다.

"그래. 찰리한테 너무 심한 거 아니야?" 플로토도 거들었다.

"찰리, 애들한테 고마워해야겠다." 아미르가 빈정거렸다. "찰리, 넌 밖에서 안을 보고 있어. 넌 하루 일과가 끝나면 프라도에 있는 멋진 저택, 대단한 아버지, 따뜻한 가족의 품으로 돌아가지. 우린 어떤지 알아? 우린 우리 것도 아닌 보석에 둘러싸여 지하동굴에서 잠을 잔다고." 아미르가 콧방귀를 뀌고 나서 말했다. "얘들아, 동굴에서 보자." 아미르는 그 말을 남긴 뒤 난간을 훌쩍 뛰어넘어 마침 덜컹거리며 지나가는 관광 열차의 발판으로 뛰어올랐다. 기차 뒷칸의 승객들은 놀라서 허겁지겁 흩어졌다. 잠시 후 아미르가 탄 열차는 지그재그로 난 기찻길을 따라 언덕 아래로 내려갔다.

"저 녀석 왜 저래?" 그가 사라진 후 셈벤이 물었다.

"잔챙이를 너무 많이 먹었나?" 파토르가 대꾸했다.

마음이 상한 찰리는 침묵을 지켰다.

"귀담아듣지 마, 찰리." 재키가 달래주었다. "아미르는 신경 쓰지 마. 넌 우리랑 잘 지내잖아."

아이들이 앉은 자리에서 멀지 않은 곳에 성직자들이 모여 있었다. 그들은 소매치기들을 흘끔거리며 낮게 수군거렸다. 지역 경찰 두 명도 보였다.

"쉿." 몰리가 나지막이 속삭였다. "경찰이야. 흩어지자."

그들은 저마다 대성당 구내의 난간을 타넘어 도망치기 시작했다. 보라가 찰리를 손으로 쿡 찔렀다. "넌 최고의 스테이크를 맛보게 될 거야, 찰리. 보라의 레스토랑에서. 넌 나의 첫 손님이 될 거야."

언덕을 내려가는 동안 그들은 학교 운동장의 문제아들이 뭉치듯 굳게 단결했다. 도로 연석 위에서 균형잡기 놀이도 하고 돌멩이 던지기, 하이파이브도 했다. 찰리는 오래 가지 않아 기분이 한결 나아졌다. 소매치기들은 저마다 찰리의 대담성을 키워주려고 애썼다. 감정을 분출하던 아미르에 대한 기억은 어느새 뒷전으로 밀려나고 다시 보라의 명랑함과 몰리의 익살, 재키의 날카로운 위트와 플루토의 빈정거림으로 오후가 채워졌다. 검정색 베레모와 줄무늬 셔츠 차림의 미치코는 장 뤽 고다르Jean-Luc Godard(프랑스의 영화감독. 누벨바그 운동을 이끌었던 대표적인 인물—옮긴이) 영화의 여주인공처럼 선두에서 뽐내며 걸었다. 셈벤과 파토르는 서로 업어주기를 하며 인도를 따라 걸었다.

은신처로 돌아오자 아미르가 세븐 코인즈 카페에 앉아 코카콜라를 병째 들이켜고 있었다. 베르투치오는 옆에서 인정 많은 바텐더 노릇을 하며 고지식한 손님의 이야기를 들어주는 중이었다. 아미르가 카페로 들어오는 찰리를 발견하고 다가와 사과했다. 그리고 다정하게 찰리의 등을 두드렸다.

"나 괜찮아." 찰리는 이렇게 말했지만 사실은 진작 자신들의 우정에 금이 가고 있음을 눈치 챘다. 점점 더 넓어지려는 금은 복구 불가능할 것 같은 예감이 들었다.

그리고 대성당에서의 그날 이후 며칠 밤이 지났을 때 금은 완전히 벌어지고 말았다.

그날은 목요일 밤이었다. 찰리는 자기 방의 작은 책상에 앉아 라틴어 어형변화를 공부하고 있었다. 그때 창문 틀이 덜컹거리는 소리가 들렸다. 창문으로 걸어가 어두운 마당을 내다보았지만 사람은 한 명도 보이지 않았다. 다시

211

책상으로 돌아와 앉았는데 잠시 후 창문에서 요란한 소리가 났다. 작은 돌멩이가 유리창을 때리는 소리였다. 찰리는 다시 창가로 가서 창문을 들어올리고 고개를 밖으로 뺐다. 밤공기가 따뜻했다. 피에르가 공들여 키우는 나무들 덕분에 대기에는 라벤더 향기가 진동했다.

"이봐." 어떤 목소리가 낮게 속삭였다. 길가의 울창한 플라타너스 나무에서 들려왔다. 굵고 긴 나뭇가지는 찰리네 집 철제 울타리 너머까지 가지를 뻗고 있었다.

"누구세요?" 찰리가 물었다.

"나야, 아미르. 나무에 있어." 그 목소리가 말했다.

"보여. 그런데 거긴 안전하지 않아."

"알아, 내가…." 그 순간 쿵하고 부딪히는 소리가 크게 들리면서 사람의 실루엣을 한 무언가가 나뭇가지에서 마당으로 떨어졌다. 아미르로 추정되는 물체는 뛰어내리자마자 조금 과장해서 공중으로 튀어오른 뒤 잔디밭을 가로질러 집 벽면에 못질해놓은 얄팍한 격자무늬 나무 틀로 달려왔다. 장미덩굴이 타고 올라갈 때 지지하는 것이므로 그 이상은 감당하지 못할 게 뻔했다.

아미르가 망가뜨리기 전에 찰리가 얼른 목소리를 낮춰 소리쳤다. "기다려, 아미르. 내가 들여보내줄게."

늦은 밤이었다. 아빠는 오래 전에 침실로 가고 일꾼들은 담배를 피우거나 부엌에서 카드놀이를 하거나 저마다 야간 일과로 바쁘리라는 것을 찰리는 알았다. 사람들이 놀라지 않게 아미르를 자신의 방으로 들일 수 있었다.

"여기 어떻게 온 거야?" 찰리가 물었다. 그들은 그날 저녁 은신처에서 일찌감치 헤어졌다. 그날 오후에는 소매치기도 하지 않고 조용히 보냈다. 소매치기들은 세븐 코인즈 바 옥상에서 빈둥거리며 주사위 놀이를 하거나 그레나딘을 마셨다. 그날도 마찬가지로 찰리는 아미르의 침묵에 신경이 곤두서 있었다. 그랬던 그가 다소 초조한 모습으로 자신의 집을 찾았다는 사실이 무척이나 의외였다.

"너한테 할 말이 있어, 찰리." 아미르가 속삭였다. 아미르의 얼굴에는 조그맣게 긁힌 상처가 나고, 머리카락에는 나뭇잎이 들러붙어 있었다. 마치 〈한여름 밤의 꿈〉에 나오는 배우가 무단이탈한 것처럼 보였다.

"좋아. 말해봐."

"너, 그만둬."

"뭘 그만둬?"

"알잖아. 그런 짓 그만해, 응? 소매치기단에서 나와." 아미르가 말했다.

찰리가 웃었다. "왜 내가 그래야 하는데? 아미르, 무슨 일 있어?"

아미르는 뭔가 말을 하려다 방안을 힐끗 본 뒤 입을 다물었다. 그의 시선은 찰리의 연습용 인형에 꽂혔다. 아미르의 시선이 마네킹에게 쏠린 것을 보고 찰리가 설명했다. "데니스 형님이야." 찰리는 장난기를 섞어 말하려고 노력했지만 별로 도움이 되지 않는 것 같았다.

"와, 찰리. 너 열성이구나."

"왜 그러면 안 돼?" 찰리가 물었다. "난 두 손 놓고 앉아 있거나 현장에 따라다니며 심부름이나 하려고 소매치기를 하는 게 아니야."

아미르가 웃었다. "넌 정말 별종이야, 찰리. 내가 처음 널 만났을 때, 내가 너한테 소매치기 방법을 가르쳐줬을 때 말이야. 그때 기억나?" 그가 물었다.

"법원 앞에 서 있던 변호사들. 그 병사와 반지. 물론 기억나. 그때 정말 굉장했지."

"네가 이렇게 될 줄 누가 알았을까?"

"그건 나도 마찬가지야." 찰리가 웃었다.

"너를 처음 만났을 때, 난 정말 몰랐어…." 그가 말꼬리를 흐렸다.

"뭘 몰라?"

아미르가 갑자기 어조를 바꿨다. "그날, 내가 너의 만년필을 훔쳤을 때, 그리고 네가 경찰들한테서 나를 구해줬을 때, 넌 나를 도와줬지."

"아미르. 우린 지금까지 이 모든 것을…."

"잘 들어, 찰리. 이제 내가 너를 도울 거야."

"아미르, 넌 나를 도와줬어. 나한테 소매치기를 가르쳐주고, 나에게 이 모든 것을 주었어." 찰리는 자신의 새로운 삶, 새로 태어난 자아를 가리키는 듯 팔을 휘저어 방안을 가리켰다.

"말도 안 돼." 아미르가 탄식을 했다.

"무슨 뜻이야?"

아미르는 스스로 지나치다고 느껴질 만큼 찰리를 빤히 쳐다보다가 말했다. "생각해봐, 찰리. 넌 소매치기가 되기 전에 괜찮은 삶을 살았어. 여전히 그걸 누리고 있고. 이 모두를 엉망으로 만들고 싶어, 응?"

"참 재미있네. 네가 나에 대해 뭘 아는데?" 찰리는 갑자기 반발심이 들었다.

"너에게는 따뜻한 집과 너를 사랑하는 아버지가 있어. 음악과 책에 대해 알려주는 가정교사도 있고, 음식을 만들어주는 요리사와 방을 치워주는 사람도 있고."

"내가 이 모든 것을 원치 않는다면?"

"그럼 넌 바보야."

찰리는 웃음을 터뜨렸다. "밖에서 보면 그렇게 말하기 쉽지. 넌 나를 몰라. 넌 내 생활을 모른다고. 내가 어떤 삶을 살지는 내가 선택해."

"자, 찰리…." 아미르가 달래기 시작했다.

"나한테 '자, 찰리'라고 설득하지 마. 어째서 네가 소매치기를 하는 것은 괜찮고 나는 하면 안 된다는 거야? 나를 온실 속의 화초라든지 뭐 그렇게 생각하는 거야?"

아미르는 대답하지 않았다.

"그렇구나, 후." 찰리가 한숨을 내쉬었다. "네가 '몰랐다'는 게 이거구나. 넌 내가 하지 못할 줄 알았어. 소매치기 기술자가 될 수 없으리라고 생각한 거야. 아하, 찰리 피셔, 총영사의 아드님. 그 애는 온실 속의 화초야. 그 애는 부르주아야. 그 애는 소매치기에 소질이 없어. 어때, 내 생각이 틀렸어, 아미르? 그런데 나는 받아들여졌어. 재키, 보라, 몰리, 미치코, 쌍둥이. 맙소사, 심지어 플루토까지, 모두 나를 인정했어. 지금은 나를 친구로 생각해." 찰리는 부릅뜬 눈으로 아미르를 쳐다봤다. "너 무슨 일이 있는 거야?"

"나? 아니, 아무 일도 없었어."

"그럼 나한테 한 말은 다 뭐야? 나한테 소매치기 감각이 있다고, 타고났다고 했던 말은 다 뭐냐고? 왜 나한테 그렇게 말했어?"

아미르는 말이 없었다.

찰리가 다그쳤다. "왜 나한테 요령을 가르쳐주고 나를 부추겨놓고, 이제 와서 나에게 맞지 않는다고 하는 거야? 도대체 왜 그러는 거야?"

아미르는 한동안 침묵하다가 어렵게 말을 꺼냈다. "네 기분을 맞춰주려고 그랬을 뿐이야."

불어오는 바람에 유리창이 덜컹거렸다. 아래층에서 누군가의 웃음소리가 들려왔다. 찰리의 눈에 눈물이 글썽해졌다. "내 기분을 맞춰주려 그랬다고?"

"그래." 아미르가 말했다. "너는 친구도 없고 앞으로도 쭉 그럴 것 같았어. 그래서 네가 불쌍했어." 그의 음성이 높아졌고, 깊숙이 분노가 배어 있었다.

"꺼져." 찰리가 소리쳤다.

"넌 기술자가 아니야. 넌 그냥 호구야. 샌님이야, 미국인 샌님."

"꺼지라니까!"

"소매치기단에서 나와, 찰리. 너에게 뭐가 좋은지 알면!"

마침내 한계에 다다른 찰리는 아미르의 팔을 세게 한 대 쳤다. 움찔한 아미르는 찰리의 손목을 움켜쥐었다. 찰리도 지지 않고 손목을 비틀어 빼는 동시에 아미르를 잡아당겼다. 두 소년은 바닥에 뒹굴며 주먹과 발을 마구 휘둘렀다. 더 큰 상처를 입기 전에 아미르가 찰리의 손아귀에서 간신히 풀려나 창가로 비틀거리며 걸어갔다. 그는 입술에 흐르는 피를 닦으며 찰리를 노려보다가 창문을 열었다.

"스스로 네 무덤을 파지 마, 찰리. 난 이제 너와 끝장이야. 너를 도우려고 왔지만 네가 거부했어." 그는 말을 멈추고 찰리를 노려보았다. "그리고 이거 돌려주러 왔어." 아미르는 뭔가를 꺼내려고 주머니에 손을 넣었다. 하지만 그의 손은 비어 있었다.

"이것?" 찰리가 물었다. 그의 손에 셰퍼 만년필이 있었다. 몸싸움을 하는 동안 아미르의 바지주머니에게 훔친 것이었다. "누가 샌님이라고, 아미르?"

아미르가 힘없이 웃었다. "잘 있어, 찰리. 너를 알게 돼서 좋았어." 그 말과 함께 아미르는 창턱에 다리를 벌리고 앉았다가 격자무늬 지지대를 타고 마당으로 내려갔다.

이튿날 아침 잠에서 깬 찰리는 전날의 언쟁 때문에 여전히 기분이 언짢았다. 침대 옆 테이블에 놓인 셰퍼 만년필은 그게 악몽이 아니었음을 일깨워주었다. 그는 침대에서 일어나 옷을 입고 발을 질질 끌며 아래층으로 내려갔다. 그는 이 금요일 아침을 장례식 조문객처럼 경건하게 맞았다. 아빠는 벌써 출근했고 집사들은 각자 책임진 업무를 수행하느라 바빴다. 찰리는 시리얼 한 그릇과 주스 한 잔으로 아침식사를 때웠다.

찰리는 오전에 은신처에 가기로 되어 있었다. 그 전날 소매치기들에게 일정을 맡긴 터였다. 아이들은 오후에 떠돌아다니기를 할 계획이었다. 모두가 찰리도 함께 가야 한다고 한 목소리로 말했다. 하지만 아미르가 그렇게 명확하게 우정을 퇴짜 놓은 마당에 자신이 여전히 환영을 받을까? 어쩌면 아미르는 그저 홧김에 찰리에게 모질게 굴었는지도 모른다. 세븐 코인즈 바에 가면 아미르가 코카콜라를 마시면서 기다리다 사과를 할지도 모른다.

남은 오렌지주스를 마저 비운 찰리는 라커룸에서 울려퍼지는 응원 소리처럼 혼잣말을 중얼거렸다. "이제 출동해볼까."

찰리의 생각은 이랬다. 자신은 아미르에게 항거했다. 한 걸음도 물러서지 않았다. 자신은 어떤 소매치기 고수와 겨루어도 부족하지 않음을 보여주었다. 만약 지금 와서 후퇴하고 '없던 일로' 한다면 아미르의 평가절하를 인정하는 것밖에 안 된다. 난 은신처로 갈 것이다. 만약 아미르가 또 반대한다면, 그러라지. 나는 소매치기들과의 신의를 지킬 것이다. 위축되지 않을 것이다.

구항구로 가는 트램에 앉은 찰리의 심장이 쿵쿵거렸다. 돌이 깔린 파니에의 거리를 걸어가는 동안에도 발걸음을 뗄 때마다 그 소리가 들렸다. 몇 주일 전만 해도 아주 이질적으로 느껴졌던 그 거리를 지금은 원주민마냥 당당하게 걸어갔다.

찰리가 도착했을 때 카페는 비어 있었다. 그는 바 뒤편으로 가서 페르노 술병 뒤의 버튼을 눌렀다. 비밀 문이 열리자 돌로 된 긴 통로를 지나 나선형 계단을 따라 내려갔다. 동굴에 도착하니 늦은 아침식사를 마치고 그날의 작업을 위해 나갈 채비를 하는 아이들이 보였다.

"어서 와, 찰리. 딱 맞춰서 왔네." 몰리가 말했다.

"너 오늘 너절해 보인다, 찰리." 플루토가 끼어들었다.

"잠을 통 못 잤어." 찰리가 대답했다. 그는 아미르를 찾으려고 동굴을 두리번거렸지만 어디에도 보이지 않았다.

"이봐, 너 좀 더 날카로워져야겠다. 우린 네가 필요해." 재키가 플루토 곁으로 와서 말했다.

"내가 필요하다고?" 찰리가 물었다.

"내일 밤에 작업이 있는데 기술자가 더 필요해."

"대박 날 작업이야." 보라가 테이블에 앉아 칼로 뭔가를 새기며 중얼거렸다.

갑작스러운 초대에 놀란 찰리가 물었다. "진심이야?"

"진심이야. 네가 아미르의 역할을 맡아줬으면 좋겠어." 플루토가 말했다.

"왜? 왜…," 찰리는 말을 더듬었다. "아미르한테 무슨 일 있어?"

아무도 대꾸하지 않자 결국 몰리가 나섰다. "아미르가 탈퇴하겠대."

"왜?" 찰리가 믿기지 않는 목소리로 물었다.

플루토가 심각하게 고개를 끄덕였다. "어젯밤에. 무슨 일이 있었는지는 모르겠어. 완전 엉망이 돼서 나타났더라. 아무리 설득해도 듣지 않았어. 그 녀석 말이, 자기는 끝났대. 여기를 탈퇴하겠대. 더 이상 할 수가 없대."

"용기가 없는 거지." 몰리가 입술을 삐죽였다. "그럴 줄은 진짜 몰랐어."

"겁쟁이." 보라가 테이블에서 중얼거렸다.

그 순간 찰리는 승리감을 느꼈다. 은신처에서 아미르와 마지막 대결을 벌이는 일은 없을 것이다. 더구나 자신은 세븐 벨스의 고수 자리를 대체하도록 정식으로 초청받았다. 아미르가 훼방놓았지만 마침내 자신의 실력을 인정받은 것이다. 하지만 찰리는 내심 혼란스러웠다. 심지어 슬프기까지 했다.

"어때?" 찰리가 주저하는 것을 눈치 채고 재키가 물었다.

"할게." 찰리가 대답했다.

CHAPTER 15

턱시도가 필요했다. 찰리에겐 턱시도는 없지만 불편한 정장이 세벌이나 있어서 그 점은 문제 되지 않았다. 심지어 가장 가까운 맞수인 플루토에게 한 벌 빌려주겠다고 했다. 하지만 소매치기 단원이라면 으레 턱시도 한 벌쯤 갖고 있었다. 소매치기들은 일종의 경축행사에 참석할 예정이었다. 항구의 남쪽 부두가 내려다보이는 신고전주의 건축물 파로 궁에서 열릴 예정이라 검정색 정장이 필요했다. 셈벤과 파로트에게는 음식을 서비스하는 종업원 역할이 주어졌다. 보라는 궁에 근무하는 지역 주민에게 줄을 대 외투보관소 직원으로 위장할 예정이었다. 나머지 단원은 하객으로 참석하기로 했다.

플루토는 이번 일을 위해 수 주일이나 걸려 치밀하게 사전작업을 했다. 모두를 위해 적절한 의상과 자격증명서를 마련했다. 하지만 이것은 소위 '거사'를 앞두고 으레 하는 준비였다.

"이번 건은 정말 대박일 거야." 플루토가 말했다. "다이아몬드와 진주를 과시하는 상류층, 서로 돋보이려고 기를 쓰는 사람들이 모일 테니. 소년들이여,

기다려라. 이제 곧 우리가 빈민가에서 그런 것들을 주렁주렁 달고 다니게 될 테니."

"소녀들도." 미치코가 얼른 덧붙였다.

"그래, 소녀들도. 그게 그 뜻이지." 플루토가 말했다.

"어쨌거나." 미치코가 눈알을 굴리며 대꾸했다.

찰리는 미치코와 무도장에서 한 팀이 되고, 플루토와 재키는 천막 친 야외 정원에서 한 팀이 되어 일할 예정이었다. 셈벤과 파토르는 뷔페 테이블 근처에서, 보라는 외투보관소에서 잘 익은 과실을 거둬들일 것이다.

"까짓 거, 통에 든 사과 맞히기지." 보라가 말했다.

"꼭 그렇지도 않아. 하지만 난 반드시 맞히고 말겠어." 찰리가 장단을 맞췄다.

그리고 아미르… 음, 아미르는 떠나고 없었다.

찰리는 주인공이 빠진 유명 연극이나 사진을 보는 기분이었다. 무대장치, 의상, 음악, 모든 구성요소가 완벽했다. 다만 그 앙상블에 주인공이 빠져 있었다. 하지만 이는 일시적인 장애일 뿐, 아미르의 부재에 익숙해지면 소매치기단에서 모든 게 다시 예전처럼 완벽하게 돌아간다고 여기게 되리라. 더 이상 주인 없는 파티에 초대받은 손님처럼 느껴지지 않을 것이다.

플루토도 찰리의 찜찜한 기분을 짐작한 것 같았다. 그날 밤 찰리가 은신처를 떠나려고 할 때 플루토는 그 점을 그에게 경고했다. 그들은 다음날 저녁 궁이 위치한 언덕에서 아래로 몇 블록 떨어진 한 카페에서 만나기로 했다. 소매치기단은 거기에서부터 축하행사를 공략해나갈 예정이었다. 모두에게 조용히 밤을 보내고 휴식을 취하라는 지시가 떨어졌다. 찰리도 그러기 위해 집으로 돌아가려 했다. 그런데 나선형 계단 맨 아래에서 플루토가 찰리를 불러

세웠다.

"왜?" 찰리가 물었다.

"찜찜한 거 알아, 아미르가 떠나버려서. 너희 둘이 친했다는 것도 알고." 플루토가 말했다.

찰리는 고개를 끄덕였다. "사실 그렇게 심하지는 않아. 그것 때문에 영향을 받는 일은 없을 거야."

"좋았어." 플루토가 용기를 불어넣었다. "내일 우리에겐 네가 필요해. 기술자 찰리가 필요해."

그 말에 찰리는 약간 기운이 났다. 지금까지 플루토가 자신을 기술자라고 부른 적은 한 번도 없었다.

"난 거기 갈 거야." 찰리가 웃으면서 대답했다.

"내가 듣고 싶은 말이 바로 그거야."

찰리는 돌아서다가 계단에서 다시 걸음을 멈췄다. "아는지 모르지만 그를 만났더랬어." 찰리가 이야기했다. "아미르."

찰리는 지금까지 아무에게도 이 말을 털어놓지 않았다. 아미르한테 무시당한 일이 여전히 상처로 남아 있었다. 그래서 누구에게도 말하고 싶지 않았다.

"그랬어? 어디에서?" 플루토가 물었다

"우리 집에서. 아미르가 찾아왔어. 10시쯤 됐을 거야."

"아미르가 뭐랬는데?" 플루토는 진심으로 우려하는 듯했다.

"아미르가…, 나보고 소매치기단에서 나오라고 했어."

플루토의 목소리가 격양되었다. "너보고 나오라고? 웃기는군."

"그래. 아미르는 진짜 흥분한 것 같았어. 이상하다 싶을 정도로. 최근 들어

223

짜증나게 굴기는 했지만, 그런 모습은 처음이었거든. 정말이지…, 비열했어."

"음. 그 자식이 사라져서 속이 다 시원해. 그런 자식은 필요 없어. 우리끼리 얘긴데, 그 자식이 질투한 거야. 소매치기단에 들어온 지 몇 주일 만에 누군가의 자존심을 상하게 해서 떠나게 만드는 경우는 흔치 않아. 한마디로 그 자식 자존심이 뭉개진 거지. 나랑 약속해. 그것 때문에 속상하지 않겠다고. 그 자식은 어디로 튈지 모르는 와일드카드였어. 네가 그 자식을 대신하게 되어 기뻐."

"그래?"

"응, 솔직히 그래."

찰리는 수줍게 웃었다. 플루토가 찰리의 팔을 다정하게 두드리며 말했다. "그럼 내일 그 시간에 만나."

"그래, 내일까지 안녕."

찰리는 저녁식사 시간에 맞춰 피셔 가의 저택으로 돌아왔다. 드물게 조용한 금요일 저녁이었다. 커다란 식당 한가운데 조망하듯 놓인 터무니없이 긴 식탁이 보이고, 사람이 살지 않는 사막 한쪽으로 비켜나 있는 두 개의 작은 마을처럼 2인분 식기가 차려져 있었다. 찰스 씨는 언제나처럼 상석에 앉고 찰리는 아빠와 직각으로 앉았다.

첫 번째, 두 번째 코스가 끝날 때까지 부자는 말없이 먹기만 했다. 찰리는 아미르와 내일 저녁에 있을 중대한 작업에 관해 번갈아 생각했다. 머릿속으로 주머니를 털며 돌아다니는 자신의 모습을 그려보았다. 가상의 지갑 버클을 열고 까다로운 주머니에 주름을 잡아 동전을 밀어올린다. 그러나 순간순간 아미르의 솜털 많은 얼굴이 떠오르고 찰리에게 샌님이라고 조롱했던 말이 귓가에 맴돌았다. 그럴 때면 찰리의 평정심은 온데간데없이 사라졌다.

치즈 코스가 나왔다. 찰스 씨가 치즈 덩어리 몇 개를 덜어 접시에 담았다. 그리고 마침내 입을 열었다.

"앙드레 말이, 네가 턱시도를 다림질해달라고 했다더구나. 난 네가 내일 저녁 행사에 가지 않을 줄 알았다."

"네?" 몽상에 빠져 있던 찰리는 마지막 몇 마디밖에 듣지 못했다.

"루미라비아의 여왕이 주말에 이곳을 방문하신다. 내가 지난주에 말했던 것 같은데, 기억하지? 네가 정장을 준비해두는 걸 보니 나와 함께 갈 생각이 있나 보구나."

"아하." 찰리는 재빨리 깨닫고 대답했다. "아니요. 툴롱에서 파티가 있어요. 에델바이스에서요. 친구 생일이에요. 간다고 약속했어요."

"툴롱? 차를 타고 꽤 가야 할 텐데."

"네. 오후 내내 걸릴 거예요. 아마 늦게 돌아올 것 같아요."

찰스 씨는 매우 실망한 표정이었다. "찰리, 너 요 몇 달 사이에 많이 좋아졌다. 지금쯤이면 영사관 사교행사에 참석할 정도로 수줍음을 극복하지 않았니? 장담하는데, 그런 자리가 너에게 아주 도움이 될 거야." 아빠는 브리 치즈를 포크로 찍어 입에 넣었다. 치즈를 삼키고 나서 아빠가 계속했다. "더욱이 아빠는 네가 함께 가면 좋겠다."

"알겠어요, 명심할게요. 하지만 내일 저녁은 안 돼요."

"언제든 네 친구들을 초대하렴." 찰스 씨가 말했다. "저녁식사에 친구들을 집으로 부르렴. 아니면 이런 행사에 초대하는 것도 좋고."

"아, 아니에요." 찰리가 재빨리 대답했다. 그는 순간 소매치기들이 집안을 훑고 다니며 주머니에 들어갈 만한 값나가는 물건을 훔치는 상상을 했다. 그런 생각을 하다가 그뤼에르 치즈가 목에 걸렸다. "애들한테 물어볼게요. 걔네들은 항상 바쁘지만요. 그래도 곧 자리를 마련해볼게요."

"그래라. 네 친구들을 만나보고 싶구나. 아주 매력적인 친구들 같더구나. 특히…, 그 애 이름이 뭐라고 했지? 클라크 켄트? 3주일 동안 카메룬의 정글에서 살아남았다던 아이. 상상만 해도 흥미진진하구나."

"걔한테 말해볼게요." 찰리는 얼굴이 달아올랐다. "저, 자기 전에 키케로 숙제를 마쳐야 해요. 월요일 아침에 라틴어 기말시험을 보거든요." 찰리는 냅킨으로 입을 가볍게 두드린 다음 식탁에서 일어났다. "안녕히 주무세요, 아빠." 찰리가 인사했다.

"너도 잘 자라. 참, 마지막으로, 찰리. 앙드레한테 그 턱시도가 맞는지 봐달라고 해라. 조만간 새 턱시도를 맞춰야겠구나. 네가 훌쩍 커서."

"네, 아빠." 찰리는 가볍게 목례를 하고 식당을 나섰다.

그날 밤, 찰리는 키케로 숙제를 하지 않았다. 그의 라틴어 동사는 변화되지 않았다. 대신 찰리는 불쌍한 연습용 인형을 공략했다. 주머니에 현금과 보석을 넣고 비워질 때까지 몇 번이고 훔쳤다. 데니스를 위한 대역은 이미 준비되어 있었다. 깨끗하게 빨고 다림질한 찰리의 턱시도를 입은 말쑥한 버전의 데니스. 데니스는 말없이 옆쪽 쌍둥이 대역의 고난을 지켜보았다. 자정이 지났을 무렵 찰리는 거미줄 치는 거미의 정교함을 익히고 싶어서 손가락 사이에 셰퍼 만년필을 끼운 채 돌리기 연습을 했다. 그러다 침대 발치에서 그대로 잠이 들었다. 잠에서 깼을 때 무릎에는 만년필이 놓여 있었다.

찰리는 정장을 차려입고 약속시간에 맞춰 카페에 도착했다. 마지막으로 그

옷을 입은 후 몇 센티미터 더 자란 게 분명했다. 바지밑단이 발등 위로 깡똥하게 올라갔다. 바지와 신발이 불구대천의 적이라도 되는 양 서로 일정한 거리를 두려고 애쓰는 것 같았다. 찰리는 약속장소에서 소매치기들을 만나면 자신이 가장 잘 차려입었을 거라고 기대했지만 예상은 보기 좋게 빗나갔다. 소매치기들은 방금 파리 사교계의 동정란을 찢고 나온 것처럼 보였다.

플루토는 날렵한 맞춤 턱시도 차림에 머리에 기름을 발라 단정히 뒤로 빗어 넘겼다. 재키는 네크라인이 깊게 파인 우아한 붉은색 드레스 차림으로 플루토 옆자리에 앉아 있었다. 입술은 드레스 색깔에 맞춰 불타는 빨강색으로 칠하고, 아이섀도와 마스카라로 강조한 열정적인 푸른 눈동자는 카페로 들어오는 찰리를 응시할 때 얼음처럼 차가운 스포트라이트 같았다. 미치코는 꽃무늬가 수놓아진 청록색 민소매 드레스 차림으로 바에 기대서 있었다. 검정색 선글라스를 쓴 미치코는 얼룩말 무늬 빨대로 코카콜라를 병째 마셨다. 미치코 옆에는 바닥까지 끌리는 반짝이 노란 드레스를 입은 몰리가 앉아 있었다. 셈벤과 파토르조차 흰색 셔츠에 검정색 재킷 차림이었는데(사실상 파로 궁 급사의 제복이었다) 찰리의 맞지 않는 턱시도보다 훨씬 나아 보였다.

"안녕, 애들아." 찰리가 인사했다.

화장실 문이 열리며 보라가 카페로 터벅터벅 걸어 들어왔다. 보라는 푸른색 블레이저에 넥타이 차림이었는데, 찰리의 깡똥한 바지와 비뚤어진 보타이가 더 나아 보일 정도로 후줄근했다.

"딱 맞춰왔구나, 찰리." 러시아인이 인사했다. "너⋯." 그는 찰리의 짧은 바짓단을 보고 나서 차마 평가를 하지 못했다.

"간신히 봐주겠군." 재키가 말했다. "그런데 찰리, 너 저명한 외교관의 아들

아니야?"

"총영사야." 찰리가 대답했다. "좀 짧은 것 같아."

"너 많이 자랐구나." 재키가 웃었다.

"응. 우리 아빠도 그러셨어."

"너에게 맞는 옷을 마련해줘야겠다." 플루토는 이렇게 말하며 방안에 모인 동료들의 수를 셌다. "모두 모였네. 이제 파티장으로 가볼까?"

그들이 거리로 나설 때 길모퉁이에 서 있던 젊은 커플이 심드렁하게 쳐다보았다. 카페 문 근처에서 몰리가 찰리와 시선을 맞추었다.

"아미르는 안 올 거야." 찰리의 생각을 짐작하고 몰리가 말했다.

"우리 좀 더 기다릴까? 혹시 오지 않을까?"

"그는 탈퇴했어. 탈퇴하면 끝이야." 몰리가 다시 강조했다.

"돌아오지 않을 거야." 미치코도 거들었다.

찰리는 친구가 없어도 의연함을 잃지 않으려고 애쓰며 고개를 끄덕였다.

거리로 나온 플루토와 재키는 선두에서 걸어가며 곧 전개할 작전을 여러 측면에서 신중하게 분석했다. 이미 은신처에서 작전계획을 세웠지만 플루토의 고집으로 세세한 부분까지 다시 점검했다.

"좋아." 플루토가 말했다. "잘 들어. 중요한 것은 조직화야. 이곳은 경찰들이 부지런히 돌아다녀. 만약 경찰이 냄새를 맡거나 한 명이라도 발각되면 우리는 모두 끝장이야. 우선 나와 찰리, 재키, 미치코는 하객으로 가장하고 들어간다. 찰리, 너는 미치코와 커플이고, 재키는 내 파트너야."

"아아, 로맨틱하다." 재키가 킥킥댔다.

"딴 생각 품지 마." 미치코가 찰리에게 눈을 찡긋하며 말했다.

찰리는 얼굴이 화끈거렸다. "우리 어떻게 들어가?"

"우리의 완벽한 매력으로." 플루토가 대답했다.

"잠깐! 우린 초대장이 없잖아? 네가 초대장 있다고 그러지 않았어?" 그게 사실이라면, 찰리가 알기에 이것은 중대한 실수였다. 고급한 행사에 초대장이 없다는 것은 거리에서 파티를 즐기는 것이나 다름없다는 것쯤 찰리도 알고 있었다. 그들이 얼마나 매력적이건 그것까지 가능하게 할 수는 없었다.

"이곳은 보안이 아주 철저해." 플루토가 설명했다. "아마 참석자 명단을 가지고 출입문에 서 있을 거야. 내가 아는 친구를 통해 부탁해놨어. 나와 세 명의 하객을 위해 명단에 올라 있는 이름을 하나 알아뒀거든." 그가 손목시계를 보았다. "일단 우리가 들어가고 나서 달리 지체될 일이 없으면 재키가 7시 15분까지 종업원을 출입문으로 보낼 거야. 셈벤, 파토르, 보라, 몰리, 너희들 어디에 서 있어야 하는지 알지?"

"북문. 쓰레기통 옆." 몰리가 대답했다.

재키가 말했다. "좋아. 셈벤과 파토르, 너희 둘은 거기에서 곧장 주방으로 가. 그리고 되도록 빨리 무도회장으로 들어가. 보라는 외투관리소로 가. 몰리는…, 그냥 당당하게 행동해."

"내 성격이 원래 그래." 몰리가 한껏 멋을 부리며 말했다.

"우리가 출입문에서 붙잡히면 어떻게 돼?" 찰리가 물었다.

"긴장 풀어, 찰리. 우리는 이런 일을 수십 번 했어. 언제나 성공했고. 파티장에 들어가는 방법은 얼마든지 있어." 재키가 다독였다.

이윽고 보라와 몰리, 셈벤과 파토르는 동료들에게 행운을 빌어준 뒤 직원용 출입문이 있는 옆 골목으로 흩어졌다. 떠나기 직전에 보라가 찰리의 어깨를 굳게 쥐고 말했다. "찰리, 너에게는 특별한 행운이 있기를 빌겠어."

찰리는 움찔했지만(그의 손아귀 힘이 대단했다) 애써 웃으면서 러시아인의 호의를 받아들였다. 그 사이 긴장의 물결이 찰리에게 엄습했다. 찰리는 턱시도 깃을 바로 하고 타이를 조인 다음 옆에 있는 미치코에게 팔꿈치를 내밀었다.

"가실까요?" 그가 과장되게 말했다.

미치코는 웃으면서 팔짱을 꼈다.

두 커플은 보조를 맞추어 거리로 나아갔다. 블록을 지날 때마다 자신감이 생겼다. 적어도 무리지어 몰려드는 파티 참석자들과 구별이 가지 않을 때까지는 그랬다. 짝을 이룬 사람들이 파로 궁을 잎사귀 달린 해자처럼 에워싼 정원으로 이어지는 정문에 속속 도착했다. 리무진과 택시에서 잘 차려입은 남녀들이 정문 옆 인도로 쏟아져 나왔다. 마차를 타고 도착하는 커플도 있었다. 소매치기들은 어쩔 수 없이 줄을 서야 했다.

클립보드와 연필로 무장한 턱시도 차림의 덩치 큰 네 사내가 정원으로 들어가는 출입문을 지키고 있었다. 커플이 이름을 말하면 그들은 명단에서 그 이름을 찾아 연필로 표시했다. 어찌나 꼼꼼하게 처리하는지 입장객의 물결이 똑똑 떨어지는 물방울처럼 느려졌다. 찰리는 심박동이 빨라지는 것을 느꼈다. 플루토를 쳐다보니 전혀 동요하지 않는 듯했다. 그들이 드디어 맨 앞줄에 서게 되었을 때 찰리의 팔짱을 낀 미치코의 손에 힘이 들어갔다.

"케스크 부자펠레 부*Qu'est-ce que vous appellez-vous(이름이 뭡니까)*?" 플루토가 앞으로 나아가자 경비원이 물었다.

"마리우스 당통 남작이오." 플루토가 한껏 귀족처럼 말했다. "그리고 여기는 함께 온 하객 세 명." 그는 물론 프랑스어로 말했다.

경비원은 터무니없는 이름에 눈도 깜빡하지 않고(저녁 내내 비슷한 과시성 작위를 들은 듯했다) 남작의 칭호를 가진 이름을 명단에서 찾기 시작했다. 그러나 찾지 못한 게 분명했다. 그가 플루토를 빤히 보며 고개를 절레절레 흔들었다.

"없습니다." 그의 말은 그게 다였다.

플루토가 불쾌하게 웃었다. "그럴 리가요. 다시 확인해보시오."

경비원은 상류층에게 마지못해 경의를 표하며 가지런히 정리된 클립보드의 명단을 다시 뒤적거렸다. 하지만 돌아오는 대답은 같았다.

"없습니다." 경비원이 다시 말했다.

재키가 앞으로 몸을 기울였다. "달링." 그녀가 남부 억양이 밴 영어로 느릿느릿 말했다. "도대체 뭐 때문에 지연되고 있죠? 아버지가 안에서 우리를 기다리고 계실 거예요. 여기에서 이렇게 지체하려고 그 먼 뉴올리언스에서 온 게 아닌데. 아니, 내 이름 피바디도 없어요?" 그녀는 이렇게 말한 뒤 경비원을 힐끗 보았지만 놀랍게도 별 효과가 없었다.

"이건 모욕이군. 여기 책임자 좀 불러주시오. 내가 하찮은 하층민 취급을 받다니!" 플루토가 점잖게 호통쳤다.

찰리는 미치코가 자신의 팔을 잡아당기는 것을 느꼈다. 의도는 알 수 없었지만 그녀가 찰리를 언쟁이 벌어지는 곳으로 이끌었다. 입장하려는 그들의 시도가 끔찍하게 실패로 돌아가는 것을 목격한 찰리는 속된 말로 은신처로 토껴서 그레나딘이나 마시며 소매치기들을 달래줘야겠다고 마음의 준비를 했다. 입장이 지연되자 그들 뒤에 선 여러 커플이 참지 못하고 술렁이기 시작했다. 플루토와 재키는 딱 버티고 서서 점점 목청을 높여 항의했다. 비슷한 차림새의 경비원 여러 명이 소동이 벌어지는 곳으로 달려왔다.

"무슨 일인가? 뭐 때문에 지연되고 있나?" 나이 많은 경비원이 소리쳤다.

"이…, 아이들의 이름이 명단에 없습니다." 플루토의 입장을 막아온 경비원이 설명했다.

그때 어떤 신사가 그들을 흘끔거렸다. 우연히 그 신사와 시선이 마주친 찰리는 깜짝 놀랐다. 신사가 찰리를 자세히 보더니 영어로 물었다. "너, 찰리 피셔 아니냐?"

플루토와 재키가 옆으로 물러섰다. 미치코는 여전히 찰리의 팔짱을 끼고 있었다.

"아, 네." 찰리가 대답했다.

"이 아이들이…," 신사가 찰리 패거리를 보고 멈칫했다. "네 친구들이니?"

찰리는 신사를 알지 못할 뿐더러 그가 자신을 어떻게 아는지도 몰랐다. 하지만 언제 기회를 잡아야 하는지는 충분히 알았다. "네. 그런데 저희가 입장을 못하고 있어요."

"음, 큰 실수를 저지를 뻔했군." 신사가 클립보드를 들고 있는 경비원에게 프랑스어로 말했다. "이 아이는 미국 총영사의 아드님이고, 이쪽은 그의 친구들이네. 들여보내주게."

경비원은 자신의 실수에 동요하지 않고 네 아이들을 앞으로 보냈다. 잠깐 사이에 그들은 정문을 통과해 정원으로 들어갔다.

"찰리 피셔를 위해 만세삼창을 부르자." 플루토가 소리쳤다.

"어떻게 된 거야?" 재키가 손으로 입을 가리고 물었다.

"나도 몰라. 사람들이 나를 알아봤나 봐." 찰리가 대답했다.

"왜 진작 그 생각을 못 했을까?" 미치코가 찰리의 팔짱을 더 꼭 끼며 소리쳤다. "정말 기발한데."

"잘했어, 찰리." 플루토가 고마움을 전했다. "사실상 네 덕분이야."

찰리는 웃으면서 말했다. "사실 아무것도 아니야. 집안 덕 좀 본 것 같아."

신호라도 한듯 종업원이 샴페인 잔이 가득 담긴 쟁반을 들고 나타났다. 플루토는 네 잔을 부탁해서 각자에게 나눠주었다. 그리고 성물이라도 되는 양 술잔을 높이 쳐들고 말했다. "맥박은 빠르게, 긴장은 느슨하게."

네 개의 잔이 만나 감미롭게 쨍 소리를 냈다. "소매치기, 기술자를 위하여." 플루토가 낮게 말했다.

"소매치기를 위하여." 재키도 덧붙였다.

"소매치기를 위하여." 미치코가 말했다.

"소매치기를 위하여." 찰리도 한 마디했다. 찰리는 아이들이 거품 있는 액체를 마시려고 고개를 뒤로 젖힐 때까지 기다렸다가 자신의 술잔을 거꾸로 뒤집어 잔디밭에 쏟았다. 여러분이 찰리 피셔가 지난 몇 달간 연루된 일련의 도둑질에 대해 뭐라고 말하든 그는 술을 마실 정도로 막 나가지는 않았다. 게다가 만약 그가 술을 마셨다면 설령 어느 도서관 사서나 서점 주인이 책을 주문했다고 해도 어떻게 여러분처럼 총명하고 학구적인 독자에게 이 책을 권했겠는가? 고맙게도 찰리가 술을 마시지 않아서 우리의 이야기를 계속할 수 있게 되었다. 자, 이제부터 '거사'가 펼쳐질 것이었다.

CHAPTER 16

그 전에 간단한 에피소드 하나.

여러분은 파로 궁이 1859년 나폴레옹 3세(그 나폴레옹이 아니라 다른 나폴레옹이다)가 아내 도냐 마리아 에우헤니야 드 이그나시아 아우구스티나 데 팔라폭스 포르토카레로 데 구스만 이 크리크파트릭을 위해 세웠다는 사실을 아는가? 황제와 도냐 마리아 에우헤니야 드 이그나시아 아우구스티나 데 팔라폭스 포르토카레로 데 구스만 이 크리크파트릭은 황제 생전에는 이 궁에 살지 않았다. 도냐 마리아 에우헤니야 드 이그나시아 아우구스티나 데 팔라폭스 포르토카레로 데 구스만 이 크리크파트릭의 남편이 죽자 도냐 마리아 에우헤니야 드 이그나시아 아우구스티나 데 팔라폭스 포르토카레로 데 구스만 이 크리크파트릭은 결국 궁을 마르세유 시에 기증했다. 말할 것도 없이 시는 도냐 마리아 에우헤니야 드 이그나시아 아우구스티나 데 팔라폭스 포르토카레로 데 구스만 이 크리크파트릭에게 매우 감사했을 것이다. 이 궁이 구항구와 지중해를 한눈에 조망하는 훌륭한 신고전주의 건축물이었기 때문이다. 도냐 마리아 에우헤니야 드 이그나시아 아우구스티나 데 팔라폭스 포르토카레로 데 구스만 이 크리크파트릭이 왜 이런 멋진 저택에 살지 않았을까? 이유는 누구나 추측할 수 있다. 짐작컨대 황후 도냐 마리아 에우헤니야 드 이그나시아 아우구스티나 데 팔라폭스 포르토카레로 데 구스만 이 크리크파트릭에게는 이 궁이 특별한 주소를 가질 때만 최상의 것이 되기 때문은 아니었을까.

여러분은 도냐 마리아 에우헤니야 드 이그나시아 아우구스티나 데 팔라폭스 포르토카레로 데 구스만 이 크리크파트릭이 흔히 외제니 황후로 불렸다는 사실에도 관심이 갈 것이다. 하지만 그 이야기를 하기엔 좀 늦었다. 이 책에서 그녀를 언급하는 건 이번이 마지막일 가능성이 높기 때문이다.

찰리는 황후의 시대에 살지 않았지만 이 특별한 집에 자주 왔다. 다만 우리 같이 평범한 사람들은 이 으리으리한 저택을 무단침입자로부터 보호하기 위해 빽빽하게 심어놓은 나무와 산울타리, 이 세상의 가진 자와 가지지 않은 자를 격리시키는 철제울타리 사이로 겨우 훔쳐볼 뿐이다. 반면 추앙받는 경력을 가진 외교관의 아들인 찰리에게는 통행이 허락되었다.

게다가 파로 궁은 주변의 많은 집들을 주눅들게 했다. 특히 5월의 저녁, 일렁이는 횃불이 잘 차려입은 하객들과 정원을 붉게 물들이고, 멀리 밴드스탠드에서 울려퍼지는 음악이 구름처럼 대기에 떠돌 때면 더욱 그랬다. 건물 자체는 뛰어난 그리스 건축물처럼 보였다. 주름옷을 입은 철학자라든지 극작가, 정치가들이 이리저리 거닐며 문명의 미래를 화제로 고상한 대화에 열중할 것만 같은 곳이었다. 그런가 하면 저녁 내내 야외를 어슬렁거리고 싶을 때 수많은 창문에서 새어나오는 금색 불빛과 천장으로 뛰어오르는 그림자들, 발코니로 보이는 궁 안 하객들의 실루엣은 여느 정원과 똑같은 설렘을 주었다.

흥분이 가라앉지 않은 플루토는 손바닥을 비빈 다음 샴페인 잔을 다시 채우고 동료 소매치기들을 만나러 천천히 발걸음을 옮겼다. 미치코는 찰리의 팔짱을 더욱 단단히 꼈다. 재키는 암사자의 무모함을 발휘해 담소하는 사교계 인사들의 주위를 얼쩡거렸다.

소매치기가 시작되었다.

미치코는 한 번 힐끗 보는 것으로 찰리에게 신호를 보냈다. 그녀는 이제부터 화려한 정자 근처에 서 있는 나이든 신사들을 공략하고, 찰리는 심부름꾼 역할을 할 예정이었다. 미치코가 다가가면 찰리를 그 뒤를 바짝 따랐다. 그녀는, 밖에서 보는 사람이 상상해낸 산물인 일종의 유령이나 도깨비처럼 사람들 속으로 파고들어 의심을 완전히 피할 수 있었다. 찰리는 파트너를 찾는 하객인 척 그녀를 졸졸 따라다녔다. 지갑들이 컵에서 주사위 떨어지듯 찰리의 손으로 굴러 떨어졌다. 시계는 삽시간에 미치코의 손에서 찰리의 손으로 넘겨졌다. 수다 떠는 무리 주위를 한 바퀴 도는 동안 신사들은 산뜻하게 귀중품을 털렸고, 두 소매치기는 다른 무리로 옮겨갔다.

정원 한가운데 설치된 대형 임시천막에 밴드스탠드가 꾸며지고, 그 위에서 소규모 오케스트라가 다양한 곡을 연주하고 있었다. 잔디밭에서는 몇몇 하객들이 경쾌하게 춤을 췄다.

"출래?" 미치코가 물었다.

"나야 영광이지." 찰리가 대답했다.

지휘자가 지휘봉을 휘둘러 생명을 불어넣은 어떤 명랑한 멜로디에 맞춰 두 사람은 왈츠를 추기 시작했다. 이어 새로운 댄서들이 무리지어 합류했고, 천

236

막 안은 두 손을 맞잡고 몸을 흔드는 커플들로 북적북적해졌다.

"오호, 나쁘지 않은데, 찰리 피셔." 미치코가 찰리의 왼손에 오른손을 얹고 왼손은 찰리의 팔에 편안히 얹은 채 속삭였다.

"댄스 교습을," 찰리 피셔가 소심하게 미치코의 잘록한 허리 뒷부분을 오른손으로 누르며 말했다. "받은 적 있어. 엄마가 데려가서. 알다시피 괜찮은 사교계 신사가 되기 위해." 그 말을 강조하려는 듯 찰리가 능숙하게 더블 턴을 하는 바람에 미치코가 비명을 질렀다.

"나 날려버리지 마." 그녀가 웃으면서 책망했다.

"그러지 않을게."

"찰리, 알다시피 난 미국인을 좋아하지 않아." 그들이 잔디밭에서 발을 질질 끌며 춤을 출 때 미치코가 말했다

"네가 그렇게 말했지."

"하지만 넌, 예외로 해야 할 것 같아." 그녀가 찰리의 어깨에 머리를 기댔다.

"나한테 너무 달콤하게 굴지 마." 찰리가 말했다.

미치코가 깔깔 웃다가 속삭였다. "찰리. 춤추면서 우리 이웃에게 데려다주지 않을래?"

"기꺼이 그러죠, 마드무아젤."

댄스 소매치기 자체는 오래된 것 못지않게 명예로운 작업이었다. 찰리가 춤을 추면서 가까운 커플에게로 인도하면 미치코는 일부러 여자의 드레스 뒤에 살짝 부딪힌다. 그리고 상대가 돌아다보기 전에 얼른 찰리의 팔에 얹었던 손을 내려 여자의 지갑을 턴다. 미치코의 손이 찰리의 손을 꽉 쥐어 소매치기에 성공했다는 신호를 보내면 찰리는 소매치기 당한 여성에게 조용히 사과하고

미치코를 빙그르르 회전시켜 빼돌린다. 상대 여성은 대개 언짢아도 미소로 사과를 받아주었다. 이윽고 찰리는 자신의 왼쪽 바지주머니에 묵직한 귀중품이 들어왔음을 느꼈다.

"나이든 커플, 2시 방향." 미치코가 찰리의 귀에 입을 바짝 대고 속삭였다.

그리로 갔을 때 밴드는 스페인 풍 멜로디를 연주하고 있었다. 찰리와 미치코는 천막 아래 플로어를 빙글빙글 돌며 다른 커플들과 차례로 몸을 스쳤다. 한 번 돌 때마다 찰리의 주머니는 사람들의 주머니와 지갑에서 나온 불법 취득물로 그득해졌다. 한번은 은발의 노신사가 끼어들어 밝게 빛나는 미치코에게 춤을 청했다. 찰리는 어쩔 수 없이 양보했다.

두 사람이 빙글빙글 돌며 플로어 한가운데로 갔을 때 미치코의 오른손이 눈에 띄지 않게 신사의 허리 쪽으로 움직였다. 그 사이 찰리는 주머니에 손을 넣은 채 댄스플로어 밖으로 걸어나왔다.

"이봐, 거기." 누군가 부르는 소리에 고개를 돌려보니 몰리였다.

"용케 들어왔구나." 찰리가 웃으면서 말했다.

"식은 죽 먹기지. 넌 좀 돌았어?" 생쥐가 물었다.

잠시 고민하던 찰리가 무슨 말인지 깨닫고는 웃었다. "응. 주머니가 두둑해."

"너무 오래 쳐다보지 마." 몰리가 가까이 다가오더니 드레스 안쪽에 숨겨진 허리띠를 잡아당겼다. "야간 금고야. 분부만 해." 자세히 보니 몰리의 폭넓은 드레스 안에 보이지 않게 바늘로 꿰매어놓은 커다란 헝겊주머니가 보였다.

"보지 말라니까." 몰리의 책망에 찰리는 얼굴이 화끈거렸다. 찰리는 주머니에서 훔친 물건을 꺼내 몰리의 드레스 아래로 옮기기 시작했다. 다 끝나자 몰리는 옷매무새를 바로잡은 뒤 골반 수술을 받은 사람처럼 어기적어기적 어딘가로 걸어갔다.

몰리가 떠나자 찰리는 다시 천막 아래서 춤추는 사람들에게 시선을 돌렸다. 새로운 노래가 연주되고 미치코는 여전히 노신사와 춤을 추고 있었다. 찰리는 양해를 구하며 댄스플로어로 들어갔다. 한 커플이 빙글빙글 돌며 미끄러지듯 그에게 다가왔다가 방금 전보다 가벼워진 주머니로 빙글빙글 멀어져갔다. 마치 데니스가 댄스 플로어에 서 있는 것 같았다. 찰리는 미치코와 그녀의 나이 든 파트너에게 다가가서 말했다. "이번 곡은 저와 추시겠습니까?"

노신사는 마지못해 받아들였고 미치코는 다시 찰리의 품으로 돌아왔다.

"왜 이렇게 오래 걸렸어?" 미치코가 물었다.

"짐을 더느라고. 몰리가 걷어갔어."

미치코가 한숨을 내쉬었다. "다음번에는 나한테 귀띔해줘. 그 아저씨 향수 냄새 때문에 구역질할 뻔했어." 밴드가 새로운 곡을 연주하기 전에 미치코는 당당하게 선언했다. "찰리, 춤을 추었더니 정말로 진이 다 빠지는 것 같아."

아마도 그녀에게 필요한 것은 펀치 한 잔이리라. 천상 젠틀맨인 찰리는 미치코의 손을 잡고 천막을 빠져나가 파로 궁의 출입문으로 향했다.

계단으로 올라가려는데 젊은 신사 네 명에게 둘러싸인 재키가 보였다. 재키는 그 중 한 명이 던진 농담에 요란하게 웃고 있었다. "실례해요. 저기 내 파트너가 있네요." 재키가 숭배자들에게 말했다. 그리고 빙그르르 돌아서 찰리의 남은 팔을 잡았다. "아우, 따분한 남자들 같으니."

키스도 해본 적이 없는 열두 살 찰리 피셔는 졸지에 아름다운 두 아가씨와 황후의 예전 저택에서 펼쳐지는 호화로운 야외 파티에 동행하게 되었다. 더욱이 그들은 노동자와 빈민보다는 부유하고 돈 많은 지주 계급에게 유리한 불평

등한 사회 기둥을 조금이라도 흔들어 평등하게 만들고자 치밀하게 기획하고 사업을 수행하는 동료이자 공모자들이었다. 찰리는 현대판 평민 영웅이었다. 턱시도를 입은 로빈 후드였다. 찰리는 난생 처음 살아 있는 기분을 느꼈다.

궁에 도착하자 문 앞에 서 있던 경비 두 명이 귀족 참모에게나 붙일 법한 경례를 정중하게 했다. 그들은 1층의 웅장한 무도회장으로 안내받았다. 바둑판 무늬 마루 위쪽에는 투명 UFO가 방문한 것처럼 보이는 반짝거리는 거대한 샹들리에가 매달려 있었다. 수천 프랑의 현금과 보석을 휘감고 나무랄 데 없이 차려입은 어른들은 저마다 샴페인 잔을 들고 무도회장을 휘젓고 다녔다. 귀부인들 중 몇 명은 실제로 왕관을 썼고, 신사들은 빛나는 메달과 배지를 단 정장 차림이었다. 급사들은 하객들에게 음식과 음료를 대접하느라 분주하게 날아다녔다.

"굉장하다." 찰리가 속삭였다.

그때 셈벤과 파토르가 굴이 담긴 접시를 들고 나타났다. 두 아이의 주머니는 선물이 가득 든 크리스마스 양말 같았다. "몰리 어디 있어?" 셈벤이 다급하게 물었다.

"난 속옷에 공사판 철물을 잔뜩 넣은 느낌이야." 파토르가 말했다.

찰리는 웃음을 참을 수가 없었다. "정원의 밴드스탠드 옆에 있는 걸 봤어. 거기 가봐."

두 아이는 주머니 속 물건이 쏟아지지 않게 최대한 조심하며 허겁지겁 그리로 걸어갔다. 춤추는 사람은 없었지만 거대한 무도회장 한편에서 밴드가 연주를 했다. 사람들은 사교에만 목적이 있었다. 그들은 나라의 운명이 자신에게 달린 듯 떠벌리면서도 가문을 망신시킬 가십거리와 추문에 대해서는 쉬쉬했다. 찰리는 예전에도 아빠의 손에 이끌려 억지로 이런 자리에 온 경험이 있었다. 하지만 이렇게 많은 참석자는 처음 보았다. 마치 유럽 명문가의 후손들이 웅장하고 화려한 이 방에 모두 모여 남은 20세기를 어떻게 전개할 것인지 결정하는 것 같았다.

세 사람은 플로어를 가로지르는 동안 이런 대화의 향기를 마음껏 흡수했고 세계 정세에 관해 실컷 들었다. 궁 북쪽 창가 앞 긴 테이블에 놓인 거대한 크리스탈 펀치볼 세트 옆에 플루토가 서 있었다. 창문 너머로 석양에 물든 지중해가 보였다. 항구에 정박한 배들의 가물거리는 불빛과 건물들이 내다보이는 창문은 파티에 일종의 반짝이 배경막 역할을 했다. 애꾸눈 소년은 진지한 표정으로 술잔의 술을 홀짝거리고 있었다.

그의 주머니는 다른 소매치기들과 달리 홀쭉했다.

재키와 미치코가 찰리의 팔짱을 꼈던 손을 내려놓았다. 그리고 세 사람은 플루토와 나란히 테이블에 기대어 서서 하객들을 주시했다.

"우리 작업은 어떻게 돼 가?" 찰리가 마침내 물었다. 그는 플루토의 침묵이 이상하게 느껴졌다.

플루토가 술을 한 모금 마시고 나서 대답했다. "이건 잔챙이를 터는 작업이 아니야. 우린 금목걸이나 싸구려 보석을 훔치려고 여기에 있는 게 아니라고."

"응?"

"대어를 낚을 거야, 찰리. 여기 어마어마한 게 있어. 난 그걸 낚을 거야."

찰리는 인파를 둘러보았다. 그 정도의 거리에서도 어림잡아 대어로 간주할 수 있는 물건들이 많이 보였다. 주먹만한 브로치, 어찌나 묵직한지 옷에 고정시킨 핀이 떨어져나갈 듯한 금장 훈장. 반짝거리는 티아라와 네다섯 겹으로 목에 두른 치렁치렁한 젖빛 진주목걸이(소매치기 용어로 구슬밧줄)도 보였다.

"너무 진지할 필요 없어, 플루토. 먹을 것은 널렸어." 재키가 나무랐다.

"찰리와 나는 무도회장을 깨끗이 청소했어." 미치코가 자랑했다.

"꽤 짭짤했어." 찰리도 가세했다.

"그래, 플루토. 즐기려고 노력해봐." 재키가 찰리의 팔짱을 꼈다. "자, 자, 우리는 아는 사람이 있나 돌아다녀 보자." 그녀는 파티가 흥겨운 하객처럼 말했다.

미치코도 플루토를 부추겼고, 네 명의 소매치기는 테이블에 기댔던 몸을 일으켰다. 그들은 무도회장 한가운데 모인 귀족들에게 돌아갔다. 걸어가는 동안 찰리는 재키의 팔 힘을 느꼈다. 그녀는 남자의 팔에 무작정 매달리는 부류의 여자가 아니었고(그 점은 분명했다) 사실상 리드했다. 찰리는 그런 점에 감탄했다. 찰리는 복잡한 무도회장을 돌아다니는 동안 재키에게 대장 또는 지휘관의 역할을 맡겼다. 덕분에 방안에 있는 돈 많은 표적들을 탐색하고 소매치기에 더욱 집중할 수 있었다.

그때도 찰리는 그것을 하고 있었다. 어떤 장군이 달고 있는 레지옹 도뇌르 훈장(프랑스 최고 권위의 훈장, 1802년 나폴레옹 1세가 전장에서 공적을 세운 군인들에게 수여할 목적으로 처음 제정했다―옮긴이)을 눈여겨보며 훈장을 고정시킨 핀을 어떻게 여는 게 최선인지 고민하는 중이었다. 누군가 등 뒤에서 큰 소리로 이름을 불렀다.

"찰리!"

찰리는 그대로 얼어붙었다. 멈춰야 할 때였다. 그의 두뇌가 방금 자신의 이름을 부른 목소리의 음색을 분석했다. 유감스럽게도 다시 한 번 들렸다.

"찰리 피셔!"

두 음절이 더해진 것만으로 퍼즐조각을 맞추느라 번뜩이던 뇌의 시냅스에 충분한 정보가 전달되었다. 해답은 정말이지 안타까웠다.

아빠였다.

"여기에서 뭐하는 거냐?" 그 목소리가 다시 들렸다. 재키의 팔이 찰리를 슬로모션으로 완전히 한 바퀴 돌려 질문하는 사람을 대면시켰다. 마르세유에 부임한 미국 총영사이자 저명한 외교관 찰스 피셔 씨가 우주를 돌다 태양빛을 가리는 거대한 행성처럼 찰리의 시야에 들어왔다. 검정색 타이에 재킷, 갈색의 기름 바른 머리, 희끗한 귀밑머리, 짧은 콧수염, 브뤼 향수 냄새를 풍기는 키 180센티미터의 그가 서 있었다. 부인할 수가 없었다.

"저는," 그게 찰리가 한 말의 전부였다. 찰리는 다시 애를 썼다. "저는." 그 이상의 음절을 말하는 데 필요한 양의 침이 분비될 것 같지 않았다.

그때 아주 이상한 일이 일어났다. 찰스 씨의 얼굴에서 미소가 번지더니 두 팔을 벌린 채 다가와 아들을 으스러져라 껴안았다. "너무나 기뻐서 하늘을 둥둥 떠다니는 것 같다." 찰스 씨가 포옹을 풀고 뒤로 물러나 흐뭇한 눈으로 아들을 바라보았다. "그러고 보니 네가 여기에 오려고 그랬던 게로구나!"

찰리는 무슨 말이든 하려고 애썼지만 또다시 뇌가 말을 듣지 않았다. 그는 간단히 고개를 끄덕이는 것만으로 충분하기를 바랐다.

"네가 턱시도를 준비하고 다림질을 시켰을 때 눈치 챘어야 하는데." 찰스 씨의 시선이 잘 맞지 않는 찰리의 옷차림에 머물렀다. "새옷을 장만해야겠구나. 이 낡은 턱시도로는 안 되겠어. 어쨌든 네가 파티에 오기로 결심해서 정말 기쁘다. 이 아이들이 네 친구들이니? 네가 그토록 얘기하던 그 아이들?"

아빠를 만난 충격에다 그동안의 이중생활이 발각될 위기였다. 미드필드에서 축구선수들이 부딪히듯 일으킨 충격에 찰리는 그만 자신이 재키와 팔짱을 꼈고, 플루토와 미치코가 각각 옆에 서 있다는 사실을 까맣게 잊은 터였다.

"만나서 반갑습니다, 영사님. 저희들도 말씀 많이 들었어요." 찰리가 말을 잇지 못하는 것을 간파한 재키가 즉시 나섰다.

"그래, 부디 좋은 말만 들었기를 빈다." 찰스 씨가 아들에게 짓궂게 윙크하며 말했다. "너희들에 대한 이야기도 많이 들었다. 찰리가 너희들 칭찬을 많이 했단다."

"어머나, 찰리. 넌 정말 다정한 아이야." 미치코가 찰리의 옆구리를 꾹 찌르며 과장되게 말했다.

찰스 씨의 관심이 플루토에게 향했다. "넌 클라크지?"

"클라크요?" 플루토가 눈을 크게 뜨고 물었다.

"클라크 켄트. 피그미족 손에 자란 남아프리카 출신 고아라고 들었다." 찰스 씨가 말했다.

"아, 네. 맞아요. 제가 클라크예요. 클라크 켄트." 플루토는 그 설명에 맞춰 연기를 시작했다. "전 그 피그미족을 위해 매일 신께 감사기도를 드려요. 제 목숨을 구해줬고, 제가 알고 있는 모든 것을 가르쳐주었거든요."

찰스 씨는 사려 깊은 표정으로 고개를 끄덕거렸다. "그래. 나는 상상만 할 수 있을 뿐이구나. 그런데 이 숙녀분들은?"

"찰리, 우리 소개해주지 않을 거야?" 미치코가 물었다.

"찰리, 너 정말 무례하다." 재키도 거들었다.

"음…, 얘는…," 찰리는 마침내 입을 뗐다. "재키예요. 얘는 미치코. 우리 아빠 찰스 피셔 씨야. 그리고….” 찰리가 플루토를 쳐다보았다. 찰리의 얼굴에 핏기가 하나도 없었다. “아빠가 방금 만난 클라크고요.”

“만나서 반갑습니다.” 미치코가 손을 내밀며 말했다.

찰스 씨가 미치코의 손을 잡아 자신의 입술 가까이 당기며 인사했다. *“앙샹 테Enchanté(영광이야).”*

그 순간 찰스 씨의 재킷소매가 올라가며 금장 롤렉스시계가 드러났다. 찰리는 무심결에 침을 꼴깍 삼켰다. 시계가 사라질 수도 있었다. 찰리는 재빨리 아빠의 손에서 미치코의 손목을 잡아 뺐다.

“아야!” 미치코가 비명을 질렀다.

“내가 너무 주책을 부렸나 보구나.” 찰리의 아빠가 깜짝 놀라 아들을 돌아다봤다.

“아, 아니에요, 아빠. 그저 우리 이제 모두 아는 사이잖아요, 안 그래요? 전 사람들이 왜 굳이 힘들게 악수를 하는지 모르겠어요. 너무 딱딱해 보이는데.”

미치코가 짓궂게 웃었다.

“애들아,” 찰리가 불쑥 말머리를 돌렸다. “우리 그거 하려던 참이었잖아, 그러니까….”

“뭐? 가만히 있어봐, 찰리. 우린 방금 여기에 왔어!” 재키가 말했다.

“무슨 소리냐, 찰리.” 아빠는 이렇게 말하고 찰리의 동료들을 둘러보았다. “내가 지난 몇 달 동안 찰리를 이런 행사에 데리고 오려고 얼마나 애썼는지 모른단다. 유럽 정계를 움직이고 뒤흔드는 인사들을 만나보게 하려고. 역사의 목격자가 되라고! 하지만 찰리는 한사코 내빼 너희들과 어울렸단다.”

“알 것 같아요, 피셔 씨.” 재키가 짐짓 수줍어하며 말했다. “찰리가 삐딱한 면이 있죠."

"찰리의 시간을 많이 빼앗았다니 저희도 유감이에요." 미치코가 덧붙였다.

"오늘 밤 여기에 온 것도 누구의 생각인지 모르지만, 난 정말 깜짝 놀랐단다. 너희들은 나에게 최고의 밤을 선물했다. 최고의 한 달, 최고의 한 해를!"

찰리는 애원하듯 친구들을 바라보았다. 그들은 도와줄 마음이 없어 보였다. "전 컨디션이 별로 좋지 않아서." 찰리가 둘러댔다.

"자, 찰리." 재키가 찰리의 팔짱을 끼며 말했다. "아직 초저녁이야. 너도 아빠를 실망시키고 싶지 않지?"

도망칠 방법은 없었다. 찰리는 자신이 놓은 덫에 자기가 걸렸음을 깨달았다. 찰리가 소리가 나도록 크게 침을 꼴깍 삼키며 말했다. "알았어요. 몇 분만 더 있다 갈게요."

"잘됐다." 찰스 씨가 팔을 쭉 뻗어 고맙게도 아직 손목에 있는 손목시계를 흘깃 보았다. "얘기가 나왔으니 말인데, 너희들도 눈앞에서 펼쳐질 역사적 사건을 놓치고 싶지 않겠지?"

찰리가 대답하기 전에 플루토가 냉큼 말했다. "그럼요, 저희도 보고 싶어요, 영사님."

CHAPTER 17

"이건 아니야." 찰리가 조그맣게 중얼거렸다. 재키는 여전히 찰리 옆에서 앞만 보고 걸어갔다. 찰스 씨는 잘 차려입은 네 명의 소매치기(그 중에는 아들도 있었다)를 안내해 무도회장을 가로지르고 있었다.

"뭐가 아니라는 거야, 찰리?" 재키가 물었다. 재키는 눈이 마주치는 귀족들에게 매력적으로 웃어 보이며 총영사 아드님의 파트너 역할을 잘 수행하고 있었다. "그냥 따라가."

"난 그렇게 못 해. 이제 소매치기는 끝이야. 우리 얼굴이 알려졌어. 우리의 정체가 탄로났다고. 재키, 이제 접어야 해. 여기를 빠져나가야 한다고." 찰리는 지나가는 사람들에게 연신 미소를 보내고 목례를 하면서도 이런 말을 속삭이듯 주절거릴 수밖에 없었다. 무도회장의 쪽마루를 가로질러 가는 길이 괴로울 정도로 길었다. 찰스 씨가 찰리와 매력적인 친구들을 돈 많은 지인과 유명인사들에게 일일이 소개해주었기 때문이었다. 그 바람에 찰리는 소매치기들이 새로 알게 된 지인들의 귀중품을 훔치지 못하게 막아야 하는 곤란한 입장에

처했다. "악수는 됐어요." 이 말은 찰리의 후렴구가 되었다. "그럴 필요 없어요. 그녀는 감기에 걸렸어요. 감기가 옮을지도 몰라요. 아하, 플루토…, 그러니까 클라크 말이에요, 클라크는 여기 우리와 있을 거예요. 그 신사 뒤에서 걷지 않아도 돼요."

무도회장에서 멀리 떨어진 어떤 문 앞에 도착했을 때쯤 찰리는 녹초가 되고 말았다. 그곳에는 덩치 큰 경비원 두 명이 보초를 서고 있었다. 찰스 씨가 다가가자 두 경비원이 앞으로 나와 찰스 씨 일행을 가로막았다.

"괜찮아요. 이 아이들은 나와 동행하고 있소. 나는 미국 총영사 찰스 피셔요. 여왕님이 나를 기다리고 있을 겁니다." 찰스 씨가 말했다.

"여왕님이요?" 찰리의 입에서 자기도 모르게 이런 말이 튀어나왔다. 이제 찰리의 얼굴은 핏기라곤 전혀 남아 있지 않은 듯했다. 금방 세탁한 걸어다니는 침대시트 같았다.

"여왕님이래." 찰리의 바로 뒤에 있던 미치코가 중얼거렸다.

"아빠, 우리는 여기 밖에서 기다릴게요. 우린 정말 나서고 싶지 않아요." 찰리가 아빠에게 애원했다.

"무슨 소리, 이런 좋은 기회를 놓치다니. 찰리, 여왕을 만나는 일이다! 네 친구들도 틀림없이 좋아할 거야."

"맞아요. 정말 그래요." 플루토가 소리쳤다.

"봐라, 찰리." 찰스 씨가 소매치기들을 향해 미소를 지었다. "우리에겐 미래의 외교관이 될 새싹들이 있어."

찰리가 다시 반발하려는 찰나 문이 활짝 열렸다. 그들 다섯 명은 문 너머 복도로 안내되었다.

251

그 당시 파로 궁은 대부분이 의과대학으로 사용되고 있었다. 하지만 옛 제국의 모습으로 되돌리기 위해 손대야 할 것은 별로 없었다. 이 행사를 마련한 주최측에서는 그저 이 정도로 하고 싶었던 게 분명하다. 그들은 벽마다 온갖 왕실 장식품으로 꾸며 실내에 왕실의 영광을 되살렸다. 이런 감각은 찰리와 동료들이 안내받은 접견실 곳곳에서도 확인되었다. 방 한쪽에 일종의 연단이 설치되고 금색 칠한 화려한 옥좌가 놓였다. 벽에는 즐겁게 뛰어노는 사티로스니 님프, 유니콘 따위를 묘사한 걸개그림이 걸려 있었다. 방 가장자리에는 화려한 도자기가 진열되고 연단 중앙에 놓인 의자에까지 붉은색 카펫이 깔렸다. 옥좌 양 옆으로 15세기에서 튀어나온 듯 전통복식을 하고, 대미를 장식하기 위해 실제처럼 보이는 도끼 창을 들고 눈앞 어디쯤을 무표정하게 응시하는 두 남자가 서 있었다. 이런 분위기에 비하면 한결 현대적인 쓰리피스 정장 차림 신사가 찰스 씨를 발견하고는 다가와서 짧은 대화를 나누었다. 찰리를 에워싼 소매치기들은 불길할 정도로 말이 없었다.

노신사와의 대화가 끝나갈 무렵 총영사가 아들을 돌아보며 미소와 함께 까딱 고갯짓을 했다. 이어서 연단으로 올라간 노신사는 의자 뒤편 장식이 치렁치렁한 목조 문 뒤로 사라졌다. 방안이 조용해졌다. 재키가 헛기침을 한 번 하고는 이내 머쓱해하며 사과했다.

마침내 의자 뒤편 문이 열리고 정장 차림 노신사가 다시 등장했다. 그가 의자 한쪽에 자리를 잡고 서서 크고 우렁찬 목소리로 말했다. "말씀드립니다. 루미라비아의 고귀한 여왕이자 페셀덴 스테페의 보호자이시며 크레프스발드의 불꽃 봉송자이신 레이디 낸시 드루베츠카야 체르토프 여왕 폐하가 등장하십니다." 전통복장으로 옥좌 옆에 서 있던 두 사내가 늘어진 버건디 벨벳 소매에서 쌍둥이 나팔을 꺼내 행진곡을 연주하기 시작했다. 찰리의 심장이 두방망이질 쳤다.

그것을 신호로 문에서 보석 박힌 드레스 차림의 나이 지긋한 여인이 등장하더니 연단으로 걸어나왔다. 그녀는 사회자에게 의례적으로 고개를 까딱한 뒤 마침내 앉게 되어 안도하는 표정으로 금박 입힌 옥좌에 앉았다. 목에는 반짝거리는 묵직한 보석목걸이를 화환처럼 가슴까지 늘어뜨려 걸고 있었다. 희끗희끗한 머리에는 다이아몬드가 박힌 왕관이 얹힌 모습이었다. 메마른 나뭇가지 같은 손가락에는 호두만한 크기의 알반지가 끼워지고, 드레스는 솔기마다 금색실로 수놓아져 있었다.

찰리는 동료들을 흘끔거리며 경계했다. 아이들은 저마다 저녁밥을 기다리는 굶주린 개처럼 탐욕스럽고 흥분한 시선으로 여왕의 장신구를 바라보고 있었다. 찰리의 시선이 아빠를 향했다. 자신감과 용기에 있어서 둘째 가라면 서러운 아빠에게 이전에는 몰랐던 어떤 점이 보였다. 지극한 초조함이었다. 찰리는 소매치기들을 돌아다보며 "너희들 그러기만 해봐라." 속삭였다. 하지만 아이들은 이미 다른 행성에 있었다. 찰리의 목소리는 지상에서 그 먼 별에 모스 부호를 전송하는 것이나 다름없었다.

찰스 피셔 씨가 정중하게 인사를 했다. 그의 안내로 재키와 플루토, 미치코, 찰리도 고개를 숙였다.

"안녕하세요, 피셔 씨. 만나서 반가워요." 여왕이 그윽하고도 쾌활한 목소리로 말했다. 딱히 구분은 안 가지만 독일─슬라브어 억양이 배어 있었다.

"여왕 폐하," 찰스 씨가 말했다. "다시 만나뵈어 정말 영광입니다." 평범한 구경꾼들에게는 총영사의 말투가 딱히 이상하게 들리지 않겠지만 찰리는 아빠가 이 만남을 전형적인 만남으로 여기지 않는다는 것을 충분히 짐작할 수 있었다. 찰리는 아빠가 이렇게 극진하게 경어를 쓰는 것을 본 적이 없었다. 심지어 거의 인식할 수 없지만 음성이 미세하게 떨리기까지 했다.

여왕이 방안에 모인 하객들을 가리켰다. "영광스럽게도 우리가 대화하게 될 저 아이들은 누구지요?"

"이 아이는 제 아들 찰리입니다, 여왕 폐하." 찰스 씨가 소개했다. 그는 찰리의 어깨에 팔을 둘러서 끌어당겼다. "찰리 피셔 주니어. 지난번에 제 아들에 대해 말씀드렸죠."

"오, 그렇군요." 여왕이 옥좌에서 내려다보며 인사했다. "만나서 반갑구나, 피셔?"

"고맙습니다." 그러고 나서 찰리가 덧붙였다. "여왕 폐하."

노부인은 귀가 어두운 게 틀림없었다. 그녀는 찰리의 말을 듣기 위해 고개를 앞으로 빼야 했고, 그럴 때마다 보석이 몹시 찰랑거렸다. "미안하지만 내 귀가 예전 같지 않단다. 너희들 모두 좀 더 가까이 오렴." 그녀가 찰리에게 손짓을 했다.

찰리는 친구들을 떠올리며 침을 꼴깍 삼켰다. "저희들은 그냥 여기에 있는 게 좋을 것 같은데…," 찰리는 말을 하다가 아빠가 소매치기 친구들을 포함해서 그를 연단 가까이 모으는 바람에 입을 다물었다.

"이게 낫구나." 아이들과의 거리가 30센티미터도 안 되게 가까워지자 여왕이 말했다. "우리는 하루종일 이 방에 갇혀 방문객과 지지자들을 맞았단다. 여왕 노릇은 피곤하기 짝이 없는 일이지." 그녀가 익살맞은 미소를 지었다.

"여왕님이 몸에 지닌 그 묵직한 것들 때문이기도 하죠. 그 왕관과 보석들 말이에요." 플루토가 불쑥 말했다. 찰리가 그를 노려보았다.

　모두가 이 갑작스럽고 도발적인 말에 대한 여왕의 반응을 기다렸다. 드디어 반응이 나왔을 때 모두가 안도의 한숨을 내쉬었다. 여왕은 흥미진진한 표정을 지었다. "그러고 보니 그렇구나. 그런데 네 이름은 뭐지?"

　플루토가 이름을 말하기 전 찰리가 냉큼 대답했다. "얘는 클라크예요, 클라크 켄트."

　"우리가 예전에 만난 적이 있었던가, 켄트 군?" 여왕이 물었다.

　"그렇지 않을 겁니다, 여왕 폐하." 플루토가 대답했다.

　"재미있구나. 그 이름이 낯설지 않게 들리니."

　"저," 찰리가 얼른 말했다. "여왕님을 뵙게 되어 대단히 영광입니다. 그런데 저희는 그만 물러가야 할 것 같습니다, 여왕 폐하."

　"하지만 아직 너희들을 모두 접견하지 않았다." 여왕은 찰리의 조급함에도 아랑곳하지 않았다. "앞으로 나와서 각자 이름을 말하라."

　찰리는 지켜볼 마음이 생기지 않았다. 소매치기들이 차례차례 연단 앞으로 나가 절을 하고 루미라비아 여왕의 반지에 키스했다. 찰리는 마치 카운트다운과 총구의 화염을 기다리며 사선에 서 있는 사람처럼, 그 자리에서 꼼짝도 하지 못했다. 부디 소매치기들이 발각되지 않고 작업을 수행한 뒤 경보음이 울리고 마르세유의 전 경찰들이 루미라비아 여왕의 보석을 되찾으러 급파되기 전에 파로 궁을 어느 정도 벗어날 수 있기만 바랄 뿐이었다.

　찰스 씨는 한쪽으로 비켜서서 아이들이 정중하게 자기소개를 하고 경의를 표하는 모습을 바라보았다. 그는 아이들이 일생일대의 기회를 얻은 것 같아 몹시 흐뭇했다. 마침내 그 과정이 모두 끝나자 여왕이 피셔 씨에게 연단으로 올라오라고 손짓했다. 여왕은 그와 짧은 대화를 나누었다. 찰리의 옆자리로 돌아온 플루토와 재키, 미치코는 웃음이 나오려는 것을 애써 참고 있었다. 찰리는 그들이 무슨 짓을 했는지 상상만 할 뿐이었다.

여왕의 지시에 따라 쓰리피스 차림의 노신사가 아빠에게 다가가서 봉투를 건넸다. 찰스 씨는 정중하게 절을 하고 봉투를 받았다. 그러고는 봉투를 열어 내용물을 확인한 뒤 고개를 끄덕이며 자신의 주머니에 넣었다. 여왕은 손을 들어 알현을 끝내자는 신호를 보냈다. 여왕이 마지막으로 찰리를 임시옥좌로 다시 불렀다.

"네 아빠는 훌륭한 외교관이다. 우리나라에 엄청난 공헌을 했지. 너도 아빠의 발자취를 따라가렴." 여왕이 말했다.

"네, 여왕 폐하." 찰리가 인사했다. 그는 여왕을 흘낏 보며 재빨리 장신구 목록을 확인했다. 놀랍게도 모든 보석 반지가 손가락에 그대로 있었다. 현란한 장식띠도 변화가 없었고 머리의 왕관에도 반짝거리는 보석이 그대로 박혀 있었다. 찰리는 안도의 한숨을 내쉬었다. 상황을 제대로 판단한 소매치기들이 손을 대지 않기로 결정한 것 같았다.

여왕이 자리에서 일어났다. 의자 양쪽에 서 있던 명예 기사들이 나팔로 팡파르를 연주하기 시작했다. 팡파르가 끝나갈 무렵 여왕이 진저리를 쳤다. "이런 것도 지겨워졌어." 찰리는 그녀가 중얼거리는 소리를 들었다. 이내 여왕은 발을 질질 끌며 연단을 떠나 문 뒤로 사라졌다.

찰리는 행사가 무사히 끝났다는 것에 그저 안도감을 느꼈다. 지금까지 모든 것이 느리고 고통스러운 죽음 같았다. 알현실을 퇴장해 복도를 지나 무도회장으로 돌아가는 동안 찰리는 발이 둥둥 떠 있는 기분이었다. 플루토와 재키가 찰리의 아빠와 활달하게 대화하는 동안 찰리는 뒤처져서 걸었다. 미치코는 선두에 서서 걸어갔다. 찰리는 뼛속까지 덜덜 떨렸다. 기회를 봐서 가능한 빨리 동료 소매치기들에게 말을 하리라 결심했다. 그들에게 경계를 정해줘야 한다. 아빠의 직업 또는 찰리의 개인생활과 관련 있는 모임이나 파티는 피해야 한다고 강력히 요구하리라. 찰리는 그들이 자신의 이런 요구를 받아들여줄 만큼 서로 친하다고 믿었다.

무도회장으로 돌아왔을 때 찰스 씨는 뿌듯하게 웃으며 아들을 바라보았다.

"어땠니?" 아빠가 물었다.

"정말 굉장했어요. 초대해주셔서 고마워요." 플루토와 재키, 미치코는 찰리가 아빠와 잠깐이라도 시간을 보내도록 하객들이 있는 곳으로 자리를 비켜준 터였다.

"굉장하다는 말로는 절반도 표현이 안 된다, 찰리. 넌 방금 지난 10년의 세계 정치사에서 하나의 지각변동을 목격했다. 아니, 취소, 지난 100년!"

"제가요?" 찰리가 물었다. "여왕님은 정말 좋은 분 같았어요. 더 없이 고상하고."

찰스 씨가 웃었다. "누가, 여왕? 그녀는 유물이야. 이름뿐인 최고 권력이지. 이제는 한물간 시대의 인물이야."

찰리는 어리둥절했다. "그럼…, 그럼 그건 뭐죠?" 아빠가 뭐라고 하셨더라? "지각변동이라는 건?"

"그건 말이다, 찰리." 아빠는 뭔가 음모를 꾸미는 듯 나지막이 말했다. "여왕님이 아빠에게 로젠버그 암호를 주었기 때문이란다."

"그게 뭔데요?"

찰스 씨는 아들에게 목소리를 낮추라고 손짓했다. 그가 재빨리 주변을 살핀 뒤 아들을 응시했다. "이걸 가능한 빨리 내 경호원에게 전달해야 하는데, 그 전에 잠깐이라도 축하를 하고 싶었단다."

"로젠버그 암호가 뭔데요?" 찰리가 재촉했다.

"그건 아마 우리 세대에 국가 간 협상에서 승리를 이끌어낸 가장 중요한 서류일 거야. 그 자체로 현재 세계정세에서 가장 강력한 무기를 갖게 되는 거지. 그 가치는 헤아릴 수가 없단다. 찰리, 세계 강대국의 운명이 지금 아빠의 손에 들어온 이 서류에 달렸다고 해도 과언이 아니란다." 그가 심호흡을 한 뒤 나지막하고 단호하게 다시 강조했다. "이게 내 손에 들어온 이상 이 아빠의 경력은 정해진 것이나 다름없단다. 프랑스 대사. 그 다음은 국무장관. 사실상 올라가는 데 한계가 없지."

찰리는 뭔가를 깨달았다. 아주 중대한 뭔가를. 작은 퍼즐조각들이 한꺼번에 와르르 쏟아져 내렸다. 쓰리피스 정장을 입은 노신사가 아빠에게 봉투를 전하던 장면이 떠올랐다. 찰스 씨는 흥분해서 계속 장광설을 늘어놓았다.

"샹젤리제 외곽의 궁전 같은 저택. 멋지지 않니, 찰리? 아니, 네가 옳다. 우리는 시간을 쪼개서 살아야 할 거야. 일년의 절반은 파리에서, 나머지 절반은 프로방스에서. 말이 나와서 말인데, 고위직 공무원이 되면 대통령의 명령으로 워싱턴 D.C로 가야 할지도 몰라. 아빠가 이 암호문을 입수하려고 노력한 사실이 알려지면 대통령은 아빠에게 더 많은 역할을 요구할 거야. 오, 찰리. 이 협상, 이 논의가 얼마나 오랫동안 진행되어 왔는지 너는 모를 게다. 그녀는 변덕스러운 괴짜야, 여왕 폐하 말이다. 정말 피 말리는 날들이었지. 하지만 나는 해냈고, 다른 사람들은 실패했어. 그 암호문이 내 손에 들어왔거든. 내게 있단다, 여기 내 주머니에."

"아니요, 아빠한테 없어요." 찰리가 말했다.

찰리는 조용하고 담담하게 말했다. 무미건조하게, 아무 감정도 없는 어조로. 마치 로봇이 말하는 것처럼.

"뭐라고?" 아빠의 들뜬 음성이 갑자기 흔들렸다.

"아빠는 그걸 갖고 있지 않다고요, 주머니에."

찰리는 자신의 추측이 맞는지 확인하기 위해 그 자리에서 기다릴 필요도 없었다. 아빠가 재킷 안주머니에 손을 넣어 정말로 비어 있음을 확인했을 때 찰리는 이미 무도회장으로 달려가서 소매치기들을 찾고 있었다. "안 돼, 안 돼, 안 돼, 안 돼." 찰리의 입에서 그 말이 흘러나왔다. 그는 파티 하객들, 귀족, 정치가들 할 것 없이 밀치고 달려갔다. 방금 전까지 그곳에 있던, 자신의 옆에 있던 플루토, 미치코, 재키는 어디에도 보이지 않았다.

자취를 감춰버렸다.

저녁 내내 무도회장과 뒤편 주방을 오가며 턱시도와 드레스 차림 귀족을 위해 탄산수 잔을 쌓고 샴페인과 굴을 내오던 급사들 사이에서 셈벤과 파토르도 보이지 않았다.

사라져버렸다.

찰리는 외투보관소로 내려왔다. 외투와 방수재킷이 빼곡한 보관소 유리문이 보였고, 중년의 프랑스 남자 두 명이 걸상에 앉아 축구 이야기에 열을 올리고 있었다. 그들은 함께 일했던 덩치 큰 러시아 소년이 어디로 갔는지 몰랐다. 누가 그를 고용했고, 거기에서 무슨 일을 했는지도 정확히 기억하지 못했다. 단지 찰리에게 외투를 지금 줄까 아니면 나중에 줄까 묻기만 했다.

증발해버렸다.

찰리는 정원으로 달려나갔다. 밴드스탠드에서는 여전히 음악이 흘러나왔고, 커플들은 천막 아래 잔디밭에서 발을 끌며 흥겹게 춤추고 있었다. 노란 불빛이 깜빡거릴 때마다 별명이 생쥐인 왜소한 영국인을 찾아헤매는 찰리의 머리가 확확 돌아가는 것처럼 보였다. 찰리는 생쥐라는 별명이 그녀의 작은 몸집은 물론 작은 틈새에도 잘 숨고 추격자를 잘 피하는 재주 때문일지도 모른다고 뒤늦게 깨달았다. 그녀를 찾는 일에는 그래서 운이 없었다.

디스파뤼*Disparu*(실종되었다).

소매치기들은 판을 접었다. 소매치기들은 떠났다.

찰리는 정답게 밀어를 나누는 연인들과 사교하는 명사들에 둘러싸여 파로 궁 잔디밭에 얼어붙은 듯 멍하니 서 있었다. 태양은 오래 전에 지고 무심한 별들만 머리 위에서 차갑게 맴돌았다. 갑자기 눈물이 글썽해졌다. 지난 6주 동안 마르세유의 소매치기단과 어울렸던 모든 순간, 모든 사건이 눈앞에 펼쳐졌다. 파로 궁의 벽돌과 화강암 벽들이 모르타르 반죽을 깨고 어깨로 쏟아져내릴 것만 같았다.

"안 돼, 안 돼, 안 돼, 안 돼." 찰리는 그 말을 지금까지 10분쯤 중얼거렸음을 깨달았다. 마치 그 말을 자꾸 되풀이하면 모든 것을 원 상태로 돌릴 수 있기라도 한 듯. 장 조레스 광장에서 그의 만년필이 막대기로 변하고, 자신이 분홍색 셔츠 차림 소년을 따라 골목을 달렸던 그 순간으로 되돌릴 수 있기라도 한 듯.

무도회장 뒤편에서 경보기가 울렸다. 한 남자가 하객들에게 긴급 발표를 위해 천막 안 오케스트라 연주를 중지시켰다. 찰리는 거기에 서서 그 말을 들을 필요가 없었다. 그는 어디로 가야 하는지 알고 있었다. 파로 궁의 기념행사장이 범죄현장으로 바뀌었을 때 찰리 피셔는 파니에로 향하고 있었다.

오래된 동네의 구불구불한 골목은 불안할 정도로 적막했다. 찰리는 턱시도 차림으로 골목을 헤매는 유일한 사람이었다. 그가 지나갈 때 몇 안 되는 행인들이 수상한 눈으로 흘끔거렸다. 신뢰할 수 없는 시내버스 때문에 고생한 적은 없지만 찰리는 파로 궁에서 직접 언덕을 달려 내려갔다. 비틀거리며 술집을 전전하는 어부들과 부두를 가로지르는 연락선이 보일 때쯤 찰리는 거의 숨이 넘어갈 것만 같았다. 땀에 젖은 턱시도는 다이빙복처럼 몸에 찰싹 달라붙었다. 파니에의 뒤틀린 건물들은 오늘따라 유난히 기이하고 불길한 느낌을 주었다. 마치 자신의 어리석음을 조롱하며 굽어보는 것 같았다.

혹시 이게 소매치기들의 장난은 아닐까? 일종의 신참 골려먹기 의식? 모두들 은신처로 돌아가 자신을 기다리고 있는 게 아닐까? 지금까지 모든 일은 장난이었다며 정식 소매치기 단원이 된 것을 축하해주지 않을까? 하지만 그런 시나리오를 믿기에는 위험이 너무도 컸다. 그들이 훔친 게 무엇이든, 아빠가 건네받은 암호문은 매우 중요한 것이었다. 더욱이 그것을 찰리의 아빠한테서 훔쳤다. 소매치기의 규약에 동료 소매치기의 가족을 표적으로 삼지 말아야 한다는 항목은 없을까? 찰리는 걸어가는 동안 소매치기단의 규약이 정확히 어땠는지 기억해내려고 머릿속을 뒤졌다. 분명한 것은 그런 규약을 따로 명시해놓지 않았다는 사실이었다. 그러니까 법적인 의무가 있는 것은 아니었다. 찰리는 문득 소매치기단의 규약이 흡연에 관한 것처럼 실질적이고 구체적이지 않다는 사실을 깨달았다. 소매치기들이 적용하기 나름이었다. 그런 생각이 들자 섬뜩

했다.

심장이 쿵쿵 뛰었다. 심장이 머릿속에 들어 있는 느낌이었다. 그는 몸이 허락하는 한 최대로 빨리 뛰었지만 돌로 된 바닥이 나오자 걸을 수밖에 없었다. 마침내 생트 프랑세즈 거리에 도착했다. 찰리는 지금 일어나는 일이 무엇을 암시하는지 생각하지 않으려고 애썼다. 그저 소매치기단을 찾고 싶었다.

아미르와 그의 동료들을 만나려고 여러 주일 전 그토록 찾아헤매던 그 주소지의 세븐 코인즈 바 광장으로 들어섰을 때, 찰리는 한발 늦었다.

카페는 거기 없었다.

건물의 정면은 꼼꼼하게 흔적이 지워진 상태였다. 출입문 위 '세븐 코인즈 바'라는 광고판의 자리는 텅 비어 있었다. 창문은 컴컴했고, 문들은 굳게 잠겨 있었다. 안을 들여다보니 아무것도 없었다. 테이블과 의자도 보이지 않았다. 심장이 덜컹 내려앉았다.

문 유리창 하나가 깨져 있었다. 찰리는 가까스로 손을 넣어 자물쇠를 열었다. 삐걱 소리를 내며 문이 열렸다. 안으로 들어갔다.

"베르투치오?" 소리쳐 불렀다. "플루토? 재키?"

대답이 없었다.

바로 갔지만 뒤편 선반이 텅 비어 있었다. 비밀 문을 여는 장치를 가렸던 페르노드 술병도 보이지 않았다. 아니 그 장치조차 온데간데없었다. 찰리는 유리벽 가장자리를 손으로 더듬어 문을 찾으려고 했지만 도대체 문이라고 할 만한 것이 없었다. 문과 그 너머 통로까지 말끔히 지워졌다.

바에서 뒷걸음질치며 물러나던 찰리는 엎어져 있는 의자에 발이 걸렸다. 우스꽝스럽게 뒤로 자빠지다 팔꿈치를 긁혔다. 재킷소맷자락 안으로 긁힌 자국이 선명하게 보였다. 찰리는 얼른 몸을 일으켰다. 보는 사람이 없는데도 넘어진 게 부끄러웠다. 두려움과 자기혐오가 내면에서 병든 꽃처럼 자라나고 있었다. 찰리는 문 밖으로 나와 작은 광장에 우뚝 섰다. 마침 수레를 끌고 가는 나이든 여인이 보였다.

"엑스퀴제 므와!" 그가 소리쳤다. 여인이 발길을 멈추고 그를 돌아다보았다. 찰리는 프랑스어로 말하려고 애를 썼다. "르 까페…, 르 바 데 셉트 코인즈…, 부 르 코네스*Le cafe..., le Bar Des Sept Coins..., vous le connaissez*(세븐 코인즈 바라고 혹시 아세요)?"

여인은 멍하니 보기만 했다.

찰리가 흥분해서 등 뒤 텅 빈 건물 정면을 가리켰다. "르 바 데 셉트 코인즈. 르 카페, 이시*Le Bar Des Sept Coins. Le cafe, ici*(세븐 코인즈 바라고 아세요? 여기 카페요)!" 찰리는 자기도 모르게 고함을 질렀다. "우 에 르 카페*Où est le cafe?*(카페 어디 갔어요)?"

여인은 찰리의 고함에 별 위협을 느끼지 않은 듯 간단히 고개를 젓고 가던 길을 계속 갔다. 그녀가 모퉁이를 돌아 사라진 후에도 발소리는 다닥다닥 붙은 건물들 골짜기에 오래도록 메아리쳤다.

몸과 마음을 짓누르는 압박을 고스란히 감당하며 찰리는 텅 빈 카페 앞에 혼자 남겨졌다.

CHAPTER 18

찰리는 한동안 그렇게 서 있었다. 미동도 없었지만 속은 부글부글 끓고 요동쳤다. 그는 기억 속 싸구려 영화의 영사기사가 되었다. 머릿속 스크린에 가물거리며 나타나는 지난 6주 동안의 영상을 보고 있었다.

첫 번째 릴은 4월의 어느 운명적인 화요일, 장 조레스 광장에 앉아 작문 공책에 글을 쓰고 있는 그를 보여주었다. 모든 일이 어떻게 일어났는지 그는 꼼꼼하게 지켜보았다. 인파 속에서 플루토와 재키를 알아보았다. 몰리는 페도라를 쓴 어떤 신사의 넋을 빼놓고 있었다. 미치코는 한쪽으로 비껴나 있었다. 물론 자기 곁에 앉은 아이는 아미르였다. 자신이 아미르를 열심히 뒤쫓아가서 경찰에게 알리바이를 제공해주는 모습이 보였다. 이제 소매치기 방법을 알려달라고 요구하는 자신의 목소리가 들렸다. 아미르는 찰리의 최후통첩에 눈도 꿈쩍하지 않았다. 도대체 아미르는 왜 호기심 많은 이 미국인 소년이 수렁에 빠지는 것을 그토록 막으려 했을까?

대답을 생각할 겨를이 없었다. 다음 릴이 찰칵하며 돌아갔다. 찰리는 아미르와 벨쥬 부두를 돌아다니며 소매치기를 배웠다. 그때 재키가 나타났다. 모든 게 사전 각본에 따른 것이었다. 그렇지 않은가? 세븐 코인즈 바의 주소가 적힌 명함을 준 장본인은 아미르였을까? 아니면 재키? 각각의 기억이 스크린에서 되살아나며 영화 분위기가 코미디에서 비극으로 바뀌었다. 찰리는 문득 지난 몇 주 동안 찍은 이 영화가 결코 가벼운 범죄영화가 아니라 아무 매력도 없는 어둡고 사악한 다큐멘터리였음을 깨달았다.

그리고 자신은 똥멍청이였다. 완벽한 바람잡이였다. 소매치기들을 진짜 먹잇감에게 인도한 최고의 바람잡이였다. 그의 아빠 말이다. 자신은 그런 줄도 모르고 멍청한 짓을 했다.

지금의 상황은 감당하기에 너무 가혹했다.

마침내 찰리는 걷기 시작했다. 오래 가지 않아 시끄러운 관광객과 선원들에 가려서 잘 보이지 않았던 바닷가에 닿았다. 토요일 밤 인파는 온통 구항구 근처로 몰려들었다. 늦은 시각이었지만 카페는 사람들로 북적이고 거리도 온통 사람들의 물결이었다. 찰리의 시무룩한 얼굴과 팔꿈치가 터진 턱시도 차림은 항구의 유쾌한 풍경에 우스꽝스러움을 더했다. 지나가던 행인 몇 명이 악담을 퍼부었다. 찰리는 개의치 않고 계속 걸었다. 자신이 어디로 향하는지 신경 쓰지 않았다. 흡사 '떠돌아다니기'를 하는 것 같았지만 그를 인도하는 것은 슬픔과 수치심이었다. 그는 맹렬히 달려드는 감정과 의문의 공세에 시달렸다.

아빠가 계신 집으로 갈 수는 없었다. 지금은 그럴 수 없었다. 그 일이 일어난 이상. 찰리는 상상할 수 있었다. 파로 궁이 텅 비고, 그 귀중한 서류를 훔친 범죄자들이 경내에서 흔적도 없이 사라졌으니 아빠는 운전기사의 차를 타고 귀가하는 중일 것이다. 대사관과 국무부에서 연락이 쇄도할 테니 귀가하는 차안이 한동안 아빠의 마지막 피난처가 되지 않을까. 찰리는 귀가한 아빠가 서재에서 머리를 손으로 감싸쥐고 앉아 있는 모습을 상상했다. 책상 위 저마다 전화선 색깔이 다른 여러 대의 전화기에서는 끊임없이 벨이 울렸다.

비겁한 행동일지 모르지만 찰리는 직선적인 선택을 떠올렸다. 고려할 가능성은 거의 없지만 곧장 집으로 가서 잘못을 털어놓는 거다. 나 찰리 피셔는 암호문을 훔치지 않았다! 나도 속았다! 전문적인 범죄집단이 꾸민 어이없는 사기에 휘말려 인질 역할을 했다, 나도 누구 못지않은 희생자다. 그렇지 않은가?

하지만 지난 6주 동안 소매치기들과 어울려 다니며 지금 비난받고 있는 바로 그 범죄행위에 가담했고, 그동안 훔친 물건을 합법적인 소유주에게 돌려줄 방법도 사실상 없다고 하면 누가 그를 믿어줄까? 찰리가 그동안 배운 놀라운 기술, 숱한 연습을 거쳐 완벽하게 익힌 교묘한 속임수는 단순히 흥겨운 파티에서 선보이기 위한 마술이 아니었다. 그것은 범죄였다! 여러분이 놀랄지 모르지만 딱한 찰리는 지금에야 자신의 행동이 실제로 어떤 결과를 초래하는지, 게다가 그 결과는 절대로 받아들일 수 없는 것임을 깨달았다.

설령 찰리가 아무것도 몰랐고, 클라크 켄트와 그 친구들이 자신을 속였다고 변명한다 한들 그 '패거리' 자체가 허구이며 그에게 어떤 강요도 하지 않았다는 사실을 밝혀내는 데는 많은 조사가 필요하지 않으리라. 피그미 손에 자랐다고? 다리를 절단한 소녀? 그런 생각을 할수록 자신이 얼마나 터무니없는 거짓말을 했는지 절감하면서 스스로에 대한 혐오감만 커져갔다.

그 시간으로 돌아갈 수 있다면, 모든 것을 다시 시작할 수 있다면. 소매치기단을 탈퇴하라는 아미르의 경고에 귀를 기울였다면.

찰리는 이런 생각을 하며 걷다 걸음을 멈췄다. 술에 비틀거리던 하사관 두 명이 알아들을 수 없는 욕설을 퍼부으며 그에게 달려들었다. 결국 아미르는 적이 아니었다. 그는 찰리를 비난한 냉정한 옛 친구가 아니었다. 실은 그를 보호하려고 했다! 그런데도 찰리는 그를 내쳤다. 친구의 충고를 받아들이기보다 자신의 욕심과 허영을 맹목적으로 따랐다.

밤이 흘러갔다. 얼마나 근심이 컸는지 찰리는 시간이 흐르는 것도 알지 못했다. 캔오비어 거리 카페들도 손님이 줄었다. 심야카페 조용한 바에서 구부정하게 앉아 술잔을 기울이는 죽돌이들과 칸막이 테이블에서 서로 부둥켜안고 불분명한 발음으로 상대의 귀에 거짓말을 속삭이는 연인들만 남았다. 이 시간 거리는 바퀴벌레처럼 가로수 불빛을 피해 종종걸음 치는 불면증 환자와 야행성 인간들의 차지였다.

찰리의 피곤한 다리는 그를 결국 성당으로 이끌었다. 찰리는 성당 문 앞에 닿자마자 쓰러져서 웅크린 채로 깊은 잠에 빠졌다.

찰리가 잠에서 깨어났을 때 어디에선가 빵 냄새가 났다.

여러분 중에는 '영혼의 어두운 밤'이라는 구절을 익히 아는 사람이 있을지 모른다. 어쩌면 자기만의 방식으로 그런 밤을 경험한 사람도 있을 것이다. 모든 게 잘못되어 보이고, 세상사에서 옳고 가치 있다고 믿었던 것이 정반대인 것으로 밝혀지는 밤. 이런 밤이면 일종의 심판이 가까워졌다고 보면 된다. 장막이 걷히고, 당신은 비로소 자신의 약점과 결점을 모두 볼 수 있게 된다.

찰리의 영혼도 그런 '길고 어두운 밤'을 제대로 경험하고 있었다. 다행인 건 이런 밤이 중요한 목적에 기여하기도 한다는 사실이다. 이를테면 새로운 목표와 옳고 그름에 대한 예리한 감각을 가지고 깨어날 (잠을 제대로 못 잤더라도 아침에 눈뜰 때) 가능성이 있다. 찰리가 눈을 뜨고 햇빛을 보며 갓 구운 빵 냄새를

맡았을 때도 바로 그런 일이 일어났다.

냄새는 근처 빵집에서 났다. 그 냄새가 찰리의 마음에 일종의 활기를 불어넣었다. 그는 한동안 교회 문 후미진 곳에 웅크린 채 앉아서 그 냄새에 대해, 왜 그 냄새가 갑자기 새로운 느낌을 줄까 생각했다. 생각해보라. 일단 구워진 빵은 시간이 지날수록 상한다. 아침에 산 바게트는 저녁이 되면 어쩔 수 없이 오븐에서 방금 꺼낸 빵의 그림자에 지나지 않는다. 여기에 본질적인 비극이 있다. 하지만 매일 아침 시계태엽처럼, 여느 감각을 지닌 사람이 침대에서 일어나기 전, 제빵사는 다시 오븐 앞에 서서 신선한 빵을 굽는다. 다시 시작한다, 다시 깨어난다.

그 많은 아침들 중 그날 아침. 찰리를 다시 일어나 앉게 하고 세상으로 나가게 한 것은 바로 그런 느낌이었다.

그가 뭔가를 떠올렸다. 지금의 곤경에 빠지게 한 핵심적인 무엇. 갓 구운 빵 냄새를 맡자 찰리는 그곳에서 멀지 않은, 아미르와 나란히 서서 비슷한 냄새를 맡았던 곳을 떠올렸다. 소매치기들의 은신처 옥상. 아미르는 그에게 고백했었다. 소매치기를 그만두고 단순한 생활을 하고 싶다고 털어놓았다. 어딘가에 있는 주방에서 일하고 싶다고 했다. 거기가 어디였더라?

심호흡을 할수록 그날의 기억이 더욱 또렷해졌다.

레바논 식당. 절벽도로 아래 발롱 데 조프.

아미르는 거기로 간 것이다.

바위로 된 절벽도로가 지나가는 구항구의 남쪽은 세월과 조수로 인해 예전의 천연 부두가 바위투성이 화강암 해안이 되었다. 북쪽의 더 큰 부두와 마찬가지로 이곳 역시 성냥갑 속 성냥처럼 낚싯배와 요트들이 **빽빽하게** 들어차고 어수선했다. 발롱 데 조프에서도 여전히 바실리카가 보였다. 지금은 현대식 아파트 단지와 주택들을 떠받치고 있는 거대한 절벽은 대성당 언덕으로 올라가는 길을 품은 협곡의 두 벽으로 이루어져 있었다. 찰리가 발롱에 가기로 결심했을 때 태양은 아직 하늘 아래 잠겨 있었다. 그는 만의 초입을 가로지르는 다리에서 발을 질질 끌며 계단을 내려갔다.

부두 맨 끝에 창문이 있는 나지막한 건물이 보였다. 건물 정면에 페인트로 '압델 와합'이라고 쓰고 더 작은 글씨로 '레바논 식당'이라고 쓴 간판이 붙어 있었다. 그 식당의 유일한 경쟁자는 부둣가 카페와 피자가게뿐이었다. 드디어 목표했던 곳을 찾았다. 하지만 가까이 가자 실망스럽게도 출입문 안쪽에 '*페르메FERME*'라고 쓴 팻말이 걸려 있었다. 찰리는 걸음을 멈추고 얼굴을 찌푸렸다. 하필 그날은 일요일이었다.

하지만, 성당 현관에서 한뎃잠을 자고 어제 저녁부터 입은 후줄근한 턱시도 차림으로 마르세유를 헤매고 다니는 소년보다 더 결연한 사람은 없었다. '금일 휴업'라는 간판도 찰리를 단념시키지 못했다. 그는 건물 주변을 어슬렁거리다 뒷마당으로 통하는 작은 샛길을 발견했다. 그때 누가 움직이는지 자갈 밟는 소리가 왈그락왈그락 들려왔다. 모퉁이를 돌아가자 조그만 자갈 마당이 보였다. 라디오에서 아라비아 풍 노래가 흘러나왔다. 웬 남자가 회반죽이 담긴 양동이에 허리를 숙이고 있는 모습이 보였다. 보아하니 돌로 된 벽을 보수하는 모양이었다. 찰리를 발견한 그가 놀라서 조그맣게 비명을 질렀다.

"데졸레*désolé(죄송한데요)*," 찰리가 두 손을 앞으로 내밀며 말했다. "사람을 찾고 있어요."

찰리의 몰골을 본 상대방은 즉시 대답을 하지 않았다. 그는 턱시도 차림의 소년을 빤히 쳐다본 뒤 마지못해 대꾸했다. "오늘 영업하지 않는다."

"알아요. 전 아미르라는 아이를 찾고 있어요."

"아미르? 그런 애는 모르는데." 남자가 영어로 말했다. 찰리의 국적을 추측한 것 같았다.

"제 또래 남자아이예요. 어쩌면 자기 이름을 아미르라고 하지 않았을지도 몰라요. 하지만 저는 그렇게 알고 있어요."

남자는 말을 멈추고 경계하는 눈빛으로 잠깐 찰리를 살펴본 뒤 식당 뒷문을 향해 아라비아어로 뭐라고 소리쳤다. "혹시 파룩 말이냐?" 그가 다시 찰리를 돌아다보며 물었다.

"그건 잘 몰라요. 아마 얼마 전부터 일했을 거예요. 혹시 사람을 고용하지 않으셨어요?"

남자가 고개를 끄덕였다. 식당 문에서 누군가 나타났다. 지저분한 앞치마를 입고 있었다. 찰리를 발견한 그가 천천히 문을 열고 뒷마당으로 걸어나왔다.

"안녕, 아미르."

"찰리, 너, 꼴이 그게 뭐야?" 아미르가 놀라서 물었다.

찰리는 고개만 끄덕였다. 몸이 움직이지 않았다. 아미르는 찰리가 대답할 때까지 기다리지 않았다.

"무슨 일이 있었구나, 그렇지?" 아미르가 물었다.

찰리는 다시 고개를 끄덕였다.

아미르는 돌을 쌓는 남자에게 걸어가 아라비아어로 몇 마디를 했다. 남자는 실망한 듯 보였지만 결국 평정을 찾았다. 아미르가 앞치마를 벗어 의자에 걸쳐놓았다. 그리고 찰리에게 식당 문을 가리켰다.

"모두 좋은 사람들이야." 아미르가 주방으로 걸어가며 설명했다. 한 여인은 빵을 반죽하고 아이 둘은 그녀의 발밑에서 놀고 있었다. 찰리는 여인에게 인사하고 허리 숙여 아이 한 명의 머리카락을 흐트러뜨렸다. "나는 재료 준비하는 일을 해. 여기 주인 덕분에 식당 위층 방 한 칸에서 지내고 있어. 내 배를 장만할 때까지."

아미르의 자리로 추정되는 선반에는 채소로 뒤덮인 도마가 놓여 있었다. 그곳에서 마늘과 타임 냄새가 났다. 텅 빈 식당 홀이 나오자 아미르가 찰리를 테이블로 안내하고는 의자를 잡아당겨 앉으라고 손짓했다. 그런 다음 선반으로 가서 탄산수가 가득 담긴 유리잔 두 개를 가지고 돌아왔다.

"마셔, 찰리. 너 유령 같아." 그가 말했다.

찰리는 유리잔을 들고 음료를 마셨다. 잔을 내려놓을 때 손이 덜덜 떨렸다. 그제야 찰리는 말문을 열었다. "아미르, 애들이 그걸 가져갔어. 애들이 그걸 훔치려고 나를 이용한 거였어."

아미르는 고개만 끄덕였다.

"그랬던 거야? 처음부터?" 찰리는 자신의 말이 고장난 수도에서 똑똑 떨어지는 물방울 같다고 생각했다. 방울방울 찔끔찔끔. 그러나 아미르는 빠진 부분을 채워주는 것 이상을 했다.

"맞아." 아미르가 대답했다.

"너도…?"

"응."

"처음부터…?"

"응." 아미르가 말했다.

그 순간 찰리의 내면에서 무언가가 폭발했다. 감전을 당한 것처럼 분노가 폭발해서 갑자기 주먹으로 테이블을 내려치고 아미르의 멱살을 잡았다. 유리잔이 넘어졌다. "왜 나한테 말하지 않았어! 왜 나한테 이런 짓을 한 거야!" 찰리가 고함을 질렀다.

아미르는 놀라서 켁켁거렸다. 찰리보다 힘이 센 그는 찰리의 손목을 쥐고 자신의 목에서 떼어낸 뒤 팔을 비틀어 테이블에 억지로 내려놓았다. 주방에 있던 여인이 식당 문가에 나타났다. 그녀와 아미르 사이에 아라비아어가 몇 마디 오갔다. 그녀는 아미르가 상황을 통제할 수 있고 낯선 손님이 식당을 약탈할 리 없다는 것을 확인하고는 안도하며 문 뒤로 사라졌다.

"맙소사, 찰리. 나를 쫓겨나게 할 셈이야?" 아미르가 목덜미를 손으로 문질렀다.

"그 자식들 어딨어, 아미르? 난 그놈들을 찾아내야 해." 찰리가 물었다.

"누구, 소매치기들?"

"그래, 소매치기들."

"맙소사, 찰리. 그 애들은 벌써 떠났어."

"떠났다고, 어디로? 리옹의 소굴? 파리?"

아미르가 고개를 저었다. "학교로 돌아갔어."

"학교? 세븐 벨스 학교?"

그제야 아미르가 고개를 끄덕였다.

"콜롬비아?" 찰리가 비명 섞인 소리로 물었다.

아미르가 두 손을 내밀어 목소리를 낮추라고 애원했다. "그래."

잠깐 말을 잇지 못하던 찰리가 물었다. "왜 나한테 말 안 했어?"

"무슨 말? 난 너한테 말했어! 소매치기단을 나오라고."

"난 '그 집단에 속했던' 적이 없어. 그렇지 않아? 나는 줄곧 풋내기였어. 난 호구였다고. 나한테 경고했을 때조차 넌 나를 속였어."

"넌 이해 못 해." 아미르가 이야기했다. "넌 소매치기단이 어떻게 돌아가는지 몰라. 너한테 곧이 곧대로 말할 수는 없었어. 그랬으면 난 애들한테 맞아죽었을 거야. 세븐 벨스 학교는 배신자를 가만두지 않아. 찰리, 믿어줘. 나는 그 점이 마음에 들지 않았어. 그 점이 화가 났다고. 난 네가 눈치 챌 줄 알았어. 넌 누구보다도 내 말을 잘 들어줬잖아. 너를 이 지경으로 만든 나를. 그게 내가 할 수 있는 최선이었어."

"그럼, 왜 그랬어? 왜 굳이 말했냐고? 왜 끝까지 내버려두지 않았느냐고. 내가 뭐라고? 나는 그저 네가 사기 치려는 표적이 아니었어?"

"아니야, 찰리. 내 말 들어봐. 나는 지금까지 줄곧 소매치기였어. 얼마나 오래됐는지 그 전에 어떻게 살았는지 기억도 나지 않아. 난 겁쟁이가 아니야. 하지만 네가 불쌍했어, 찰리. 갑자기 교장선생님이랑 소매치기들한테 배웠던 모든 것들이, 그런 게 갑자기 이해가 되지 않았어. 찰리, 너를 처음 만났을 때 말이야, 거기 앉아서 소설을 쓰고 있는 너를 만났을 때, 재미있는 이야기였어. 나는 그때, 이 친구가 앞으로 일어날 일을 겪게 해서는 안 된다고 생각했어."

첫 만남을 이야기하자 찰리는 등줄기가 오싹해졌다.

"그러니까." 찰리가 끼어들었다. "처음부터?"

"그래." 아미르가 대답했다. "그게 그렇게 된 거야. 오래 전에 계획된 사기였어. 그걸 손에 넣는 유일한 방법은, 그게 뭐라고 했지? 로젠버그 암호? 파티에서 미국 총영사 찰스 피셔 씨를 통하는 거였지. 하지만 연결고리가 약했어. 그렇잖아, 보석을 치렁치렁 단 노인네로부터 너희 아빠에게 전달될 때 훔쳐야 하는데 창구가 안 보였어. 어쨌거나 그 건은 최근 들어 가장 큰 대어였어. 그러다 생각해낸 거지. 파티에서 찰스 피셔 씨에게 접근하는 최고의 방법은 찰스 피셔 주니어를 통하는 방법이라고. 알다시피 작전은 플루토가 짰어. 그가 계속해서 그 계획을 챙겼어."

"그럼 네가 내 옆에 앉은 것도 우연이 아니었구나. 장 조레스 광장에서."

"맞아. 하지만 찰리, 넌 지금 상황이 안 좋아. 이런 말까지 들어서 좋을 것은 없어."

"아니. 들어야 해." 찰리가 도전적으로 말했다. "모든 것을 알아야 해."

"모든 걸?"

"응, 모든 걸."

아미르는 길을 가다 성난 개를 만났을 때처럼 찰리를 신중하게 살피며 침을 꼴깍 삼켰다. "좋아, 모든 것."

아미르가 심호흡을 했다.

"그건 플루토의 기획이었어. 하지만 너를 끌어들이려 나선 사람은 재키였어. 처음부터 계획적이었지. 그날 재키는 소매치기를 당한 척하고 너에게 도움을 청하기로 했어. 하지만 나는 그 방법이 별로 시원치 않고 효과도 없다고 생각했지. 봐, 나는 네가 말려들지 않을 거라고 생각했어. 그리고 그날 난 네 옆에 앉아서 다른 표적을 물색하고 있었어. 그러다 우연히 네가 쓰는 글을 읽었고, 네가 무슨 생각을 하는지 알게 되었지. 너는 외교관 아들 노릇에 싫증난 부류 같았어. 끝없이 뭔가를 갈망하는 아이."

"내 글을 읽고 알았다고?" 찰리는 쉽게 믿어지지 않았다.

"응, 온갖 퍼즐조각을 꿰어맞춰서. 기억나? 뛰어난 소매치기는 일종의 스토리 채집가라고 했던 거? 불행하거나 뭔가를 갈망하는 사람은 소매치기에게 가장 손쉬운 먹잇감이야." 아미르가 난감해하며 찰리를 쳐다봤다. "미안해."

"계속해." 찰리가 재촉했다.

"그래서 난 기획자와 다른 길을 갔어. 이를테면 독자적으로 행동한 거지. 도박이었어. 네 만년필을 슬쩍한 건."

"하지만 넌 도망쳤잖아. 내가 붙잡을 줄 어떻게 알았어?" 찰리가 물었다.

"감각이 뛰어나면 수확도 좋은 법이지." 아미르가 대답했다. "그건 좀 어려웠어. 정말이야. 솔직히 말하면 나는 네가 날 따라잡도록 몇 번인가 걸음을 늦췄어. 너를 거의 놓칠 뻔했는데 마침 소매치기 전담 경찰에게 붙잡힌 거야."

"경찰들, 때맞춰 버저가 울렸군. 안 그래?"

아미르가 피식 웃었다. "아니. 그들은 합법적이었어. 그건 결코 계획의 일부가 아니지. 내 계획은 네가 나를 따라잡아서 나를 멈추게 하고, 나는 너에게 소매치기를 보여주겠다고 제안하는 거였지. 간단해. 애초에 버저가 개입하는 것은 계획에 없었어. 그런데 경찰이 나타난 거야. 그렇지 않았으면 난 정말로 너를 잃어버렸을 거야. 어쨌든 나는 곤경에 처했고, 넌 그런 나를 구해주었어."

"너를 구해주었다고? 도대체 어디까지가 사실이고 어디서부터 거짓인지 모르겠어." 찰리가 못 믿겠다는 듯 혼자 중얼거렸다.

"솔직히 누군가 내 편을 들어준 건 그때가 처음이었어. 넌 정말 이상한 아이였어. 그거 하나는 인정해. 그래서 난 혼란스러웠어." 아미르가 말했다.

찰리는 아무 대꾸도 하지 않았다.

아미르는 계속했다. "그 후로 상황이 정리되고 제자리를 찾아갔어. 몇 번인가 우리가 너를 놀라게 했을 거야. 하지만 넌 전혀 몰랐어. 무슨 일이 일어나고 있는지 전혀. 넌 철저하게 우리 계획에 걸려든 거야." 아미르는 모욕적인 말을 뱉어놓고 순간 당황해서 말을 멈췄다. 찰리가 고개를 푹 숙였다. "내가 말했잖아. 지금은 듣지 않는 게 좋다고." 아미르가 덧붙였다.

"계속해." 찰리는 그저 이렇게 응수했다.

구항구에서의 소매치기 수업, 법원 앞에서 찰리가 변호사들을 유인했던 일, 병사의 반지를 훔쳤던 일까지 연쇄적으로 일어난 일 하나하나가 찰리를 점점 깊숙이 끌어들였다. 그리고 그날 막판에 재키와 우연히 부딪힌 일은, 그녀가 그렇게 연결되기 위해 몇 시간 동안 기다린 것이었다. 주머니에 명함을 슬쩍 넣은 장본인은 재키였다. 은신처의 위치를 알려주기 위해서였다. 모든 게 감각이 뛰어난 소매치기 기술자들의 계략이었다. 도대체 어느 멍청이가 비밀 은신처를 알려주는 명함을 만든단 말인가? 아미르는 경마장에서의 소매치기, 그리고 '떠돌아다니기'를 하던 중 아마도 플루토가 진짜 심경의 변화를 일으켰을 거라는 이야기까지 들려주었다. 그때 찰리가 그만 말하라고 손을 저었다.

모든 것이 정교하게 꾸며진 신기루였다. 모든 것이 엄청난 대어인 암호문을 손에 넣기 위한 작전이었다.

아미르는 그만하라는 찰리의 신호를 따랐다. 그들은 한동안 말이 없었다. 이윽고 아미르가 조심스럽게 입을 열었다. "하지만 난 네가 좋았어, 찰리. 나도 그렇게 될 줄 몰랐어. 플루토나 다른 아이들한테는 그런 마음이 들지 않았어. 너는 재미있고 똑똑한 아이였어. 너랑 있으면 나까지 똑똑해지는 것 같았지. 내 마음이 그렇게 변할 줄은 몰랐어. 넌 샌님에 호구라 그렇게 느끼면 안

되는데. 너 같은 샌님과는 절대 친구가 안 될 줄 알았는데. 한 번도 나와 같은 소매치기가 아닌 친구를 사귀어본 적이 없어. 알다시피 소매치기단에서 우리는 한 가족이지만 친구는 아니야. 그런데 너는 내 친구였어, 찰리."

아미르의 눈에 반짝인 건 눈물이었을까?

"결론적으로," 아미르는 코를 쿵쿵대고 정신을 가다듬은 뒤 말을 이었다. "넌 덫에 걸려들었어. 그리고 난 거길 나와야 했지. 더 이상 그럴 수 없었거든. 내 친구한테 그런 일이 일어나는 것을 내 눈으로 지켜볼 수 없었거든. 우선 너를 소매치기단에서 나오게 해야 한다고 생각했어. 어떻게 해서든. 난 네가 내 말을 들을 줄 알았어. 애초에 너를 그렇게 만든 것도 나니까. 하지만 넌 너무 멀리 갔어. 음모에 너무 깊숙이 빠졌어. 내가 할 수 있는 건 떠나겠다고 선언하는 것뿐이었어. 그리고 그렇게 했지."

다시 침묵이 흘렀다. 뒷마당에서 자갈 밟는 소리가 들렸다. 멀리 칙칙대는 라디오 소리도 들려왔다. 두 아이는 부엌에서 장난감 자동차를 가지고 놀고 있었다.

마침내 찰리가 입을 열었다. "나 그거 꼭 되찾아야 해."

"되찾지 못할 거야, 찰리."

찰리는 아미르의 말을 듣지 않은 게 분명했다. "네가 나를 도와줘야 해."

"왜 내가 그래야 하는데?"

"왜냐하면 넌 나에게 빚을 졌으니까, 넌 내 친구니까, 그리고 날 실망시켰으니까. 바로잡고 싶지 않아? 그럼 내가 암호문 찾는 걸 도와줘."

아미르는 멍하니 턱을 문질렀다. 이윽고 그의 손바닥이 위쪽으로 천천히 기어가더니 자신과 찰리, 그 식당, 모든 것을 지워버리고 싶은 듯 얼굴을 쥐어짜기 시작했다. "찰리," 그가 손가락 틈새로 말했다. "그 말뜻은…."

찰리가 대신 말했다. "무슨 뜻인지 알아. 나 학교에 갈 거야. 나를 거기에 데려다 줘."

"세븐 벨스 학교는 남미에 있어. 너 가정교사와 지리 공부했지? 지구 반대편이라고."

"북극이라도 상관하지 않아. 난 그 봉투를 되찾아야 해."

"설령 거기 간다고 해도 어떻게 그 봉투를 되찾을 건데? 공손하게 '돌려주세요.' 할 거야?"

찰리가 머뭇거렸다. "거기까지는 생각해보지 않았어."

"이건 멍청한 짓이야, 찰리. 내가 들었던 말 중에 가장 멍청하다고. 내 평생 들은 멍청한 얘기 중에 가장 멍청한 얘기야. 넌 교장을 몰라. 그는 이해하지 못할 거야…, 음, 그는 어떤 것도 이해해주지 않는 사람이야. 나는 그가 별 것도 아닌 일로 어떤 아이를 창문도 없는 지하감옥에 가두고 2주일 간 음식도 안 주는 걸 봤어. 하물며, 하물며, 이것과는 비교조차 안 되는 일로!"

찰리는 흔들리지 않았다. 그가 아미르를 도전적으로 노려보았다.

"찰리, 그러니까 네 말은," 아미르가 관자놀이를 문지르며 말했다. "왜냐하면 확실히 해두고 싶어서 그래. 그러니까 네 말은, 우리가 남미의 콜롬비아로 가서, 순전히 우리 힘으로 가야겠지, 불쌍한 너희 아빠는 비행기표 값을 내주지 않을 테니까. 그 다음 어찌어찌해서 숲속, 정글 한가운데 산꼭대기 비밀스러운 곳에 있는 학교로 간다, 이거지? 그러니까 나한테 그 숲까지 데려다 달라는 거지? 내가 너한테 그 학교가 정글 한가운데 산꼭대기에 있다고 말해줬다는 이유로 교수형을 당하게 되더라도 말이지? 좋아, 일단 거기까지 가는 건 걱정하지 마. 그 다음 네가 어떻게 도둑 두목과 대면할지 모르겠는데, 여느 시시한 두목들과는 완전히 다른 그 도둑 두목을 만나서, 그것을 가지고 뭘 할지 모르지만, 가장 능숙한 제자들로 구성된 소매치기단을 파견해서 훔친 그 종이쪽지를 돌려주세요라고 공손하게 말하면 그가 돌려줄 거라고 기대하는 거지? 그러면 너는 그 종이쪽지를 무사히 마르세유로 가져와서 아빠한테 되돌려드리고 싶다는 거지? 그게 네가 하고 싶은 말이지? 그렇지 찰리?"

"맞아." 찰리가 대답했다.

"그리고 내가 친구이기 때문에, 이게 친구로서 해야 하는 일이기 때문에 내가 도와줬으면 한다는 거지, 맞지?"

"맞아." 찰리가 대답했다.

"알았어." 아미르가 담담하게 말했다.

찰리가 흠칫 놀라서 되물었다. "알았어?"

"아니, 몰랐어!!" 아미르가 버럭 고함을 질렀다. 그는 벌떡 일어나 뒷발질로 의자를 타일바닥에 넘어뜨렸다. 그리고 신발상자 속 태엽인형처럼 방안을 원을 그리며 걷기 시작했다. 그의 목소리는 한껏 굳어졌다. "난 네가, 좋아, 찰리. 너를 많이 좋아해. 하지만 이건 무리야. 완전 무리." 아미르는 혼잣말처럼 조그맣게 중얼거렸다. "그들은 말했어. 소매치기단에 들어와라, 세븐 벨스 학교에 등록해라, 유용한 기술을 배워라, 여행을 해라, 세상을 돌아다녀라, 실적을 많이 올려라." 그가 손바닥으로 테이블을 탁 내리쳤다. 찰리는 움찔했다. "하지만 난 이런 일에는 서명한 적 없어."

찰리는 대꾸하지 않았다.

"너 소매치기단을 탈퇴하는 기술자에게 그들이 어떻게 하는지 알아? 알아?

그게 그렇게 간단하지 않아. 그런데 넌 지금 나한테 그 미친 학교를 배신하라고 말하고 있어, 찰리. 난 못해. 윽, 어떤 벌이 내려질지 상상만 해도…. 난 그 정도로 멍청하지는 않다고."

"그들이 절대 모를 거야." 찰리가 말했다.

"그게 무슨 뜻이야? 그들이 절대 모를 거라니?"

"그냥 나를 근처까지만 안내해줘. 그 다음에는 나 혼자 할게. 거기에서 나오는 것도 내가 알아서 할게."

아미르는 친구를 찬찬히 뜯어보았다. "찰리, 난 네가 똑똑한 줄 알았어. 여기 올 때까지 여러 나라를 돌아다녔고, 가정교사도 있고, 부유한 가정에…. 내 눈에 얼마나 대단해 보였는지 알아!"

"그냥 거기까지만 데려다 줘, 아미르. 그곳을 알려주기만 하면 돼. 내 부탁은 그게 전부야."

"그 다음에는 어쩌려고? 학교 정문까지 걸어가서 '저기요, 우리 아빠의 봉투를 돌려주시겠어요? 부탁이에요.' 할 거야? 그렇게 말하면 너한테 어떤 일이 일어나는지 알아? 그 사람들이 어떤 짓을 할지, 넌 절대 몰라."

찰리는 요란하게 침을 삼켰다. "그건 내가 걱정할게."

"찰리. 넌 미쳤어."

"도와줘, 아미르." 찰리가 애원했다. "넌 나한테 그만한 빚을 졌어."

좌절한 아미르는 의자에 털썩 주저앉아 세븐업 놀이(책상에 엎드린 채 눈을 감고 한 손만 내밀어서 엄지를 치켜올린 다음 선택된 일곱 명의 아이들이 교실을 돌면서 엄지를 치고, 그 중에 누군지를 맞히는 게임—옮긴이)를 하듯 테이블 위에 두 팔을 엇갈리게 놓고 손목에 얼굴을 묻었다.

찰리가 몸을 앞으로 기울였다. "너 보트 갖고 싶다고 했지?"

"으음." 아미르의 팔 사이에서 들려오는 소리는 그것뿐이었다. 마치 죽어가는 오소리가 울음을 삼키는 소리 같았다.

"틀림없이 그만한 보상이 있을 거야." 찰리가 말했다.

"으음."

"아마도 꽤 큰 보상일 거야."

"으음."

"꽤 근사한 보트를 살 수 있을 거야. 아늑한 침대와 작은 조리대가 있는."

아미르가 테이블에서 얼굴을 벌떡 일으켰다. "AM/FM라디오도?"

"그럼, 온갖 주파수가 잡히는." 찰리가 더 가까이 몸을 기울이며 덧붙였다. 두 소년의 머리는 이제 몇 센티미터밖에 떨어지지 않았다.

"선체가 6미터짜리? 멋진 나무 돛대도 있고?"

"최고급 캐나다산 소나무로 만든."

찰리는 아미르를 흉내내어 자신도 손등 위에 턱을 올려놓았다. 두 소년의 시선이 마주쳤다. 그들은 한동안 말이 없었다. 마침내 아미르가 입을 열었다. "너 나중에 딴소리 하지 않기다?"

"절대로." 찰리가 다짐했다.

CHAPTER 19

그렇게 해서 아미르와 찰리는 아미르의 임시직장이었던 압델 와합 식당을 떠나 거리로 나왔다. 떠나기 전 아미르와 고용주 사이에 언쟁이 있었지만 찰리는 무슨 말인지 알아들을 수 없었다. 아미르는 길고 열렬하게 사정을 설명했다. 분명 우정과 그로 인한 의리의 본질에 대해 말했을 것이다.

그 말에 고용주가 설득당한 게 틀림없었다. 찰리와 아미르가 가게를 나설 때 압델 와합의 주인 부부는 주방 문가에 서서 애정이 담긴 작별인사를 하며 행주를 흔들었다. 마침 그들은 다음주에 처음으로 미슐랭 가이드의 별을 받기로 되어 있었다. 그 식당은 지금도 여전히 그 자리를 지키고 있으며, 그때 주방에서 자동차를 가지고 놀던 두 아이가 현재 주인이 되었다. 여러분도 언젠가는 그 식당을 방문해야 한다. 무쟈다라(요르단의 전통 렌틴콩 요리)가 아주 맛있다.

밖으로 나온 찰리는 눈앞의 풍경을 바라보았다. 항구의 배들. 선회하는 갈매기들.

어쩌면 난생 처음 거리에서 잠을 잤기 때문일 수도 있었다. 어쩌면 갑작스럽게 아빠와 가족에 대한 애정이 주체할 수 없이 솟구치거나 복수에 대한 열망이 너무나 컸기 때문일 수도 있었다. 어쩌면 찰리가 불현듯 시민의식에 눈 떠 잘못을 속죄하고 바로잡아야겠는 결심이 섰기 때문일 수도 있었다. 이유가 무엇이든 찰리는 달라졌다. 찰리는 지난 밤, 자신에게 고통과 굴욕을 안겨준 이 사건을 제 손으로 반드시 해결하겠다고, 그리하여 로젠버그 암호문을 정당한 주인에게 돌려주겠다고 마음먹었다. 그것은 숭고한 각성이었다. 자신의 가족과 조국을 위한 각성.

"그럼." 찰리가 말했다.

"그럼." 아미르가 받았다.

"거기까지 어떻게 가지?" 찰리가 물었다.

아미르가 손바닥으로 얼굴을 문질렀다.

"너 아침에 일을 많이 했구나." 찰리가 말했다.

"거기까지 어떻게 가지?" 아미르가 똑같이 따라했다.

"무슨 바보 같은 질문이야?" 찰리가 책망을 했다.

"너 돈 얼마나 가지고 있어?"

찰리는 주머니를 뒤적였다. 그의 손바닥에 놓인 것은 동전 15프랑, 지폐 25프랑, 그리고 사탕 껍질이었다. "많지는 않아. 너는?"

"내가 가진 돈은 생각하지 마." 아미르가 말했다. "넌 충분히 고민하지도 않았어, 그렇지?"

"즉석에서 떠오른 생각이었어."

"찰리, 이런 일을 계획하려면 적당한 돈이 필요해. 도대체 어떻게 남미에 갈

건데? 우린 프랑스에 있는데."

"공항?"

"딩동댕. 이제야 내가 알던 그 찰리야."

찰리가 발끈했다. "어린애 취급하지 마."

"우선 그 턱시도 재킷부터 벗어. 간밤에 돈을 몽땅 잃은 카지노 도박꾼처럼 보인단 말이야. 어쩌면 그게 더 나을지도 모르지. 그리고 타이도." 아미르가 찰리의 새로워진 옷차림을 꼼꼼히 살폈다. "이걸로는 어림도 없어."

"우리 시간 없어." 찰리가 재촉했다.

아미르는 흡족한 표정을 지으며 고개를 끄덕였다. "음, 그러면 되겠다."

그들은 계단을 올라가 절벽도로로 갔다. 바람이 절벽 가장자리를 휘감았다. 그곳 동방군단의 죽은 자를 위한 기념물(동방군단은 1915년 다르다넬스 전투에서 패한 후 친독일인 불가리아와 싸우기 위해 테살로니카에서 결성된 연합군 군단을 말함—옮긴이)의 거대한 석조아치 앞에서 사람들이 웨딩 사진을 찍고 있었다. 절벽도로와 나란히 주차된 빈 차들이 행렬을 이루고 있었다. 찰리는 설명을 들을 필요도 없었다.

"너 운전할 수 있어?" 찰리가 물었다.

아미르는 별 것 아니라는 듯한 표정으로 찰리를 쳐다봤다. "어떨 것 같아?"

아미르는 그저 운전을 조금 할 줄 아는 정도였다. 컨버터블 MG의 운전석을 한껏 당겨 앉았는데도 발이 간신히 페달에 닿았다. 프랑스의 기본적인 교통법규는 어린 운전자를 교묘히 비껴가는 것처럼 보였다. 두 아이는 절벽도로를 타고 마르세유 프로방스 공항을 향해 북쪽으로 달리는 동안 다른 운전자들

로부터 끝없이 항의를 받았다. 아이들은 부주의하게 점화장치에 열쇠를 꽂아둔 웨딩 하객에게 무단으로 차를 '빌렸다.' 찰리가 우기는 통에 주차장 근처에서 발견한 돌멩이로 이렇게 쓴 메모지를 눌러놓기는 했다. '*국가적인 비상사태로 자동차를 빌립니다. 마르세유 프로방스 공항에서 찾아가세요.*' 지붕이 없는 차라 운전 중 말할 때는 바람의 함성보다 크게 고함을 질러야 했다.

"너를 학교 근처까지 데려다 줄 수는 있어. 하지만 그렇다고 정문까지 데려다 준다는 말은 아니야. 그건 내게 위험해." 아미르가 말했다.

"시간이 얼마나 남았어?" 찰리가 물었다. "교장선생님이 그 암호문으로 뭘 하려는지 알아?"

"몰라. 우리는 그냥 가져오라는 지시만 들었어. 내 생각에 그걸 팔아먹으려는 것 같아."

"팔아?"

"응, 팔아. 이봐, 너 여권 가지고 있지?"

찰리는 아미르를 멍하니 쳐다봤다.

아미르가 급히 브레이크를 밟았다.

그들은 마르세유 시내 도로를 어지러울 정도로 달려 45분 후 피셔 가의 비밀 경계구역을 몰래 뚫고 들어갔다. 침실 속옷서랍에서 찰리의 낡은 여권을 가지고 나온 후 두 아이는 다시 고함에 가까운 대화를 나눴다.

"아니면 다른 사람한테 줘서 써먹게 할지도 몰라." 아미르가 계속했다. "거기에 뭐라고 적혀 있는지 알아?"

"뭐, 암호문?"

"응."

"사실 잘 몰라."

"무엇이든 간에 중요한 게 틀림없어. 너희 아빠가 손에 넣었고 교장선생님이 탐냈다면 보나마나 대단한 거겠지. 교장선생님이 그걸 가지고 뭘 할지에 대해선 아무 말도 듣지 못했어."

"나 소리 지르는 거 아냐." 찰리가 말했다.

"뭐라고?"

"나보고 소리 지르지 말라며? 난 그냥 바람소리 때문에 크게 말한 거라고."

"난 그런 소리 들은 적 없다고 했을 뿐이야."

"뭐라고?"

아미르는 찰리의 말을 무시했다. "어쨌든 빨리 움직여야 해. 소매치기들은 지금쯤 학교로 가고 있을 거야. 우리가 빨리 움직이면 교장선생님이 그걸 처리하기 전에 도착할 수 있어."

"조심해!" 찰리는 이미 고함을 지르고 있었지만 더 크게 고함을 질렀다. 위험하게도 아미르가 차선을 넘어 바로 옆에 달리고 있던 르노 자동차 앞으로 끼어들었다. 아미르는 핸들을 힘껏 돌렸다. 컨버터블은 비틀거리며 제 차선으로 돌아왔다. 르노가 쌩 달려가며 경적을 날카롭게 울려댔다. 30분쯤 후 아미르와 찰리는 마르세유 프로방스 공항 앞 차로에 차를 세웠다. 찰리는 차에서 내리다 성층권 여행에서 살아남은 것처럼 보도에 이마를 찧을 뻔했다.

"자연스럽게 행동해." 차에서 내려 급히 공항으로 걸어가고 있을 때 아미르가 충고했다.

요즘 시대에 우리는 현대적인 공항의 빽빽한 인파에 익숙하다. 장사진을 친 부루퉁한 여행객과 더 부루퉁한 공항 직원들. 하지만 1961년 봄에는 지금과 사정이 달랐다. 누군가에게는 이 시절이 비행기 여행의 황금기였다고 기억될 것이다. 비행기 타기가 편리하고 편안했으며 훨씬 효율적이었다. 게다가 유행의 첨단이었다. 멀리 떨어진 도시에 갈 때 고속버스보다 비행기를 타는 게 덜 복잡할 뿐더러 훨씬 폼 나는 일이었다. 당시 마르세유 프로방스 공항은 남프랑스의 더 멋진 종착지들로 가기 위해 반드시 들러야 하는 허브 역할을 했다. 따라서 두 아이가 빌린 스포츠카를 내버리고 유리문을 통해 공항 안으로 들어갔을 때 승객들의 모습은 우아하게 차려입은 부자들이 모여 있는 풍경과 별반 다르지 않았다. 같은 맥락에서 1961년의 항공권 구입 방법은 요즘과 형식만 비슷했다. 찰리는 오전의 북적거림 속에서 얼마 되지 않는 콜롬비아 행 편도 항공권을 살 액수를 슬쩍하기 위해 부유한 승객들을 물색했다.

"파리, 먼저 파리로 가야 해. 마르세유에서 콜롬비아로 곧장 가는 비행기는 없어." 아미르는 소매치기를 염두에 두고 찰리에게 속삭였다.

"알았어." 찰리가 대답했다.

그들은 딸깍딸깍 넘어가는 운항 시간표를 들여다보는 여행객들에게 다가갔다. 흰색 판에 검정 글씨로 다양한 도시로 출발하는 비행 시간표와 게이트 숫자가 적혀 있었다. 파리 행 항공편이 여러 개 올라 있는 것으로 보아 주요 목적지임이 분명했다. 찰리는 아미르 곁에 바짝 붙어서 신호를 기다렸다. 아미르를 힐끗 보니 시간표 대신 여행객들의 시선만 주시하고 있었다. 이윽고 여행객 중 청색 고급 스포츠코트를 입은 중년 남성이 시간표에서 고개를 돌려 게이트를 향해 걷기 시작했다. 아미르는 얼른 반대 방향으로 걸어갔다.

"잠깐, 너 어디 가는 거야?" 찰리가 숨죽여 물었다.

"난 벌써 비행기 티켓을 끊었어." 아미르가 대답했다.

"어떻게 구했어?" 하지만 찰리는 어떤 대답이 돌아올지 알았다. 청색 스포츠코트 차림의 신사는 틀림없이 빈손으로 게이트에 도착할 것이다. "하지만 난 없어."

"너도 티켓을 끊는 게 좋을 거야, 안 그래? 내 비행기는…." 아미르가 주머니에서 네모난 종이쪽지를 꺼내 들여다보았다. "30분 뒤에 이륙해."

찰리는 아미르를 힐끗 본 뒤 운항 시간표를 다시 주시했다. 그는 아미르가 그랬듯 찰칵찰칵 넘어가는 안내판을 주시하는 사람들의 바쁘게 돌아가는 시선을 훔쳐보았다. 안내판에는 가까운 항공기 출발 시각과 게이트가 나와 있었다. 그때 어떤 여인이 옆 사람에게 가장 빠른 파리 행 비행기가 몇 시에 출발하는지 묻는 말이 들렸다. 찰리는 마음속으로 그 여인을 점찍었지만 혹시 비행기 티켓에 이름이 표기되면 발각될 위험이 크다고 판단했다. 그에게 필요한 것은 남자 승객의 티켓이었다. 그때 페도라를 쓰고 서류가방을 든 비즈니스맨 세 명이 시간표를 보기 위해 다가왔다. 찰리는 그들 쪽으로 자리를 옮겼다. 그들은 출장을 떠나는 비즈니스맨처럼 보였다. 찰리는 그들이 프랑스 상업의 중심 도시로 갈 가능성이 높다고 추측하고 조용히 탐색을 시작했다. 그들이 입고 있는 겉옷에는 주머니가 줄줄이 있을 테지만 공략할 주머니는 단 하나라는 사실을 찰리는 잘 알았다. 재킷에 비스듬히 나 있는 입술주머니, 호구들 용어로 티켓주머니였다.

찰리는 중년 남자의 재킷에 난 입술모양 주머니를 눈여겨보았다. 단추로 재킷 천에 고정되어서 어쩔 수 없이 조심스럽게 주머니 덮개를 들춘 다음 손가락을 주머니 안으로 밀어넣었다. 금세 황금을 발견했다. 빳빳한 종이의 느낌. 찰리는 안내판에 다가가는 척하며 중년 남자 앞으로 끼어들었고 화들짝 놀란 상대는 옆으로 밀려났다. 찰리는 사과를 하면서 남자가 움직일 수 있게 공간을 터주는 동시에 주머니에서 티켓을 꺼냈다. 탑승권을 손에 넣자마자 얼른 자리를 떴다. 밀치락달치락 하는 인파로부터 안전한 거리만큼 멀어졌을 때 찰리는 포획물을 자세히 살펴보았다.

그의 탐색은 적중했다. 30분 안에 파리로 떠나는 비행기 티켓이었다.

"잘했어." 아미르가 말했다.

그들은 물살을 거슬러 올라가는 두 척의 카누처럼 승객의 물결을 헤치고 서둘러 게이트로 이동했다. 승무원들이 승객들을 탑승시키고 있었다. 찰리는 좌석을 찾아 앉자마자 (비행기 여행이 두렵다고 엄살을 떨며) 좌석을 바꿔달라고 요청했다. 티켓 원 주인의 사업상 동료들과 나란히 앉는 것을 피하기 위해서였다. 그 후 몇 차례 더 좌석을 바꾼 끝에 찰리는 아미르와 나란히 앉게 되었다. 마침내 출입문이 닫히고 비행기가 게이트에서 분리되자 그들은 안도의 한숨을 내쉬었다. 찰리는 곧장 잠에 골아떨어졌다. 두 시간의 비행은 빠르게 지나갔고, 그들은 이내 파리의 활주로에 착륙했다.

"일어나." 아미르가 말했다. "소매치기를 더 해야 해."

드 파리 노르드 공항(1974년에 샤를 장군의 이름을 따서 샤를 드골 공항으로 바뀜—옮긴이)은, 공항이라는 점에서만 마르세유 프로방스와 같았다. 닮은 점은 그것으로 끝이었다. 승객의 행렬이 마르세유 공항의 경우 졸졸 흐르는 실개천이었다면 파리 공항은 인파가 물결처럼 탑승동을 휩쓸고 다녔다. 아미르와 찰리도 그 물결에 뛰어들어 몸을 맡겼다. 아미르는 걸어가는 동안 목소리를 낮춰 찰리에게 다음 행동을 지시했다. 찰리가 잠을 자는 동안 파리에서 보고타로 가기 위한 작전을 세운 게 분명했다.

"돈 많은 신사한테 티켓을 훔치는 것처럼 간단하지 않아. 통근자용 국내선 항공권은 포괄적이야. 항공권에 승객 이름이 표기되지 않거든. 하지만 대서양을 횡단하는 항공권은 달라. 우리 이름이 들어간 티켓이 있어야 해."

"그건 어떻게 해야 하는데?"

"잘, 봐." 탑승동의 교차지점에 다다랐을 때 아미르가 말했다. 그들이 서 있는 곳에서 터미널 출입문이 보였다. 승객들이 항공권을 구입하기 위해 줄을 서서 기다리고 있었다. 아미르는 찰리를 데리고 벽에 에어 프랑스 로고가 자랑스럽게 찍힌 데스크로 갔다. 데스크와 로고 사이에는 에어 프랑스 유니폼을 입고 우쭐해하는 직원이 앉아 있었다.

"저기에 우리의 호구가 있어." 아미르가 조용히 말했다.

"저 사람은 파리-보고타 행 티켓을 갖고 있지 않을 수도 있어."

아미르가 찰리를 빤히 쳐다봤다. "물론이야. 하지만 탑승권은 갖고 있어."

"아하. 무슨 말인지 알겠어." 찰리가 고개를 끄덕였다.

그들은 터미널 로비에서 잠깐 의논한 뒤 방법을 정했다. 일단 의견이 모아지자 찰리가 데스크로 다가갔다.

"안녕하세요?" 찰리가 직원에게 말을 걸었다. "저는 아빠랑 여행을 하고 있는데요, 아빠는 저기에서 우리 가방을 지키고 있어요. 아빠가 저한테 콜롬비아 보고타 행 티켓 두 장을 사오라고 하셨어요."

"그래?" 데스크 직원은 캐비닛으로 가서 직사각형 종이 다발을 꺼내 테이블에 내려놓았다. 찰리가 힐끗 쳐다봤다. 그것은 빈 탑승권 묶음이었다.

"7시 비행기요." 찰리가 주문했다.

직원은 커다란 스프링 공책처럼 보이는 책자를 펼친 다음 책장을 넘기면서 꼼꼼히 살펴보았다. "그래. 아직 빈 좌석이 있구나."

바로 그때 소동이 일어났다. 누군가 큰 소리로 비난을 퍼붓고 고함치는 소리가 들렸다. 찰리 뒤편 3미터쯤 떨어진 곳에서 아랍 소년이 스포츠코트 차림의 신사와 실랑이를 벌이고 있었다.

"저 아저씨가 내 친구 손목에 차고 있던 시계를 훔쳐갔어요. 도둑이에요. 볼뢰르*Voleur(도둑이에요)!*" 소년이 소리쳤다.

그 소리를 들은 에어 프랑스 직원은 찰리에게 짧게 양해를 구하고 카운터 앞에서 벌어지는 싸움을 중재하러 달려갔다. 빈 탑승권 뭉치만 달랑 책상 위에 남기고.

찰리는 고개를 돌려 싸움을 구경했다. 아미르는 인정하지 않는 포로를 제압하기 위해 상대의 팔에 매달려 있었다. 에어 프랑스 직원이 공항 경비대에게 손짓하며 영어로 물었다. "무슨 일입니까?"

"이 아저씨가 내 친구의 손목시계를 훔쳐갔어요." 아미르가 하소연했다. "이 아저씨가 내 친구한테 몸을 부딪치는 것을 봤어요. 그러고 나서 봤더니 내 친구의 손목시계를 차고 있었어요!"

찰리는 급히 아미르 곁으로 달려갔다. "무슨 일이야?"

"찰리, 너 시계 어디 있어?" 아미르가 허리를 숙여 찰리의 왼팔 옷소매를 끌어올렸다. 손목에 아무것도 없었다.

"없어졌어! 내 롤렉스가! 아빠가 주신 건데!" 찰리가 소리쳤다.

"이 아저씨가 훔쳐갔어." 아미르가 신사를 가리키며 외쳤다. "이 아저씨가 너한테 몸을 부딪치는 것을 봤어. 그때 슬쩍한 거야."

"아니다. 난 그런 적 없어." 신사가 깜짝 놀라며 말했다.

"그럼 손목 좀 봐요." 아미르가 요구했다. 신사가 거절하자 아미르가 다시 요구했다. "그럼 손목을 보여달라니까요."

신사는 믿을 수 없다는 표정으로 재킷소매를 밀어올렸다. 그의 손목에 찰리의 은제 시계가 채워져 있었다. 그것을 본 남자는 다른 사람들과 마찬가지로 몹시 놀란 표정이었다. 공항 경비대가 앞으로 걸어나왔다. 신사는 얼른 시계 버클을 풀어 독뱀이라도 되는 양 바닥에 떨어뜨렸다. "난…." 그가 더듬거렸다. "난 어떻게 된 일인지 몰라요. 그게 왜 여기에 있는지 몰라요."

찰리는 무릎을 굽혀 카펫에서 손목시계를 집어들었다. 그가 손가락에 시계를 걸어 휙 돌린 뒤 말했다. "네, 제 것 맞아요." 경찰이 도착했다. 찰리가 시계 판의 뒷면을 내보였다. "여기 제 이름이 새겨져 있어요. 열 살 생일선물로 받은 거예요."

"이 아저씨를 체포하세요." 아미르가 소리쳤다. 경찰이 아미르의 제안에 따라 용의자에게 다가가려고 하자 찰리가 막아섰다.

"고발은 원하지 않아요."

"그래?" 경찰이 물었다.

"원하지 않는다고?" 아미르가 물었다.

"네." 찰리가 대답했다. "이 아저씨는 나쁜 사람 같지 않아요. 이번 한 번만 봐주고 싶어요. 게다가, 아미르, 우린 비행기를 타야 해. 늦으면 안 돼."

경찰이 신사를 연행해 갈 때 아미르는 진심으로 아쉬운 표정을 지었다. 신사는 아마도 몇 가지 질문을 받은 뒤 실제 도둑이 아니라는 사실이 밝혀지면 석방될 것이다. 에어 프랑스 직원이 찰리를 돌아다보며 유니폼 앞부분을 손으로 툭툭 털었다. "이런 일로 성가시게 해서 미안하구나. 탑승권 구매를 마저

하겠니?"

"아빠를 찾아야 해요. 아빠한테 무슨 일이 있었는지 말씀드려야겠어요." 찰리가 말했다.

"그렇겠지. 그럼 갔다가 표를 끊으러 다시 오렴."

직원은 자신의 데스크로 돌아갔다. 찰리는 그가 책상을 정리한 뒤 다른 승객을 응대하는 모습을 보았다. 직원은 티켓 두 장만큼 탑승권 뭉치가 가벼워졌다는 사실을 알아채지 못한 채 책상서랍에 도로 넣었다. 찰리와 아미르는 재빨리 그곳을 떠나 소용돌이치는 인파 속으로 들어갔다.

둘은 남성용 화장실의 칸막이 안으로 들어갔다. 찰리가 훔친 탑승권 두 장을 꺼냈다. 아미르가 필기구를 찾으려고 주머니를 뒤적였다.

"빌어먹을. 찰리, 너 글씨 쓸 거 가지고 있어?" 그가 말했다.

찰리는 비웃듯 주머니를 뒤져 셰퍼 임페리얼 만년필을 꺼냈다. 그들은 잠깐 시선을 주고받았고, 만년필은 다시 다른 손에 쥐어졌다.

찰리는 손등에 메모해둔 정보를 확인했다. 중앙 탑승동에 있는 출발 안내 전광판을 보고 알아둔 내용이었다. "콜롬비아, 보고타." 그가 말했다. "항공기는 458. 오후 7시 30분 출발."

"게이트는?"

"12번 게이트. 좌석은 어떻게 할까?"

"그건 상관없어." 아미르가 받았다. 혹시라도 이중 예약이 되면 잘못 표기한 걸로 하면 돼. 플라이트 코드는 뭐야?"

"아, 4B22AF9."

"알았어." 아미르는 탑승권 한 장을 찰리에게 내밀었다. 이어서 셰퍼 임페리얼 만년필 뚜껑을 닫아 손가락 사이에서 몇 번 돌린 뒤 주인에게 돌려주었다.

"아니야, 너 가져. 어쨌든 너에게 준 거니까." 찰리가 말했다.

소년은 만년필을 잠깐 바라보다 한 바퀴 돌린 다음 주머니에 넣었다.

"고마워, 찰리." 아미르가 소매를 살짝 올려 손목에 차고 있던 시계의 시간을 확인했다. "한 시간 남았어. 뭣 좀 먹을까?"

찰리가 손을 내밀었다.

"왜?" 아미르가 물었다.

"시계." 찰리가 대답했다.

"아하." 아미르는 손목에 찬 롤렉스 버클을 풀어 반대편 손바닥에 떨어뜨렸다. 그리고 멋쩍게 찰리에게 건넸다.

비행시간은 연료를 주입하기 위해 세네갈에서 잠시 경유하는 시간을 포함해 18시간 걸릴 예정이었다. 찰리와 아미르는 비행을 위해 조용히 자리를 잡았다. 다행스럽게도 좌석이 다 팔리지 않아서 그들이 선택한 좌석은 예약되지 않은 채 남아 있었다. 이륙한 지 한 시간쯤 지났을 때 승무원이 엽서를 나눠주었다. 고향에 있는 사랑하는 사람들에게 여행 소식을 알리라는 뜻이었다. 아미르는 자신의 엽서를 찰리에게 넘긴 뒤 의자를 젖히고 잠을 청했다. 찰리는 한동안 창밖을 내다보았다. 멀리 목화솜 뭉치처럼 떠다니는 구름 사이로 목가적인 프랑스 농장의 조각보 같은 밭이 보였다. 이윽고 찰리는 펜을 들어 엽서에 편지를 쓰기 시작했다.

사랑하는 아빠.

제 걱정은 하지 마세요. 저는 안전해요. 모든 게 다 죄송해요. 저에게는 해결해야 할 일이 있어요. 금방 집에 갈게요.

사랑해요, 찰리.

찰리는 몇 번이나 쓴 글을 다시 읽었다. 그럴 때마다 '사랑'이라는 글자에서 길을 잃었다. 아빠와의 관계에서 단 한 번도 써본 적이 없는 단어였다. 찰리는 창문의 블라인드 틈새로 붉은 빛이 들어오는 서재에 앉아 있을 아빠를 상상했다. 아직까지도 불을 켜지 않아서 어둠이 방안을 가득 채운 모습을 상상했다. 이런 사정도 모르는 채 책상에 앉아서 창밖을 바라보고 있을 아빠를 상상했다. 구석에 놓인 텔렉스 기계에서 읽지 않은 수신용 테이프가 마루로 쏟아져 내리는 상상을 했다. 이런 장면을 떠올리자 찰리는 가슴이 미어질 것만 같았다. 얼마 후 엽서를 수거하러 온 승무원에게 의연하게 보이고 싶어서 참으려 했지만 그게 힘들 정도로 괴로웠다.

"내일 도착할 거야." 승무원이 설명했다. "돌아오는 길에 경유지에서 발송할 예정이란다."

"고맙습니다." 찰리는 비행기 창문에 머리를 기대고 창밖을 내다보았다. 비행기 아래에 핑크빛 구름이 담요처럼 깔려 있었다. 하지만 이내 어둠에 묻혀 사라지고 찰리는 설핏 잠이 들었다.

찰리는 비행기에 몸을 기댄 채 깜빡 졸다 비행기를 흔드는 난기류에 깨어나는 일을 반복했다. 마침내 잠에서 깨어났을 때 밖은 여전히 어두웠다. 빛이라고는 옆 좌석에 켜진 조명뿐이었다. 고개를 돌려보니 아미르가 스티로폼 커피잔의 액체를 휘젓고 있었다.

"잠 좀 잤어?" 찰리가 잠이 덜 깬 목소리로 물었다.

"응, 조금. 너는?"

"나도."

아미르는 커피를 휘저었다. 크림은 벌써 녹았는데 계속 젓고 있었다. 뭔가 생각의 실타래를 단단히 감거나 아니면 풀고 싶어하는 것처럼 보였다. "아직 취소하기에 늦지 않았어." 아미르가 불쑥 내뱉었다.

"아니야." 찰리가 말했다.

"이 일로 아무도 너를 비난하지 않을 거야. 넌 어린 애야, 찰리. 그 때문에 기획이 치밀했던 이유도 있어. 너한테 해가 가지 않게 하려고 말이야. 넌 아직 어려서 용서받을 거야. 어른 소매치기랑 달라."

"나에게 책임이 있어, 아미르. 난 이걸 해결해야 해." 찰리는 완강했다.

아미르가 한숨을 내쉬었다. "좋아, 그럼 이렇게 해. 우리는 엘 토로라고 하는 마을까지 버스를 타고 갈 거야. 거기에서 양 갈래로 난 길을 한참 가다 보면 네거리. 그 네거리에 낡은 가게가 있어, 작은 잡화점이야. 난 거기에 너를 떨어뜨려놓을 거야, 알았어? 난 눈에 띄면 절대 안되니까. 학교 근처까지는 갈 수 없어. 만약 네가 이 범죄를 해결하기 원한다면…."

"난 원해." 찰리가 말을 가로막았다.

"그렇다면 넌 나에 대해 한 마디도 해선 안 돼. 난 심지어 여기에 있는 것도 아니야. 난 지금 압델 와합에서 반죽을 밀고 있어, 알았지? 어쨌든 난 그걸 하고 있어야 해." 아미르는 커피 잔을 입으로 가져가 천천히 한 모금 마셨다.

"엘 토로? 작은 잡화점?" 찰리가 대답을 유도했다.

"응. 거기에서 일하는 꼬마한테 말해. 종이컵에 콜라와 라임을 섞어서 달라고 해."

"콜라와 라임이라…."

"종이컵에. 정확히 주문하는 게 중요해, 알았어?"

"알았어. 종이컵에."

"잡화점은 학교 업무를 보는 일종의 비밀 접수국이야. 아무도 정확한 학교 위치를 알 수 없어. 소매치기 말고는. 알았어? 그런데 가끔 학교에 입학하고 싶다든지 교장의 도움이 필요한 일반인이 찾아와. 방방곡곡에서 온갖 종족들이. 그들은 학교 측에 뭔가를 부탁해. 이런저런 민원을 넣어. 그러면 교장은 자신이 할 수 있는 것을 하지." 아미르는 커피를 한 모금 더 마셨다. "라임 넣은 콜라를 주문해. 누군가 너를 학교로 데려다 주러 올 거야. 넌 그 후로 어떻게 할 것인지나 생각해둬."

"물론이지. 이미 다 했어." 찰리가 조롱하는 투로 대꾸했다.

아미르가 의심 어린 눈으로 쳐다보았다.

"아미르, 나는 내가 무엇을 해야 하는지 정확히 알고 있어." 찰리는 마치 그것으로 충분하다는 듯 단호하게 말했다. 그가 고개를 돌려 창밖의 어둠을 응시했다. 어디선가 비행기 엔진 소리가 윙윙 들렸다. 승무원이 빈 컵과 다 쓴 엽서를 수거하러 통로로 걸어왔다. 비행기 날개 너머 어디쯤에서 태양이 떠올랐다. 저 아래 아프리카 해변이 보였다. 그들과 그들의 최종 목적지 사이에는 대서양이 펼쳐져 있었다.

찰리가 알았을까? 찰리는 정말 알았을까?

CHAPTER 20

비행기 아래로 콜롬비아가 눈에 들어왔다. 눈에 보이는 모든 곳이 짙은 초록으로 빽빽하게 뒤덮여 있었다. 담요처럼 뒤덮인 나무숲 위로 솟은 보고타 시는 울창한 야생정원 안에 지어진 장난감 건축물 같았다. 찰리에게는 시간이 완전히 멈춘 느낌이었다. 성당의 후미진 곳에서 잠을 자고, 아미르를 찾고, 파리에 이어서 보고타까지 비행기를 타고 날아오기까지 36시간의 기억이 가물가물했다. 찰리에게 더 이상 잠은 필요없었다. 배도 고프지 않고 목도 마르지 않았다. 그가 원하는 것은 복수뿐이었다.

그들은 오랜 비행에다 시차로 인해 좀비처럼 변해버린 승객들에 섞여 비행기에서 내렸다. 트랩을 내려와 활주로에 섰을 때 뿌옇고 눅눅한 공기가 셀로판처럼 온몸을 휘감았다. 가설활주로 주변은 키 크고 굽은 나무들이 울타리처럼 에워싸고 있었다. 그 너머에는 잿빛 하늘에 낮게 걸린 구름 위로 높은 고지대가 솟아난 모양이었다. 터미널 안으로 들어가자 담요를 펼쳐놓고 손수 짠 바구니와 옥수수 껍질로 만든 인형을 파는 여인들이 보였다. 다른 승객들이 수하물을 찾기 위해 기다리는 동안 찰리와 아미르는 재빨리 공항 출입문으로 걸음을 옮겼다. 공항을 나오자 두 번의 세계대전을 목격한 뒤 그 이야기를 들려주려고 살아남은 듯 보이는 현란한 색깔의 낡은 버스가 대기하고 있었다. 아미르는 운전사에게 다가가 스페인어로 말을 걸었다. 이윽고 운전사로부터 대답을 받아낸 아미르가 찰리를 돌아다보았다.

"이 버스야." 아미르가 소리쳤다.

찰리는 아미르에게 잠깐 와보라고 손짓한 뒤 조용히 물었다. "버스표가 없는데, 누구라도 털어야 하는 거 아냐?"

"찰리, 주위를 둘러봐. 누구를 털겠니?" 아미르가 핀잔을 주었다.

아니나 다를까, 주변을 둘러보니 그런 생각을 접을 수밖에 없었다. 버스정류장에 모여 있는 남녀들은 두 소년에게 표적이 되기는커녕 몽땅 털려봤자 2페니도 안 될 것 같았다. 두 아이는 각자 주머니에 가지고 있는 현금을 모아 지붕이 골함석으로 된 환전소로 갔다. 그리고 거의 약탈당하다시피 하는 환율로 몇 푼 안 되는 페소화를 손에 넣었다. 그들은 문이 열린 버스로 돌아와 두 명의 차비를 지불했다.

"엘 토로?" 버스운전수가 버스표 두 장을 끊어주며 아미르에게 확인했다.

"시/*Si(맞아요).*"

낡고 덜컹거리는 버스는 몇 정거장 정차하고 나서 탁 트인 도로로 진입했다. 이때부터 이 라틴아메리카 국가에 널리 분포하는 다양한 사람들이 버스에 타기 시작했다. 출근하는 젊은이들, 궁색한 버스에 서서 말쑥함을 유지하기 위해 필사적으로 애쓰는 양복 차림 비즈니스맨, 우는 아기를 안은 여인들, 조용한 아기를 안은 여인들, 전통복장을 한 늙은 원주민, 닭 두 마리를 품에 안은 신혼부부. 찰리는 승객들을 구경하며 작문 공책에 쓸 멋진 이야기를 구상하느라 목전에 둔 불가능에 가까운 모험에 대해서는 거의 잊었다.

찰리와 아미르는 버스를 탄 첫 승객들에 섞여 있었다. 그리고 두 시간 남짓 흘러 버스가 폐허 같은 건물 몇 채만 남은 지저분한 광장으로 헉헉대며 들어가 멈춰섰을 때 마지막 남은 승객이었다. 찰리는 흙탕물 자국이 난 창문으로 밖을 내다보다 작은 마을 주위로 불쑥 솟은 야생의 푸른 산맥을 보며 놀라워했다. 그것은 단숨에 모든 것을 삼켜버릴 듯 거대했다.

"엘 토로다." 버스 앞쪽에서 운전수가 소리쳤다.

아미르가 팔꿈치로 찰리의 옆구리를 찔렀다. "우리 내릴 차례야."

"여기가 엘 토로야?" 주변을 살피던 찰리가 놀라서 물었다.

운전수가 찰리의 음성에 담긴 충격을 눈치 챈 게 분명했다. 그가 요란하게 웃고 나서 욕설인 듯한 말을 스페인어로 중얼거렸다. 아미르는 굳이 친구에게 통역해주지 않았다.

그들은 달에 갓 도착한 우주인처럼 엘 토로의 먼지 풀풀 나는 길에 첫 발을 디뎠다. 낯선 콜롬비아 환경이 둘을 에워쌌다. 눅눅한 공기와 마음을 짓누르는 여행의 무게가 어찌나 큰지 머리가 몽롱했다. 게다가 시차로 인한 피곤함은 이런 생경함을 더해주기만 했다. 두 아이가 땅에 발을 딛기 무섭게 버스 문이 덜컹 하고 닫혔다. 낡은 버스는 털털거리며 정글 속으로 사라졌고 그 뒤에도 엔진 소리가 한참 동안 들렸다. 버스 바퀴가 굴러가면서 찰리의 왼쪽 바지에 흙탕물을 튀겼다. 하지만 이 마당에 그게 무슨 대수란 말인가?

흙이 드러난 도로에는 닭들이 무리지어 바닥을 쪼아대고 있었다. 판잣집 한 곳에서 나타난 카우보이모자를 쓴 사내가 그들을 수상쩍게 바라보았다.

"이 쪽이야. 서두르자." 아미르가 나직하게 말했다.

이 마을을 통과하는 길은 몇 차례 급히 꺾어지다 마지막 건물을 지나 두 갈래로 갈라졌다. 아이들은 이 Y자 교차로에서 왼쪽 길로 걸어갔다. 버스가 간 길의 반대편이었다. 길가의 나무들 틈으로 더 많은 오두막이 간간히 보였지만 얼마 지나지 않아 사람이 거주하는 흔적은 사라졌다. 대신 이국적인 나무들로 빽빽한 산들이 어렴풋이 나타났다. 잿빛 구름이 낮게 걸려 있었다. 숲을 뒤덮은 우듬지에는 안개가 매달려 있었다. 처음 들어보는 낯선 새들의 노랫소리가 계곡과 협곡에 크게 울려퍼졌다. 불길한 광경이었다. 찰리는 아미르와 무작정 모험을 떠난 후 처음으로 두려움과 외로움 같은 것을 느꼈다.

웅덩이와 쓰러진 나뭇가지를 피해 몇 킬로미터를 더 걸어갔다. 길은 도로라기보다 골프의 해저드 코스에 가까웠다. 찰리의 바지는 온통 흙탕물 무늬로 뒤덮이고, 드레스셔츠는 팔꿈치가 완전히 찢어졌다. 그는 곰의 공격에서 살아남아 시상식 무대에 선 사람처럼 보였다. 아미르는 걸어갈수록 점점 더 예민해져서 길 옆의 빽빽한 덤불숲을 초조하게 살폈다. 걸음걸이는 더욱 빨라졌다. 찰리가 많이 뒤처질 때면 목소리를 낮춰 보조를 맞추라고 잔소리를 했다. 찰리는 지시에 따르려고 최선을 다했다.

우듬지에 걸려 있던 안개가 길까지 내려와 주변을 얼룩지게 하고, 따뜻하고 짙은 아지랑이가 온몸을 휘감았다. 고지대로 올라간 게 분명했다. 길을 걷는 게 마치 짙은 구름 둑을 통과하는 것 같았다.

두 아이는 한동안 아무 말도 하지 않았다. 몇 킬로미터쯤 걸어갔을 때 아미르가 잔뜩 긴장한 목소리로 말했다. "끝내 나한테 말하지 않을 거야?"

"뭘?" 찰리가 물었다.

"네 계획."

"너를 실망시키고 싶지 않아."

"알았다."

"안다고?"

"사실 넌 계획이 없는 거야."

찰리는 대꾸하지 않았다.

"그렇지?" 아미르가 소리 높여 압박했다.

찰리는 대답하지 않기로 작정하고 앞에 난 길만 뚫어져라 보았다. 지금까지 아미르의 물음에 대해 많이 생각했다. 사실 그는 친구의 궁금함을 이해했다. 요점은 자신이 뭔가 하고 있다는 사실에 감격한 나머지, 자신이 하고 있는 일 (여러분이 알면 아마도 놀랄 것이다)에 대해 완전히 마음의 결정을 내리지 못했다는 점이었다. 여러분도 그런 기분을 이해할 것이다. 뭔가에 발목이 잡혀 있거나 유난히 벅찬 장애물에 앞에서 꼼짝 못할 때, 지금까지 해온 것만으로도 어느 정도 위안을 받는 심정 말이다. 예를 들어 소설을 쓰겠다고 결심했는데 소설쓰기가 보기와 달리 쉽지 않게 느껴진다. 그러면 작문 공책을 펼쳐놓고 맨 윗줄에 멋진 글씨체로 '1장'이라고 쓴 다음 적어도 그 정도는 했다고 만족하며 '오늘은 그만하자'는 생각이 들기 십상이다.

이런 기분에 굴복하는 것은 어리석다고 말하는 사람들이 있을 것이다.

하지만 그들은 틀렸다.

선배 소설가들도 처음에 그랬던 것처럼, 찰리는 크고 멋진 글씨체로 로젠버그 암호문을 불법 점유자에게서 되찾기 위한 계획서의 첫 부분에 '1장'이라고 적었다. 찰리는 자신의 스토리텔링 실력으로 나머지를 어떻게든 딱 떨어지게 써내려갈 수 있을 거라고 믿었다.

그렇지 않을까?

"여기야." 아미르가 길 중간에서 걸음을 멈추고 찰리의 짧은 몽상을 중단시켰다. "내가 갈 수 있는 건 여기까지야."

찰리는 고개를 들고 어느새 넓어지기 시작한 길을 보았다. 진흙탕을 가로질러 직각으로 교차로가 나 있었다. 십자가 모양 길모퉁이 한 곳에 작은 함석집이 보였다. 정글에서 생겨나 주변의 숲에 잡아먹힐 듯 보이는 집이었다. 커다란 나뭇가지와 덩굴이 건물 벽과 지붕을 촉수처럼 휘감고 있었다. 찰리는 아미르를 돌아다보았다. 아미르가 근심 가득한 얼굴로 고개를 끄덕였다. 그의 발이 흙먼지 속에서 들썩거렸다. 빨리 떠나고 싶어서 안달하는 듯했다.

"여기라고?" 찰리가 물었다.

"나 가야 해, 찰리. 지금 여기에 있는 것도 나에게는 아주 위험해." 아미르가 말했다. 그가 떠나려고 몸을 틀었다.

"잠깐. 이걸 주고 싶어." 찰리는 손목의 시계를 풀어 손가락으로 들어 보였다. "만약 내가 돌아오지 못하면."

"오, 찰리." 아미르는 갑자기 울컥해 얼굴이 굳어졌다. "내가 말했지, 이런 짓은 하지 마."

"이거면 배를 장만하는 데 큰 보탬이 될 거야. 압델 와합 사람들은 좋은 분들이니까 너를 다시 받아줄 거고." 찰리는 시계를 들고 아미르가 받아주기를 기다렸다.

아미르는 아무 말 없이 시계를 받아들었다. "너는 어쩌려고?"

"내가 알아서 할게. 내 걱정은 말고 어서 가기나 해." 찰리가 말했다.

아미르가 고개를 끄덕였다. 아미르는 손목에 시계를 차고 잠깐 감탄했다. 이윽고 그가 고개를 들고 찰리를 응시했다. "안녕, 찰리."

"잘 가, 아미르."

아미르는 웃으면서 가볍게 손을 흔들었다. 그런 다음 몸을 돌려 재빨리 왔던 길을 걸어갔다. 그는 이내 안개 속으로 사라졌다.

찰리는 맥 빠진 호흡을 길게 쉬고는 헛기침을 한 뒤 작은 오두막으로 향했다. 함석으로 된 현관 지붕이 휘어져 포치 위로 내려오고 포치에는 빨간색 낡은 의자가 보초처럼 놓여 있었다. 오두막 안은 사람이 사는 흔적이 보이지 않았다. 문 옆에 하나뿐인 유리창에서도 빛이 흘러나오지 않았다. 유리창에 뽀얀 먼지가 두껍게 앉아서 찰리는 셔츠자락으로 닦고 안을 들여다보았다. 물건이 별로 없는 가게처럼 보였다. 뒤쪽 벽을 따라 선반이 걸리고 옆쪽에는 빈 엽서처럼 보이는 종이와 사탕바구니가 놓여 있었다. 멀리 떨어진 벽에 냉장고가 있고, 하나뿐인 알전구가 실내를 밝히고 있었다. 찰리는 문을 밀어보았다. 문이 열렸다. 그가 고개를 들이밀고 소리쳤다. "계세요?"

대답이 없었다.

찰리는 조심스럽게 가게 안으로 들어갔다. 쌓인 먼지와 엔진오일이 섞인 독특한 냄새가 났다. 멀리 정글에서 들려오는 생명체의 날카로운 소리에 등줄기가 오싹해졌다. "계세요?" 다시 불렀지만 여전히 대답이 없었다. 소매치기단과 주인 없는 가게가 도대체 뭔 상관이지. 찰리는 그들이 위장작전을 능가하는 뭔가를 준비하고 있을 것 같은 예감이 들었다.

찰리는 다시 길로 나와서 사방을 둘러보았다. 아미르는 이미 떠났고 근방에는 어떤 인기척도 없었다. 잡화점의 황폐한 지금 상태가 일시적이라는 것을

암시하는 트럭이나 자동차도 보이지 않았다. 찰리는 다시 가게로 돌아가서 큰 소리로 외쳤다. "종이컵에 콜라 한 잔 주세요, 라임 넣어서요!" 여전히 대답이 없었다. 찰리는 포치로 나와서 빨간색 의자에 앉아 기다렸다.

그리고 또 기다렸다.

습관적으로 시간을 보기 위해 손목을 힐끗 보다가 시계를 줘버린 기억이 났다. 계산해보니 아미르는 지금쯤 엘 토로를 향해 반쯤 갔으리라. 찰리는 아미르가 무사히 돌아가기를 빌었다. 자신을 여기까지 데려다 준 일로 인해 아미르가 어떤 벌을 받게 될지 상상만 할 뿐이었다. 아미르가 겪을 곤경을 생각하자 마음이 무거웠다. 찰리는 기분을 북돋우려고 노래를 부르기 시작했다.

무지개 너머 어딘가에
하늘은 푸르고
나는 콜롬비아 정글에 있다네
이런, 내가 뭔 짓을 한 거지?

노래도 도움이 되지 않았다.

갑자기 길에서 어떤 움직임이 포착되었다. 한 아이가 마치 안개 속에서 나온 것처럼 불쑥 나타나 걸어오고 있었다. 기껏해야 여섯 살쯤 돼 보이는 아이는 허름한 티셔츠에 청바지 차림이었다. 아이에게 손을 흔들었는데도 잡화점 현관에 있는 찰리의 존재를 의식하지 못한 것 같았다. 아이는 곧장 현관문을 밀고 가게로 들어갔다. 등 뒤로 문이 쿵 닫혔다. 이어서 빠지직 전류 흐르는 소리가 나며 창문 네온사인에 '아비에토'라는 글자가 나타났다. 다만 정확성을 장담하지 못하는 듯 불안하게 깜빡거렸다. 찰리는 멍하니 앉아 있다가 일어나서 소년을 따라 안으로 들어갔다.

아이는 선반에 신문을 펼쳐놓은 채 읽고 있었다. 여러 축구경기의 결과를 확인하는 듯했다. 아이는 여전히 찰리의 존재를 의식하지 않는 것 같았다.

"올라*Hola.*" 찰리가 말을 걸었다. 아이는 대답하지 않았다. 찰리는 흠흠 헛기침을 하고 다시 말을 걸었다. "콜라 좀 줄래, 라임 넣어서."

아이는 고개를 들어 찰리를 정면으로 응시했다.

"종이컵에." 찰리가 덧붙였다.

아이가 침착하게 신문을 접었다. 그리고 아래로 손을 뻗어 검정색 베이클라이트 전화기를 선반에 올려놓았다. 수화기를 귀에 대더니 로터리식 다이얼의 숫자 세 개를 돌렸다. 대답을 기다리는 동안 아이는 찰리를 흘끔거렸다.

"시*Si.*" 아이가 말했다. 통화가 된 모양이었다. 아이는 찰리가 알아듣지 못하게 고개를 외로 꼬고 나지막이 말했다. 통화는 오래 걸리지 않았다. 아이는 잠깐 사이 고개를 두 번 끄덕인 뒤 수화기를 내려놓았다. 전화기를 다시 선반 아래 내려놓은 아이가 완벽한 영어로 말했다. "여기서 기다리세요."

찰리는 내심 라임 섞인 콜라를 마시지 못해 실망했다. 쓸모없는 암호 문구에 속았다고 씁쓸해하고 있을 때 등 뒤로 덜컹 문 여는 소리가 들렸다. 찰리는 다른 손님이 왔나 싶어 고개를 돌렸다. 그 순간 머리에 두건이 씌워졌다. 찰리는 뒷걸음질 치다시피 해서 발작적으로 공회전을 하고 있는 차로 끌려갔다.

두건 밑으로 들어오는 배기가스 냄새에 구역질이 났다. 두 개의 몸뚱이가 찰리를 자동차 뒷좌석으로 추정되는 곳에 앉히고 자신들은 양 옆에 앉았다.

요란한 소리를 내며 차가 움직이기 시작했다. 왼편에 앉은 사람한테서 어렴풋하게 솔잎 냄새가 났다. 찰리를 호송하는 사람들은 가는 동안 말 한 마디도 하지 않았다.

찰리가 추측하기에 두 시간쯤 차를 타고 달린 것 같았다. 차는 뱀처럼 구불거리는 길을 따라 달렸다. 차가 틀어지고 꺾어질 때마다 찰리의 어깨는 핀볼게임의 쿠션 같은 옆자리 몸뚱이에 맞고 튀어나오기를 반복했다. 단 1분도 차의 삐걱대는 충격 없이 달린 적이 없었다. 기본적인 유지보수가 몹시 부족한 도로를 달리는 게 분명했다. 차가 덜컹거리며 멈춰섰을 때 찰리는 세탁기 회전통에서 달리기를 한 것처럼 느껴졌다. 멀미로 쓰러질 것만 같았다. 게다가 몹시도 화장실에 가고 싶었다.

"아저씨, 저 정말로 오줌이 마려워요." 찰리가 애원했다.

차문이 열리고, 찰리는 차에서 1미터쯤 떨어진 곳으로 끌려갔다. 머리에서 두건이 벗겨지고 다시 앞을 볼 수 있게 되었다. 그때 보게 된 광경에 찰리는 몹시도 급했던 오줌 누는 일조차 까맣게 잊었다.

그의 눈이 익숙해질 때까지 약간의 시간이 걸렸다. 마침내 시야가 완전히 밝아졌을 때 찰리는 평생 보았던 장관보다 더한 장관을 보았다. 그는 분명 거대한 산 정상에 서 있었다. 눈앞에 안개로 꽉 찬 험준한 골짜기가 여러 개 보였다. 구름 위로는 나무가 듬성듬성한 산마루만 솟아오르고, 자신은 그 모든 것들보다 위에 있었다. 그런데 무엇보다 특이한 것은 오줌을 누라고 데려온 철대문 맞은편으로 보이는 견고한 석조건축물이었다.

우주에서 천둥과 번쩍거리는 번개를 한 번만 보내주어 찰리가 보고 있는 건물을 비춰줬더라면. 하지만 참으로 안타깝게도 그날은 구름이 약간 낀 보통의 여름날이었다. 그런 계시는 없었다. 그 건축물은 찰리가 지금까지 본 여느 건축물과 다를 가능성이 컸다. 아미르는 요새라고 불렀다. 대문에서 어느 정도 올라간 곳에 위치한 그 건물은 울타리 바로 너머 울창한 나무를 죄다 베어낸 너른 잔디밭을 가로질러 서 있었다.

찰리는 드디어 세븐 벨스 학교에 도착했다.

찰리의 눈에 학교는 돌을 다닥다닥 붙인 고딕풍 성당과 비슷해 보였지만 실상은 그런 건물에 대해 주위들은 누군가가 손에 닿는 아무 재료나 가지고 흉내낸 것에 불과했다. 얼핏 보면 사르트르 성당이나 웨스트민스터 사원 같은 칙칙한 유럽 건축물의 온갖 장식을 달고 있지만 묘하게 친환경적인 분위기를 띠었다. 돌은 비슷한 유럽 요새보다 훨씬 거칠게 잘랐고 비뚤비뚤 배치한 데다 크기도 제각각이었다. 창문 몇 개는 이상한 각도로 나 있고, 창문들의 배치며 모양새며 도통 서로 어울리지 않았다. 석조건축물에 이따금 장식용 조각상이 보였는데 전통적인 이무깃돌(지붕에 떨어진 빗물을 받아 벽면으로 배출함으로써 모르타르가 침식되는 것을 막기 위해 만든 것—옮긴이)이나 천사상 대신 하나같이 날개 달린 전사의 옆모습이라든지 높이 솟은 날개 달린 거인처럼, 고대 원주민의 신화에 나오는 괴물이었다. 건물 위로 높이 올라간 아찔한 중앙시계탑은 미치광이 생명체의 외뿔처럼 솟아 있었다. 시계는 오후 4시를 가리켰다.

찰리는 더 이상 오줌이 마렵지 않았다.

"다 눴니?" 누군가 물었다. 고개를 돌렸더니 찰리 또래의 남자아이가 보였다. 어두운 피부색에 머리를 짧게 자른 모습이었다. 아이 옆에는 나이가 더 많은 듯한 소녀가 찰리를 의심스러운 눈으로 살펴보았다.

"무슨 일이야?" 이렇게 묻는 소녀는 방금 도착한 게 틀림없었다. 소녀의 말투에는 구분이 잘 가지 않는 억양이 섞여 있었다. 스웨덴어인가?

"초소에서 이 아이를 보냈어. 통행증을 가지고 있어." 소년이 대답했다. 또 다른 소년이 찰리에게 다가와 빤히 쳐다보았다.

"교장선생님은 이 아이가 오는 걸 아셔?" 소녀가 물었다.

"나는 몰라." 소년이 대답했다.

"아실 거야. 내가 올 줄 알고 계실 거야." 찰리가 대답했다.

그때까지 찰리를 거기에 없는 것처럼 취급했던 소녀가 찰리를 노려보았다. 붉은색 머리카락을 짧게 자른 소녀의 왼쪽 뺨에는 세로로 기다란 상처가 나 있었다. 둘 다 흰색 셔츠 위에 군청색 블레이저와 바지 차림이었다. 아마도 교복인 듯했다. 윗옷 가슴에는 일곱 개의 작은 종 안에 딱정벌레가 새겨진 장식 패치가 붙어 있었다.

"넌 누구니?" 그녀가 물었다. "그리고 여긴 왜 왔어?"

그 순간 찰리는 마지막 남은 한 방울의 용기까지 탈탈 끌어모았다. 존재하는지 결코 몰랐던, 아마 오래 전 어딘가에 있었겠지만 수천 번 찾아도 보이지 않다가 몇 년 후 발견된 보석이나 열쇠 꾸러미처럼 어딘가에 있던 한 방울까지 죄다 끌어모았다. 그리고 이제는 제법 넉넉한 용기를 가지고 말했다.

"나는 찰리 피셔야. 교장선생님이 나한테서 뭘 훔쳐갔어. 난 그걸 돌려받아야 해."

이 말에 돌아온 것은 완벽한 침묵이었다. 소녀는 못 믿겠다는 듯 입을 떡 벌린 채 찰리를 쳐다보기만 했다. 그녀의 치아를 씌운 금 보철물이 보였다. 산등성이를 휩쓸고 지나가는 바람에 모두의 머리카락이 우스꽝스럽게 헝클어졌다.

"미안한데…," 소녀가 간신히 입을 열었다. 찰리의 대답에 충격을 받은 게

312

분명했다. "뭐라고 했어?"

"교장선생님이 뭘 훔쳐서…."

"알았어. 너 어디에서 왔니? 여기 어떻게 왔어?"

"프랑스에서. 교장선생님이 나한테서 뭘 훔쳤어."

"교장선생님이?"

"응." 찰리가 대답했다. "내 말은 소매치기들이 그랬다는 거야. 교장선생님의 지시로."

"소매치기단이 너한테서 훔쳤다고?"

"구체적으로 말하면 마르세유의 소매치기단이야."

"여기 어떻게 왔어?" 소녀가 다그쳐 물었다. "누가 너를 여기에 데려왔어?"

"내가 알아서 왔어. 교장선생님을 만나러 왔어."

소녀는 쉬지 않고 찰리를 노려보았다. 마침내 그녀가 말했다. "여기 있어 봐." 소녀는 대문에서 멀찌감치 떨어져 있는 작은 부스로 걸어갔다. 이어서 라디오 수신기를 꺼내 입에 대고 콜 버튼을 눌렀다. 반대편의 보이지 않는 누군가에게 보고를 하는 것 같았다.

찰리의 왼편에 바짝 붙어 있던 소년이 물었다. "프랑스에서 왔다고?"

찰리가 부스 안의 소녀를 힐끗 보며 고개를 끄덕였다.

"소매치기단이 너한테서 훔쳐간 걸 찾으려고?" 소년이 되풀이해서 말했다. 그가 웃음을 터뜨리자 다른 소년이 노려봤다. 소년의 표정이 금세 굳어졌다.

부스 안 빨간 머리 소녀가 고개를 빼고 찰리를 불렀다. "미안, 네 이름이 뭐라고 했지? 교장선생님이 알고 싶대."

"교장선생님한테," 찰리는 갑자기 대담해지는 스스로를 느꼈다. "그레나딘 키드라고 말씀드려."

소녀는 눈썹을 치켜세우며 수신기에 대고 말했다. 찰리 왼편의 소년이 물었다. "그레나딘 키드?"

"내 별명이야, 소매치기들이 부르는." 찰리가 자랑스럽게 대꾸했다.

"웃기는 이름이다." 소년은 이렇게 말하다가 다시 옆 아이에게 큰 소리로 혼났다.

소녀가 생각에 잠긴 표정으로 부스에서 돌아왔다.

"얘를 교장실로 데리고 가." 소녀가 이렇게 지시한 다음 찰리를 정면으로 응시했다. "교장선생님이 널 어떻게 할지 결정하실 거야, 그레나딘 키드."

대문이 열렸다. 찰리는 세븐 벨스 학교 교정으로 걸어 들어갔다.

찰리가 거칠게 안내를 받아 들어간 학교 캠퍼스는 괴이하게도 미국 동부의 전형적인 사립학교나 아이비리그 학교와 닮아 있었다. 잔디밭은 야유회를 하기 알맞을 정도의 길이로 최근에 깎은 듯했고, 넓은 잔디밭을 가로질러 구색을 갖춰 심은 나무와 관목들은 까다로운 조경 디자이너의 눈을 만족시킬 수 있게 잘 손질되었다. 학생들은 여기저기 무리지어 담요 위에 눕거나 둥글게 앉아 있었다. 분명 돈 많은 중년신사의 주머니를 노리는 참신하고도 우아한 방법을 논의하고 있을 터였다. 학생들은 빳빳한 흰색 셔츠 위에 군청색 블레이저를 입고 있었다. 팔꿈치에 가죽을 댄 코듀로이 재킷을 입은 나이 많은 남자 교사는 소규모 그룹에게 일장 연설을 했다. 맑은 날씨를 이용해 야외수업을 하는 것 같았다. 그가 설명을 하면서 손가락 사이로 동전을 휙휙 뒤집었다. 찰리와 안내인들이 지나가는데 그가 블레이저 주머니에 동전을 넣은 다음 학생을 불러 털어보라고 지시하는 광경이 보였다. 찰리는 그 학생이 테스트를 통과했는지 볼 새도 없이 현관으로 이어지는 돌계단을 올라갔다.

묵직한 참나무로 된 낡고 얼룩덜룩한 문은 어찌나 큰지 찰리가 보기에 그 문을 열기 위해서는 별도의 기계장치가 필요할 것 같았다. 다행히 평소에는 문 아래쪽에 뚫린 더 작은 출입문을 이용하게 되어 있었다. 찰리는 이 문으로 들어가도록 안내를 받았다. 그들은 거대한 로비로 갔다. 바닥에는 낡은 화강암 판석이 깔리고, 장식이 들어간 둥근 아치형 천장은 화려하고 웅장했다. 붉은색 블레이저에 직분을 표시한 이름표를 단 경비원이 그들을 발견하고 환대했다. 그는 찰리가 방문한 이유를 듣고는 놀라서 쳐다보았다.

"프랑스라고?" 그가 물었다.

"네, 프랑스요." 소녀가 말했다.

그는 로비에서 멀리 난 여닫이문으로 들어가라고 손짓을 했다. 그 문으로 들어가자 찰리가 보기에 미국 풋볼 경기장 길이의 반쯤 돼보이는 방이 나왔다. 사방이 책으로 가득 찬 높은 책장들로 에워싸여 있었다. 방 양쪽에 난 아치형 창문으로 햇빛이 쏟아져 들어왔다. 창문은 어찌나 높은지 찰리의 머리 위 2미터 좀 안 되는 나무천장 들보에 닿을 듯했다. 이 거대한 방을 따라 찰리의 방에 있는 것과 비슷한 연습용 마네킹 10여 개가 다양한 옷을 입고 있었다. 그리고 장래의 소매치기 기술자들은 각자 보이지 않는 동전을 훔치기 위해 더 새롭고 나은 방법을 연습했다. 교사들은 미래의 소매치기와 말없는 표적 주위를 돌아다니며 큰 소리로 지시를 내렸다. "왼쪽 엉덩이! 바지주머니! 외투주머니!" 학생들은 각각의 주머니를 공략하느라 애를 썼다. 찰리가 그 모습을 구경하며 걸어갈 때 몇 명이 동작을 멈추고 쳐다보았다. 어떤 아이들은 악취라도 맡은 듯 찡그린 얼굴로 먹잇감으로서의 찰리를 관찰하는 것 같았다.

방 끝 유리문 너머에 계단이 있었다. 찰리는 수행원들과 이 계단을 여러 층 올라간 다음 벽면에 짙은 징두리널이 붙여진 긴 복도를 지나갔다. 복도 끝까지 가자 유리문이 나왔다. 유리에 단조로운 활자체로 이렇게 적혀 있었다.

교장실.

문 앞에 도착한 소녀가 유리문을 두드렸다. 잠시 후 안에서 어떤 목소리가 말했다. "들어와!"

소녀는 알 수 없는 표정으로 찰리를 힐끗 보았다. 동정일까? 아니면 불쾌감일까? 어쩌면 풋내기에 불과한 찰리가 감히 이 수상한 배의 키를 쥔 수수께끼 같은 인물과 대면하는 것이 불쾌할지도 모른다. 어쨌든 찰리는 거기에 대해 생각할 겨를이 없었다. 문이 열리고 잘 꾸며놓은 호화로운 방 한가운데 커다란 책상이 보였다. 책상 뒤에 덩치 큰 사내가 앉아 있었다. 그 앞에는 신문에서 오려낸 낱말 맞추기가 놓여 있었다. 찰리와 수행원들이 들어갔을 때에도 그의 관심은 온통 거기에만 쏠린 상태였다.

"찰리 피셔." 사내가 볼펜으로 퍼즐의 빈 네모 칸에 글자를 써넣으며 중얼거렸다. 그는 자신이 써넣은 낱말을 진지하게 읽고 나서 볼펜으로 톡톡 두드렸다. "세븐 벨스 학교에 온 것을 환영한다."

CHAPTER 21

교장은 찰리가 상상한 심술궂은 중세 괴물이 아니었다. 대신 머스터드 얼룩이 옷깃에 묻은 후줄근한 쓰리피스 정장에, 지나치게 큰 안경을 비뚜름하게 쓰고 헝클어진 잿빛 머리카락이 검버섯 핀 대머리 위에 월계수처럼 널린, 어느 모로 보나 촌스러운 영국인 교장이었다. 심지어 천방지축 학생들에게 해마다 똑같은 초보 산수를 가르치면서 오직 자신을 찾기 위해 단테와 버질의 시에 평생을 바쳐온 사람 같은 태도로 인사를 했다. 이를테면 잉글랜드 상류층 특유의 억양을 감수하는 데 싫증이 난 것 같았다. 그가 먹는 음식은 입고 있는 정장의 한계를 돌파한 게 분명했다. 조끼단추는 떨어져 나갈 것 같았고, 천 안에 교장의 몸이 간신히 들어간 행색이었다.

찰리가 주도적으로 말하기 시작했다. "제 이름은 찰리 피셔예요. 저희 아빠가…."

"찰리, 찰리, 찰리." 교장이 책상 위의 낱말 맞추기를 반듯하게 펴며 말했다. "여행은 어땠냐? 모쪼록 편안했기를 빈다."

찰리는 그 질문에 당황했다. 선뜻 대답이 나오지 않았다. 단어들이 목구멍에 걸려서 나오지 않았다.

"내 그런 줄로 알겠다. 쉽게 올 수 있는 거리는 아니지. 보아하니 가방 쌀 시간조차 없었구나. 대양을 항행하는 배를 다섯 글자로 하면."

"네, 뭐라고 하셨어요?"

교장은 스스로 묻고 대답했다. "*yacht(요트), 그렇지.*" 그는 펜을 집어들고 낱말 맞추기 칸에 해답을 적었다. 이어서 또 다른 질문을 읽기 시작했다. 그의 눈이 한가롭게 신문을 훑었다. 찰리가 다시 시도했다.

"저는 찰리 피셔예요. 아빠는 찰스 피셔 시니어 씨고. 교장선생님은 저한테서 뭐를 훔쳤어요. 실은 저희 아빠 것이죠. 로젠버그 암호. 저는 그걸 돌려받고 싶어요."

교장이 낱말 맞추기에서 고개를 들고 희귀종의 사회적 습관을 관찰하는 야생동물 학자처럼 찰리에게 매료된 듯 천천히 다가오며 바라다봤다. "앉아라." 그가 말했다.

"고맙지만 서 있을게요." 찰리가 대답했다.

교장이 성마르게 찰리 뒤편에 있는 소년 한 명에게 손짓을 했다. 소년은 찰리의 어깨를 잡고는 교장 맞은편 의자에 앉혔다. 찰리가 의자에 앉자 교장이 말을 이어갔다. "그래, 알고 있다. 로젠버그 암호. 그래, 내가 그걸 훔쳤다. 하지만 너에게 돌려줄 수는 없다."

찰리는 이런 반응에 아무 대꾸도 하지 못했다. 솔직히 교장의 대답은 그가 받을 수 있는 모든 대답 중 가장 뻔한 것이었다. 그러나 찰리는 일종의 주술적 사고의 주문에 걸려 누구라도 뻔히 예측할 수 있는 이런 반응을 감히 떠올려보지도 않았다. 사실 그는 교장이 전적으로 협조하지 않고 다른 어떤 행동을 할 거라고 생각했으면 여기 오지도 않았을 것이다. 순전히 찰리의 실수였다. 지금이라도 방도를 강구할 수밖에 없었다.

교장은 찰리의 생각을 간파한 듯 싱긋 웃었다. 그의 이빨은 대단히 길고 누랬다. 게다가 낡은 헛간의 오래된 벽널처럼 잇몸에 간당간당 붙어 있었다. "찰리 피셔 주니어, 찰스와 지그린데의 아들. 고백하는데 나는 오래 전부터 너의 집안을 흠모해왔다. 하나같이 직업 외교관들이지. 네 할아버지가 러시아 혁명이 발발하는 데 중요한 역할을 했다는 사실을 알고 있느냐? 이상주의자 양반이었지. 레닌의 절친한 친구. 레닌이 그를 '작은 참새'라고 불렀다는 소문이 있더구나. 너도 몰랐을 게다. 그렇지? 많이들 모를 거야. 아주 흥미로운 정보야. 어쨌든 그도 너희 아빠처럼 세계적인 비전에 헌신적이었단다. 일부 대통령이나 그런 이들에게 지원을 받는, 이기는 쪽에 돈을 걸지만 돌아오는 것은 적은, 시시한 도박을 하는 아마추어 외교관은 아니었지. 천만에, 피셔 가는 그런 면에서 독보적이지. 다정하고 호기심 많고 교양 있고 강인한 남녀들이지."

교장은 말을 멈추고 심호흡을 했다. 그가 책상에서 파이프를 집어들고 담배를 채운 다음 입에 물었다. "그런 면에서 너처럼 훌륭한 가정에서 좋은 교육을 받은 아이가 왜 이처럼 성급한 결정을 했는지 당혹스럽구나." 그가 파이프에 불을 붙이고 연기를 몇 번 내뿜은 뒤 성냥을 흔들어 불을 끄고는 재떨이에 버렸다. 이어서 파이프를 입에서 빼 깜부기불을 들여다보다 다시 입에 물고 흐뭇하게 연기를 내뿜었다. "도대체 무슨 생각을 한 거냐?"

"제 생각은…."

"내가 그 문서를 돌려주리라고 생각한 거로구나, 그렇지?"

"전 기술자예요. 소매치기단에도 속해 있어요." 찰리가 말했다. "전 심부름도 했고 도둑질도 했어요. 뭐든 다 훔쳤어요. 그리고…."

"망도 보고 바람잡이도 했고, 그렇지?" 교장은 찰리의 생각을 마저 읽었다.

"맞아요." 찰리가 신중하게 대답했다.

교장이 웃음을 터뜨렸다. 그의 입가에서 담배 연기가 뿜어져 나왔다. "그 녀석들 정말로 잘했구나. 마르세유 소매치기들에게 박수를 더 쳐줘야겠다. 이렇게 감쪽같이 속아 넘어가는 경우도 드문데." 그가 파이프 설대를 입에 문 채 껄껄 웃고 나서 다시 길게 한 모금 빨았다. "말해봐라." 그가 파이프를 입에서 뺀 다음 물었다. "말해봐라. 도대체 로젠버그 암호가 뭔지?"

찰리는 질문자를 만족시킬 만한 해답을 찾으려 애썼다. 그러나 찾을 수가 없었다.

"너도 모르는구나, 그렇지? 그런데 그것 때문에 이 멀리까지 왔다? 이 종이쪽지 때문에 목숨을 걸었다? 어떻게 그리 간절하게 원하면서도 그게 무엇인지 전혀 알지 못하느냐?"

찰리는 이번에도 대답하지 않았다.

교장이 계속했다. "피셔, 잠깐이라도 이 종이쪽지가 어떤 위력을 지녔는지 생각해본 적이 있느냐? 실제로 그런 게 조금이라도 있다면 말이다. 혹시 그 종이쪽지가 일종의 독이라면 어떨까? 그걸 소유한 사람에게 해가 되는 악마의 저주라면? 그런 경우라면 너는 집안을 보호하기 위해 그것을 갖지 않는 게 좋지 않을까? 그런 가능성을 생각하고 주저한 적은 없느냐? 음, 한 가지만 이야기하마. 여러 사람의 손을 거쳐 돌고 돌아서 온 암호문은 지금 안전하단다. 마침내 집으로 돌아온 거지. 우린 그걸 보호하고 있을 뿐, 훔친 것은 아니라고 말하고 싶구나. 우린 그게 지나치게 힘 있는 자들의 손에 들어가 남용되는 것을 막기 위해 보관하는 거란다. 만약 그게 지금 미국의 손에 들어가면 미국의 말을 듣지 않는 나라와 왕국을 때리고 부수는 몽둥이가 될 게다. 힘없는 나라, 힘없는 자들이 몽둥이로 맞는 것을 보고 싶으냐?"

찰리는 그 질문이 수사적이라고 여기며 잠자코 앉아 있었다. 하지만 얼마쯤 흘렀을 때 그게 그렇지 않다는 것을 깨달았다. "아, 아니요?"

"나도 그렇지 않을 거라고 믿는다." 교장이 대답했다. "나도, 그렇지, 않을 거라고, 믿어. 레이첼." 교장이 찰리를 여기로 데려온 빨간 머리 소녀를 불렀다. 그녀는 지금 찰리의 뒤편에 서 있었다. "차 한 잔 갖다주겠니. 펄펄 끓여서. 우유는 넣지 말고."

"네, 선생님." 레이첼이 대답했다. 그녀는 불쾌한 눈초리로 찰리를 쏘아보았다. 할 수 있는 다른 일도 많은데 하필 차를 가져오게 만든 찰리가 원망스러운 눈빛이었다. 소녀가 몸을 돌려 쿵쿵거리며 복도로 걸어나갔다. 찰리를 데려온 나머지 두 소년이 더 가깝게 다가섰다.

교장이 계속해서 말했다. "생각해봐라, 찰리. 로젠버그 암호문은 처음 만들어진 후 계속 주인이 바뀌었고, 같은 방식으로 내 수중에 들어온 거란다. 도둑질로. 즉 나도 어디까지나 합법적인 방법으로 얻은 거란다. 이 점을 생각해봐라, 찰리. 이 단순한 쪽지는 수십 명의 손을 거쳐 전해져 내려왔단다. 그런 손바뀜은 언제나 사소한 손놀림과 재치의 발동으로 가능했지. 설마 너희 아빠가 대가를 지불하지 않고 순수하게 접수했을 거라고 생각하는 건 아니겠지? 천만에, 암호문의 때가 묻지 않은 사람은 없다."

찰리는 아빠가 더럽고 탈법적인 방법으로 일을 처리했다는 생각을 하자 기분이 상했다. "사실이 아니에요. 우리 아빠는⋯." 찰리가 대들었다.

"너희 아빠는 훌륭한 분이다, 찰리. 그건 맞아. 하지만 넌 네가 주장하는 것만큼 어른들의 세상을 잘 모른다. 어른이라면 언제든 정의를 위해 원칙을 바꿀 수 있어야 한다. 너희 아빠도 다른 사람들처럼 그 점을 잘 알고 있어. 그것이야말로 우리가 공유하고 있는 원칙이다."

"그럼 선생님은 왜 그게 필요한데요? 그걸 가지고 뭘 하려는 거예요?" 찰리가 물었다.

"내가 어떤 수단을 선택하든, 난 그것을 가지고 힘없는 자들 편에서 휘두르거나 공동 시장에서 제 가치를 평가받아 경제적인 이득을 취하는 데 사용하려고 한다. 그것은 나의 특권이지. 같은 범죄자로서 너는 그 점을 분명히 이해해야 한다."

"전 범죄자가 아니에요." 찰리가 반박했다.

"아니. 너는 범죄자다, 찰리. 네 입으로 소매치기를 했다고 실토하지 않았느냐? 배는 이미 떠났단다. 너는 거기에 발을 담갔기 때문에 영원히 오염되었어. 정상적인 세계에서는 도저히 묵과할 수 없는 일이지. 아, 불쌍한 찰리. 너의 비굴한 얼굴을 봐라. 너도 솔직히 거기까지는 생각하지 못했을 게다, 그렇지? 그럴 거야. 어떻게든 나를 설득해 돌려받아야겠다는 생각만 하느라. 고생이 많구나. 참, 그레나딘 키드라고 했지? 기분이 어떠냐?"

"제 실수였어요." 찰리가 말했다. "저는 바르게 살 수 있어요. 저는 알아요."

"너는 뛰어난 상상력을 가졌다. 그것 하나는 인정하마. 중요한 건, 찰리, 네게는 네트워크가 없다는 점이다. 그게 너와 내가 다른 점이지. 봐라. 네게 너만의 네트워크, 너만의 공동체, 너만의 국토, 너만의 국가가 있을 때 너는 하고 싶은 대로 할 수 있다. 무엇이 참이고 거짓인지, 무엇이 옳고 그른지 결정할 수 있지. 그런데 혼자라면, 넌 아무것도 할 수 없어. 넌 지금 도둑소굴에 있고, 게다가 무단출입자다. 범칙자라고. 이상하지 않느냐?"

교장은 대답을 기다리지 않고 맹공격을 퍼부었다. "아니, 넌 범죄자라는 낙인이 찍힌 채 정상적인 세상으로 돌아가게 될 게다. 그건 네가 두 세계에 양다리를 걸치고 두 개의 삶을 살아서야. 넌 양쪽에서 최악의 결과를 초래했고, 어느 쪽에서도 혜택을 받지 못하는 거지."

찰리는 어느 쪽도 옳은 게 없는 사실상 막다른 길에 다다른 것처럼 느껴졌다. 교장의 말이 옳았다. 찰리는 아래를 보며 구렁을 가로질러 팔다리를 쫙 벌리고 누워 있는 자신을 상상했다. 한 쪽은 찰리 피셔 자신이고, 다른 한쪽은 그레나딘 키드라고 불리는 아이였다. 구렁은 아주 넓었다. 그의 목숨만큼 넓었다. 진실로 이쪽 아니면 저쪽을 선택하지 않고 양쪽에 걸쳐 있다가 끝내 팔에 힘이 빠져 나락으로 떨어지는 순간을 맞을 운명이었다.

그때 레이첼이 돌아왔다. 그녀가 교장의 책상에 찻잔을 내려놓았다. '선생님 #1'이라고 쓰인 도자기 머그컵이었다. 교장은 소녀에게 고맙다고 말한 다음 조심스럽게 차를 마셨다. 그러고는 흡족한 얼굴로 한숨을 내쉰 뒤 낱말 맞추기 옆에 찻잔을 내려놓았다.

"*TARE(테르).*" 교장이 특별한 이유 없이 별안간 소리쳤다. 찰리를 포함해서 방안의 아이들이 흠칫 놀랐다.

"네?" 찰리가 물었다.

"네 글자로 된 성경에 나오는 잡초." 교장은 이렇게 중얼거린 뒤 다시 책상 위의 낱말 맞추기로 시선을 돌렸다. 그는 빈칸에 해답을 적으며 축하라도 하

323

듯 단어의 마지막 글자를 한껏 멋을 부려 썼다. 이윽고 그가 찰리를 바라보았다. "입은 삐뚤어졌어도 말은 바로 하랬다고, 찰리. 나는 지금까지 네가 해온 것에 깊은 인상을 받았단다. 너는 용감하다 못해 배짱 좋게 이 멀리까지, 온갖 수단을 써서 내 책상 앞까지 찾아온 최초의 풋내기다. 이거야말로 전례가 없는 일이야."

"고맙습니다." 찰리가 머뭇거리며 중얼거렸다.

"이런 경우는 없었다. 정말 놀라워." 그가 책상에 쌓아놓은 서류를 뒤적이기 시작했다. "내가 그걸 어디에 두었더라?" 그가 혼잣말로 투덜거렸다. 그는 의자에서 일어나 서류 캐비닛으로 걸어갔다. 그리고 제일 꼭대기 서랍을 뒤지기 시작했다. 그러다 많은 액자 중 한 개가 비뚤어진 것을 발견하고 잠깐 멈췄다. 찰리 아빠의 서재 벽과 다르지 않게 사진과 상패, 감사장 따위가 벽을 도배하고 있었다. 그는 액자를 바로하다 캐비닛 위 어질러진 서류 더미 위에서 뭔가를 발견했다. "오, 여기 있었군." 그가 흰 봉투를 휘두르며 말했다.

책상으로 돌아온 그는 찰리의 눈앞에서 봉투를 흔들었다. "너의 끈기에 감탄해서 암호문을 줘버릴까 하는 마음이 살짝 들었던 것도 사실이다. 너의 그 진취적인 기상에."

찰리는 봉투를 응시했다. 자신을 여기까지 오게 만든 그 물건이 공중에 있었다. 찰리는 침을 꼴깍 삼키고 나서 말했다. "주실 거예요?"

"물론 아니지." 교장이 눈을 희번덕거리며 대답했다. 그는 봉투 안에서 종이 쪽지를 꺼내 그것이 손수 잡은 장수말벌이나 파리라도 되는 양 자세히 들여다보았다. 찰리에게는 그 표정이 구역질이 날 듯 역겨웠다.

"봐라. 그저 종이 한 장일 뿐이다. 작은 글자와 상징으로 뒤덮인 펄프 조각. 너무 단순해서 시시할 지경이지. 그런데 전 세계, 소위 '선진국'들이 이 종이 한 장의 위력에 목을 매거든. 나는 궁금하단다. 만약 이게, 이 단순한 종이 쪽지가 정권을 뒤흔들거나 특정 정파를 파멸시킬 수 있다면 그게 정권에 무슨 도움이 될까? 그런 정파는 어떤 실질적인 힘을 갖게 될까? 도대체 어떤?"

그가 돌연 암호문을 봉투에 넣어 재킷 안주머니에 쑤셔넣음으로써 그의 숙고는 끝났다. "아닐 게다. 찰리, 이건 내가 보관하마. 그리고 너는 아빠와 다른 호구들이 속한 일반 세상으로 돌아가게 될 것이다. 이제 됐지?"

찰리는 화가 치밀었다. 자신의 시간이 점점 줄어들고 있었다. "저는 호구가 아니에요." 찰리가 대들었다.

"또 시작이군." 교장이 말했다. "어느 쪽이냐? 너는 범죄자냐, 아니면 일반인이냐? 아직 마음의 결정을 내리지 못한 것 같구나."

"전 그저…, 음…, 음…." 찰리는 적당한 낱말을 찾았다. "희생양이었어요. 그건 일종의 게임이었어요. 전 아무것도 몰랐어요."

"하지만 알다시피, 너는 지금 최일선에 있어. 소매치기는 원래 게임이야. 퍼즐에서는 이 세상 모든 것이 조각으로 존재하지. 이 게임은 절대로 마음 약한 겁쟁이들이 할 수 있는 게 아니다. 넌 아무래도 다른 선택을 해야 했구나."

"그건 제 선택이 아니었어요. 저는 당한 거예요."

"내가 자유의지에 대해 강의할 필요는 없겠지. 그렇지, 찰리?"

"한 가지 물어볼게요." 찰리가 말했다. "만약 제가 졸업생이라면, 세븐 벨스 학교 졸업생이었어도 저나 저희 아빠한테서 훔쳤을까요?"

"난 그런 가정에 관심 없다." 교장이 성급하게 대답했다.

"만약 그랬다면, 훔치지 않았겠죠, 그렇죠?" 찰리는 뒤에 서 있는 두 소년과 레이첼이라는 소녀를 가리켰다. "저 애들이라면요? 저 애들 부모라면요? 저 애들 것도 훔칠 텐가요? 저 애들도 풋내기나 호구 취급을 받나요? 저와 저 아이들을 구분하는 기준이 뭐죠?"

교장이 의자에서 몸을 뒤척였다. 그의 시선은 찰리 뒤편 아이들을 슬며시 피했다. "몇 가지 고려할 사항이 있지…." 그가 말을 시작했다.

찰리는 고개를 돌려 왼쪽에 서 있는 소년을 쳐다봤다. 그는 찰리보다 몇 살 밖에 어리지 않았다. 소년이 불안하게 찰리를 노려보았다. "너, 너희 부모님이 이 남자로부터 안전하다고 생각해? 너는 안전하다고 생각해?"

"피셔…." 교장이 말을 가로챘다.

"너는 어때, 레이첼!" 찰리가 고개를 돌려 빨강머리 소녀를 쳐다봤다. "너는 사기의 표적이 되지 않을 거라고 장담할 수 있어, 응?"

소녀는 대답하지 않았다. 그녀는 혼란스러운 표정으로 교장을 바라보았다.

"도대체 무슨 말을 하고 싶은지 모르겠구나, 찰리. 너는 지금 위험한 게임을 하고 있어." 교장의 어조는 많이 누그러졌다. 그가 찰리는 물론이고 찰리 뒤편의 아이들에게 말했다. "물론 보호책은 마련되어 있다. 다시 말해 일반적으로 용인되는 면제가 있다. 학생, 동문, 다양한 관계자들. 우린 어쨌든 네안데르탈인은 아니니…." 그의 목소리가 잠겨서 말이 끊겼다. "하지만 질문의 순서가 틀렸어. 넌 세븐 벨스 학교를 졸업하지 않았잖으냐."

"하지만 전 소매치기들에게 선택됐어요. 그 애들과 동등한 대접을 받았어요. 교장선생님을 위해 일했어요. 교장선생님을 위해 돈을 벌었어요."

교장이 소리죽여 웃었다. "나를 위해 일했다니, 뻥이 심하구나. 적어도 내 기준으로는 그렇지 않다. 여기 등급으로 치면 너는 초보야, 풋내기."

"제가 말했잖아요. 저는 풋내기가 아니에요."

"그래, 그래." 교장은 지금 한껏 인내하고 있음을 짐작케 하는 투로 말했다. "우린 지금까지 충분히 의견을 나누었다. 자, 너만 괜찮다면 나는 이제 학교 일을 보러 가야겠다. 잘 가라, 찰리. 행운을 빈다." 그가 찰리를 데려온 아이들에게 눈짓했다. 찰리는 자신의 팔꿈치를 잡는 그들의 익숙한 손길을 느꼈다.

"제겐 감각이 있어요. 소매치기 감각요. 전 기술자라고요." 찰리가 더 큰소리로 반발했다.

"세븐 벨스 학교에 대한 너의 관심은 고맙다만, 우리는 현재 비어 있는 학생 명단을 채울 생각이 없다." 교장이 말했다. "우리한테 연락하지 마라. 우리가 연락하마." 그는 다시 낱말 맞추기 빈칸을 채우는 데 관심을 돌렸다. 찰리는 앉아 있던 의자에서 끌려나갔다.

"제가 테스트를 받게 해주세요." 찰리가 불쑥 제안했다.

아주 짧은 순간에도 많은 일이 일어난다. 눈을 한 번 깜빡이는 데 300~400밀리초(1밀리초는 1000분의 1초)가 걸린다. 벌새는 1초에 10~15번 날갯짓을 한다. 5피트 높이에서 50파운드의 무게가 떨어지는 데는 0.5초밖에 걸리지 않는다. 심지어 그만한 무게의 사람이 발끝으로 떨어질 때도 마찬가지다. 또 그 사실이 불쌍한 영혼의 발끝에서 신경계를 통해 뇌에 긴급한 전보로 전달되는 데는 그보다 짧은 시간이 걸린다. 바로 그 시간 동안 찰리의 머릿속에서 호전적인 쌍둥이가 논쟁을 벌인 끝에 아주 복잡한 결정을 내렸다.

기쁘게도 그레나딘 키드가 이겼다.

"뭐라고?" 교장이 물었다.

"세븐 벨스 학교의 테스트요. 제가 테스트를 받게 해주세요. 여기에 있는 다른 아이들처럼 제가 기술자라는 것을 증명하게 해주세요."

찰리의 팔꿈치를 잡은 손은 느슨해지지 않았다. 아이들은 여전히 찰리를 밖으로 끌어내려 애쓰고 있었다. 찰리는 그들의 힘에 지지 않으려고 바닥에 발을 단단히 붙였다.

"네가 테스트를 받고 싶다고?" 교장이 말했다.

찰리는 교장선생님의 눈을 똑바로 응시하며 고개를 끄덕였다.

"불가능하다." 교장이 딱 잘라 거절했다.

"아니에요. 전 할 수 있어요."

교장은 찰리의 고집에 당황한 것처럼 보였다. "내 말은 네가 아무리 소매치기 감각이 뛰어나더라도 테스트를 통과하는 건 불가능하다는 뜻이다. 이런 제안을 하는 것만으로 학교에 대한 모독이다."

"두려워하시는군요. 교장선생님은 제가 해낼까봐 두려운 거예요. 제가 진짜 기술자일까봐 겁나는 거예요."

"얼토당토않은 소리. 난 그저…."

"그럼 테스트를 받게 해주세요."

교장은 이제 짜증을 냈다. 찰리가 그를 괴롭히고 있었다. "재능 있는 학생들, 소매치기 박사들도 이 테스트에 탈락했다. 네가 세븐 벨스 테스트에 대해 무슨 얘기를 들었는지 모르지만 이건 엉성한 시험이 아니란다. 능숙한 기술자의 진정한 실력을 테스트하는 최후의 시험이다. 어떤 풋내기도 통과하기는커녕 테스트조차 받은 적 없어. 어리석은 짓이야." 교장은 찰리의 팔꿈치를 붙들고 있는 아이들에게 지시했다. "이 녀석을 엘 토로로 보내버려. 피곤하구나."

"자, 가자." 찰리 뒤편의 한 소년이 말했다. 그의 손가락이 찰리의 쇄골을 힘껏 파고들었다.

찰리는 몸을 힘껏 잡아 뺀 뒤 손바닥으로 교장의 책상을 세게 내리쳤다. 책상 위 서류 더미들이 흐트러졌다. 교장의 찻잔도 넘어질 뻔했지만, 주인의 기민한 손가락이 그런 사태가 일어나기 전에 간신히 막았다. 아이들이 다시 찰리를 붙잡으려고 했지만 찰리는 몸을 돌려 교장을 반항적으로 노려보았다.

"제발 망신이나 당하지 마라, 찰리. 너의 용기가 가상해서, 네 의견을 들어보려고 이 만남을 허락했다. 자, 이만하면 충분히 머물렀다. 부디, 내가 이 초대를 후회하지 않게 해다오."

"저를 증명하게 해주세요. 테스트를 받게 해주세요. 제가 기술자라는 것을 모두에게 증명하게 해주세요." 찰리가 다시 교장에게 애원했다.

교장은 찰리의 어깨 너머 레이첼과 두 소년에게 눈짓을 했다. 그들은 교장의 말없는 지시에 따라 뒤로 물러났다. 교장이 찰리를 보며 말했다. "말해봐라, 그래서 뭘 어쩌겠다는 거냐?"

"만약 제가 테스트를 통과하면 저는 다른 졸업생들처럼 훌륭한 거예요."

"그야 누가 봐도 당연하지." 교장이 대답했다.

"그럴 경우 암호문은 마르세유 소매치기단의 정식 단원에게서 불법적으로 훔친 게 되는 거예요."

"그래서…." 찰리의 의도를 알아차린 교장이 대답을 다그쳤다.

"그럼 저는 면제대상이 되는 거예요. 교장선생님은 그걸 저에게, 정당한 소유주에게 돌려줘야 해요."

절대적인 침묵이 흘렀다. 누구도 움직이거나 말 한 마디 하지 않았다. 마치 교장실에 있는 모두가 슈퍼 악당에게 얼음광선을 맞아 해독제만 기다리고 있는 것 같았다. 마침내 교장에게서 터져나온 길게 헉헉대는 웃음이 해독제가 되었다. 웃음이 그의 폐에서 파이프 연기처럼 터져나왔고 교장은 웃느라 허리를 숙였다. 아이들은 교장선생님 특유의 이런 행동이 두려운 듯 몸을 움찔거렸다. 찰리만 빼고 모두 그랬다.

찰리 뒤의 아이들이 교장의 기분이 한계에 도달한 것을 읽었음이 분명했다. "이 아이를 여기서 데리고 나갈게요." 레이첼이 다급하게 말했다. "더 이상 선생님을 괴롭히지 못하게요."

교장은 여전히 웃으면서 손을 휘젓고 고개를 저었다. 그가 책상에서 몸을 꼿꼿이 세웠다. 그리고 안경을 벗어 렌즈를 불빛에 비춰본 뒤 얼룩을 닦기 위해 재킷주머니에서 손수건을 꺼냈다. 그는 렌즈에서 재미있는 영화라도 상영되는 듯 껄껄 웃었다. 이윽고 그가 눈을 비비고 나서 다시 안경을 썼다.

"그거 괜찮겠다." 교장이 자세를 바로잡으며 말했다.

"네, 교장선생님?" 레이첼이 찰리의 어깨 너머에서 물었다.

찰리는 소녀처럼 놀라지 않았다. 교장의 반응은 그가 예상했고, 가장 바랐던 것이었다.

"진정한 도박이다." 교장선생님이 말했다. "암호문을 넘겨받는 가장 완벽한 방법이다. 생각해보면 암호문이 거쳐온 모든 손들, 암호문을 움켜쥐었던 수많은 탐욕의 손가락들, 암호문을 소유했던 모든 사람들이 이런 수상한 도전을 받았겠지?"

교장은 주머니에 손을 넣고 돌아서서 벽에 붙은 사진들을 바라보았다. 완전한 흑백사진에서 흐릿한 칼라로 바뀌기까지 수년 동안 이 학교를 거쳐간 학생들의 사진이 액자에 담겨 있었다. 리본으로 장식한 연단에서 교장과 반갑게 인사하는 졸업생 대표들, 현실 세계에서 특히 악명을 떨친 수제자들의 서명이 들어간 얼굴 사진들. 교장은 찰리의 제안을 받아들이기로 결심한 것 같았다.

"이 사진 속 학생들은 모두 세븐 벨스 테스트를 통과했다. 이 학생들을 봐라. 대부분은 첫 번째, 두 번째 시도에서 실패를 했지. 하지만 끝까지 통과하지 못한 학생들은 여기에 없다. 그들의 기술은 테스트의 벽을 뚫었지. 끝내 약속을 지키지 못한 아이들은 그들이 왔던 일반 세계로 돌려보내졌단다. 그런 애들이 네가 보는 이 아이들보다 훨씬 많고." 교장이 찡그린 얼굴로 찰리를 돌아다보았다. "나는 너의 제안에 응하기로 했다. 너는 기회를 얻게 될 거야. 하지만 만약 실패할 경우 즉시 이곳을 떠나야 한다."

"좋아요." 찰리가 대답했다.

"네가 여기에 무슨 이유로 왔든 너는 집으로 돌아가게 될 거야. 그리고 이 모험에서 네가 본 것에 대해서 한 마디도 발설하지 말아야 한다. 이제 됐지?"

"네, 그럴게요. 하지만 제가 통과하면…." 찰리가 말했다.

"너는 통과 못해."

"만약 제 통과하면 그 암호문을 주셔야 해요."

교장은 마치 처음 보는 것처럼 찰리를 오랫동안 응시했다. 그가 눈썹을 치켜세우며 안경테를 바로잡았다. 이어서 찻잔의 차를 길게 한 모금 마신 뒤 마침내 말했다. "그러마." 그가 찰리 뒤편의 아이들에게 지시했다. "좋다, 애들아. 테스트를 준비하자."

CHAPTER 22

속지 마시기를. 찰리도 겁이 났다. 솔직히 말하면 평생 살면서 지금처럼 겁난 적이 없었다. 교장실에서 자신의 실력을 한껏 자랑했지만 그는 얼마 전까지만 해도 프랑스 마르세유에 사는 찰스 씨의 아들 찰리 피셔, 습작생, 연속해서 벌목노동자 연기나 하던 주제였다. 게다가 그런 정체성을 아직 벗어버리지 못했다.

중요한 건 그레나딘 키드라고 불릴 때의 두 번째 페르소나에서 조금이나마 발견한 재능이었다. 그레나딘 키드는 위험에 직면해서 주춤하지 않았다. 그레나딘 키드는 모험을 두려워하지 않고, 그레나딘 키드는 거의 틀림없이, 턱으로 말하지 않았다. 찰리는 세븐 벨스 학교의 지저분한 복도로 끌려나가는 동안 그레나딘 키드의 목소리를 내려고 엄청나게 노력하고 있었다.

그때쯤엔 교장실에서 웬만큼 소란이 벌어진 직후라 학생들의 관심은 온통 거기에 쏠려 있었다. 찰리가 아까 복도를 지나갔을 때 닫혔던 교실 문들이 지금은 빼꼼 열려 있었다. 아이들은 문 틈으로 흘끔흘끔 밖을 내다보았다. 찰리가 지나갈 때 이 문들 중 하나가 활짝 열리며 멍하니 복도를 내다보는 미치코의 모습이 보였다. 미치코가 시야에서 사라지기 전 찰리는 얼른 손을 흔들었다.

교장선생님은 찰리의 테스트를 공개행사로 치르기로 결정한 듯했다. 찰리가 복도를 걸어가고 있을 때 교내방송에서 전체 학생을 대상으로 짧은 멘트가 흘러나왔다. "학생들은 시험장으로 모이기 바랍니다. 다시 공지합니다. 특별한 행사가 있는 관계로 학생들은 교장선생님의 지시에 따라 시험장으로 모이기 바랍니다."

이런 안내방송이 나온 후 찰리가 지나가는 교실마다 환호 섞인 웅성거림이 흘러나왔다. 소매치기 학생들도 여러분 같은 평범한 학생들과 전혀 다르지 않다. 그들 역시 어떤 구실로든 수업이 일찍 끝나면 신이 났다.

그것은 이상한 퍼레이드였다. 찰리와 옆에서 호위하는 두 소년, 그리고 그들의 뒤를 바짝 따르는 레이첼. 교장선생님은 3미터 앞 선두에 서서 한껏 으스대며 이 특별한 고적대의 대장 노릇을 했다. 얼마 안 가 교실과 연구실에서 나온 아이들도 대열에 합류했다. 찰리가 아까 지나간 적 있는, 마네킹이 서 있는 거대한 방을 걸어가는데 누군가 찰리의 옷소매를 잡아당겼다. 돌아다보니 오른쪽 호위병 자리에 생쥐 몰리가 대신 서 있었다. 마르세유에서 입었던 의상을 군청색 교복으로 갈아입고 머리를 양 갈래로 묶은 모습이었다.

"여기에서 뭐하는 거야, 찰리?" 몰리가 속삭여 물었다.

"몰리!" 찰리가 소리쳤다. 찰리는 과거의 전우를 만나 감격에 젖으려는 본능을 꽉 눌렀다. 찰리의 어조가 갑자기 바뀌었다. "뭐하는 거 같아?" 그는 최대한 원망하는 마음을 끌어모아 되물었다.

"글쎄, 공개 처형되는 거야?"

"아니, 난 암호문을 돌려받을 거야. 너희들이 훔쳐간." 찰리가 창백한 얼굴로 노려봤다.

몰리는 그 말뜻을 깨닫고 눈이 휘둥그레졌다. "찰리, 어떻게 하려고?"

"테스트를 받을 거야."

"테스트?"

"그 외에 다른 방법 있어?"

몰리는 뺨을 불룩하게 부풀렸다가 훅하고 내뱉었다. "가망 있어? 승산이 있느냐고?"

"생쥐. 어서 꺼져." 그들 뒤에서 레이첼이 소리쳤다.

"알았어. 행운을 빌어, 찰리." 몰리가 말했다.

"됐어." 찰리가 응수했다.

"찰리, 화내지 마. 그건 소매치기의 업무일 뿐이야. 너무 서운해하지 마."

"제발 나 좀 내버려둬."

몰리는 레이첼을 힐끗 본 뒤 찰리의 어깨를 잡고 그의 귀에 입이 닿도록 제자리에서 폴짝 뛰었다. "두 번째 주머니에 옷핀이 있어." 몰리는 이렇게 속삭이고 가버렸다.

아이들이 시끌벅적 강당 로비로 모여들었다. 출입구가 아치형으로 된 로비는 찰리가 아까 지나갔을 땐 더 없이 조용하고 휑했다. 아이들은 로비 한쪽에 열린 문으로 들어가기 위해 줄을 서 있었다. 이윽고 교장선생님이 도착하자 아이들은 즉각 입을 다물고 양쪽으로 갈라져서 일행이 지나갈 수 있도록 타일로 된 바닥에 길을 내주었다. 찰리가 지나가자 아이들은 신기한 생물체라도 되는 양 고개를 빼고 구경했다. 서로 조용히 하라고 야단하면서도 그 별난 종 한테서 절대로 눈을 떼지 않았다. 찰리는 눈을 내리깔고 그 중 몇 명을 쏘아보 았지만 얼빠지게 쳐다보는 것을 부끄러워하지 않는 듯했다.

로비 너머에 위층 복도에서 본 것과 똑같은, 낡은 널빤지를 댄 어두운 복도 가 있었다. 복도가 끝나는 곳에 찰리가 이 건물에서 본 어느 문보다 큰 문이 나 있었다. 철제 장식이 있는 거대한 문이었다. 문 위 반짝거리는 명판에 간결 한 글씨체로 *시험장*이라고 쓰여 있었다. 교장은 양 손을 들어 현란한 동작으 로 큼직한 구리경첩 달린 문 두 문짝을 활짝 열었다. 그러고는 이내 저편 어둠 속으로 사라졌다.

찰리는 일행과 함께 문 앞에 도착해서야 교장선생님이 극적으로 사라진 이 유를 알 수 있었다. 그들은 거대한 원형무대가 내려다보이는 발코니에 서 있 었다. 어두컴컴한 바닥 쪽으로 3단으로 된 관중석이 어렴풋이 보였다. 관중석 이 열렬한 학생들로 채워지기 시작했다. 불빛에 비친 그림자들이 관중석 아케 이드 안쪽에 어른거렸다. 눈에 보이는 표면이란 표면엔 학교 어디에서나 볼 수 있는 호박색 마호가니에 조각이 새겨져 있었다. 찰리의 눈에는 대학 강의실과 로마식 콜로세움이 묘하게 뒤섞인 것처럼 보였다.

그때 요란하게 쿵 소리가 울려퍼지고, 돔 형태의 천장에서 원뿔 모양 거대 한 스포트라이트가 쏟아져내렸다. 그 빛이 비추는 것을 보고 찰리는 입이 떡 벌어졌다.

사람인가?

아니, 머리가 없었다. 그것은 인체 모형, 마네킹이었다.

시험장에는 머리 없이 주머니만 잔뜩 달린 제복을 입은 마네킹 한 개 외에

아무것도 없었다. 머리 위로 쏟아지는 스포트라이트가 마네킹 주위에 완벽한 원형 빛을 만들었고, 옷 모양은 기괴한 그림자를 드리웠다. 찰리는 그 모습을 구경할 겨를도 없이 팔꿈치를 잡고 있는 아이들에 의해 계단을 내려가 시험장으로 갔다. 그리고 그곳에 혼자 남겨졌다. 마네킹과 함께.

머리 위로 둥글게 난 관중석이 움직이는 소리로 우르릉거렸다. 학생들이 자리를 잡는 동안 수많은 목소리가 시끄럽게 재잘거렸다. 찰리는 주변을 둘러보다 관중석의 아찔한 높이에 잠시 현기증을 느꼈다. 그는 이내 시험장 한가운데 놓인 마네킹으로 주의를 돌렸다.

집에 있는 연습용 인형 데니스보다 약간 키가 컸다. 게다가 이대로 12월의 맨해튼 거리로 걸어나가도 될 만큼 옷차림이 완벽했다. 전형적인 쓰리피스 정장 위에 외투 차림이었다. 외투 밑으로 내려갈수록 통이 점점 좁아지는 바지가 보였다. 그러나 초라한 마르세유의 데니스와 이 마네킹의 진정한 차이점은 주머니마다 수를 놓은 번호표가 붙어 있다는 점이었다. 찰리가 선 자리에서 외투의 오른쪽과 왼쪽 주머니에 숫자 1과 2가 수놓아진 게 보였다. 하지만 그게 다가 아니었다.

주머니 입구에 달린 빛나는 작은 금속이 스포트라이트 불빛에 반짝거렸다. 겉으로 보이는 주머니마다 달린 은색 종을 보려면 빛이 밝지 않은 곳에서도 눈을 가늘게 떠야만 했다.

일곱 개의 주머니. 일곱 개의 종.

그때 어딘가에 있는 스피커에서 삑삑거리며 마이크 소리가 났다. 동굴 같은 방에 교장의 목소리가 울려퍼졌다. "환영한다, 찰리." 그가 말했다. "시험장에 온 것을 환영한다. 너는 세븐 벨스 테스트에 자원했다."

안내방송에 실내가 갑자기 조용해졌다. 웅성거림과 웃음소리가(구경하는 학생들은 끊임없이 재잘거렸다) 뚝 그쳤다.

"테스트를 통해 너의 소매치기 숙련도를 측정하게 될 것이다. 또한 소매치기에 대한 이해와 정규학생으로서 습득한 지식의 깊이를 평가하게 될 것이다…." 갑자기 교장의 목소리가 작아졌다. "음, 이 부분은 네게 해당되지 않는구나, 그렇지? 흠흠." 교장이 목소리를 가다듬고 계속해서 말했다. 교장이 말하는 문장 사이사이에 안내방송이 찰칵 들어왔다 나갔다 했다. "일곱 개의 주머니에는 각각 일곱 개의 동전이 들어 있다. 주머니마다 번호가 매겨져 있고 각각의 주머니에 벨이 달려 있다. 너는 지금부터 벨 소리가 나지 않게 숫자의 순서에 따라 주머니에서 동전을 꺼내야 한다. 만약 벨이 하나라도 울리면 시험은 탈락하는 것으로 간주한다. 규칙을 이해했느냐?"

찰리가 시험장의 허공을 응시하며 대답했다. "네."

"자, 시작해도 좋다." 어딘가에서 흘러나오는 교장의 목소리가 말했다.

"만약 제가 통과하면 암호문을 주시는 거예요." 찰리가 큰 소리로 말했다. "그렇죠? 여기에 있는 모두가 증인이에요."

잠시 침묵이 흐른 후 대답이 울려퍼졌다. "물론이다, 찰리. 그건 이미 약속한 바다."

찰리가 인형에게 다가가자 관중석에서 기대 섞인 웅성거림이 들려왔다. 찰리는 외투의 안주머니 두 개를 유심히 관찰하며 인형에게 다가갔다. 입구가 대각선으로 트인 주머니라 안심이 됐다. 찰리는 언제나 대각선으로 난 주머니에서 운이 좋은 편이었다. 그렇게 생긴 주머니가 손을 넣기에 수월했다. 찰리는 주먹을 쥐어 손가락이 떨리는 것을 진정시킨 다음 조심스럽게 검지와 중지로 외투의 가슴 부분을 들췄다. 마네킹의 정장재킷을 겨우 1인치 정도 들어올렸을까, 불빛에 재킷 오른쪽 주머니에 수놓인 숫자 4가 또렷이 보였다. 숫자 옆에는 노란 줄로 은색 종이 매달려 있었다.

3번 주머니는 어디에 있지?

그때 뭔가 번쩍거리는 게 보였다. 찰리는 고개를 빼고 외투 안주머니에서 달랑거리는 벨을 보았다. 숨이 턱 막혔다. 벨이 헝겊에 아슬아슬하게 걸려 있어서 아주 작은 자극에도 추가 경사진 몸체에 닿을 위험이 컸다. 이 주머니에 숫자 3이 수놓아져 있었다. 그 외에 다른 숫자가 붙은 주머니는 보이지 않았다.

외투 오른쪽 겉주머니. 외투 왼쪽 겉주머니. 외투 안주머니, 재킷주머니.

일단 이 네 개의 주머니에 집중한 다음 다섯째, 여섯째, 일곱째 주머니를 공략하기로 결정했다. 찰리는 뒤로 몇 발짝 물러난 뒤 마음을 다졌다.

"자, 찰리." 안내방송으로 교장의 목소리가 들렸다. "어서 프레임을 짜라. 기다리고 있다."

찰리는 의례상 손마디 꺾는 소리를 낸 다음 작업에 착수했다.

그는 곧장 첫 번째 주머니로 다가갔다. 외투의 오른쪽 겉주머니였다. 엄지와 검지를 거꾸로 해서 주머니 끝단을 쉽게 열었다. 천이 움직이며 벨이 따라 움직였다. 추가 살짝 움직였지만 몸체에 닿지는 않았다. 찰리는 벌어진 주머니를 검지로 받친 상태에서 먼저 중지를 주머니에 넣은 뒤 나머지 손가락도 천천히 넣었다. 눈으로는 주머니에 달린 은색 벨을 주시했다.

손가락 끝에 차가운 금속이 느껴졌다. 동전이었다.

찰리는 주머니의 두툼한 끝단을 많이 움직이지 않고 검지로 고정시킨 채 검지와 중지의 두 번째 손가락 마디를 이용해 동전을 집기 위해 애썼다. 동전이 그곳에 무사히 안착되자 주머니로 들어갈 때와 정반대로 손을 뺐다. 드디어 손가락이 끝까지 밖으로 올라오고 주머니는 천천히 닫혔다. 은색 벨은 아무 소리도 내지 않고 원래 위치로 돌아갔다.

찰리는 몇 걸음 뒤로 물러났다. 그리고 손바닥에 동전을 떨어뜨렸다.

"한 개!" 그가 의기양양하게 외쳤다. 그는 잠깐 동전을 들어 보인 뒤 돌로 된 바닥에 떨어뜨렸다. 땡그랑 소리가 났다. 관중이 인정한다는 듯 웅얼거리며 고개를 끄덕였다.

"잘했다." 스피커에서 짧게 치직 소리가 나더니 교장의 목소리가 흘러나왔다. "아주 잘했다. 하지만 이제 시작이다. 이건 맛보기야. 진짜 테스트는 지금 부터다."

찰리는 조롱하는 말을 무시하려고 애썼다. 수주일 전 마르세유의 지하동굴에서 소매치기들이 테스트에 대해 들려주었던 말이 기억났다. 세븐 벨스 테스트는 시간이 갈수록 더 어려워진다. 주머니에서 동전을 꺼내는 일이 어려워질 뿐만 아니라 테스트에 대한 불안감을 부추기는 교장의 마인드게임 때문이었다. 찰리는 도전을 받아들였다. 기꺼이 응하리라. 사실 찰리는 확신했다. 찰리는 다음 주머니를 탐색하며 다시 앞으로 나아갔다.

그 주머니는 무난해 보였다. 첫 번째 주머니와 좌우만 바뀌었을 뿐이다. 그런데 주머니에 다가갈 때 문득 복도에서 몰리가 속삭인 말이 기억났다. 두 번째 주머니에 대해 뭐라고 말했던 것 같았다. 뭐라고 했더라? 찰리는 그때 자처한 도박에 대한 걱정 때문에 몰리의 말을 제대로 듣지 못했다.

안전하게 접근하는 것이 최선이라고 판단했다. 조심한 보람이 있었다. 찰리는 주머니 안감을 더듬어보다 주머니가 벌어지지 않게 옷핀으로 맞은편 헝겊에 고정해놓은 것을 발견했다. 눈에 잘 띄지 않도록 그런 식으로 꽂아둔 것이다. 찰리가 무작정 덤볐다면 손가락이 옷핀에 걸려 벨이 흔들렸을 것이다.

찰리는 오므린 입술 사이로 후, 하고 숨을 내쉬었다. 내심 귀띔해준 몰리가 고마웠다. 찰리는 얼굴은 보이지 않고 소리만 들리는 관중석을 힐끗 올려다봤다. 아이들이 낮게 수군거리는 소리가 들렸다.

이번에는 왼손을 이용하기로 했다. 이 기술은 셈벤이 자세히 가르쳐주었다. 표적을 정면에서 상대할 때는 양손을 쓰는 게 편해, 물건을 손가락으로 집을 때 손목을 불필요하게 구부릴 필요가 없거든. 찰리는 왼손 검지로 옷핀을 더듬어 잠금쇠가 어디쯤 있는지 확인했다. 이어서 엄지로 주머니 앞판을 떠받친 채 잠금쇠가 움직이지 않게 단단히 죄었다. 옷핀이 열렸을 때 안도의 한숨이 새어나왔다. 그러나 찰리는 손을 제 위치로 빼다 옷핀의 바늘에 찔렸다. 날카로운 통증이 중지를 꿰뚫었다. 찰리는 놀란 것만큼이나 화가 나서 신음을 내뱉었다.

손가락이 움찔했다.

관중석의 관객들은 숨을 죽였다. 혹시 벨소리가 들릴까 귀를 쫑긋 세웠다.

하지만 벨소리는 나지 않았다.

찰리는 검지를 밀어넣어 헝겊에서 옷핀을 뺐다. 옷핀이 주머니 바닥으로 떨어지기 전에 얼른 검지와 중지로 옷핀을 잡아 주머니 밖으로 꺼내 바닥에 떨어뜨렸다. 그 다음부터는 기본적인 소매치기였다. 찰리는 잠깐 사이에 두 번째 동전을 손에 넣고 관중 앞에 높이 들었다.

"두 개." 교장의 목소리가 흘러나왔다. "잘했다, 찰리. 아주 잘했어. 너는 첫 번째 중요한 장애를 돌파했다. 그러니까, 테스트에서 첫 번째 주머니는 일종의 미끼였다. 반면 옷핀은 간단한 장애물로 어디까지나 학생의 자신감을 높여주기 위한 장치에 불과하다. 말해두는데, 이게 어디까지나 쇼라는 사실을 보여주는 장치일 뿐이다."

찰리는 왼쪽 중지를 살펴보았다. 옷핀에 찔린 곳에 작은 핏방울이 맺혔다. 그는 손가락을 입에 넣고 힘껏 빨았다. "마음껏 즐기세요." 찰리가 중얼거렸다. 찰리는 손가락의 통증을 털어버리고 다시 인형에게 눈길을 돌렸다.

3번 주머니는 위치가 매우 까다롭다는 것을 찰리는 잘 알았다. 외투 안주머니. 봄 동안 마르세유에서 기술을 배운 찰리는 두꺼운 외투주머니에 대한 훈련을 별로 받지 못했다. 마르세유 소매치기단에서 그가 털었던 주머니는 주로 면재킷이나 헐렁한 면바지에 달린 주머니였다. 중력의 구속을 덜 받는 얇고 다루기 쉬운 천으로 만들어진 것들이었다. 그런데 이 외투는 이야기가 완전히 달랐다. 미국 중서부에서도 최악의 겨울 동안 시카고 주민들이 몸을 감싸고 다니는 그런 종류의 두툼한 모직 외투였다.

교장이 다시 말을 하는 바람에 찰리의 집중력이 흐트러졌다. "망설이는구나, 찰리. 외투 오른쪽 안주머니다. 준비되지 않은 사람에게는 재앙이지만 사실은 간단한 소매치기지. 준비됐느냐, 찰리? 도전할 준비가 됐느냐?"

지금까지 훈수를 두는 모양새로 보아 교장은 소매치기를 하는 내내 떠들어대려는 게 분명했다. 찰리는 인형에게 다가가며 그런 소음을 차단하려고 애썼다.

"외투주머니의 옷핀은 잘 처리했다." 교장의 목소리가 들렸다. "하지만 안주머니는 마음대로 안 될 게다. 잊지 말아라. 벨이 울리면 너는 탈락이다. 그러면 즉시 여기를 떠나야 하고 다시는 나를 괴롭히지 못할 게다."

이마에 땀방울이 송골송골 맺혔다. 찰리는 셔츠 소매로 땀을 닦았다. 인형과 가슴을 마주하고 선 채 어떤 자세를 취하는 게 가장 좋을지 판단하려고 애를 썼다.

"흥미로운 사실 하나 알려줄까?" 다시 스피커에서 칙칙 소리가 들리더니 교장의 목소리가 흘러나왔다. "우리 학생들의 4분의 1이 세 번째 주머니에서 탈락했다. 따라서 네가 탈락한다고 해도 하등 이상할 게 없다. 그 사실을 위안으로 삼기 바란다."

찰리는 그런 말들을 듣지 않으려고 눈을 질끈 감았다. 구항구로 가는 마르세유 트램을 타고 있는 자신을 그려보았다. 아미르가 옆에 앉아서 자신의 소매치기를 지켜보는 걸 상상했다. 장소를 바꾸자 두근거리던 심장이 편안해졌다. 찰리는 지금 호구를 바라다보고 있었다. 현금이 털릴지조차 의식하지 못하는 부자 표적과 마주하고 있었다. 찰리는 머릿속으로 아미르를 봤다. 아미르가 얼굴을 찡그리며 고개를 저었다.

그렇지. 외투 안주머니니까 표적의 정면에서 하면 안 돼.

찰리는 파트너 주위를 도는 무용수처럼 불쑥 인형의 왼쪽 어깨 바로 뒤에 섰다. 그 각도에서 왼손을 자연스럽게 외투 안으로 돌려넣어 마치 커튼을 여는 것처럼 두꺼운 모직 외투를 재킷으로부터 들어올렸다.

"조심해라, 찰리." 그 목소리가 짓궂게 말했지만 찰리의 귀에는 다음 정차역을 알리는 트램 조수의 목소리로 들렸다. "등 뒤에서 하는 것은 눈 감고 하는 것이나 같다."

그 말은 사실이었다. 찰리는 보지 못한 채 하고 있었다. 그러나 손목 등으로 두툼한 외투를 떠받친 덕에 손동작을 더욱 쉽게 제어할 수 있었다. 벨에는 아무 자극도 가해지지 않았다. 작은 손목이 들어갈 정도로만 코트를 벌린 상태에서 찰리의 손은 이내 새틴으로 된 주머니 안으로 들어갔다. 손가락이 동전을 찾아 밖으로 꺼냈다. 찰리는 동전을 손에 쥔 채 인형에게서 물러났다. 안도감이 산사태처럼 밀려왔다.

관객 몇 명이 축하를 보내며 살짝 박수치다 칙칙거리며 안내방송이 나오자 얼른 조용해졌다.

"조용!" 교장이 소리쳤다.

아이들은 즉시 그의 지시에 따랐다. 안내방송의 마이크 버튼이 눌려 있던 게 틀림없다. 교장이 보이지 않는 장애물과 싸우다 신경질적으로 화를 내는 게 무삭제로 시험장에 방송이 되었다. "레이첼." 잠시 후 그 목소리가 소리쳤다. "너 어떻게…, 내가 보기에는… 아, 모두 집어치워!" 치직거리는 소리가 흘러나오다 갑자기 안내방송이 꺼졌다.

얼마 후 시험장에서 멀리 떨어진 문이 열렸다. 그리고 사람 그림자가 보이더니 초크 페인트칠을 한 바닥을 가로질러 걸어오기 시작했다. 그림자가 스포트라이트 쏟아지는 원 안으로 들어왔을 때 찰리는 그게 교장이라는 사실을 알았다. 그는 팔짱을 낀 채 찰리를 정면으로 응시했다. 그리고 찰리가 바닥에 던져놓은 동전들을 힐끗 보며 눈살을 찌푸렸다.

"잘했다. 하지만 여전히 네 개가 더 남았다." 그가 말했다.

CHAPTER 23

교장은 찰리의 작업공간을 의식한 듯 쏟아지는 스포트라이트 가장자리에 머물렀다. 그는 주머니에 손을 찔러넣은 채 찰리를 유심히 살펴보았다. 머리 위쪽에서는 관중의 속닥거리는 소리가 백색소음처럼 윙윙거렸다. 아이들은 손에 땀을 쥐는 드라마의 장면 사이사이에 중요한 동작을 의논하거나 이미 일어난 동작을 재탕했다. 찰리는 관중석을 힐끗 올려다보았다. 덩치 큰 누군가의 실루엣이 시선을 사로잡았다. 보라인가? 바로 옆에 앉은 여자애의 머리카락은 탁한 금발인데 재키인가? 아니, 그는 이런 생각을 할 여유가 없었다. 교장이 목청을 가다듬고 나서 말했다. "자, 학생…." 그가 돌연 말을 끊었다가 다시 이었다. "자, 피셔 군. 테스트를 계속할 마음이라면."

찰리는 다시 인형에 주의를 돌렸다. 우선 외투의 여밈과 솔기를 확인한 후 그 아래 재킷 안쪽을 설핏 보며 마네킹에게 다가갔다. 재킷 밑단 아래로 보이는 바지는 가죽벨트에 의해 마네킹의 허리에 단단히 붙어 있었다. 찰리는 사전조사를 통해 네 번째 주머니는 재킷의 입술주머니(티켓주머니)라는 것을 알고 있었다. 그 이상은 확실히 아는 바가 없었다. 그는 네 번째 주머니를 털기로 마음먹었지만 다섯 번째 주머니가 걱정스러웠다.

"나는 가능성을 볼 줄 아는데," 찰리가 외투의 벌어진 틈으로 다가갈 때 교장이 불쑥 말했다. 갑작스러운 말소리에 찰리의 손가락이 잠깐 주춤했다. "너처럼 어설픈 초보자는, 그렇다. 기술자가 되려면 한참 멀었지. 그래도 가공하지 않은 다이아몬드일 수는 있어. 우리 에이전트가 너의 잠재력에 대해 보고하지 않은 게 놀라울 뿐이다."

"그렇다면 지금이 기회인 것 같은데요." 다시 소매치기를 하려고 자세를 잡는 찰리에게 짜증이 밀려왔다. 그는 숫자 2 주머니에 달린 벨을 의식하면서 조심스럽게 외투의 앞섶을 뒤로 잡아당겨 재킷의 입술 모양 주머니에 수놓인 숫자 4가 보이게 했다. 재킷 옆구리에 위치한 주머니는 가로 덮개로 덮이고 벨은 바로 그 덮개에 달려 있었다. 여기에서 난관은 주머니 안에 어떤 종류의 지갑이 들어 있든 벨을 울리지 않고 저 덮개를 열어야 한다는 점이었다. 찰리는 주머니를 더 자세히 관찰했다. 천 위로 불룩한 직사각형은 지갑임이 분명했다.

"그렇다, 찰리." 교장은 찰리의 추측이 맞다고 확인해주었다. "네 번째 주머니. 이번에는 특별히 죽은 가죽은 필요없고 동전만 꺼내야 한다. 빈지갑은 버려라." 찰리가 지갑을 빼려고 시동을 거는데 교장이 기다렸다는 듯 말했다. "물론 벨을 울리지 말고 그 모든 것을 해야 한다."

"선생님 끝까지 중계방송 하실 건가요?" 찰리가 손을 도로 빼며 물었다.

교장은 피식 웃었다. "진정한 기술자라면 진공상태에서 작업이 이루어질 거라고 기대하지 말아야지. 소음 속에서 하는 것도 테스트의 일부다. 계속해라."

찰리는 교장을 째려본 뒤 다시 재킷주머니에 집중했다. 우선 티켓주머니에 접근하기 전에 외투에 주의를 기울일 필요가 있었다. 그는 외투의 안감과 재킷 사이에서 손을 교묘하게 움직였다. 지금 그의 손목은 두 옷 사이에서 교량 역할을 했다. 손바닥을 위로 돌려 어느 때보다도 조심스럽게 중지로 주머니 덮개를 들어올렸다. 눈으로는 은제 벨을 주시했다. 덮개가 완전히 젖혀지자 손바닥을 다시 뒤집은 다음 엄지를 이용해 덮개를 재킷에 고정했다. 벨은 이렇게 효과적으로 덮개 천에 눌려 소리가 나지 않게 되었다. 이제 나머지 네 손가락은 자유로워졌다. 그는 중지와 약지를 지갑 가죽이 닿을 때까지 주머니 안으로 밀어넣었다.

"애쓰는구나. 정말, 정말 애쓰는구나. 말해봐라, 네가 이 암호문을 되찾으려는 진짜 이유가 무엇이냐? 세상을 구하기 위해서냐? 나 같은 괴물로부터?" 교장이 물었다.

찰리는 얼굴을 찡그리며 주머니에 집중하려고 애썼다.

"아니면, 아버지의 사랑과 인정을 갈구하는 아들의 절박함 때문이냐?"

찰리의 손가락이 움찔했다. 벨이 살짝 움직였지만 소리는 나지 않았다. 교장에게 남은 무기는 계속 지껄이는 것뿐이었다. "그거로구나, 그렇지? 이렇게 애를 쓰다니 대단하다. 하지만 인정받기 위해서는 애초에 결핍되어야 한다니 놀랍구나. 아들을 약점 많게 키워라. 그리하면 다른 무언가로 인정을 받으려 할 것이다." 교장이 인형을 가리켰다. "거기 조심해라. 표적을 놀라게 하고 싶지 않으면. 그렇게 되면 너는 흔히 말하는 현행범이 되는 거야."

집에 돌아와서 인형을 상대로 소매치기 연습을 하면서 찰리는 소매치기에서 지갑의 위치가 중요하다는 점을 깨달았다. 찰리는 우선 손가락으로 지갑이 있는 곳을 더듬었다. 지갑이 누워 있었다. 다시 말해 지갑의 접힌 부분이 주머니 입구와 직각으로 놓여 있었다. 그는 조심스럽게 지갑을 위로 끌어올려서 접힌 부분이 주머니 끝단과 수평으로 놓이도록 조정했다. 그런 다음 손가락을 지갑에 건 상태에서 손목을 약간 틀어 주머니 밖으로 끌어올렸다. 엄지로는 계속해서 주머니 덮개를 누른 채 지갑이 주머니 밖으로 완전히 나올 때까지 손을 비틀었다. 이어서 자유로운 손가락으로 지갑 몸체를 잡고 일단 거꾸로 뒤집은 다음 검지와 중지로 능숙하게 지갑을 흔들었다. 지갑에서 동전이 나와 왼손에 떨어졌다. 이제 찰리는 지금까지의 동작을 반대로 했다. 지갑을 주머니에 넣고 조심스럽게 덮개를 내린 다음 인형으로부터 몇 발자국 물러났다.

"네 번째 동전." 찰리가 의기양양하게 외쳤다. 그는 동전을 교장의 발앞에 던졌다.

관중이 일제히 웅성거리기 시작했다. 몇몇 구경꾼은 탄성을 질렀지만 이내 옆자리의 아이들에게 제지당했다.

교장이 스포트라이트 가장자리에서 서성이기 시작했다. "잘했다, 찰리. 아주 잘했어. 어설픈 초짜에게 대단한 행운이군. 초짜 소매치기이자 호구. 찰리, 불쾌하지 않느냐? 네가 처음부터 줄곧 호구 짓을 했다는 게?"

가슴에서 화가 부글부글 끓었다. 교장이 자신을 혼란스럽게 하려는 또 다른 술책일 뿐이라고 생각하며 감정을 억누르려고, 잡념을 떨쳐내려고 애썼다. 하지만 가슴 속에서 물주전자가 끓는 것처럼 자꾸만 김이 솟았다. 찰리는 다섯 번째 주머니를 공략하기 위해 다시 앞으로 나아가 마네킹을 관찰했다. 모직과 레이온으로 된 인형의 외투를 조심스럽게 들춰본 지 얼마 안 돼 그것을 발견했다. 조끼주머니였다. 인형은 재킷 안에 단추 달린 조끼를 입고 있었다. 그 조끼의 왼쪽 앞주머니에 5라는 숫자가 선명하게 수놓아지고, 주머니 입구에 따개비처럼 생긴 벨이 달려 있었다. 하지만 무엇보다 찰리의 눈을 사로잡은 것은 주머니 밖으로 나와 있는 기다란 골드체인이었다. 두 번째 단추 바로 위에 고정되어 조끼 밑단까지 내려와 달랑거렸다.

"시계군." 찰리가 중얼거렸다.

교장은 그 말을 들은 게 분명했다. 교장이 말했다. "그래, 맞다. 네가 좀도둑이던 때처럼 동전 따위만 훔칠 거라고 생각하지는 않았겠지? 이 다섯 번째 동전은, 줄시계를 대신하는데 순전히 연습용이다. 체인 끝에 동전이 달려 있지. 이 표적은 동전을 철저히 보호하고 있다."

"오히려 쉬워요." 찰리가 무시하려고 애쓰면서 대꾸했다. 다만 목소리가 갈라지는 바람에 그 효과가 반감됐다.

교장이 누런 이를 드러내며 웃었다. "자, 이제 내가 너를 붙잡지 않게 해봐라."

시계를 훔치는 일은 쉽지만 (찰리는 아빠 말고도 비슷한 표적을 상대로 그런 소매치기를 한 적이 있었다) 과신하면 안 된다는 것을 찰리는 알았다. 한 치의 실수도 용납되지 않았다. 관건은 체인을 빼내는 데 있었다. 나머지는 식은 죽 먹기였다. 체인은 동전과 연결된 줄과 같은 역할을 하니 체인을 끌어올리기만 하면 됐다. 찰리는 체인이 어떤 식으로 달려 있는지 관찰하기 위해 조끼의 맨 위 단추를 천천히 열었다. 그때 교장이 다시 끼어들었다.

"당연한 거지만 진짜 호구의 특징은 안전에 대해 환상을 품는다는 점이다. 나중에 다시 말할 기회가 있을 거야, 안전에 대한 환상. 안전에 대한 환상은 방심을 불러일으키지. 자신을 방어할 때 진정한 틈새를 못 보게 되거든. 그 결과 겪지 않아도 될 위험을 겪고 말지."

찰리는 교장이 떠드는 소리를 배경음처럼 여기려고 애썼다. 우선 손가락으로 조끼 앞섶을 헤쳐서 체인을 고정한 핀을 찾았다.

"가령 안전에 대한 환상은 호구로 하여금 기술자를 진짜 황금이 있는 곳으로 안내하기도 하지. 안전에 대한 환상. 너의 경우에는, 우정이라는 환상. 그게 너로 하여금 암호문을 갖다 바치게 한 거다."

바로 그 짧은 순간에 여러 가지 일이 연쇄적으로 일어났다. 교장의 말은 구체적인 느낌으로 다가와 찰리의 심장을 후려쳤고 그로 인해 손가락을 너무 빨리 움직였다. 알고 보니 체인을 고정한 것은 핀이 아니라 단순한 걸쇠였다. 걸쇠가 갑자기 헐거워지며, 체인이 아래로 떨어졌다.

찰리는 체인이 떨어지는 것을 보았다. 겨우 1초도 안 되는 사이에 체인이 흔들리며 벨 쪽으로 치우쳤다. 체인과 은색 벨의 거리는 몇 센티미터밖에 되지 않았다.

찰리는 그것을 보았다.

다행히 벨과 부딪히지는 않았다.

부아가 치밀어오른 찰리가 입김을 내뿜으며 잠시 동작을 중단했다. 그리고 손가락으로 금색 체인을 돌돌 말았다. 이윽고 체인에 달린 동전이 주머니 밖 허공에 매달렸다.

찰리는 돌아서서 교장을 바라보았다. 체인에 달린 동전을 높이 쳐들고 흔들었다. "다섯 번째요." 찰리가 큰 소리로 외쳤다.

흥분한 관중이 술렁이기 시작했다. 누군가 소리쳤다. "잘해라, 찰리." 익숙한 목소리였다. 누굴까? 플루토인가?

"조용!" 교장이 버럭 화를 냈다. "테스트하는 동안 그런 행동은 엄격히 금지다! 무언극을 보는 부랑아들처럼 꽥꽥대면 가만두지 않겠다!"

찰리는 시험장 위쪽 관중석으로 시선을 돌렸다. 이제 확실히 알았다. 찰리는 모두 보았다. 몰리, 보라, 미치코, 플루토. 그들은 북새통 속에서 앞으로 몰려나와 철제난간 위로 팔을 내민 채 서 있었다. 그들 옆에 셈벤과 파토르도 보였다. 그들은 틀림없이 관중 속에 있었다. 쌍둥이 뒤로 키 큰 금발 소녀도 보였다. 재키였다. 재키가 지금 나를 보고 웃고 있나? 그걸 식별하기에는 불빛이 너무 어두웠다.

찰리는 문득 자신이 지금 원하는 게 복수라는 사실을 깨달았다. 더 이상 로젠버그 암호문을 되찾는 게 아니었다. 단순히 세븐 벨스 학교가 자신과 자신의 가족, 자신의 국가 이익에 저지른 부당행위를 바로잡으려는 것도 아니었다. 아빠에게 인정받기 위한 것도 아니었다. 천만에! 자신은 지금 그들과의 게임에서 자신이 이기는 모습을 소매치기들에게 보여주고 있었다. 자신은 고수였다. 그들은 하수였다.

찰리는 새로운 열의에 불타올라 마네킹 앞으로 한 걸음 다가갔다. 자신감이 넘친 나머지 교장이 어느새 다가와 바로 뒤에 서 있다는 사실도 개의치 않았다. 그 거리가 어찌나 가까운지 말할 때마다 들큼하게 썩은 내가 났다.

"주머니 다섯 개에 동전 다섯 개. 찰리, 너는 용기를 보여주었다. 그 점은 인정한다." 교장이 찰리의 어깨 뒤에서 음흉하게 웃었다. "나는 너의 성과를 운으로 돌리고 인정할 준비가 됐다. 하지만 단순한 소매치기와 고수를 구분짓는 것은 바로 이 지점이다. 세븐 벨스 테스트에서 여섯 번째 단계, 일곱 번째 주머니는 최고난이도다. 최고의 섬세함과 감각이 요구되는."

교장이 떠드는 동안 찰리는 마네킹 주위를 돌며 어떤 주머니를 털어야 할지 단서를 찾느라 여러 주머니를 살폈다. 재킷에 주머니가 세 개 더 있고, 조끼에는 두 개가 더 있었다. 하지만 어디에도 벨이 달리거나 숫자가 수놓아지지 않았다. 이번에는 마네킹과 정면으로 서서 외투 앞자락을 살며시 들춰보았다. 재킷밑단 바로 아래, 오른쪽 바지 옆주머니 위로 숫자 6이 보였다. 주머니 입구가 허리띠와 평행하게 트이고, 숫자 바로 위에 은색 작은 벨이 달려 있었다.

"오, 그래." 교장은 여전히 압박하듯 찰리 등 뒤에 바짝 서 있었다. "찾았구나. 6번, 바지주머니."

찰리가 동전을 꺼내려고 움직이는 순간, 교장이 다시 끼어들었다. "뭔가 이상한 점을 발견하지 못했느냐?"

교장의 입김이 축축하고 뜨듯했다. 1930년대에 마지막으로 세탁한 게 분명한 옷에서는 싱크대 옆에 오래 놓아둔 축축한 행주 비슷한 냄새가 났다. 찰리는 무릎을 꿇은 채 주머니를 꼼꼼히 살펴보며 그 불쾌한 냄새를 맡지 않으려고 애썼다.

분명 그 주머니에 특이한 점이 있었다. 주머니 아래가 유난히 불룩한 게 동전이 많이 들어 있는 듯했다. 주머니가 묵직해 보였다.

"알고 있지? 주머니 하나에 동전 하나다." 교장이 큰 소리로 말했다.

"이걸 어떻게…."

"어떤 게 어떤 건지 어떻게 아느냐고? 하하, 찰리. 이제야 너의 훈련이 얼마나 부족한지 확연히 드러나는구나. 네가 세븐 벨스 학생으로 입학했다면 한 학기 동안 전 세계 동전의 상대적인 무게에 대해 배웠을 것이다. 동전의 크기와 중량, 테두리 모양까지. 2학년 말이면 눈가리개를 하고 무게만으로 상팀(프랑스 화폐)과 드라크마(옛 그리스의 화폐), 포린트(헝가리의 화폐)와 니켈(5센트짜리 백통돈)을 정확히 구별할 수 있지." 교장은 의기양양하게 입김을 내뿜었다. "우리 마네킹은 꽤 세계적인 신사란다. 주머니에 전 세계의 동전이 들어 있지. 자, 그럼 지금까지 훔친 것과 같은 똑같은 동전을 찾아보아라."

찰리는 바닥에 흩어진 동전들을 내려다보았다. 그 중 하나를 주워서 관찰했다. 크기와 중량에 별 특징이 없는 단순한 페소 동전이었다. 동전 표면에 부조로 묘사된 전설을 이해하지 못했다면 어느 나라 동전인지도 몰랐을 것이다.

교장이 더 가까이 다가섰다. 풍선처럼 불룩한 그의 배가 찰리의 허리 뒤쪽을 눌렀다. 교장의 거친 목소리가 귓전에 울렸다. "찰리, 너무 오랫동안 주머니를 뒤적이지 않는 게 좋을 게다. 벨이 땡그랑 울릴 테니."

찰리의 이마에 땀방울이 송골송골 맺혔다. 찰리는 손에 쥔 동전을 눈에 익힌 다음 마네킹의 불룩한 주머니를 바라다보았다.

"땡그랑." 교장이 속삭였다.

찰리는 그동안 충분히 참았다. 드디어 인내심이 한계에 다다랐을 때 그가 동전을 바닥에 내던지고 휙 돌아서서 교장의 눈을 쏘아보았다. 찰리의 가슴이 교장의 불룩한 배에 닿았다. 찰리는 대담하게도 교장과 눈을 맞췄다. 그렇게 한동안 지났을 때 찰리가 입을 열었다. "저 작업 좀 하게 해주실래요?"

"찰리, 이것도 테스트의 일부다. 너는 중압감을 견뎌내야 한다." 교장이 싱글거렸다.

"제가 보기에는 교장선생님이 왠지 속임수를 쓰려고 하는 것 같은데요."

"내가 왜?"

"본인이 틀렸다는 것을 아니까요."

"말해봐라. 내가 뭘 틀렸는지?"

"전 기술자예요." 그게 가능한지 모르지만 찰리는 교장의 배에 제 몸을 더욱

밀어붙였다. "더구나 제가 기술자가 되는 데는 이런 엉터리 학교조차 필요치 않았어요. 그래서 교장선생님은 두려워하는 거예요."

"가당찮구나." 교장이 씩씩거렸다.

찰리는 침묵하는 관중석의 수많은 아이들을 손으로 가리켰다. 교장의 시선이 그의 손을 따라갔다. "만약 제가 통과하면 저 아이들의 '교육'은 쓸모없는 것이 되죠. 세븐 벨스의 테스트는 아무것도 아닌 게 되죠."

교장이 웃음을 터뜨렸다. "얼토당토않은 이야기! 세븐 벨스 테스트에 대해 말할 것 같으면 수백 년 동안 지속된 유서 깊은 시험이다. 일반인과 소매치기를 구별하는 루비콘 강이지. 스스로 물어봐라, 넌 그 강을 건널 준비가 됐는지?"

찰리는 대답하지 않았다. 그리고 돌아서서 다시 마네킹을 바라보았다. 그는 마네킹의 바지 허리춤을 손으로 매만졌다. 들려오는 교장의 숨소리가 여전히 그가 가까이 있음을 확인해주었다. 찰리는 집중력을 재정비해서 직면한 과제로 돌아갔다. 인형의 바지주머니에 든 그 많은 동전들 중 필요한 한 개를, 벨을 건드리지 않으면서 꺼내야 했다. 교장의 말이 옳았다. 그는 보지 않고 동전을 구분하는 데 필요한 교육도 훈련도 받지 않았다. 시간이 지나면 알게 되겠지만 당장은 부족함을 드러냈다.

그때 묘안이 떠올랐다.

바닥에 떨어져 있는 동전.

"흥미로운 방법이구나." 찰리가 허리 굽혀 자신이 바닥에 던졌던 동전을 줍자 교장이 말했다. "집에 타고 갈 버스 차비냐?"

찰리는 인형에게 다가가며 교장을 쏘아보았다. 교장의 그림자가 더 가까이 덮쳤다. 주머니로 손을 가져갈 때 교장의 옷자락이 부스럭거리는 것을 느꼈다. 우선 동전을 쥐고 있는 손이 무사히 통과할 수 있게 반대편 손으로 외투와 재킷의 밑단을 조심스레 들어올렸다.

"찰리, 어쩌려는 거냐? 우리가 동전을 빌려줄까? 벨을 조심해라. 새로 장만한 지 얼마 안 됐다. 그 사이에 어찌나 많이 울렸던지 소리가 탁해졌지 뭐냐. 은 재질에 이상이 생겼는지 낭랑함이 예전만 못하더구나. 나는 그 맑고 낭랑한 울림을 좋아한다. 땡그랑 하고 갑작스럽게 울리면 마치 첨탑에서 계곡 너머로 울려퍼지는 것처럼 들린단다. 그렇단다, 찰리. 너의 영혼 깊은 곳까지 울려퍼진단다."

찰리는 엄지와 검지 사이에 동전을 끼운 채 바지주머니로 손을 옮겼다. 그리고 손가락 끝에 동전 더미가 닿을 때까지 천천히 주머니에 손을 넣었다.

"너의 영혼 깊숙한 곳까지," 교장은 주머니로 손을 넣는 찰리를 보며 거듭 말했다. "낭랑함을 잃었지, 안타깝게도. 하지만 이제 다시 천상의 종소리가 난다. 정말이다. 너는 지금 뭘 하느냐?"

찰리는 중지를 이용해 끈기 있게 동전 더미에서 동전을 하나씩 집어 엄지와 검지 사이에 낀 동전과 팬케이크처럼 딱 들어맞는지 맞춰보았다. 지루한 작업이었다. 그 사이 찰리의 시선은 주머니 입구에 달린 벨한테서 떨어지지 않았다.

교장은 장광설을 늘어놓았다. "조심해라, 피셔. 이것저것 시도할 시간이 없다. 표적이 언제 눈치 챌지 모르는 일이다."

…결국 찰리는 손에 쥔 동전과 크기 및 중량이 꼭 닮은 동전을 찾아냈다.

"표적의 동작은 유동적이다. 예측할 수 없다. 너 보고 있느냐? 느끼고 있느냐?"

찰리는 동전 두 개를 손가락 끝으로 조금 더 문질러 본 뒤 똑같다고 확신했다. 마침내 최고 기술자로서 자신감과 확신을 갖고 주머니에서 손을 뺐다.

땡그랑.

처음에는 그 소리가 무엇인지 몰랐다. 현실에서 들리는 소리 같지 않았다. 하지만 현실이었다. 교장의 말이 옳았다. 낭랑하면서도 크리스털이 산산조각 날 때의 공명을 가진 종소리였다.

땡그랑.

군중은 일제히 실망의 신음 소리를 내뱉었다.

교장도 찰리와 마찬가지로 갑작스러운 종소리에 놀란 듯했다. 그들은 못 믿겠다는 듯 서로 멍하니 쳐다보았다. 이윽고 교장의 얼굴에 미소가 번졌다. 교장은 찰리의 손목을 움켜쥐고 자신의 얼굴 쪽으로 홱 잡아당겼다.

"잘했다, 찰리." 그가 말했다. "아슬아슬했다. 내가 좀 봐도 되겠지?" 교장은 찰리의 손에서 두 개의 동전을 빼앗아 자세히 들여다보았다. 두 개가 똑같았다.

어쨌든 찰리는 동전을 제대로 골라냈다. 하지만 동전을 꺼내 자신의 성공을 입증하려는 열의가 앞선 나머지 종을 건드리지 말고 훔쳐야 한다는 더 높은 목표를 놓치고 말았다.

교장은 환희에 넘쳐 동전을 바닥에 던졌다. 그가 찰리를 응시했다. 그리고 천천히 박수를 다섯 번 쳤다. "아주 잘했다, 찰리. 하지만 더 잘했어야 한다. 당연한 일이지만 이제 암호문은 내 것이다." 교장은 재킷 안주머니에서 두둑한 흰 봉투를 꺼내 스포트라이트 불빛에 비춰보았다. "실망하지 마라, 찰리.

이것을 짓밟은 사람들의 승리로 간주해라. 서구문명의 탐욕에 대항하는 훼방꾼들의 멋진 승리로." 그는 암호문을 다시 주머니에 넣으며 찰리를 빤히 바라다보았다. "너는 어느 쪽에 속하느냐?"

"모르겠어요." 찰리가 풀이 죽어서 대답했다. 그는 바닥에 떨어진 동전을 바라보았다. 자신의 실패를 기억에서 지우기 위해 그것들을 몽땅 사라지게 하고 싶었다.

관중석은 이미 비워지고 있었다. 학생들은 시험장을 빠져나가 교실과 강의실로 돌아가기 시작했다. 아이들의 표정에서 실망감이 가시지 않았다. 서커스 관객들은 호랑이가 불붙은 후프를 통과하던 순간을 어떻게든 부정하고 싶었다. 더욱이 세븐 벨스 테스트의 권위는 고스란히 지켜졌다. 그것은 초보자와 기술자 간의 넘기 힘든 장벽으로 남았고 앞으로도 그럴 것이다. 학교 시스템과 계급도 훼손되지 않았다. 쉽게 배우는 소매치기란 이곳에 없었다.

"알다시피, 너에게는 가능성이 있다." 교장이 찰리에게 말했다. "결국 중요한 것은 현란한 손기술이다. 거기에 약간의 감각이 더해져야지. 우리 학교의 현재 입학생 현황을 봐야겠지만 1~2년 사이에 상황이 나아지면 너를 대기자 명단에 넣어주마."

"됐어요. 사양할게요." 찰리가 대꾸했다.

"좋을 대로 하렴." 교장이 말했다. "레이첼! 제피르!"

시험장으로 내려오는 계단에 두 아이가 나타났다.

"피셔 군을 친절하게 정문까지 안내해주렴." 교장이 지시했다. 교장이 다시 찰리를 돌아다보았다. "합의한 대로 너는 두건을 쓰고 엘 토로의 교차로로 돌아가게 될 것이다. 가는 길이 불편한 점을 사과하마. 하지만 우리도 예방책이 필요하니까. 어쨌든 이곳은 세븐 벨스 학교다. 보안이 제일 중요하지. 잘 가라, 찰리. 아주 유익한 시간이었다."

구겨진 회색 정장을 입은 사내는 시험장을 가로질러서 발코니와 문으로 가는 계단을 올랐다. 그가 관중석 1층 계단에서 걸음을 멈추고 찰리를 돌아다보며 말했다. "한 가지 더, 다시는 여기에서 네 얼굴을 보지 않았으면 더 좋겠다. 다음에는 이번과 같은 편의는 기대하지도 말아라."

그 말을 남기고 교장은 떠났다.

"야, 찰리." 관중석에서 어떤 목소리가 들렸다. 떠나지 않았던 학생 몇 명이 관중석 1층 발코니 난간에 매달려 있었다. 찰리는 즉시 그 목소리를 알아차렸다. 미치코였다. "멋진 시도였어. 너를 응원했어."

"거의 다 된 건데." 이번에는 다른 목소리였다. 생쥐 몰리였다. "난 15대 1로 네가 동전 한 개를 훔친다에 걸었어. 넌 확률을 깬 거야."

"찰리, 난 30달러를 벌었어." 슬라브어 억양이 밴 목소리가 들렸다. "네 덕분에 지난번 경마에서 엉터리 정보로 까먹은 것을 이번에 만회했어."

"고맙지만 됐어. 보라." 찰리가 대답했다.

"나는 솔직히 네가 해낼 거라고 생각했어." 어두운 불빛 속 관중석 끝에 앉아 있는 애꾸눈 플루토가 보였다. 그는 둥근 난간 기둥에 걸터앉아 난간 너머로 다리를 달랑거렸다. "난 그 테스트에서 세 번이나 떨어지고 네 번째에 겨우 통과했어."

그의 뒤에 서 있던 재키가 거들었다. "넌 그만하면 잘한 거야."

"꺼져. 너희들 모두." 찰리가 소리쳤다.

"친구들한테 그게 무슨 말이야?" 플루토가 능청맞게 지껄였다.

몰리가 플로토를 발로 살짝 찼다. "입 다물어, 플루토." 그녀가 나무랐다.

난간에 나타난 셈벤이 머리만 내민 채 말했다. "그럼 또 만나, 찰리."

"그래, 또 봐." 옆에 서 있던 파토르가 말했다.

영화관을 어슬렁거리던 마르세유 소매치기단은 스크린에서 마지막 크레딧이 올라가는 것을 지켜보다 영화가 정말로 끝났음을 확인하고는 한꺼번에 출구로 발걸음을 옮겼다. 그런 그들을 보면서 찰리는 아무 말도 없었다. 몰리만 소매치기단이 모두 떠나 관중석이 텅 빌 때까지 뭉그적대다 마지막으로 발길을 돌렸다. 그녀가 완전히 사라지기 전에 돌아서서 말했다. "찰리, 너는 기술자야, 진짜 고수. 누가 다르게 말하면 가만두지 마."

그리고, 몰리 역시 떠났다.

호위를 받으며 시험장을 나온 찰리는 로비를 지나 세븐 벨스 캠퍼스를 가로질렀다. 삼삼오오 무리지어 잔디밭을 어슬렁거리던 아이들이 지나가는 찰리를 말없이 구경했다. 철제 정문 너머에 검정색 세단이 기다리고 있었다. 찰리는 운전수에게 가볍게 목례한 뒤 마지막으로 산 정상에 위치한 거대한 구조물과 굽이치는 잔디밭, 빈둥거리는 학생들을 힐끗 보았다.

"준비됐니?" 운전수가 물었다.

찰리의 머리에 두건이 씌워지고, 자동차 뒷좌석으로 끌려갔다.

얼마 후 차는 엘 토로로 가는 교차로에 도착했다. 두건이 벗겨지고 찰리는 자동차 밖으로 끌려나왔다. 호송자들은 말없이 찰리의 등 뒤에서 차문을 닫고 시동을 건 뒤 흙먼지 나는 길을 되돌아갔다. 때마침 불어온 바람에 잡화점 문짝이 활짝 열렸다. 아비에토라는 네온사인 불빛은 꺼져 있었다. 그게 단지 고장 때문인지 아닌지는 알 수 없었다. 찰리는 한숨을 내쉬고 엘 토로를 향해 걸기 시작했다.

오래 걷지 않았을 때 차 한 대가 달려오는 소리가 들렸다. 안개는 걷히고 해가 지기 시작했다. 잠시 후 길모퉁이에서 낡아빠진 트럭이 모습을 나타냈다. 흙받이 페인트가 벗겨지고 여기저기 흙탕물이 얼룩져 있었다. 트럭이 끽 소리를 내며 찰리 바로 옆에 멈춰섰다. 조수석 문이 열렸다.

"타." 운전수가 말했다. 고개를 들어보니 아미르였다.

"네가 어떻게…." 찰리가 트럭을 가리키며 말했다.

"두툼한 은장 롤렉스를 페소로 바꾸면 얼마가 되는지 알면 깜짝 놀랄걸." 아미르가 보란 듯이 엔진에 시동을 걸었다. "어서 타. 도둑놈들이 낌새를 채기 전에 잽싸게 떠나야 해." 그가 재촉했다.

트럭에 올라탄 찰리는 친구 옆자리에 털썩 앉았다. 아미르는 잠깐 트럭 기어와 씨름을 벌였다. 잠시 후 그들은 길을 달리기 시작했다.

"그래…," 아미르가 찰리를 힐끗 보며 물었다. "결말은 뭐야? 어떻게 됐어?"

"그냥 달리기나 해." 찰리가 대답했다.

그래서 아미르는 그렇게 했다.

THE END

CHAPTER 24

여러분은 이야기가 거기에서 끝났다고 생각하지 않을 것이다. 그렇지 않은가?

물론이다. 거기에서 끝나지 않는다.

당연히 더 있다.

하지만 우리의 두 영웅을 한시바삐 보내주는 게 최우선 과제이다. 찰리와 아미르는 엘 토로를 지나고 울퉁불퉁한 길을 달려 콜롬비아 정글 숲을 빠져나간 뒤 카르타헤나로 향했다. 거기에서 가장 빨리 항구를 떠나는 증기선을 잡아타는 쪽이, 가장 빨리 집으로 가는 최선의 경로라고 판단했다. 어서 그들을 보내주자. 가야 할 길이 멀다. 트럭이 덜컹거리며 시골길을 달려 해안으로 가는 동안 찰리는 모처럼 짧은 휴식을 누렸다.

한동안 방해받지 않고 그렇게 달렸다.

그 사이 세븐 벨스 학교에서는 어떤 일이 일어났을까?

교장은 피곤했다. 갑작스러운 테스트로 일정이 꼬이기 전에도 그에게는 할 일이 많았다. 몇 달 후 새로 들어올 신입생에 관한 일부터, 검토해야 할 응시원서와 고학년생들이 승급하는 데 필요한 논문심사, 졸업식 준비까지 처리할 일이 산더미였다. 설상가상 시험장을 나오자마자 종신교수직 응모상황을 알고 싶어하는 지갑털이 전공 교수한테 붙들리고 말았다. 그와의 따분한 대화(이 특별한 교수는 재능은 있지만 좀 성가셨다)를 가까스로 마쳤을 때, 이번에는 새로 익힌 기술을 자랑하고 싶어하는 학생들에게 둘러싸였다. 영원히 계속될 것 같던 일들을 몇 시간 만에 끝낸 후 마침내 집무실로 걸어가면서 교장은 비로소 안도의 한숨을 내쉬었다.

저녁 시간이라 교실은 텅 비어 있었다. 로비는 저녁식사를 하러 가는 학생들로 활기를 띠었다. 모두 그날 오후 목격한 테스트에 관해 즐겁게 수다를 떨었다. 흔히 그렇듯이 학창시절이 끝나갈 무렵이면 아주 사소한 드라마도 비현실적인 면을 띠는 경향이 있다. 찰리의 시험은 누구나 화제로 삼는 이야깃거리일 뿐이었다. 교장은 내심 찰리에게 테스트를 치르도록 부추김으로써 한 해 열심히 공부한 학생들에게 일종의 보상으로 쇼를 보여주자는 의도도 갖고 있었다. 머지않아 학생들은 대부분 신입 소매치기가 되어 전 세계 아주 먼 곳으로 파견될 예정이었다.

그런 생각을 하자 교장의 얼굴에 빙그레 미소가 떠올랐다. 난생 처음 소매치기단에 들어간다, 생각해보라. 어디로 배치될지, 자신에게 어떤 미래가 펼쳐질지 궁금해하는 신입 기술자들. 그 아이들을 생각하면 그는 심지어 질투가 날 지경이었다. 소매치기단에서 어떤 역할을 맡게 될까? 내 위치는 어디쯤일까? 내가 파견될 낯설고 아늑다운 도시는 어디일까? 오슬로? 베를린? 상하이? 도시마다 특색 있는 호기심과 미스터리로 가득 차고, 체계적으로 자신들의 재산을 털기 위해 기다리는 표적들로 우글거렸다. 교장은 문득 자신이 처음 파견됐던 1922년이 떠올랐다. 지금으로부터 40여 년 전이었다.

그는 새삼 놀라워서 낄낄 웃음이 나왔다. 그렇게 오래됐나? 맞아, 40년 전. 이집트 카이로. 나일강의 고대 도시. 학교를 갓 졸업한 풋풋한 그는 처음 만나는 소매치기단에서 기획 업무를 맡으라는 지시를 받고 그곳에 도착했다. 대기가 어찌나 맑고 쾌적한지 숨을 쉴 때마다 강장제를 먹는 것 같았다. 하긴 그 어떤 도시도 그가 자란 회색빛 요새화된 산업도시보다 더 나쁠 수는 없었다. 거리에는 사람들이 우글거리고 행상들이 시끄럽게 외치는, 공기 속에 재스민 향기가 밴 카이로는 맨체스터와는 전혀 다른 행성 같았다. 도착한 첫날, 그는 기자에 위치한 피라미드를 구경하러 가기 위해 차편을 구했다. 그리고 그날 여행객들을 상대로 큰 수익을 거뒀다. 아, 피라미드는 또 얼마나 아름다웠던지! 그는 다시 웃음이 나왔다.

그때 생각났다. 가로로 15번! '피라미드를 기획한 우두머리.' 왠지 모르지만 쉽게 떠오르지 않아 오후 내내 해답을 알아내려고 머리를 싸맸던 문제였다. 그 질문 때문에 낱말 맞추기 퍼즐의 오른쪽 아래 귀퉁이는 하루 종일 먹구름이 끼어 있었다. 그것도 모르고 허황된 투자 계획을 들먹여 얼간이들로부터 돈을 사취하는 유명한 다단계 사기꾼들(그는 우연히 몇 명을 알게 되었다) 생각을 하며 쓸데없이 시간만 보냈다.

"파라오!" 그가 불쑥 소리쳤다.

로비를 지나가던 학생이 물었다. "네, 선생님?"

"아무것도 아니다, 루시. 그냥 혼잣말이다." 그가 웃었다.

그는 발걸음을 재촉했다. 거의 24시간 동안 괴롭혀온 퍼즐을 맞출 생각에 들떠서 한달음에 집무실로 돌아갔다. 가자마자 재킷을 벗어 문 옆 걸쇠에 걸며 휘파람을 불었다. 이어서 의례복이라고 할 수 있는 셔츠 소매를 걷은(팔뚝에 새겨진 게 딱정벌레 문신인가?) 차림으로 서랍에서 가장 좋은 펜을 집어들었다. 그는 펜촉을 살펴본 뒤 책상에 놓아둔 낱말 맞추기 퍼즐로 시선을 돌렸다.

그런데 그게 거기에 없었다.

"이상하다." 그가 혼잣말을 했다.

그는 책상에 가지런히 쌓아둔 신문과 에세이, 응시원서들을 뒤적였다. 서랍을 모두 열어 그 안에 든 물건들도 뒤적였다. 어디에도 퍼즐은 보이지 않았다. 책상으로 돌아가서 접혀 있는 신문을 펼쳐보았다. 휴지통도 뒤졌다. 우스꽝스럽게 네 발로 기어 책상 밑으로 들어갔다. 이렇게 체통 없는 자세를 취하고 있을 때 어떤 생각이 스치며 뺨에서 핏기가 가셨다. 그는 그대로 얼어붙었다.

"안 돼." 그가 소리쳤다.

그는 책상 밑을 나와 천천히 몸을 일으킨 뒤 문 옆 외투걸이로 걸어갔다. 재킷 앞섶을 뒤로 젖히고 안주머니로 손을 뻗었다. 익숙한 흰 봉투가 만져졌다. 로젠버그 암호문이 들어 있는 흰 봉투였다. 봉투를 주머니에서 꺼내 덮개를 열고 안에 든 것을 확인한 순간, 그는 제대로 서 있기조차 힘들었다.

봉투 안에 든 것은 신문에서 오려낸 낱말 맞추기 퍼즐이었다.

뿌우우우우웅.

증기선이 또다시 큰 소리로 콜롬비아 해안에 작별인사를 했다. 귀를 먹먹하게 하는 소리에 갈매기들이 성마른 울음소리로 답했다. 찰리는 카리브 해로 떠나는 배의 2층 갑판 난간에 서서 멀어지는 항구의 불빛을 바라보았다. 찰리는 배에 오르자마자 이 자리를 차지한 뒤 좀처럼 떠나지 않았다. 배가 더 빨리 움직였으면 하는 초조함으로 해안선에서 눈을 떼지 못했다. 이제야 번잡한 항구에서 수백 미터쯤 멀어졌다. 안도감이 밀려왔다.

"긴장 풀어, 찰리." 누군가가 말했다. 그의 내면에서 들려오는 목소리면 좋았겠지만 사실은 아미르였다. 아미르는 찰리의 뒤편 갑판에 놓인 안락의자에 앉아 있었다. "여행하는 내내 거기에 서 있을 거야, 응?"

그들은 카르타헤나에서 잠시 짬을 내어 새 옷을 장만했다. 찰리는 거리 쓰레기통에서 전투의 흔적이 남은 턱시도에게 정중히 작별을 고했다. 아미르의 추모사 몇 마디까지 보탰다. 아미르는 새 카키색 바지에 칼라 달린 핑크색 셔츠를 입고 싸구려 레이밴 선글라스까지 쓰고 있었다. 트레이드마크인 청바지에 푸른색 체크무늬 셔츠를 새로 뽑아입은 찰리는 후줄근하던 이전과는 딴판으로 달라진 모습이었다. 이런 것들을 구입하느라 비용을 지불했는데도 그날 저녁 리스본행 SS 엑스칼리버의 1등석을 예약하는 데 돈이 충분했다.

배가 속력을 내기 시작했다. 바람이 두 아이의 머리카락과 옷을 세차게 채찍질했다. 발아래 15미터쯤 되는 선체에서 갈기갈기 찢긴 하얀 물보라가 튀어올랐다. 바다새들이 갑판 위를 맴돌며 미끄러지듯 날았다. 석양에 붉게 물든 카르타헤나의 스카이라인이 점점 멀어져갔다.

"그럴 리가." 찰리가 대답했다. 그는 친구에게 걸어가서 근처 선탠용 의자에 걸터앉았다. "그냥 마음이 좀 싱숭생숭해."

아미르가 거들먹거리며 고개를 저었다. "찰리, 넌 그게 문제야. 긴장을 풀지 못하는 거. 다 끝난 일이야, 안 그래?" 아미르가 근처에 있는 여종업원을 부르기 위해 손짓했다. 그녀가 오자 아미르는 코카콜라를 주문하고 나서 찰리에게

고갯짓을 했다.

"그레나딘과 우유 주세요." 찰리가 말했다.

여종업원이 어리둥절한 눈으로 찰리를 쳐다봤다.

"*그라나디아나 콘 레체Granadiana con leche(우유 넣은 그레나딘).*" 아미르가 통역을 했다.

여종업원의 혼란스러운 표정은 바뀌지 않았다. "*시si(네)?*" 그녀가 찰리의 주문을 확인하려고 되물었다. 아미르가 찰리에게 고개를 까딱거렸다.

"*시, 포르 파보르Si, por favor(네, 부탁해요).*" 찰리가 말했다.

"이봐, 그레나딘 키드." 여종업원이 떠나자 아미르가 불렀다.

"껍데기만이야." 찰리가 의기소침해져서 말했다. "하지만 난 그렇게 살려고 노력할 거야." 찰리가 카르타헤나에 도착한 후 처음으로 웃었다.

"바로 그거야, 찰리." 아미르가 말했다.

한동안 두 동지 사이에는 편안한 침묵이 흘렀다. 마침내 아미르가 입을 열었다. "그런데⋯."

"그런데?"

"나, 그거 봐도 돼?"

찰리는 주저하며 주변을 두리번거렸다. "안전할까?"

"찰리, 넌 좀 가벼워져야 해. 넌 스스로를 갉아먹고 있어. 우리를 봐. 우린 지금 안전해. 약간의 경계는 좋지만, 그래도 때가 되면 슬슬 몸 풀기를 해야지, 안 그래?"

"좋아." 찰리가 유쾌하게 웃었다. 그는 바지주머니에서 접은 종이쪽지를 꺼냈다. 여러 사람의 손을 거치는 동안 구겨지고 약간 너덜너덜해진. 찰리는 종이를 잘 편 다음 아미르에게 건넸다.

아미르는 깨지기 쉬운 가보라도 되는 듯 허리를 곧게 펴고 앉아 건네받았다. 그는 종이를 펼치고 탐욕스런 시선으로 훑었다. 하지만 관찰하고 나서 보인 그의 첫 반응은 이것이었다. "이게 도대체 무슨 뜻이야?" 그는 종이쪽지를 홱 뒤집었다. 그의 눈에는 여전히 수수께끼처럼 보였다.

"나도 몰라." 찰리가 대꾸했다.

아미르는 조그맣게 휘파람을 불었다. "이 종이쪽지는 이게 다네."

"믿을 수 없지?"

"난 이렇게 말하고 싶어. 넌 교장이 왜 이걸 탐냈는지, 그걸 알아야 해."

찰리가 미간을 찌푸렸다. "나는 솔직히 그가 알았을 거라고 생각하지 않아. 그는 '다른 나라를 무릎 꿇게' 할 수 있는 뭐 그런 효과가 있다고 했어."

"이게?" 아미르가 못 믿겠다는 표정으로 물었다.

찰리가 고개를 끄덕였다. "놀랍지 않아? 내 생각에는 교장이 이 문서를 엄청난 위력을 지닌 무언가로 만들려 한 것 같아. 그렇다면 우리 아빠는 이걸로 뭘 하려는 걸까?"

"어떤 나라를 무릎 꿇게 하려는 거겠지."

두 소년은 그 말이 무엇을 암시하는지 생각하느라 말을 잃었다.

그때 여종업원이 돌아왔고, 아미르는 황급히 종이를 가슴에 갖다 댔다. 여종업원은 두 아이의 의자 사이에 놓인 테이블에 칵테일 냅킨을 각각 펼쳐놓았다. 이어서 한 곳에는 아미르의 콜라 잔, 다른 쪽에는 정체불명의 핑크색 액체 잔을 내려놓았다. 그녀가 혼합물에 빨간색 체리를 한 방울 떨어뜨리고 의기양양하게 말했다. *"그라나디나 콘 레체."*

"고마워요." 찰리는 그녀를 올려다보며 "*그라시아스.*"라고 말하고 얼굴을 붉혔다.

"*네 나다De nada(천만에요).*" 여종업원이 대답했다. 찰리가 한 모금 마시자 그녀가 음료를 보며 얼굴을 찌푸렸다. "이상한 음료예요." 그녀가 말했다.

"그레나딘 키드에게는 밥과 같은 거죠." 아미르가 웃으면서 대꾸했다.

그녀는 무릎을 살짝 굽혀 인사하고 떠났다. 갑판을 걸어다니는 다른 승객들도 그녀의 관심을 요구하고 있었다. 아미르는 종이쪽지를 찰리에게 돌려주려다 멈칫했다. "너도 알겠지만, 찰리…."

"뭐?"

"넌 이게 암시장에서 어떻게 팔리는지도 알아봐야 해. 너나 나 같은 최고의 기술자들이 그 돈을 가지고 무엇을 할 수 있을지도 생각해봐야 하고. 누가 알아? 우리 자신의 소매치기단을 만들 수 있을지. 너는 바람잡이를 하고 나는 훔치고…."

찰리가 아미르를 노려보며 말없이 손을 내밀었다.

"아, 맞다. 소매치기단을 나왔지." 아미르가 풀이 죽어서 로젠버그 암호문을 찰리에게 돌려주었다. 찰리는 낚아채듯 돌려받아 바지주머니에 넣었다.

아미르는 의자에 등을 기대고 콜라를 길게 한 모금 마신 후 퉁명스럽게 물었다. "너도 테스트를 통과하지 못할 줄 알았지, 그렇지?"

"날 의심했어? 실은 나도 내가 그 정도까지 한 게 놀라워." 찰리가 웃으면서 대답했다.

"주머니 다섯 개라, 사실 그 정도면 나쁘지 않아. 나는 두 번째 도전에서 다섯 개를 성공했어. 그리고 우등으로 졸업했지."

"사실 나는 그렇게까지 할 필요는 없다고 생각했어. 그런데 세 번째 주머니부터 그가 날 골탕을 먹이려 한다는 생각이 드는 거야." 찰리가 말했다.

아미르가 어깨를 으쓱했다. "그는 종종 그래. 가끔은 더 기다렸다가 그러고. 그런 식으로 언제나 테스트를 아슬아슬하게 만들지. 아주 뛰어난 바람잡이야. 생각해보니 그게 처음부터 네 계획이었구나."

찰리는 아무 대꾸도 하지 않았다. 대신 그의 얼굴에 미소가 번졌다.

"그게 처음부터 네 계획이었어, 그렇지?" 아미르가 선글라스 너머로 친구를 보며 물었다.

선체에 부딪치는 파도의 백색 소음이 대기에 색을 입혔다. 한 노부부가 갑판 저편에서 셔플보드(갑판에서 하는 원반밀어치기) 게임을 했다. 멀지 않은 밴드스탠드에서는 밴드가 연주 준비를 하나 싶더니 경쾌한 스페인 풍 멜로디가 흘러나오기 시작했다. 찰리는 아미르의 물음에 대답 대신 흰색과 분홍색 섞인 줄무늬 빨대로 늘쩍지근하게 음료수를 마셨다.

아미르는 친구의 침묵을 해석하려고 애쓰며 웃었다. 그는 뭐라고 말하려다가 감탄할 정도로 평화롭고 행복해 보이는 찰리를 보며 입을 다물었다. 아미르는 의자에 기대앉아 다리를 쭉 뻗었다. 찰리도 똑같이 했다. 두 소년은 깍지 낀 두 손으로 머리를 괴고 갑판 의자에 비스듬히 누웠다. 장밋빛 하늘이 푸르스름해지고 멀리 수평선 위로 달이 포복하듯 꾸물꾸물 기어가고 있었다.

그리고 여러분도 거기에서 똑같은 풍경을 즐기고 있다.

그렇다, 여러분도 근처 갑판 의자에 조용히 앉아 있다. 여러분은 어떻게 여기까지 왔는가? 숨 막히게 하는 부모를 피해 조용히 고독을 즐기며 한 잔 마시기 위해? 아니면 찰리와 아미르처럼 혼자 여행을 했고 어느덧 놀라운 모험의 종착점에 다다랐는데, 새롭고 흥미진진한 무언가가 다시 시작되려 해서 놀랐는가?

여러분은 무엇 때문에 두 아이 옆에 앉았는가?

두 아이를 위해 어떤 이야기를 쓰려 하는가?

THE END (REALLY)

감사의 말

이 책은 데이비드 W. 마우러와 그의 경이로운 책 《소매치기단: 소매치기
의 은어와 행동패턴 간의 상관관계*Whiz Mob: A Correlation of the Technical Argot of
Pickpockets with Their Behavior Pattern*》가 없었으면 존재하지 못했다. 만약 여러분
이 소매치기의 언어와 조직에 대해 더 깊이 알고 싶다면 그 책을 읽을 것을 권
한다. 내가 찰리와 그 친구들을 위해 참고한 것은 수박 겉핥기에 불과하다. 나
는 애덤 그린이 2013년 〈뉴요커〉에 소개한 전문 소매치기 아폴로 로빈스에 관
한 기사를 읽다가 그 책의 존재를 알게 되었다. 4년 전쯤의 일이다.

그 기사를 읽자마자 찰리 피셔가 한 소매치기단의 '대타'로 들어가게 되는
이야기의 얼개를 짜기 시작했다. 사실상 어느 도시에서나 일어날 법한 플롯을
갖게 된 것은 나에게 큰 행운이었다. 그 후 찰리도 언급했듯 도둑들의 천국이
라는 명성 때문에, 또한 프로방스에서 몇 주일쯤 머물고 싶은 마음에 핑계를
대고 마르세유로 떠났다. 물론 마르세유의 악명은 근거 없다. 그곳은 아름답

고 매력적인 도시이며 주민들도 친절하고 다정하다. 마르세유에서 시간을 보내는 동안 나는 그런 악명이 이 아름다운 지중해의 천국에 달갑지 않은 관광객이 오는 것을 막으려는 프랑스의 음모일 거라는 쪽으로 생각이 기울어졌다. 아내 카슨도 소매치기를 당했지만 '슬쩍한 뒤 냅다 달아나는' 애송이가 틀림없었다. 아내는 어찌어찌 해서 소매치기의 멱살을 잡고 빼앗긴 물건(휴대전화)을 돌려받은 뒤 어깨를 한 대 때리고는 녀석의 친구에게 보내주었다. 그 녀석은 소매치기 감각이 떨어지는 게 분명했다.

플롯을 구성할 때 조언을 아끼지 않고 가장 먼저 독자가 되어준 맥 버닛에게 고마움을 전한다. 에이전트인 스티브 몰크의 지지에도 감사한다. 매서운 시선과 깊은 통찰력, 그리고 시작부터 이 프로젝트를 신뢰해준 편집자 도나 브레이에게도 감사의 마음을 전한다. 처남 오귀스탱 브라췌는 이 책에 나오는 프랑스어 표기와 프랑스 생활에 대한 경험을 제공해주었다(메르시!). 주 프랑스 미국 대사, 찰스 '칩' 볼렌(1962~1968) 씨의 딸이자 전직 대사였던 불가리아 아비스 볼렌에게도 감사를 전한다. 그녀는 기꺼이 시간을 내주었고 1960년대 외교관 가족의 생활상에 대한 나의 멍청한 질문에도 일일이 답해주었다. 그녀와의 인터뷰를 주선해준 프랑스 전직 대사 제인 D. 하틀리 씨와 동료직원들에게도 감사의 마음을 전한다.

나에게는 타임머신이 없기에 찰리와 아미르의 생활을 구체화하기 위해서는 1960년대 프랑스(특히 마르세유)에 관해 현존하는 기록에 의존해야 했다. 다행히 자료는 풍부했다. 프랑스 뉴웨이브 시절의 영화, 특히 영화 〈리피피〉 〈나의 삼촌〉〈소매치기단〉〈쉘브르의 우산〉 등은 그 시기의 분위기를 파악하는 데 큰 도움이 되었다. 또 마르세유의 과거에 대해 제대로 알기 위해서는 마르셀 파뇰의 마르세유 3부작 〈마리우스〉〈세잘〉〈파니〉를 몰두해서 보지 않으면 안 된다.

물론 1950~1960년대 프랑스 문학도 매우 풍부하다. 나는 특히 레몽 크노의 굉장히 비현실적인 소설 《지하철 소녀 쟈지》의 '천방지축' 캐릭터에 큰 영향을 받았다. 크노의 소설에 나오는 파리 시민들은 어른조차 우유 넣은 그레나딘을 즐겨 마신다(내 아들 행크도 내 권유로 마시기 시작했는데, 동네 레스토랑에서 언제나 종업원들의 호기심 어린 눈길을 받았다. 행크의 그레나딘 사랑이 얼마나 지극한지 우리의 친구 로라 파크가 집에 놀러왔다가 그런 행크를 보고 그레나딘 키드라고 부르기 시작했다). 우스만 셈벤의 《흑인 부두노동자》는 1961년 마르세유의 풍경을 묘사하는 데 훌륭한 자료였다. 다니엘 안셀름의 소설 《휴가 중》은 당시 정치적 이슈 즉, 알제리 전쟁에 대해 유익한 배경을 제공해주었다.

아, 그리고 하나 더…. '데리브'는 소매치기들의 창작품이 아니다. 나는 그 개념을 기 드보르가 이끄는 20세기 중반 파리 예술가집단인 문자주의자들 Letterist에게서 빌려왔다. 소매치기들도 분명 그들에게 배웠을 것이다. 오늘날 에도 '데리브'는 여전히 이어지고 있다.

여러분도 마음이 맞는 심리지리학자 그룹을 만들어 도시나 마을을 '떠돌아 다니는' 것은 어떨지….

마지막으로, 언제나 그렇듯이 이번에도 아내이자 협력자인 카슨 엘리스에게 신세를 많이 졌다. 이 소설을 쓰는 동안 훌륭한 독자이자 경청자로서 나를 응원해주었고, 나 대신 아이들과 씨름했다. 이 소설을 읽을 때 만나는 아름답고 상상력 넘치는 삽화들도 그녀가 없었으면 불가능했다.

　메르시! 오 르브와(고마워! 다시 만나)!

옮긴이 **이은정**

숙명여대 영어영문학과를 졸업한 뒤 전문번역가로 일하고 있다. 옮긴 책으로 《와일드
우드》《언더 와일드우드》《와일드우드 임페리움》《나는 혼자 여행중입니다》《올빼미
는 밤에만 사냥한다》 외 다수가 있다.

찰리와 소매치기단

첫판 1쇄 펴낸날 2018년 12월 25일

지은이 | 콜린 멜로이
그린이 | 카슨 엘리스
옮긴이 | 이은정
펴낸이 | 지평님
본문 조판 | 성인기획 (010)2569-9616
종이 공급 | 화인페이퍼 (02)338-2074
인쇄 | 중앙P&L (031)904-3600
제본 | 다인바인텍 (031)955-3735
후가공 | 이지앤비 (031)932-8755

펴낸곳 | 황소자리 출판사
출판등록 | 2003년 7월 4일 제2003-123호
주소 | 서울시 영등포구 양평로 21길 26 선유도역 1차 IS비즈타워 706호 (150-105)
대표전화 | (02)720-7542 팩시밀리 | (02)723-5467
E-mail | candide1968@hanmail.net

ⓒ 황소자리, 2018

ISBN 979-11-85093-79-6 03840

* 이 도서의 국립중앙도서관 출판시도서목록(CIP)은 서지정보유통지원시스템 홈페이지
  (http://seoji.nl.go.kr)와 국가자료공동목록시스템(http://www.nl.go.kr/kolisnet)에서 이
  용하실 수 있습니다.(CIP제어번호: CIP2018039505)
* 잘못된 책은 구입처에서 바꾸어드립니다.